Perfume de Paraíso

Jennifer Blake

Perfume de Paraíso

Traducción de
Susana Gondre

CÍRCULO DE LECTORES

CAPÍTULO PRIMERO

El sol se había puesto al fin, aunque aún persistía el largo crepúsculo tropical más allá de la puertaventana, cuyas hojas fueron abiertas de golpe para dar paso a la brisa nocturna. Hacía mucho calor en la alcoba cerrada donde Elene Marie Larpent estaba siendo ataviada para su boda. Las velas que ardían a ambos lados del tocador sumaban su calor al de la tarde que moría y enviaban finas volutas de humo grisáceo hacia el alto cielo raso. Elene tenía el rostro encendido y el sudor oscurecía el nacimiento del cabello semejante a finas hebras de oro. Sin embargo, la temperatura no tenía nada que ver con la angustia que brillaba en sus claros ojos grises.

—No puedo hacerlo, Devota —gimió ella con desesperación al encontrar la mirada de la doncella en el espejo—, no puedo.

Devota no interrumpió la tarea de cepillar la larga cabellera lacia de su protegida.

—No te angusties así, *chère* —dijo—. Pronto todo habrá terminado. No será tan malo, ya verás.

—No entiendo por qué papá se muestra ahora tan empecinado en esto.

—Fue decidido hace mucho tiempo.

—Así fue, pero no por mí.

La doncella estudió la pálida cara oval de la joven, sus altos pómulos encendidos, la boca, que a pesar del trazo delicado denotaba demasiada firmeza, el pellizco de nariz recta con la punta apenas respingada, y al cabo, dijo:

—No tienes miedo, ¿o sí, *chère*?

—¡Por supuesto que tengo miedo! Llevar a cabo una ceremonia tan fastuosa en estos tiempos es una locura. ¿Por qué no podríamos casarnos con menos boato, sólo tú y papá y un amigo o dos como testigos? No es necesario hacer alarde de nuestra extravagancia ante los sublevados.

—Creo que tu padre por fin ha aceptado que las cosas jamás volverán a ser lo que eran, e intenta por última vez fingir que nada ha cambiado.

—Y Durant lo apoya en ello. —El tono que usó para nombrar a su futuro esposo no denotó amorosa inquietud ni, mucho menos, respeto.

—Los dos son de la misma clase. Son tal para cual.

La voz suave de Devota era apaciguadora. La crítica implícita a su propio amo y al novio de Elene no tenía nada de inusual; la doncella era, en realidad, tía de Elene, una media hermana menor de la madre muerta. El parentesco era reconocido sin tapujos y no constituía algo excepcional. Era alta, de cutis dorado oscuro, facciones aguileñas y pelo crespo que siempre llevaba atado con un pañuelo típico de las islas llamado *tignon*. Su lenguaje culto reflejaba la esmerada educación que había recibido con la madre de Elene. Desde que ella murió al dar a luz a la niña, Devota había sido la compañera constante de Elene.

Devota dijo ahora:

—No me refiero al temor por lo peligrosa que resulta nuestra situación, sino al que le tienes a tu prometido. No ignoras lo que se espera de ti esta noche, ni debes dudar de la experiencia de Durant Gambier. Con toda seguridad, no has de preocuparte por su comportamiento.

—No, no al hecho en sí, o al menos no es esa la causa principal, pero, oh, Devota, ¿qué pasará si él no es... no es respetuoso conmigo?

—Es todo un caballero...

—¡Esto no significa absolutamente nada!

—Te honrará como esposa, como madre de los hijos que tendréis juntos.

—Sí, pero, ¿será amable? ¿Se preocupará de saber si me brinda placer o me hace sufrir? ¿Será paciente o me forzará a obedecer todos sus caprichos?

—En suma, ¿te tratará con amor? ¿Eso es lo que deseas saber?

—Supongo que sí —respondió en voz queda Elene.

—¿Que dirías si eso pudiera asegurarse sin lugar a dudas?

¿Si pudieras enloquecer tanto de amor a Durant que él se convirtiera únicamente en un esclavo de su deseo por ti?

Elene alzó la vista y la miró con una sonrisa irónica que iluminó sus ojos y resaltó las motas plateadas que rodeaban sus pupilas.

—Me parece algo bastante improbable —dijo.

—Espera un momento. —La doncella apretó los labios con determinación, giró en redondo y abandonó la habitación.

Elene, perpleja, la vio salir y se quedó con la mirada clavada en la puerta. ¿Qué estaría insinuando Devota? No siempre era posible adivinar qué haría; podía ser muy extraña a veces. Ciertamente no era propio de ella ser tan brusca o interrumpir una tarea tan importante como la del arreglo personal de Elene. No podían perder mucho tiempo si la novia debía aparecer a la hora fijada.

Inquieta, Elene se puso de pie y caminó hasta la ventana abierta a una galería trasera, que ahora se veía desierta en la quietud de la noche, una quietud opresiva. Los insectos y los pájaros nocturnos que solían llenar el aire con su alboroto estaban callados. Los únicos sonidos que podían oírse eran causados por personas: el crujido de las ruedas de los carruajes por el sendero cubierto de conchillas que llevaba a la mansión y las voces excitadas al saludar a los invitados en la puerta principal.

Desde la terraza inferior donde se desarrollaría la ceremonia se podía oír al trío de músicos negros afinando sus instrumentos y tocando fragmentos de melodías. Y a la distancia también se dejaba oír, como un retumbo grave de algún trueno lejano, el golpeteo rítmico de los tambores en las colinas. Elene se estremeció.

De la cocina llegaba un aroma de carne asada mezclado con el perfume de flores y frutas y el olor penetrante y salobre del mar, siempre presente en Santo Domingo. Elene inspiró profunda, deliberadamente, en un intento por serenarse. Éstos eran los olores de su infancia, una de las cosas que más añoraba allá en Francia.

Durante su ausencia, su padre había arreglado este matrimonio; estaba segura de que su padre y el del novio, *monsieur* Gambier lo decidieron cuando ella contaba menos de un año de edad y Durant sólo seis. Las tierras de ambos eran colindantes y les pareció una buena idea unirlas casando a sus descendientes. Eso había sucedido veintitrés años atrás. La situación era muy distinta entonces, antes de la sublevación de los esclavos.

Elene estaba en un internado en Francia cuando los esclavos negros se rebelaron contra sus amos en Santo Domingo. Su padre tampoco se hallaba en la isla sino rumbo a Francia para salvarla de los peligros de la revolución que ensangrentaba aquel país. Por un tiempo creyeron que todo lo que habían conocido desaparecería, que no había seguridad en ninguna parte.

A pesar de la gran cantidad de esclavos involucrados en los primeros ataques a los propietarios de la isla, a despecho de las atrocidades cometidas y de la tremenda pérdida de vidas, nadie había esperado que la revuelta durara mucho tiempo. El padre de Elene la hizo regresar del internado en París y arregló su alojamiento con unos parientes lejanos, sólidos comerciantes burgueses de El Havre, quienes se mantenían cautelosamente neutrales en las luchas intestinas de Francia. Luego partió hacia Nueva Orleans a reunirse con la comunidad de refugiados de esa ciudad mientras esperaba el momento oportuno para retornar a la isla.

Elene hubiera deseado reunirse con su padre tan pronto como él regresó al hogar, pero la situación seguía demasiado inestable. Fue una suerte que no lo hiciera ya que aquéllos habían sido años llenos de peligros, de lealtades cambiantes y fortunas precarias, en medio de constantes luchas.

En un principio los negros y los mulatos se aliaron contra los blancos, llevando a cabo violaciones, mutilaciones, matanzas y saqueos. El gobierno francés, en vísperas de un cataclismo político en su mismo seno, no pudo enviar suficientes tropas a fin de aplastar la revuelta y ésta, favorecida por las circunstancias, había alcanzado cierto éxito. Sin embargo, los mulatos despreciaban a los negros y viceversa, porque ambos se consideraban superiores, de suerte que, cada vez que uno de los dos grupos empezaba a predominar, el otro se rebelaba. Cuando la Francia republicana pudo, por fin, enviar un ejército para restablecer su autoridad, los mulatos se aliaron con las tropas en contra de los negros. Entonces, los negros, en un grotesco cambio de frente, se unieron a los hacendados realistas franceses, sus antiguos amos, para arrostrar esta nueva amenaza. Más tarde, cuando los españoles y los británicos trasladaron la guerra de Europa al Caribe, los negros, bajo las órdenes de sus caudillos Toussaint L'Ouverture y Jean Jacques Dessalines, se aliaron con estos enemigos de los franceses.

Las filas británicas fueron raleando no sólo por el clima insalubre sino también por las dificultades para reabastecerse a tanta distancia. Con batallas más importantes que librar en Europa, finalmente se batieron en retirada. Toussaint L'Ouverture, tras autoproclamarse gobernador general vitalicio, se enfrentó con sus antiguos aliados españoles hasta expulsarlos de la isla. Aunque aparentaba respetar la soberanía francesa era, en rigor, el amo absoluto de la isla.

Con la ascensión al poder de Toussaint llegó un período de paz. El gobernador general intentaba restablecer el comercio del azúcar y el algodón, y con ese fin, había invitado a regresar a los hacendados exiliados y forzado a los antiguos esclavos a retornar a las plantaciones. Por primera vez en más de una década las condiciones en Santo Domingo habían tenido cierta semblanza de estabilidad.

Esto sucedió exactamente un año y medio atrás, en 1801. Antes de hacer regresar a Elene, su padre quiso esperar unos meses hasta sentirse seguro de que el conflicto había concluido. Ella debía regresar con todo el ajuar necesario para una boda de cuento.

Elene acató la orden de su padre, aunque ésta significara demorar más aún el regreso al hogar. Cuando llegó finalmente a Santo Domingo, el ejército de Napoleón de veinte mil hombres al mando de su cuñado, el general Leclerc, la seguía pisándole los talones también con destino a la isla. Napoleón, consolidada ya su posición como cónsul, había decidido que Francia necesitaba los exuberantes productos agrícolas de esta isla paradisíaca y no toleraría que el gobernador general Toussaint controlara los embarques. La lucha comenzaba una vez más.

Después de meses de feroz guerra civil, Toussaint aceptó las condiciones de paz sólo para ser arrestado a traición y enviado a Francia. Los negros sublevados tuvieron que refugiarse en las montañas desde donde lanzaban ataques inesperados, salvajes y sangrientos contra las casas de los hacendados. El general Leclerc no sólo había reimplantado la odiada esclavitud, abolida durante el gobierno de Toussaint, sino también muchas de las restricciones a los mulatos.

La intranquilidad era palpable, el sordo retumbo de los tambores de los negros en las montañas –tambores vudú que transmitían mensajes entre las bandas dispersas del ejército negro– era una amenaza latente. Resultaba peligroso viajar de noche sin una escolta armada. Las filas del ejército de Napoleón, como anteriormente las británicas y las españolas, estaban siendo diezmadas no tanto por los rebeldes como por las virulentas enfermedades tropicales, tales como la fiebre amarilla y el cólera, la malaria y la fiebre tifoidea. La víctima más reciente... el mismo general Leclerc.

Debido a las azarosas condiciones de vida en la isla, la boda había sido aplazada por un tiempo. Tanto el padre de Elene como su prometido pertenecían a la milicia, involucrados en numerosas escaramuzas. Aunque el ejército francés constituía la fuerza más poderosa enviada hasta entonces a la isla, era todavía numéricamente inferior a la de los negros en una proporción de veinte a uno. Y si el nuevo caudillo negro, Dessalines, pudiera ingeniárselas para coordinar todas sus fuerzas o encontrara una causa que las reagrupara y reanimara, sería muy posible que todavía salieran triunfantes. Eso haría que la posición de los blancos se tornara entonces extremadamente delicada, ya que Dessalines tenía la reputación de ser un hombre cruel y vengativo que odiaba enconadamente a todo el que tuviera la piel blanca.

Elene se alegró por la postergación, aun con la posibilidad, con todas estas demoras, de ser considerada una solterona que había superado la flor de la edad para el matrimonio. A pesar de desear complacer en todo a su padre, no tenía prisa por casarse. Necesitaba un poco de tiempo para restablecer su relación con él, tiempo para explorar la casa y las tierras que creyó perdidas para siempre y para adaptarse a los riesgos de vivir en la isla. Pero más que nada, necesitaba tiempo para conocer más a fondo al hombre con quien iba a casarse.

La espera resultó instructiva. Su padre había cambiado tanto que casi no lo reconocía; era cruel y vengativo; excesivamente severo con sus esclavos, temía tanto sus traiciones que no les toleraba ni siquiera una mirada de soslayo sin ordenar latigazos. Ni siquiera se comportaba como un padre afectuoso; vociferaba de inmediato y la atacaba con ira mordaz si ella expresaba alguna diferencia de opinión o no estaba inmediatamente de acuerdo con sus sugerencias acerca del manejo de la casa o sus propias actividades. Era como si él no pudiera aceptar ni la más mínima intromisión en lo que consideraba su autoridad.

En cuanto a Durant, Elene tenía que admitir que poseía encanto y gallardía y que podía ser bastante agradable cuando se lo proponía. Era, por cierto, un hombre siniestro y satánicamente apuesto. Sin embargo, como el padre de Elene, estaba contaminado por la misma necesidad de demostrar su hombría y poder. Tenía el hábito de decirle cuándo iría a visitarla en lugar de preguntarle cuándo le resultaría cómodo recibirlo; de indicarle adónde podía ir de visita y cuándo podía salir de paseo. Manifestaba sus preferencias, a fin de cuentas órdenes encubiertas, sobre el estilo de sus vestidos y sombreros, cómo debía llevar el cabello, y hasta qué música debía tocar durante las veladas. Ya había decidido el número de hijos que tendrían y en qué momento y había elegido también sus nombres. Era evidente que esperaba una casa bien organizada y una cocina excelente, ambas cosas centradas alrededor de sus gustos y aversiones.

Le desagradaba ver a Elene inquieta en su presencia. Ella no tenía que temer que la maltratara o abusara de ella, decía; la trataría como al más frágil de los adornos.

Esa promesa habría tranquilizado mucho más a Elene si Durant no necesitara hacerla. Él era tan consciente como ella de que su reputación con sus caballos y sus esclavos no era la mejor; incluso se rumoreaba que su concubina Serephine recibía algún que otro cardenal de vez en cuando.

El arresto de Toussaint y su posterior encarcelamiento en Francia habían incidido para que, finalmente, se fijara la fecha de la boda. Pero era la arrogancia de su padre y de su novio, cavilaba Elene, la que requería convertirla en un espléndido festín para sus amistades. Se proponían demostrarle al mundo que no temían atraer la atención sobre ellos, que rehusaban modificar los arreglos tradicionales por una mera medida de seguridad.

Elene regresó al tocador y contempló su imagen en el espejo, sintiendo cierto desdén por su indolente aceptación del convenio matrimonial. Debía encontrar alguna manera de hacerle entender a su padre la renuencia que sentía, podría haber hecho algo para impedirle llevar adelante sus planes. Sus primos de Francia la regañaban a menudo por sus bríos, por su energía combativa para desafiar cualquier restricción a sus actividades.

Mas, cuando intentaba hablar con su padre, él se enojaba de tal forma que hasta temía ser enviada al poste de flagelación como el más humilde de sus esclavos. Podría haber huido, cierto, pero una isla tenía pocos sitios donde ocultarse y ella carecía de medios propios para abandonarla. En todo caso, para una mujer blanca e incluso para una de color, aventurarse sola por los caminos en estos tiempos tan agitados era como invitar a la desgracia.

Sin embargo, éstas no eran las únicas razones. La verdad era que buscaba complacer a su padre, conseguir que volviera a ser otra vez el hombre cálido y afectuoso que conoció de niña. Lo había echado tanto de menos cuando estaba en Francia y había añorado tanto estar con él, que ahora sólo podía hacer lo que él deseaba en un esfuerzo por ganar su amor y aprobación.

La entrada de Devota en la habitación, tras cerrar cuidadosamente la puerta a sus espaldas, interrumpió sus cavilaciones. Elene se volvió.

—¿Adónde fuiste? Debemos apresurarnos o llegaremos tarde; ya sabes cómo es papá.

—No te inquietes. Esto es más importante, mucho más importante, *chère.*

—¿Qué es?

—Un secreto que te protegerá.

La mujer metió la mano en el bolsillo del delantal y extrajo una botellita de color verde con tapón de corcho. La destapó con una diestra torsión de los dedos y una fragancia de gardenias y rosas, de jazmín, almendras y sándalo impregnó el aire quieto y caliente, juntamente con otros aromas más sutiles imposibles de identificar.

—¿Perfume? —Elene lo inhaló apreciativamente, pero meneó la cabeza—. Es exquisito, pero dudo que impresione a

Durant. He oído que su concubina se baña en agua perfumada todos los días.

–No con un perfume como éste.

–¿Cómo puedes estar tan segura?

–No hay otro igual.

En realidad, era una fragancia deliciosa. Tentador en su combinación de esencias de flores y madera; era delicado y, aun así, ricamente exótico, intenso pero fresco, y, flotando por encima de las esencias reconocibles, había un aura de algo irresistiblemente misterioso, inquietante. Permanecía en el aire y en la mente con rara persistencia como una presencia suave y vibrante.

Elene extendió la mano.

–Usarlo no puede hacer daño.

–Un momento, *chère*. Ábrete el peinador.

–¿Qué?

–Esto es un aceite, aunque muy liviano, y debe ser aplicado con masajes sobre hombros y brazos. Tornará flexible y satinada tu piel, a la vez que fragante.

Elene sabía que Devota sólo trataba de tranquilizarla con su conversación sobre embellecer su piel y esclavizar a Durant. Sería poco amable de su parte demostrarle abierto escepticismo. Además, Elene no podía negar que necesitaba toda la ayuda posible para levantar su ánimo y permitirle caminar confiada hacia el altar donde ella y Durant intercambiarían sus votos.

Con un ligero movimiento de hombros Elene dejó deslizar el peinador por sus brazos, luego esperó que Devota vertiera un poco del aceite perfumado en el cuenco de su mano. Siguiendo las instrucciones de la doncella, llevó parte del líquido aromático a la otra mano, luego se frotó los hombros y el hueco de la garganta; después, deslizó las palmas por los brazos hasta las curvas de los codos y las muñecas. Esta aplicación no fue suficiente para Devota. La mujer le dio unas gotas más e insistió en que Elene las esparciera por las blancas curvas de los senos y hacia abajo sobre la lisa llanura del vientre hasta la unión de los muslos.

Mientras Elene se impregnaba la piel, Devota entonó un cántico grave y monocorde parecido a una plegaria o a una bendición. Ese sonido le trajo a la memoria viejas habladurías de años atrás. Cuchicheos acerca de la implicación de Devota en el culto vudú, la adoración de los antiguos dioses traídos de África, murmuraciones sobre su ocasional función de sacerdotisa en los ritos paganos. Se decía que esas sacerdotisas tenían extraños poderes, incluyendo la habilidad de causar la muerte con una maldición o con un muñeco atravesado por alfileres, de resucitar a los muertos, preparar brebajes para cambiar el amor por odio o el odio por amor. Había muchos que lo creían, tanto blancos como negros.

Cuentos, nada más que cuentos. Devota parecía muy normal allí a la luz de las velas, con su delantal y *tignon* blancos pulcramente almidonados y sus ojos chocolate de cálida mirada llena de afecto y preocupación. Esos rumores no podían ser ciertos. Era el colmo de la tontería creer en algo así.

La fragancia del aceite envolvió a Elene subiéndosele a la cabeza por un instante con una fuerza casi abrumadora antes de reducirse a una rica y exquisita nube a su alrededor.

—Bien, bien —dijo suavemente la doncella—. Ahora, cuando tu esposo te tenga junto a él en el acto de amor, recibirá el perfume sobre su propia piel con su poder centuplicado por la esencia de tu cuerpo. Y cuando eso suceda, no habrá escapatoria para él. Será tu esclavo y sólo deseará complacerte en todo. Su necesidad de ti será insaciable. Ninguna otra mujer podrá atraerlo.

—Todo eso está muy bien —dijo Elene con un levísimo atisbo de humor en la voz—, pero ¿qué sucederá si él toma un baño? ¿O lo hago yo?

Devota frunció el ceño.

—No debes tomar esto a la ligera, *chère*. Desde luego el perfume desaparecerá con el baño. Tú sólo tienes que aplicarlo otra vez y el efecto será el mismo.

—Supónte que toque a otro hombre. ¿También quedará unido a mí?

—Debes procurar que eso no suceda... a menos de querer que así sea.

Las cosas que estaba diciendo Devota no parecían reales. No obstante, pensó Elene, bien podría seguirle el juego. Ladeó la cabeza.

—¿Y qué hay de mí? ¿No me afecta en absoluto?

—Para ti es sólo un perfume. Sin embargo, lo mejor para

una mujer que desea retener a un hombre es no enamorarse demasiado profundamente de él.

—Suena tan calculador... —el ceño fruncido marcó una arruga en su frente.

—Lo es. Yo hablo de control, control de tu vida con tu esposo, no de la perfecta felicidad. Si para ti el amor es esencial, entonces busca el amor sin ninguna ayuda, salvo la de un corazón amante.

—No estoy segura de que sea un corazón amante lo que busca Durant —comentó Elene—. Es más probable que sea una esposa adecuada y las tierras de papá.

—Confía en mí, *chère*. Ahora debemos darnos prisa para vestirte o tu padre se pondrá furioso.

La moda dictada por París para el atuendo femenino desde hacía más de una década, adoptaba las simples líneas drapeadas de los clásicos atuendos griegos y romanos de la antigüedad. El traje nupcial de Elene seguía este estilo, hecho en fina gasa de seda color crema con mangas abullonadas y falda suelta y recta que caía desde debajo del busto marcando el talle muy alto. El ruedo de la falda y el contorno del profundo escote cuadrado lucían guardas de arabescos y hojas recamadas en hilo de oro. Llevaba el cabello recogido en una brillante corona formada por una sola trenza gruesa entrelazada con una pieza de cinta metálica de oro. Las únicas joyas que lucía eran una gargantilla con un exquisito camafeo que heredó de su madre y un par de pendientes de oro con forma de hojas que, con el mantón de Cachemira y un abanico de varillas de marfil, le habían enviado en la *corbeille de noce*, la cesta con obsequios nupciales del novio.

Elene, de ordinario, no se preocupaba por maquillarse, pero se veía tan pálida esta tarde que aceptó un poco de carmín en los labios y un suave roce de papel español rojo sobre los pómulos. Las cejas y pestañas, oscuras a diferencia del claro cabello rubio, sólo necesitaron un toque de aceite para verse brillantes.

Cuando, concluido su arreglo al fin, se puso de pie, Devota le prodigó toda clase de elogios y cumplidos. Elene los agradeció, pero no la reconfortaron. No le importaba lo que opinaran todos de su aspecto, ni siquiera la opinión de Durant. Todo esto le parecía más un sacrificio que una boda, y todos los elogios y las trivialidades que usualmente acompañaban a tales acontecimientos no cambiarían esa sensación. Si este casamiento se debía llevar a cabo, todo lo que Elene anhelaba era que terminara de una vez.

En ese momento se oyó un suave golpe en la puerta.

–Es hora, *mam'zelle* –dijo respetuosamente el mayordomo desde el otro lado.

Devota le respondió que ya estaban listas. Súbitamente aturdida, miró en derredor buscando el abanico de Elene por si la agobiaba el calor y también el ramillete de rosas amarillas que debía llevar en la mano. Le entregó ambas cosas y luego la abrazó efusivamente antes de dirigirse a la puerta y abrirla.

La música que anunciaba la llegada de la novia subió por la escalera exterior y flotó por la larga galería hasta donde estaba Elene. Ella respiró hondo y comenzó a avanzar.

–Recuerda –murmuró Devota–, tu hombre te amará más allá de la vida misma. No podrá remediarlo.

–Sí –susurró Elene y cruzó el umbral de la puerta, saliendo a la galería.

La mansión Larpent estaba construida de piedra caliza cortada y acarreada laboriosamente desde las montañas de la isla. Había escapado al fuego durante los años de exilio del padre de Elene, pero no así a los saqueos. La mayoría de los salones ya no ostentaban los antiguos muebles señoriales, y el piso de la galería mostraba las huellas de los objetos pesados arrastrados desde la casa. La balaustrada de la galería, tallada también en piedra caliza, había sido mellada a golpes de machete y bayoneta y faltaban varios balaustres, hinchados como botas por lo ancho, derribados por descuido seguramente, o cogidos de allí para algún otro uso. Tampoco estaba la piña tallada que coronaba el poste al final de la ancha escalinata que descendía hasta la terraza. En su lugar se veía ahora un gran tiesto de porcelana con geranios rosados derramándose por sus costados. A lo largo de la escalinata y a intervalos regulares había tiestos más pequeños con las mismas flores y otro grupo alrededor del poste inferior.

Elene se detuvo unos segundos en la cabecera de la escalinata. Abajo, los invitados a la boda estaban sentados en semicírculo alrededor del altar en pequeñas sillas doradas.

Entre ellos, en la primera fila, estaba su padre. El altar, ornado con colgaduras en oro y grana y exuberantes helechos, servía de fondo al sacerdote, que de pie y con su sobrepelliz puesta, aguardaba como todos los demás la aparición de la novia.

Los suaves cuchicheos de los invitados se acallaron y crujieron las telas de los trajes cuando advirtieron su presencia y giraron en sus asientos. Súbitamente, mientras estaba de pie siendo el foco de atención de todos, cayó en la cuenta de que ya no podía oír el golpeteo rítmico de los tambores en las colinas.

La música cobró intensidad y brío. Abajo, los invitados se levantaron en su honor. Hubo una ligera agitación y Durant emergió de la galería hacia el poste al pie de la escalinata. Se detuvo allí para esperarla, una apuesta figura en su atuendo nupcial de casaca de raso dorado y blancos pantalones cortos hasta la rodilla. Una sonrisa de satisfacción curvaba sus labios.

Elene lo contempló desde lo alto, miró el espeso pelo castaño más bien largo y los hundidos ojos negros. Tenía el rostro cuadrado con la mandíbula inferior más larga, nariz clásica y labios llenos. Si bien era de estatura mediana, su figura robusta poseía tal aire de suprema arrogancia y seguridad en sí misma que intimidaba a algunos y enfurecía a otros. Hombre de gran refinamiento, estaba acostumbrado sólo a lo mejor y no toleraría nada que no estuviera a su altura, ya fuera una copa de vino o una mujer. Sería un esposo difícil de complacer, pensó ella, aunque otras mujeres podrían envidiárselo.

Durant colocó un pie sobre el primer escalón y apoyó la mano sobre la baranda de piedra, listo para recibir a Elene y llevarla al altar. Elene descendió un escalón, luego otro, esforzándose por mantener el equilibrio y tratando de ignorar la tiesa renuencia de sus músculos, que amenazaban con hacerla caer.

En ese momento se oyó un grito de mujer.

El alarido, mezcla de horror e histeria, brotó de la última fila de los invitados. De inmediato, fue seguido por un coro de aullidos salvajes y ululantes gritos de guerra que sólo existen en las pesadillas más atroces. Era un ataque de los negros sublevados.

Los invitados saltaron de sus asientos y miraron en derredor gritando, soltando exclamaciones de aterrorizada incredulidad. Las mujeres empezaron a llorar y chillar. Llegaron luego los sonidos chirriantes de hombres extrayendo los espadines que colgaban de sus costados. Otros corrían en busca de pistolas y mosquetes dejados en el interior de la casa. Las negras figuras cruzaban los jardines agitando sus armas y mostrando unos dientes sedientos de sangre.

En un instante la terraza se convirtió en una masa de cuerpos que luchaban, se retorcían y se sacudían, de la que se elevaban maldiciones y gruñidos, gritos desesperados y el repugnante sonido de las hojas de acero cortando la carne hasta el hueso. Brillantes gotas de sangre salpicaban las piedras del pavimento.

Elene, sumida en su aturdida incredulidad, vio a Durant soltarse de la baranda y luchar cuerpo a cuerpo con un musculoso negro vestido sólo con un taparrabos. Su novio forcejeó por el machete hasta arrancarlo de una mano resbaladiza por la sangre que la cubría. Blandiendo el machete a diestra y siniestra, cortando lo que encontraba a su paso, Durant se perdió en medio de la refriega mientras Elene dirigía la mirada hacia su padre. Lo hizo a tiempo para ver cómo caía abatido con un hacha enterrada en el cuello cercenándole casi la cabeza.

Gritó entonces, y el sonido se elevó en su garganta desatado por el horror y la rabia impotente. Descendió otro escalón, tambaleante, con la vista clavada en el cuerpo exánime de su padre. Abajo, un atacante marcado por la viruela se volvió y comenzó a subir la escalinata a paso largo. En el puño llevaba una cuchilla con la hoja apuntando hacia Elene y en los ojos una mirada vidriosa de furia asesina.

Elene le arrojó el ramillete y el abanico, y luego giró en redondo recogiéndose la falda mientras retrocedía subiendo los escalones. Podía oír el ruido sordo de los pies descalzos del negro siguiéndole los pasos. El ruido actuó de acicate. Cerca ya de la cabecera de la escalinata, se soltó la falda y se lanzó hacia el pesado tiesto de porcelana. Arrastrándolo con dificultad fuera de su sitio sobre el poste, se dio la vuelta violentamente y lo arrojó a su perseguidor. Fue a estrellarse contra el cuerpo fornido en medio de una nube de tierra y geranios. El hombre aulló mientras caía pesadamente escaleras abajo seguido por los brillantes trozos de loza. Elene no esperó a ver los daños sino que continuó adelante.

Había una cara oscura sobre ella. Su corazón dio un salto en el pecho, después la reconoció. Devota. La doncella la asió de un brazo tironeando de ella.

—¡Por aquí! ¡De prisa!

Echaron a correr por la galería y cruzaron las puertas interiores de la casa deteniéndose bruscamente al llegar a la escalera del vestíbulo. Ante ellas se extendía la majestuosa escalinata que descendía hacia la puerta principal, mientras que a la derecha estaba la oscura y serpenteante escalera de los sirvientes. Giraron y descendieron apresuradamente por los angostos escalones en precipitado desorden hasta llegar al fondo.

Una puerta clausuraba la escalera y daba a la despensa del mayordomo, que estaba unida al salón comedor oficial de la mansión. Devota giró el picaporte, entreabrió la puerta y asomando la cabeza, espió y escuchó por un instante. Después, le hizo señas para que la siguiera.

De nuevo estaban corriendo, cruzando la despensa y el comedor, atravesando las puertaventanas que se abrían a un rincón aislado del jardín. Bajaron atropellada y ruidosamente los escalones de la pequeña terraza y, traspasando a la carrera un tramo del prado, se arrojaron entre los altos hibiscos que formaban una bordura espesa. Usando esa pantalla, doblaron en ángulo para huir de la casa hacia los cañaverales, como animales perseguidos de los espacios abiertos, echando miradas furtivas por encima de los hombros y jadeando ruidosamente. Después se zambulleron entre las primeras cañas de azúcar de tallos altísimos, protegidas por su ondulante inmensidad.

No podían detenerse, ni siquiera entonces. Avanzaban trabajosamente por hileras de largos túneles verdes techados por el entretejido de anchas hojas sobre sus cabezas. Se vieron obligadas a alzar los brazos para cubrirse los rostros con el fin de protegerse de las hojas inferiores, secas y afiladas como cuchillos, agachándose por debajo o saltando por encima de las cañas dobladas por su grosor y el peso excesivo del zumo que contenían. En ocasiones, aflojaban el paso para recobrar el aliento, pero rápidamente comenzaban a correr una vez más. Los gritos y alaridos, los estampidos de las armas de fuego y el tintineo de cristales rotos en la lejanía se iban apagando lentamente. Sintieron alivio y, a la vez, una gran congoja cuando ya no pudieron oírlos más.

Los campos parecían extenderse indefinidamente, una interminable milla tras otra. Las dos mujeres se entrecruzaban atropelladamente siguiendo los contornos del terreno y de las acequias. De tanto en tanto encontraban un cañaveral envejecido y abandonado, estrangulado por las cizañas, los cafetos silvestres y las enredaderas vigorosas, o algún trecho que no había sido cultivado desde la primera sublevación y ya era reclamado por la selva. Estos tramos fueron más y más frecuentes hasta convertirse propiamente en jungla.

Pasado un tiempo, las dos mujeres comenzaron a moverse con mayor lentitud, debido al agotamiento y al temor a toparse con el resto de los negros atacantes o alguna otra banda de forajidos. Una vez se hubieron internado entre los árboles, se detuvieron por fin. Esta tierra boscosa no era más que un franja de cerca de una milla y media de ancho bordeada en un lado por los cañaverales por donde habían venido y en el otro por el camino principal que llevaba a Puerto Príncipe.

Se adentraron más en la espesura. Cuando les fue imposible avanzar a causa del cansancio, se arrastraron hasta un árbol frondoso y cayeron pesadamente a tierra. Se sentaron con la espalda contra el tronco, la cabeza echada hacia atrás y los ojos cerrados mientras trataban de llevar aire a sus pulmones y mitigar el dolor de sus cuerpos exhaustos. Pasó algún tiempo antes de que pudieran moverse o hablar.

Elene fue la primera en abrir los ojos. Lo primero que vio fue que, de algún modo y sin que lo hubieran advertido antes, había caído sobre ellas una noche cerrada. Lo segundo fue un trémulo fulgor rojo en el horizonte. Respiró el aire caldeado junto con el inconfundible olor del humo.

—La casa, están quemando la casa —dijo en voz apagada.

—Sí —respondió Devota sin abrir los ojos.

—Y mira allá. ¿Eso... puede ser otra casa en llamas?

Devota escudriñó a través del espeso follaje.

—¿Dónde?

Elene señaló el lugar.
—Allá, mira el resplandor reflejado en las nubes.
—Debe ser una sublevación general en la isla, entonces —reflexionó la criada—. ¿Por qué motivo habrá estallado?
Elene sacudió la cabeza dejando caer pesadamente los párpados otra vez.
—¿Tiene alguna importancia? La pregunta es: ¿qué vamos a hacer?
Su padre estaba muerto. Ella misma lo había visto morir. Debería sentirse terriblemente acongojada, pero más allá del primer instante de horror, todo lo que podía sentir era un penetrante entumecimiento. Se estremeció con las escenas de carnicería que pasaban por su mente; con todo, parecían demasiado irreales. En el letargo en que estaba sumida no podía pensar cuál sería el mejor medio para alcanzar la seguridad. Por lo visto, tal cosa no debía existir.
—Podríamos ir a Puerto Príncipe con los soldados franceses. —El tono de Devota era tentativo.
Elene sintió la leve punzada de una emoción que había conocido antes de saber que debía casarse. Corrió por sus venas y luego se desvaneció; pero ese instante fugaz y no exento de horror le proporcionó la oportunidad de reconocer esa sensación. De nuevo se interesaba por el futuro. Después dijo lentamente:
—Quizá podamos.
—Tendremos que tener mucho cuidado.
—Sí —aceptó Elene—. Seguramente el camino estará plagado de peligros. Sería de gran ayuda poder averiguar lo que está sucediendo.
—Yo podría enterarme —afirmó Devota.
—¿Qué estás insinuando?
—Si pudiera dar con algunos de los esclavos de la casa, podrían contarme qué trama Dessalines o, al menos, darme alguna idea del porqué de estos ataques.
—Es demasiado arriesgado —opinó Elene con decisión.
Ella supuso que los esclavos de su casa debían de haber tomado parte en la sublevación; las personas que ella había atendido con sus propias manos en sus enfermedades, los hombres y mujeres que limpiaban y quitaban el polvo en la casa, podaban y rastrillaban en los jardines, los trabajadores

que cantaban en los campos. Lo sabía, pero no quería afrontarlo.

—No es un gran riesgo para alguien de mi color.

No era frecuente que Elene pensara en Devota como en una mujer de color, igual que apenas recordaba el parentesco que las unía. Ella era solamente Devota, siempre presente, siempre atenta, siempre sensata. ¿Era posible que esta mujer supiera de antemano lo que iba a suceder esta noche, que hubiese podido advertir a su padre y a los demás? No, no podía ser. En algunas cosas se debía confiar a ojos cerrados.

—Supón que te reconocen como mi doncella. Sería suficiente para ponerte en serio peligro.

—Es un riesgo que correré. Debemos enterarnos de algo, y pronto. Si es una sublevación generalizada, necesitaremos un refugio seguro antes de que se haga de día.

Devota se puso de pie y se enderezó el delantal y el *tignon*. Elene observó estos gestos maquinales en la oscuridad. Podría ordenarle a Devota que permaneciera a su lado, como un ama a su esclava, pero ésa no era la clase de relación que las unía. De todos modos, Elene no estaba muy segura de que Devota la obedeciera, en estos precisos momentos, o de que ella misma quisiera que se quedara por ese motivo.

—Si debes ir, iré contigo, al menos parte del camino.

—¿En qué nos beneficiará eso, *chère*? No, no, será más fácil si tú permaneces aquí. No tardaré mucho.

—Yo podría estar de guardia... —empezó a decir Elene, pero sin efecto posible. En el sitio donde segundos antes se encontraba Devota, sólo había oscuridad. Se la había tragado la noche.

La mujer estaba acostumbrada a moverse por el campo a oscuras, se dijo Elene. Como adepta a los ritos vudú, o quizá como guía de los seguidores en su función de sacerdotisa, saldría de la casa con frecuencia a medianoche para concurrir a las reuniones en las colinas. Devota estaría a salvo, nada malo le sucedería.

El tiempo no parecía pasar nunca. Elene percibió unos suaves crujidos a su alrededor, sólo eran los movimientos furtivos de las alimañas nocturnas o tal vez la caída de una rama seca, o el súbito cambio de dirección de la brisa a través del espeso follaje tropical. No tenía nada de qué alarmarse.

Una vez oyó voces alzadas en ebria celebración. Sin embargo, era a cierta distancia, quizá en el camino troncal, más allá de la franja boscosa donde ella estaba oculta. El ruido no creció en intensidad; por el contrario, después de un tiempo dejó de oírse.

El cielo nocturno estaba libre de nubes. El resplandor de la luna iluminaba el horizonte más allá de los dilatados cañaverales. Poco después, el disco plateado aclaró las copas de los árboles y se levantó lentamente en el cielo, filtrando sus rayos por el tejido de ramas y hojas sobre su cabeza. Ahora, las sombras bajo las ramas extendidas parecían más oscuras, mientras plateados charcos de extrañas formas se derramaban sobre la tierra. Un haz de luz del diámetro de una mano de hombre penetró en la espesura por encima de Elene. El brillante destello dio de lleno sobre el regazo de la joven transformando la seda crema en reluciente gasa de oro cuyo brillo encandiló a Elene.

Podría convertirse en una señal que dirigiera a los sublevados hacia ella.

Elene se levantó trabajosamente y se ocultó en las sombras. Aun allí la tela de su ropaje semejaba un faro y el oro de la cadena que sostenía el camafeo de su madre despedía reflejos cada vez que ella respiraba o se movía. Se sacó el camafeo y lo guardó en el bolsillo de la enagua. Pensó en sacarse también la ropa, pero las enaguas que llevaba no eran menos brillantes. Deseó haber pensado en coger una capa, una manta, cualquier cosa para cubrirse.

¿Y si embadurnaba el traje con tierra? Debía haber tierra húmeda debajo de la espesa capa de hojas secas, ¿sería suficiente? Su cutis perlado reflejaba la luz casi tanto como la ropa. También podría matar su brillo.

Se arrodilló removiendo las hojas a sus pies, arañando la tierra con manos ahuecadas. El olor rico y fecundo llenó sus pulmones mientras el crujido que producían sus manos sonaba con fuerza en sus oídos. Tomó un puñado de barro y se frotó un brazo con él. La humedad actuó sobre el aceite perfumado realzando su fragancia; los oscuros terrones desmenuzados cayeron al suelo dejando la piel del brazo apenas manchada. Recogió más.

Una exclamación corta y aguda le hizo levantar la cabeza.

A menos de diez metros de distancia vio un par de negros, uno bajo y regordete, el otro alto. Sólo vestían bastos pantalones cortos que dejaban sus torsos al desnudo. Los dibujos blancos y anaranjados pintados en sus caras y pechos les daban un aspecto cruel e inhumano. Uno llevaba una jarra de plata en la mano izquierda y un machete en la derecha. El otro hombre no tenía trofeos, pero agitaba un hacha de mango corto.

Elene se incorporó lentamente y dio un paso atrás. Al desplazarse quedó directamente bajo un poderoso haz de luz de luna. Lo sintió derramarse sobre su cuerpo, relumbrando, brillando tenuemente en el cabello, en la piel y en el vestido. Estaba acorralada, pero mantuvo la cabeza alta con porte majestuoso, determinada a no mostrar el terror que helaba su sangre.

Los dos hombres contuvieron la respiración con un ruido áspero de asombro como si hubieran visto una aparición. El que tenía la jarra de plata musitó algo que bien podría haber sido una plegaria. El otro le echó una rápida y feroz mirada y escupió.

–Atrápala –ordenó.

CAPÍTULO II

Elene se mantuvo inmóvil hasta que cayeron sobre ella. En el instante en que la tocaron, se enfureció de tal modo que no pudo contenerse más. Entonces los atacó con uñas como garras y puntapiés desesperados al tiempo que les desafiaba gritando hasta secársele la garganta.

Le valió de poco. Pasado el primer momento de sorpresa, los hombres comenzaron a divertirse con la ferocidad que ella mostraba. El que sostenía el machete soltó una carcajada al apartarse sus uñas de la cara y le retorció la muñeca forzándola a caer de rodillas. La llamaron gata salvaje, perra y otras palabras soeces. Al desprenderse las horquillas que sostenían la gruesa trenza dorada, los hombres la enroscaron alrededor de sus manos como si fuera una cuerda y la usaron para tirar de ella, arrastrándola de un lado a otro antes de arrojarla al suelo entre las hojas.

Elene aún seguía luchando con valentía, contorsionándose y retorciéndose, la respiración entrecortada y jadeante, tratando de liberar las muñecas y los tobillos de las manos férreas que los asían como tenazas. En medio de su angustia se preguntó por qué no la golpeaban con el hacha o el machete, por qué no la mataban, y supo la respuesta al mismo tiempo que formulaba las preguntas. Oyó el rasguido de la seda al ser arrancada una manga del vestido; después, sintió que cedía el escote. Un niebla rojiza, mezcla de incredulidad y zozobra, le nubló la mente. Esto no podía estar sucediendo. No podía ser cierto.

El hombre arrodillado a sus pies se tensó, dejó escapar un grito ahogado y los tobillos de Elene quedaron libres. El que estaba junto a su cabeza alzó la mirada, maldiciendo, antes de apartar a Elene de un empellón que la hizo rodar sobre las hojas secas. Haciendo un esfuerzo supremo, Elene se arrodilló. Ante ella vio un tercer hombre de pie en el claro del bosque apenas iluminado. Alto y de anchos hombros, de cutis pálido en la penumbra y figura enjuta, se enfrentaba con el negro corpulento del machete con una espada centelleante que sostenía en la mano como si supiera usarla. No lejos de ahí, su compañero yacía despatarrado en el suelo con el hacha al lado, completamente inmóvil.

El atacante y el recién llegado giraron trazando círculos con movimientos rígidos y cautelosos. La respiración del negro se oía áspera y entrecortada en el silencio que los rodeaba y sus pies, al arrastrarse, hacían crujir las hojas. El otro permanecía callado, vigilante, con los músculos tensos y atentos. El negro arremetió con un mandoble de machete, haciendo silbar el aire al cortarlo. Resonaron los metales al chocar. Hubo entonces un torbellino de golpes y contragolpes demasiado rápidos para ser seguidos con la vista en esa penumbra. De pronto, el hombre de la espada se echó hacia delante extendiéndose, retrocedió y enderezó el cuerpo. La espada brilló. El negro exhaló un grito, se tambaleó y soltó el machete que dio en el suelo con un ruido sordo. Finalmente, se desplomó.

Una sombra se movió en el borde del claro. Elene volvió la cabeza, alarmada. Devota se adelantó y quedó bajo la luz ya en el centro. Ignorando los cuerpos caídos, palmeó al hombre para demostrarle su aprobación y caminó resueltamente hacia Elene. Se arrodilló a su lado y la tomó de los brazos al tiempo que le preguntaba, angustiada:

—¿Estás bien? Háblame, dime que estás ilesa.

—Sí, sí, sólo deja que me ponga de pie. —Volver a estar de pie significaba recuperar su dignidad y quizá también su inviolabilidad.

—Desde luego, déjame ayudarte. Tu pelo es una maraña llena de hojas y casi te han arrancado una manga del vestido. ¡*Sacré*, qué animales! No soporto pensar lo que habría encontrado de llegar un momento más tarde.

—¡Ni yo! —Elene apartó a la doncella que pugnaba por limpiarle el vestido y arrancar las hierbas y hojas del pelo—. Por favor, Devota. Te quiero profundamente y agradezco a Dios y a todos los santos que llegaras, pero ¿me permites que hable con este caballero?

Su salvador había limpiado ya la espada con un puñado de hojas y la había devuelto a la vaina que colgaba a un costado de su cuerpo. Permanecía con la mano sobre la empuñadura y las piernas separadas en una actitud que indicaba cierta impaciencia.

—Sí, por supuesto. *Chère*, éste es *monsieur* Ryan Bayard de Nueva Orleans. Nuestro encuentro en el camino fue de veras oportuno.

Elene hizo una reverencia como mejor pudo en respuesta a la breve inclinación que esbozó el desconocido.

—El encuentro fue realmente oportuno, *monsieur*. Estoy más agradecida de lo que puedo expresar por su... su intervención en este momento.

—Me place haberla ayudado —respondió él con voz seca y bastante brusca—. Ahora que hemos despachado todas las formalidades, ¿podemos marcharnos, por favor? No tengo ningún interés en luchar solo contra todo el ejército de Dessalines.

—Discúlpeme si lo he retrasado... —empezó a decir Elene, confundida.

—No tiene ninguna importancia en tanto no me demore por más tiempo. —Se acercó a ella y la tomó del brazo—. ¿Puede caminar?

—Desde luego que puedo caminar —afirmó ella procurando soltar su brazo de la mano férrea que lo sujetaba.

—No sería de extrañar que estuviera un tanto alterada. Yo podría cargar con usted, si lo desea.

—¡No lo deseo! ¿Llevarme adónde, *monsieur*?

—Lejos de aquí.

—*Chère* —exclamó Devota.

Elene pugnó por liberar su brazo, pero sin resultado.

—Usted es un perfecto desconocido para mí y aunque librarme del... del peligro puede autorizarlo a interesarse por mi bienestar, no le da ningún derecho a dirigir mis movimientos o maltratarme.

—¿*Chère*? —El tono de la doncella era de súplica, pero sin esperanza de ser escuchada.

—Discúlpeme, *mademoiselle* —dijo Ryan Bayard con fría cortesía soltándole el brazo—. Tenía la impresión de que deseaba ir conmigo.

—¡*Chère*, no! —protestó Devota, ansiosa.

—No puedo imaginar cómo se le ocurrió semejante idea.

—Ni yo. Me despido de usted y le deseo buenas noches.

Elene se irguió.

—Le hago extensivos a usted los mismos deseos.

—Él tiene un caballo y un carruaje, *chère* —gritó Devota—, ¡y un sitio donde escondernos!

Elene se volvió y miró a la mujer mayor. Un refugio. Por un instante deseó negar que necesitaran tal cosa, pero la realidad de los acontecimientos de esa noche se abatió sobre ella con fuerza brutal. No necesitó ver la cara de Devota para saber que debían ir con ese hombre, que él era su única esperanza de salvación. Bien podría ser cierto; era más que probable que así fuera. Giró en redondo hacia su salvador, quien ya se alejaba de allí con andar brioso. Su figura erguida de anchas espaldas, afinada por su estrecha cintura, se destacaba en la oscuridad reinante. Se había precipitado demasiado, y ése no era un error que soliera cometer.

Avanzó un paso y lo llamó:

—¡*Monsieur!*

Él se detuvo y se volvió.

—Aguarde, por favor, yo... —La última palabra sonó temblorosa, ahogada, luego se le cerró la garganta y no pudo hablar.

Él avanzó un paso, luego otro, mirándola con fijeza. Ryan Bayard, al ver el porte gallardo de los hombros en esa figura brillante y desaliñada, al oír la súplica ahogada en la voz, se avergonzó de haberse preocupado únicamente por sus problemas.

En voz queda, dijo:

—Creo, *mademoiselle*, que está más alterada de lo que usted cree; ésta es una noche capaz de alterar al más fuerte de nosotros. Le suplico disculpe mi conducta y le ruego que crea que me sentiré muy honrado de ayudarla, si usted me lo permite.

Elene se aclaró la garganta.

—Otra vez.

—¿Perdón, *mademoiselle*?

—Usted me ayudará una vez más. —Con un gesto indicó los dos cuerpos caídos e inmóviles en el suelo—. Aceptamos su ofrecimiento con gratitud, *monsieur*, mi doncella y yo. Usted es... muy gentil.

Ryan Bayard había sido calificado de muchas cosas en los últimos años, pero nadie lo había acusado de ser gentil. No estaba seguro de que le agradara mucho.

—¿Nos vamos entonces?

El camino no se hallaba tan lejos como ella había pensado, si cruzaban por el bosque. El carruaje estaba oculto al borde del camino cubierto de conchillas. Era un faetón tirado por un bayo lustroso. El coche abierto, diseñado para coger velocidad, no era demasiado cómodo ya que tenía un solo asiento poco mullido para el conductor y a lo sumo un acompañante delgado. Los tres se las arreglaron a duras penas para sentarse en él, ubicando a Elene en el medio, agarrada tanto a Devota como a *monsieur* Bayard. Con todo, cada vez que una rueda caía en un hoyo o doblaban una curva sobre dos ruedas, ella creía que saldrían volando por el aire o por encima del guardabarros delantero. Lo único que lo impedía, estaba segura, era el brazo fornido del hombre al que se aferraba con todas sus fuerzas.

Era curioso pensarlo, pero Elene no creía haber estado tan cerca de un hombre, ni siquiera de uno de su propia familia, en sus veintitrés años de vida. Hasta Durant se mantuvo a distancia por la presencia del padre de Elene o la vigilancia de Devota. El cuerpo del hombre que había matado por ella era duro, resistente y elástico, con músculos de acero. Nada en él indicaba un estilo de vida indolente o cómodo, más bien su cuerpo hablaba de rudísimos quehaceres. Sin embargo, su lenguaje y modales eran los de un caballero, al igual que su pericia con la espada. Él representaba un enigma que podría servirle para ocupar su mente y apartarla de visiones, sonidos y hechos que deseaba dejar en el olvido.

¿Era Ryan Bayard un hombre digno de confianza? Ésa sí que era una buena pregunta. Había detenido su carruaje por Devota en una noche en que la gente de color estaba asesinando a los blancos sin temer una posible trampa. Eso indicaba o que confiaba presuntuosamente en su habilidad para protegerse o que se preocupaba excesivamente por los demás. Había ido en ayuda de Elene arriesgando su propia vida sin la menor vacilación, sin conocerla siquiera y sin esperar, por cierto, ninguna gratificación. Era impensable que pudiera guiarlo alguna razón ruin, ni había motivos para sospechar que quisiera aprovecharse de la situación.

Aun así, este hombre tenía algo que turbaba a Elene. Creía haber oído antes su nombre y no en alguna leyenda acerca de la antiquísima familia de Bayard, célebre por sus proezas en la guerra. Deseaba poder verle la cara para buscar algún parecido con alguien que ella conociera o para sondear sus intenciones.

El camino por el que avanzaban se mantenía despejado a la luz de la luna. Pasaron por una o dos mansiones con sus galerías iluminadas, como si los dueños estuvieran contemplando el resplandor rojo de los incendios y las nubes oscuras de humo que se elevaban al cielo. Sin embargo, todavía no había señales de destrucción ni del ejército de Dessalines por estos contornos.

—¿Nos falta mucho para llegar? —preguntó Elene.

—Tres o cuatro millas. Pronto saldremos del camino principal.

Supuso que él estaba haciendo un esfuerzo por tranquilizarla. Seguramente había advertido la forma en que ella observó a los pequeños grupos de negros con que se habían cruzado, grupos que desaparecían en el bosque al verlos pasar raudamente. Parecía que la sublevación no era generalizada, pero aquellos no involucrados se desplazaban de un lado a otro en la noche desafiando todas las restricciones.

—Aquí está todo tan tranquilo... ¿No deberíamos detenernos y avisar a la gente acerca del ataque?

—Cualquiera que pueda ver los incendios debe saberlo ya.

Era cierto. Aquellos que aún vivían en la isla eran veteranos en tales atrocidades después de diez años de lo que sólo podía ser considerado como una guerra civil.

—La boda, ése fue el motivo por el cual nos eligieron, ¿por qué precisamente a nosotros?

Ryan alzó un hombro con la atención fija en controlar al bayo que se había espantado con el vuelo de un murciélago.

—Yo diría que atrajeron la atención por la boda, según me cuenta su doncella. Pero sólo fue un pretexto para tener un sitio por donde empezar.

—Quiere decir...

—Parece como si tan sólo aquellas tres o cuatro casas más cercanas a la suya hubiesen sido atacadas. El camino estaba relativamente libre desde la casa que yo había visitado, quizá a dos o tres millas de donde me detuvo Devota, y no vi señales de grandes grupos de hombres armados. Podría apostar a que todavía no se ha dado la orden de sublevación general. Eso llegará por la mañana o tal vez la próxima noche.

—La situación ha estado tan tranquila últimamente... —comentó Elene casi para sí—. ¿Qué puede haber desencadenado esto?

Ryan se volvió hacia ella.

—¿No se ha enterado? Ayer llegó la noticia de la muerte del gobernador general Toussaint en la prisión de Joux.

Toussaint, muerto. Había sido un estadista nato, con un régimen algo paternalista, y, aunque había sido derrotado, durante su corto reinado consiguió muchas mejoras para su gente. Lo habían respetado, hasta amado. Era natural que todo eso, combinado con el arresto a traición, hiciera de su muerte en una prisión francesa la chispa que provocara nuevamente las llamas en Santo Domingo.

Esta conflagración se extendería, no cabía duda. ¿Qué debía hacer ella entonces? No tenía hogar, ni otra familia que Devota; no sabía si su novio seguía con vida. Los únicos objetos de valor que poseía eran los pendientes en las orejas y la gargantilla con el camafeo en el bolsillo de la enagua.

—¿Dónde están los soldados de Leclerc? —preguntó—. ¿Cuándo se pondrán en marcha?

—La cuestión es: ¿Se pondrán en marcha siquiera? —señaló Ryan—. Las filas del ejército se han visto tan diezmadas por la disentería y la fiebre amarilla que serán afortunados si pueden reunir una compañía de hombres medianamente operativa.

—¡Pero debe hacerse algo para detener a Dessalines! —exclamó Elene.

—Tal vez, pero no antes de cierto tiempo. Según lo veo yo, lo mejor que puede hacer usted o cualquier blanco que se haya salvado es salir de la isla cuanto antes.

Posiblemente estaba en lo cierto. Si la situación se volvía tan crítica como durante la primera sublevación doce años atrás, lo único seguro sería abandonar la isla hasta que las cosas se calmaran o hasta que el ejército francés pudiera recuperar el control sobre el lugar.

—Pero ¿cómo podemos hacerlo? ¿Qué pasará con nuestras plantaciones? ¿Con nuestras cosechas?

—No sirven de mucho cuando uno está muerto —dijo simplemente Ryan.

Antes de que Elene pudiera responder, el carruaje dobló de repente por un camino particular y rodó, veloz, en dirección a una casa a oscuras. Ryan no detuvo el caballo delante de la puerta principal sino que continuó, rodeándola hasta las caballerizas, donde hizo pasar al bayo por la abertura arqueada de una cuadra antes de detenerse. Desenganchó el caballo y lo condujo a un pesebre, luego arrastró el faetón hasta un rincón. Sólo entonces se volvió hacia las dos mujeres que lo acompañaban.

Elene, mientras esperaba que Ryan recordara su presencia y la de la doncella, había tenido tiempo de recobrar el aliento y mirar en derredor. Esta casa, además de estar convenientemente apartada del camino, se hallaba sobre un promontorio que avanzaba dentro del mar. Podía oír los golpes de las olas en el silencio de la noche y oler la sal en el aire. Las caballerizas y los establos eran desproporcionados con respecto a la casa y en un rincón cercano había un carro demasiado grande y macizo para ser usado para otra cosa que no fuera carga.

—¿Qué estamos haciendo aquí? —preguntó ella en voz queda mientras caminaba de prisa al lado de Ryan.

—Esta casa pertenece a un socio mío. Me hospedo en su casa por unos días.

Elene lo miró fugazmente. En el año y medio que llevaba en la isla había aprendido lo suficiente como para saber que la casa pertenecía a un comerciante mulato llamado Favier.

Jamás se había encontrado cara a cara con este hombre. Los mulatos no frecuentaban los mismos círculos sociales de los blancos, si se podía decir que había una sociedad en Santo Domingo en estos días. De todos modos, Favier tenía la reputación de vivir apartado de todos. Se rumoreaba que, además de velar por sus legítimos intereses, traficaba con contrabando.

De pronto, algo volvió a la memoria de Elene y supo con

certeza dónde había oído el nombre de Bayard. Un corsario de no poca celebridad –algunos hasta lo consideraban un pirata– respondía a ese apellido.

La puerta trasera de la casa se abrió de par en par antes de que ellos la alcanzaran. En el vano no había ningún sirviente sino el amo en persona. Traía una vela encendida con un resguardo añadido. Cuando se acercaron, él los condujo precipitadamente al interior de la casa y cerró con fuerza la puerta a sus espaldas.

De él decían que era mulato, pero era probable que sólo tuviera un cuarto de sangre negra en lugar de la mitad, ya que su piel era del color de un pergamino antiguo. Era bajo y corpulento, lindando la obesidad, y con el pelo rizado y untado con pomada, con todos los cuidados que se brinda un petimetre. También era evidente que estaba muy atemorizado, pues la vela se sacudía en su mano temblorosa y gotas de sudor brillaban en su labio superior.

–¿Alguien los vio doblar hacia esta casa? –preguntó clavando en Ryan la mirada límpida de sus ojos color café.

–No que yo sepa. Espero que no te incomode que haya traído huéspedes conmigo, *mademoiselle* Larpent y su doncella Devota. –Ryan se volvió hacia Elene–. *Mademoiselle*, permítame presentarle a *monsieur* Favier.

–*Monsieur*. –Elene hizo una reverencia.

–*Mademoiselle*. –Favier inclinó torpemente el torso demorando la mirada en el desaliño del vestido y el peinado sólo un instante. Sin dirigirle ninguna palabra de bienvenida se volvió bruscamente a Ryan otra vez.

–Te esperaba hace horas. ¿Dónde has estado?

–Me entretuvieron algunos disturbios en el camino y me desvié una o dos veces. Luego fue necesario recoger a *mademoiselle* Larpent.

–¿Lo fue verdaderamente? ¿Te das cuenta del peligro en que me has metido?

–¿A ti?

–Me las he ingeniado para mantenerme apartado de la lucha entre negros y blancos, y seguir conservando relaciones amistosas con Dessalines, pero si descubre que estoy albergando a un blanco, por no decir nada de esta Larpent, destruirá esta casa y a mí me descuartizará vivo.

—Entonces tendrás que asegurarte muy bien de que Dessalines no nos descubra, ¿no es así? —dijo Ryan calmadamente.

Elene observó a Ryan Bayard. A la luz de la vela vio que tenía el cabello oscuro y lustroso como la madera del nogal y el rostro tan tostado por el sol que lucía mucho más oscuro que el del mulato. Las facciones eran severas, con boca firme, bien marcada, y la nariz, rota en algún momento pasado, le daba la apariencia predatoria de un halcón. Los ojos eran azules como el mar a medianoche, protegidos por cejas espesas y tupidas pestañas oscuras. No se podía decir que fuera bien parecido y con todo, había algo apremiante en la armonía de las facciones que atraía la mirada y cautivaba la atención. La fuerza que ella había percibido en él se evidenciaba ahora en su manera de encararse con el anfitrión. No le sorprendía que Favier estuviera nervioso, pues Bayard no parecía ser un hombre fácil de contrariar.

Sin embargo, el terror del mulato a Dessalines era superior al temor a Ryan, ya que se lamió los labios y luego estalló:

—¡No podéis quedaros aquí!

—¿Adónde sugieres que nos vayamos? —La mirada de Ryan era dura y penetrante, pero la voz mantuvo el tono casi despreocupado.

—A la ciudad. Con el ejército francés.

—¿Y también debo llevar mis negocios allá?

Favier gimió como si la sugerencia le produjera un dolor físico. Sacó un pañuelo y se enjugó la frente con él.

—No entiendes.

—Creo que sí. Corro grandes riesgos con cada viaje, pero rehúsas devolverme el favor cuando es necesario.

—Los soldados franceses pueden protegeros.

—Es posible, si la dama y yo pudiéramos llegar a la ciudad —respondió Ryan—. Pero tú podrías ocultarnos y avisar a mi barco para que me saquen de la isla. Los franceses no serían tan serviciales. Por alguna razón, no parecen tenerme en muy alta estima.

Su barco. Entonces era cierto que Ryan Bayard era un corsario. Y también que Favier estaba asociado con él, que recibía y vendía las mercancías traídas por Bayard a la isla. Elene había oído muchas historias sobre estos comerciantes aventureros que navegaban resguardados por patentes de corso para cometer pillajes en los barcos de países en guerra entre sí, y vender luego el botín al mejor postor. Se podría pensar que aquellos con sangre francesa en sus venas sólo atacarían a los barcos británicos, pero se decía que, algunas veces, Bayard hacía la vista gorda ante el color de la bandera si el botín era valioso.

Lo miró largamente, vio la chaqueta de tela azul oscuro y el chaleco de corte clásico a rayas blancas, la corbata, apenas desaliñada por la lucha con los negros, los ceñidos pantalones cortos de fino tejido de lana y las botas lustrosas. Hasta con la espada al costado, más pesada que los espadines que lucía la mayoría de los hombres, salvo por el color de bronce de su piel, parecía más un hacendado que un corsario, terror de los mares. Ningún caballero, por lo que ella sabía, consentiría exponer tanto su rostro al sol, no más de lo que permitiría una dama. Una piel bronceada podría dar origen a rumores de un rastro de lo que era conocido como *café au lait*, un vestigio de sangre africana. No lo sospechaba de este hombre; más bien, el dorado de la piel era una prueba más de su ocupación.

Al mirar a Elene, Ryan advirtió su expresión de censura. No le resultaba difícil encontrar la causa. Se sintió molesto, fastidiado. Al menos, podría haberle otorgado el beneficio de la duda, considerando las molestias que se había visto obligado a soportar por su causa. Elene se agitó bajo la mirada severa y se volvió en busca de su criada. En el aire flotó el hálito del perfume. Él lo había notado antes, cuando ella se le apretaba en el asiento del faetón, una fragancia como la de un jardín tropical bajo la luna. Era absurdo, pero se sintió fuertemente impulsado a dar un paso hacia ella para olerlo mejor.

Esa inclinación, cuando la mujer le demostraba su evidente desaprobación, no ayudó a aplacar su mal humor. Se volvió a Favier.

—Bien, ¿qué decides? ¿Arrojarás todas tus ganancias al viento por temor a perder tu amarillo pellejo o actuarás como un hombre? Decídete de una vez. Conozco a uno o dos que considerarían que tus ganancias bien compensan correr algún que otro riesgo.

El semblante de Favier se demudó y alzó las manos, derrotado.

—Muy bien, muy bien. Pero no me expondré innecesariamente. Si lo que deseáis es permanecer ocultos, así es exactamente como estaréis. Venid por aquí, de prisa, antes de que alguno de los sirvientes venga a fisgar preguntándose a qué obedece el ruido.

La casa no era tan grande como la mansión Larpent ni tan pretenciosa. Estaba compuesta de seis habitaciones, tres arriba y tres abajo, rodeadas en los cuatro costados por galerías que protegían las paredes interiores del sol ardiente y de la lluvia empujada por el viento, mientras permitían la circulación de aire. Estaba amueblada con miras a la comodidad, incluso con un toque de lujo aquí y allá. En el comedor al cual fueron conducidos, una sala a la derecha en la planta baja, había una suntuosa alfombra Beauvais de vistosos colores sobre la cual se hallaban centradas unas mesas largas y sillas de palo de rosa. Un gran frutero y un par de candelabros, todos de Meissen, adornaban la mesa, mientras que sobre un aparador se alineaba una cubertería de plata y un juego de botellones de cristal con vino y coñac.

Favier dejó el candelero que llevaba sobre la mesa y empezó a retirar las sillas una a una. Elene dirigió una mirada inquisitiva a Devota que le respondió encogiéndose de hombros en señal de ignorancia.

Ryan no se mostró tan reticente.

—Si estás a punto de ofrecernos la hospitalidad de tu cocina, lo apreciamos mucho, pero yo, por mi parte, no tengo hambre. Requerimos los cuartos más apartados que haya, un par de ellos. ¿No hay cuartos aislados en el alojamiento de la servidumbre o en el ático que nos sirvan de refugio?

Favier le lanzó una mirada beligerante.

—Para lo que vosotros necesitáis, lo único que puedo ofreceros está aquí. La vieja que me gobierna esta casa acostumbra fisgonear en todas las habitaciones, y prohibirle la entrada a alguna de ellas será sólo un acicate para que intente ver lo que oculto allí.

—Entonces, enciérrala unos días o envíala lejos de la casa.

—No puedo —respondió Favier, tajante—. Es mi madre.

—En ese caso, difícilmente te delataría.

—No la conoces. —Favier hizo un gesto displicente mientras continuaba retirando las sillas.

Cuando hubo terminado con todas, levantó un extremo de la mesa y de un puntapié apartó la alfombra de debajo de las patas. Después la enrolló hasta dejar al descubierto una trampa.

—Empiezo a entender —dijo Ryan.

—Espero que os agrade —respondió Favier con cierta malicia en la voz.

Gruñendo por el esfuerzo, levantó la puerta por una argolla empotrada en la madera y la dejó apoyada sobre sus goznes. Al principio no se veía nada, salvo un agujero oscuro. Entonces Devota tomó la vela y la sostuvo a ras del suelo debajo de la mesa. El espacio que iluminó era demasiado pequeño para ser un sótano, incluso para un cuarto. Excavado en la piedra caliza donde se asentaba la casa, debía de haber servido para almacenar contrabando de vez en cuando, puesto que débiles olores de vino, especias y té emanaban de su interior.

Ryan, que había puesto una rodilla en tierra para mirar, se incorporó.

—Debe haber otro lugar.

—Ninguno que no pueda ser descubierto y, quizá, notificado a Dessalines.

—No me diga —comentó Elene con aspereza— que su madre no sabe nada de este sitio.

—Conoce su existencia, pero no ha sido utilizado por algún tiempo y no tendría motivo para pensar que hubiera alguien allí abajo ahora.

—Muéstranos otro lugar. —La voz de Ryan era dura.

—No hay ningún otro lugar, ¡lo juro! ¡Es éste o nada!

Elene habló casi para sí.

—No existe ninguna razón para que Devota y yo no podamos ir a Puerto Príncipe con el ejército.

—Oh, sí —exclamó Ryan volviéndose hacia ella—, tal como estabais haciendo cuando llegué hace una o dos horas.

Elene le devolvió una mirada fría que pasó inadvertida en la penumbra.

Favier paseó la mirada de uno al otro y se enjugó el sudor de la frente.

–Cada minuto que perdamos discutiendo aquí es un riesgo más. Sólo será por unos días, tres, cuatro a lo sumo, hasta que pueda avisar al barco.

–Usted no tiene ninguna certeza de que la situación sea tan grave –señaló Elene–. Todos nosotros únicamente suponemos que Dessalines ordenará un ataque masivo. Tal vez, podríamos esperar a ver qué sucede.

–Sí, y para entonces, todos los esclavos del lugar sabrán dónde buscarla, suponiendo que Dessalines desee capturar a los blancos. ¿Sabe usted lo que hace con las mujeres blancas? ¿Lo sabe?

Devota dejó la vela sobre la mesa y se colocó delante de Elene.

–Lo sabe, necio. Tan sólo mírala.

Favier sonrió sombríamente.

–Puedo ver que no ha sido torturada. Todavía.

La mujer mayor le volvió la espalda y habló con Elene.

–Tal vez sería tolerable por uno o dos días, *chère*. Después, si las circunstancias no se presentan como pensamos, podríamos seguir viaje a Puerto Príncipe, tú y yo.

–¿Y después, qué? –inquirió Ryan, irritado–. La noticia que corre entre los hombres de mar es que el Tratado de Amiens ha fracasado. Cualquier día de éstos se declarará la guerra contra los británicos y yo no dudo de que esta vez ayudarán a Dessalines bloqueando la isla. Eso convertirá a Santo Domingo en una prisión sin escapatoria posible. Dessalines puede reunir más de cien mil hombres batiendo un tambor. Del bonito ejército francés de veinte mil hombres enviado por Napoleón, más de un cuarto murió de fiebres y otro cuarto, tal vez más, está incapacitado para luchar. Eso hace que las probabilidades en contra de una victoria sean de más de cien a uno. ¿Qué hará usted si huyen despavoridos o se rinden?

Elene le clavó la mirada.

–No lo sé, *monsieur*, pero ¿qué otra alternativa me queda? No tengo familia, ni amigos, ni dinero. ¡Ningún barco está esperándome!

–Podría venir conmigo.

Ryan no sabía de dónde había salido esa sugerencia; ciertamente no la tenía prevista. Simplemente surgió de forma intempestiva y en voz alta. Era un idiota. Le causaría problemas, pero suponía que podría afrontarlos en su momento. Por ahora, esperaba la respuesta.

—¿Ir con usted? —La voz de Elene no denotaba ninguna emoción.

—A Nueva Orleans.

—Pero yo no...

—¡Por amor de Dios! —gritó Favier—. Ya podréis discutir adónde iréis y qué haréis más adelante durante los próximos tres días. ¿Os ocultaréis antes de que seamos descubiertos y despedazados para deleite de Dessalines?

Ryan maldijo por lo bajo; después, de modo brusco, se agachó y desapareció debajo de la mesa. Saltó dentro del agujero y se volvió, esperando para ayudar a Elene. Ella se arrodilló, vaciló un momento, observando cómo él casi había sido tragado por la oscuridad.

—Adelante —gimió Favier, exasperado.

Parecía que no podía escoger otra cosa, salvo maldecir como había hecho Ryan Bayard. Apretando los labios, Elene se arrastró hasta el borde del agujero bajando las piernas por él hasta que quedaron balanceándose en el aire. Ryan se estiró para alcanzarla. Ella apoyó las manos sobre sus hombros y sintió sus manos firmes cerrarse alrededor de su cintura. Cayó sobre él al saltar, las suaves curvas de su cuerpo apretadas contra la alta figura, los rostros apenas separados. Luego, él la depositó cuidadosamente sobre el suelo y juntos se volvieron hacia la luz.

Favier, jadeando por la ansiedad y el esfuerzo, se dobló debajo de la mesa y asió la trampa.

—¡Aguarde! —gritó Elene—. Devota, ven aquí.

—Estaréis demasiado amontonados —protestó Favier.

—Sí, pero...

Devota sacudió la cabeza cubierta con el *tignon*.

—No te inquietes, *chère*, estaré muy bien. Ocultarse así no es necesario para alguien de mi color. Y podré atender tus peticiones si estoy libre para moverme por aquí. —Esto lo dijo con una mirada desafiante en dirección a Favier, como si la doncella lo retara a tratar de detenerla o sospechara que pudiera permitir que Ryan y Elene murieran de hambre si no era vigilado.

—La gente sabrá que eres de la casa Larpent. Querrán saber por qué estás aquí —dijo Elene. Se preocupaba por la seguridad de Devota, pero al mismo tiempo sentía que le estaban arrancando una protección vital.

—Inventaré alguna historia, no temas —aseguró Devota con calma.

Favier estaba cerrando la puerta. Su voz sonó teñida de un falso entusiasmo al decir:

—Elene estará bien.

Ryan alzó la mano para impedirle bajar la trampa.

—Déjanos la vela.

Refunfuñando, Favier se la alcanzó.

—Solamente debes encenderla en caso de emergencia. El entarimado puede tener algunas grietas por donde se filtraría la luz.

—No somos necios —respondió el corsario en tono áspero; después bajó la cabeza apresuradamente mientras la trampa se cerraba con un golpe sordo.

Desde arriba les llegó la voz de Devota.

—En seguida traeré comida y bebidas y algunas otras cosas para que os sintáis más cómodos.

Luego, la voz de Favier que ordenaba silencio a la criada, después nada más.

La luz de la vela titiló en la penumbra. Tanto Elene como Ryan se volvieron al unísono y la midieron con la mirada. A su alrededor, las paredes parecían cerrarse sobre ellos. Elene, no más alta que el común de las mujeres, podía mantenerse erguida si bien su coronilla rozaba la trampa. Ryan, en cambio, se veía forzado a doblar el cuello en un ángulo incómodo. El lugar donde se encontraban mediría, más o menos tres metros de largo, pero no más de un metro y medio de ancho. La trampa, en lugar de encajar propiamente en la piedra, lo hacía en el entarimado de madera, por lo que, entre ésta y aquél, quedaba un espacio del grosor de los cabios que sostenían el entarimado y que se extendían por debajo de toda la casa. Este hueco permitía la circulación del aire, aunque también parecía atraer a las arañas. Las vigas y tablas de madera del suelo por encima de sus cabezas estaban festoneadas de telarañas empolvadas.

El cuartucho subterráneo hubiera estado vacío a no ser por lo que parecía un montoncito de sacos de yute en un rincón. Ryan depositó la vela en el suelo y se acercó. Recogiéndolos, los sacudió. Había cinco o seis de ellos. Luego los extendió prolijamente sobre el suelo en dos pilas contra la pared y se sentó sobre una de ellas.

Con voz cargada de ironía, dijo:

—Siéntese. No hay razón para que no nos pongamos cómodos.

—Eso parece. —Elene se movió penosamente con los músculos endurecidos y aceptó el asiento que él había preparado.

No se dio cuenta de lo exhausta que estaba hasta que se sentó. La abandonaron las energías, quedó exánime y con una tendencia casi incontrolable a tiritar. Reclinó la cabeza contra la pared y cerró los ojos. En ese mismo instante todas las imágenes que hubiera preferido no volver a ver se agolparon en su mente. Abrió los ojos precipitadamente. Ante ella estaba la vela cuyo brillo amarillo intenso le brindó consuelo y una nueva preocupación.

Elene se humedeció los labios.

—¿Supone usted que debemos apagar la luz?

—Cuando regrese su doncella.

El tiempo pareció suspendido. Manteniendo cuidadosamente la mente en blanco, permaneció sentada con la mirada en la llama vacilante, absorta en los colores que contenía, azul, anaranjado y amarillo, el negro del pabilo, el blanco cremoso de la cera, el gris donde el humo dejaba su mancha. Las sombras proyectadas por la luz se movían rápida y ligeramente sobre las paredes, superponiéndose unas contra otras. Al elevarse, el aire caldeado mecía las telarañas con blanda languidez.

Ryan echó una ojeada a la mujer que estaba sentada a su lado. Algo en la quietud en que estaba sumida lo perturbó. Reflexionó acerca de todo lo que había pasado esta mujer en las últimas horas, hechos que, en su gran mayoría, le relató atropelladamente la criada Devota al suplicar su intervención y ayuda y se sorprendió vivamente de no tener en sus manos a una mujer histérica. Era asombroso que ella no estuviera bajo los efectos de una conmoción violenta. Ese imbécil de Favier bien podría haberles ofrecido una bebida. A él mismo no le vendría mal un buen trago de coñac.

—Lo siento —dijo en voz alta—. Esto no era precisamente lo que tenía pensado cuando le ofrecí refugiarse aquí.

Los labios de Elene se torcieron en una sonrisa burlona.

—Es muchísimo mejor que lo que me aguardaba.

—Algunas personas tienen miedo de los lugares cerrados. Si usted los teme, sólo tiene que decirlo y obligaré a esa comadreja de Favier a encontrarnos otro refugio.

Tardó unos instantes en responder.

—No puedo decir que me agrade, pero creo poder soportarlo. Ya lo averiguaremos con el tiempo.

Esa manera de encarar la situación era tan similar a la de Ryan que la joven subió otro grado en su estima. Tenía valentía. De repente, volvió a su memoria la furia salvaje con que ella luchó contra los negros que la tenían prisionera.

—Hablaba en serio cuando le propuse acompañarme a Nueva Orleans —continuó él—. Allá tengo amigos que pueden ayudarla a establecerse en la ciudad. No tendrá ninguna dificultad para llegar a ocupar un lugar digno de usted.

En secreto pensó que habría gran cantidad de sus amigos a quienes nada les agradaría más que cuidar de una mujer tan bella como ésta. Era en verdad hermosa. Lo que más lo intrigaba era que no hubiese estado casada desde hacía más de seis años por lo menos, en lugar de estar a punto de ir al altar ahora.

Elene no respondió, si bien consideró las palabras que él acababa de decirle. Su padre había estado refugiado en Nueva Orleans durante algún tiempo. Él había disfrutado de su estancia allí, pensó, cuando aún no estaba preocupado por regresar a Santo Domingo. Debió haberse quedado allí. En ese caso, quizá todavía estaría con vida. Pero no lo había hecho, y ahora...

Se abrió la trampa sobre sus cabezas. Ryan se puso de pie y recogió las cosas que le entregaba Devota, una hogaza de pan, una brazada de cobertores acolchados, un pollo asado y varios pastelitos fritos rellenos de frutas, envueltos en una servilleta, más botellas de vino y coñac y una jarra de agua con vasos. Cuando él le hubo pasado a Elene todas estas cosas una por una, la criada le entregó el último objeto útil, un bacín de porcelana con la tapa decorada con rosas pintadas.

Devota habló por lo bajo.

—¿Hay alguna otra cosa que pudierais necesitar?

Ryan miró a Elene, quien meneó la cabeza. Él trasmitió la respuesta.

—Bien, Favier dice que debo pediros que bajéis el tono de vuestras voces. Él cree que pueden oíros hablar.

—Lo haremos —dijo Ryan en tono adusto.

—Es posible que no regrese hasta mañana por la noche para traeros más comida. Si fuera así, no penséis que os he olvidado —susurró Devota.

—No, no pensaremos tal cosa.

—Entonces, descansad.

Ryan hizo un ruido con la nariz que podría haber sido un bufido. La trampa volvió a caer en su lugar.

Ryan colocó el bacín en el rincón más alejado; después se arrodilló y empezó a ordenar la comida y la bebida en el otro.

—¿Desea comer algo?

—No, gracias.

Elene le volvió la espalda y comenzó a extender los cobertores sobre los sacos de yute. El espacio era tan reducido que no había lugar para hacer con ellos más que un solo jergón si ambos iban a echarse a dormir. Y eso, precisamente, era lo que debían hacer; no podían quedarse sentados, en vela, durante tres días. Ella y el corsario tendrían que acostarse lado a lado. Juntos. Aquí abajo en este agujero. Se sentó sobre sus talones con la mirada perdida en los cobertores.

A sus espaldas se oyó el tintineo de vidrio contra vidrio, el gorgoteo suave de un líquido.

—Sírvase —dijo Ryan con voz ronca—, beba esto.

Se volvió y lo miró mientras él se arrodillaba muy cerca suyo. Elene notó la penetrante mirada azul y vio la llama de la vela reflejada en sus ojos. Súbitamente, la simple presencia de este hombre, tan fuerte y viril, fue irresistible. Tragó con esfuerzo y tomó con dedos temblorosos el vaso de coñac que le ofrecía.

Sintió los labios helados contra el borde. Los vahos del licor le subieron a la cabeza. Después, el fuego del coñac irradió su calor vivificante al deslizarse por la garganta hasta el estómago de Elene. Un estremecimiento le sacudió el cuerpo. Bebió otro sorbo, con cautela, sosteniendo el vaso con ambas manos.

Ryan asintió levemente con la cabeza, satisfecho, y luego levantó su vaso.

—Por Nueva Orleans.

Ella no había dicho que iría. Sin embargo, no podía negarse a brindar por el hogar de Bayard.

—Por Nueva Orleans —repitió y bebió una vez más.

Ryan cambió de posición, se acomodó sobre el jergón que ella había preparado, aunque simplemente se sentó igual que antes, con la espalda contra la pared de piedra. Hizo girar el vaso entre las manos, y sus ojos, ocultos detrás de las tupidas pestañas, se clavaron en el líquido ambarino.

Elene lo observó por el rabillo del ojo; después desvió la mirada otra vez. La situación en la que se encontraban tenía todos los visos de resultar embarazosa en extremo. Sin embargo, ninguno de los dos la había provocado ni podía ponerle remedio. Siendo así, no tenía sentido ser remilgado al respecto. Respiró profundamente y luego exhaló lentamente el aire de sus pulmones. Se acercó con cuidado y se sentó junto a él.

—Supongo —comentó Ryan en tono indiferente— que sería mejor cuidar nuestra vela. Nada indica que Favier nos vaya a dar otra.

—Sí, supongo que sí —respondió ella.

Él extendió el brazo y apagó la llama de la vela con los dedos. Las tinieblas descendieron sobre ellos.

Estaban solos en la oscuridad.

CAPÍTULO III

Los efectos del coñac parecieron más fuertes sin la luz. Elene sintió un alivio placentero de sus tensiones y un aflojamiento paulatino de los músculos. No estaba embriagada, desde luego, sólo consciente de que podría estarlo con facilidad.

No culpaba a Ryan Bayard por el estado en que se encontraba. Era verdad que él le había dado el coñac, pero no la forzó a beberlo y, ciertamente, no sospechaba que él tuviera algún motivo ulterior para ofrecérselo. De hecho, le estaba agradecida por el gesto. Era posible que él no lo supiera, pero había estado al borde de la histeria, de perder por completo la compostura.

Probablemente, lo sabía muy bien. Un hombre como él debía recordar muchas experiencias con mujeres, especialmente con mujeres dominadas por el pánico. Además, un corsario tropieza a menudo con personas sobreexcitadas de ambos sexos nada felices de ser despojadas de sus bienes.

Las experiencias de Ryan Bayard con las mujeres o los hombres no eran, desde luego, de la incumbencia de Elene. Los tres días que debían pasar juntos pronto llegarían a su fin y era sumamente improbable que volvieran a encontrarse otra vez.

Desaprobaba todo lo que él representaba y tenía la esperanza de no habérselo demostrado abiertamente. No sería muy cortés por su parte arrogarse el derecho de juzgar al hombre que le había salvado la vida y la honra. Con todo, no podía cambiar sus sentimientos hacia él. Un hombre ha de ser leal a su pueblo, fiel a la tierra de sus ancestros, aunque no sea su tierra natal. Ryan Bayard era descendiente de franceses, o así lo suponía ella por el apellido y por el hecho de hablar esa lengua como si la hubiese aprendido desde la cuna. ¿Por qué atacaría a los barcos mercantes franceses cuando debería acosar a los enemigos de Francia?

Era difícil saber, por supuesto, a qué facción del gobierno francés se debía apoyar en esos días. Su padre había sido un monárquico ferviente que criticó con severidad al primer cónsul Napoleón Bonaparte, considerándolo un corso advenedizo con pretensiones de gloria. Ella misma, después de su estancia en Francia, simpatizaba con la causa de la *liberté, égalité et fraternité*, aunque los excesos de la revolución la habían asqueado y horrorizado tanto como los ocurridos en Santo Domingo. Sin embargo, jamás podría olvidar que era francesa. Eso no cambiaría, gobernara quien gobernara.

A su lado, Ryan habló en voz baja.

—Esta Devota, ¿podemos confiar en ella?

—Por supuesto que sí.

—No hay ningún «por supuesto» en todo este asunto. Sólo porque la conozca desde la infancia no significa que a ella no le agrade ver cómo le cortan a usted la garganta.

—Si lo hubiese querido, todo lo que tendría que haber hecho era abandonarme esta noche —dijo Elene, temblando—. Dudo que hubiese podido escapar a tiempo de la casa o del bosque sin la ayuda de esa mujer. Además, no es una simple esclava.

—Si con eso último quiere usted decir que es una parienta consanguínea, no es ninguna garantía de cariño. Sin embargo, aceptaré su palabra de que es tan devota como su nombre.

—Dada nuestra situación —acotó Elene, cáustica—, me es difícil imaginar que pueda usted hacer otra cosa.

—Al contrario. Si uno está advertido, se puede hacer mucho para eliminar los peligros.

El timbre desapasionado de su voz era una clara señal de su determinación. Ella giró la cabeza hacia él.

—¿Cómo se atreve a ofender a Devota cuando acaba de traernos comida y todas las comodidades disponibles?

—¿Cuántos de los que se unieron a los atacantes de su casa esta noche se ocuparon de su comodidad en otra época?

Elene volvió la cabeza hacia otro lado y se quedó mirando el vacío.

—Yo... yo preferiría no pensar en eso.

Él masculló un juramento.

–Ni yo tuve la intención de recordárselo.

Furtivamente, de entre las sombras le llegó el perfume de Elene. Se le subió a la cabeza con los vapores del coñac, se le encrespó en la garganta y en los pulmones, y persistió en su mente. Una imagen insidiosa se presentó ante sus ojos y se vio abriéndole el corpiño del vestido desgarrado, hundiendo el rostro en el suave valle entre los senos e inhalando la tentadora fragancia, buscando su fuente. Este impulso lo asombró ya que no se parecía a nada de lo que había sentido antes. Pero cobró intensidad y se volvió tan irresistible que tuvo que dejar el vaso en el suelo y apretar los puños para controlarlo.

Soltó el aire lentamente después de un momento que pareció eterno. Cuando habló su voz sonó forzada en sus propios oídos.

–Este encierro se está volviendo sofocante. ¿Le incomodaría que me sacara la chaqueta?

–En absoluto –replicó ella con voz teñida de risa.

–¿Dije algo divertido? –Las palabras fueron tajantes.

–No exactamente, pero su petición sonó tan... tan formal y correcta cuando, durante la última hora, yo no he hecho otra cosa que exhibirme ante usted con el vestido desgarrado y la espalda semidesnuda. Y cuando hemos sido condenados a tres días, tal vez más, de tal... tal intimidad como pocas personas son obligadas a soportar, ni siquiera marido y mujer.

La delató su voz, que ya no sonaba risueña sino entrecortada.

–Después recordé que ésta iba a ser mi noche de bodas y aquí estoy con usted, un hombre a quien jamás había visto en mi vida, y usted...

–Comprendo –la interrumpió él–. No es necesario que continúe.

Elene no estaba segura de que él entendiera. Ni ella misma lo comprendía muy bien. Por alguna extraña razón, se alegraba de compartir esta prisión con Ryan Bayard en lugar de soportar estar encerrada a solas con Durant en una alcoba. Cómo había temido ese momento y también la posesión complaciente y experimentada de su cuerpo por ese hombre.

Sintió que había ganado un respiro que tal vez pagaría muy caro.

–Su novio, ¿sabe usted si lo mataron?

Por el leve crujido de una tela supo que Ryan se estaba sacando la chaqueta; quizá la estaba doblando o enrollando para usarla como almohada a la cabecera del jergón. El posterior susurro y el deslizamiento de tela sobre tela sugería que se aflojaba la corbata y se abría el cuello de la camisa.

Al contestar la pregunta su voz sonó contenida.

–No sé qué le sucedió a Durant. Lo perdí de vista en medio de la refriega.

–Siempre es posible que se haya salvado.

–Sí.

–Estoy seguro de que luchó con valentía.

También ella lo estaba. Podría parecer que Durant no tuviera otro propósito en la vida que la búsqueda del placer y de los medios para conseguirlo explotando al máximo su plantación de azúcar, pero era innegable que tenía valor.

Cerró los ojos y repitió con voz apagada:

–Sí.

El hombre que estaba sentado a su lado se estiró para recoger el vaso de coñac. Al enderezarse, la manga de la camisa, tibia por el calor que emanaba de su cuerpo, le rozó el brazo y ella recibió las ondulaciones encrespadas de sus músculos. Un extraño cosquilleo corrió desde su hombro hasta la punta de sus dedos y se apartó de él bruscamente. Echó una ojeada a la figura oscura y desvió la mirada. Un instante más tarde, se sintió intrigada por esta reacción. Había estado mucho más cerca de él en el carruaje. ¿Por qué rehuirle ahora?

Los hombres que ella conocía mejor, su padre, Durant y los amigos de ambos, desdeñaban ostensiblemente los músculos desarrollados, excepto en los brazos que esgrimían las espadas. Una musculatura semejante era relegada a los esclavos y las clases bajas que debían trabajar para vivir. No sólo era inútil para un caballero sino que impedía la caída perfecta de la chaqueta sobre los hombros. Elene no había visto nada malo en el corte de la de Ryan: sin embargo, se sentía perturbada por su fuerza. El cuerpo más parecido al de Ryan que podía recordar era el del herrero esclavo en la plantación de su padre, o bien los de los marineros y pescadores de El Havre. Sin duda, no desdeñaba maniobrar su barco personalmente cuando se hallaba a bordo.

Al pensar en su barco recordó al anfitrión y volvió su atención al sitio donde se encontraban.

–¿Qué es este lugar? ¿Puede haber sido un túnel?

–El principio de uno –respondió Ryan–. Creo que pensaban atravesar toda la roca hasta la playa, pero Favier se asustó cuando los franceses regresaron a la isla y no continuó la excavación.

–¿Qué hay de Favier? Dessalines, por lo que he oído, no considera mejores a los mulatos que a los blancos. ¿Por qué le perdonaría la vida si se produjera un ataque masivo?

–Me imagino que por las grandes sumas que ha pagado como soborno. Aliento la esperanza de que Favier no decida buscar favores para proteger servilmente su pellejo amarillo entregando a dos blancos para deleite de Dessalines.

–¿A nosotros? ¿Sería posible que lo hiciera? –susurró ella temblorosa.

–Muy posible, si lo presionan. Lo único que le hará pensar dos veces antes de hacerlo es el temor a que yo ajuste cuentas con él antes de que me atrape Dessalines –dijo Ryan.

–¿Usted depende de eso, del miedo de Favier, para salvar nuestras vidas?

–Algunas veces los temores de los hombres son más seguros que sus buenas intenciones.

–Encantador –replicó ella, mordaz.

Ryan rió sin responder mientras tomaba otro trago de coñac. Era alentador oír un destello de humor en su voz. Había temido asustarla otra vez. Quizá debía haber silenciado su falta de confianza en Favier, pero era mejor prevenirla por si se veían obligados a huir de allí precipitadamente.

–Parece conocer muy bien a este hombre –continuó ella–. ¿Hace mucho que son socios?

–El tiempo suficiente.

–He oído rumores acerca de las actividades de Favier y, si me permite, también de las de usted.

–Me siento halagado.

–No tiene por qué estarlo. Las historias no son muy elogiosas.

Hubo un breve silencio antes de que Ryan volviera a hablar.

—Debo entender que los comentarios del mar no son de su agrado.

—Difícilmente. Usted es corsario, creo. Dígame, ¿bajo qué bandera navega su barco?

—Mi barco, como la mayoría en esta profesión, está registrado en Cartagena —respondió tranquilamente Ryan—. Poseo patentes de corso tanto de Francia como de Inglaterra, ya que ambos países se encuentran en guerra entre sí.

—En el pasado usted hizo fortuna atacando barcos mercantes españoles y franceses bajo patentes de corso de Inglaterra, y barcos británicos bajo una de Francia, y aun así vive en una colonia española. Se burla de Favier porque mira por sus propios intereses, pero por lo que veo, ¡usted no es mucho mejor que él!

—¿Cómo sabe que he atacado barcos españoles? —preguntó él suavemente.

—¿No lo hacen todos acaso? Los españoles son tan ricos y se muestran tan arrogantes en esos enormes barcos lentos y torpes que se han convertido en la presa favorita de los piratas.

—Corsario... Existe una diferencia —la corrigió él.

—¡No me diga que usted siempre se molesta en las guerras por tratados y patentes de corso cuando hay un botín disponible con sólo echarle la mano!

—¿No se le ha ocurrido que robar a mi propio y buen rey Carlos sería una empresa arriesgada, por no decir estúpida, en vista de que vivo bajo su autoridad?

—Ya veo. ¿No atacar a los barcos españoles es una decisión basada en el temor antes que en la lealtad?

Lo estaba insultando, arrojándole a la cara sus mismas palabras después de lo que había hecho por ella. Le hirvió la sangre en las venas. Le gustaría agarrarla y...

Sí. Le gustaría demasiado hacerlo, más de la cuenta. Su ira amainó hasta recuperar el control.

—Usted no sabe nada de eso —exclamó, tajante.

—Sé que usted es un francés que ha robado a sus propios compatriotas.

—No soy francés.

—Su lengua materna... —empezó Elene.

—Oh, sí, mi lengua materna es el francés y mi sangre es francesa, aunque generosamente mezclada con la irlandesa de un seguidor de Alexander O'Reilly, que residió temporalmente en Nueva Orleans y engatusó a mi abuela. Legalmente, empero, soy español desde que Luis XV de Francia, a quien le juró lealtad mi tatarabuelo, cedió mi país a su primo, el rey de España, como desembarazándose de una amante molesta y bastante costosa. Uno de mis tíos abuelos, sin embargo, fue fusilado en la Place d'Armes de Nueva Orleans por rebelarse contra el dominio español y amenazar con establecer una república en el nuevo mundo. El decrépito gobernador español de Nueva Orleans apoyado por Morales, el intendente, en octubre pasado canceló el derecho de depósito de Estados Unidos en Nueva Orleans en directa violación del tratado de 1793. Como los americanos ya no pueden almacenar sus mercancías en el puerto antes del trasbordo, el comercio se ha restringido, los comerciantes de la ciudad ven amenazada su subsistencia y los americanos se han encolerizado hasta tal punto que están preparados para invadirnos. ¿Por qué debo amar a los españoles? ¿Y qué soy yo entonces?

—Es francés, como usted bien sabe, ya que Carlos de España devolvió Luisiana a Napoleón hace más de dos años.

—Ah, pero Carlos se demora en garantizarlo con su firma y Bonaparte se mantiene muy ocupado en otra parte olvidando forzar la decisión. Como Francia no ha tomado posesión de nuestra tierra, los alcaldes españoles todavía nos ofrecen su arbitraria y a veces costosa protección contra el crimen en la colonia, y un gobernador español preside todas las oportunas y tediosas sesiones públicas. Por lo tanto soy español.

—Eso no interesa en lo más mínimo —se exaltó Elene—. Usted podría mostrar cierta consideración por los hombres y mujeres de la tierra de sus mayores.

—Oh, sí que la tengo. Yo soy de Luisiana y no ataco a los barcos consignados a los comerciantes amigos míos.

—Eso no es a lo que me refería.

—Usted cree que yo debería navegar contra los enemigos

de Francia, ¿es eso tal vez? Ya lo hago, cuando están cargados de mercancías y oro.

Indignada, Elene replicó:

—Usted persiste en tergiversar mis palabras. Respóndame sinceramente, ¿no tiene ningún sentimiento decente, ningún afecto por Francia?

—¿Qué Francia podría ser? ¿La Francia que retozaba y se jugaba el dinero en Versalles, mientras le arrojaba una limosna a Luisiana de tanto en tanto para impedir la hambruna de los colonizadores enviados a descubrir riquezas para las arcas del rey? ¿O quizá la Francia que derramó sangre en las alcantarillas de París hasta que las mismas ratas se asquearon, y que ahora se embarca en una vasta y gloriosa campaña militar que fertilizará los campos de Europa con la crema de la juventud francesa? No, ahórreme los sermones sobre lealtad. Mi única esperanza es que Napoleón se encuentre tan necesitado de fondos y tan hastiado de enviar hombres al Nuevo Mundo a enfermar y morir, como en Santo Domingo, que decida vender Luisiana a los representantes de Estados Unidos para convertirnos de una vez por todas en una república.

—¡Usted debe estar loco! Él jamás haría tal cosa.

—¿Ser demasiado inteligente como para desprenderse de la mejor parte de uno de los continentes más fértiles del mundo para ser emperador de Francia? Él no ha visto Luisiana. Es más, va a la caza de coronas.

Elene lo fulminó con la mirada, una mirada que por desgracia él no pudo ver.

—Napoleón no será tan tonto como para intentar proclamarse emperador. Los franceses no se lo permitirán.

—¿No lo harán? ¿Ni siquiera por la gloria? Tengo la impresión de que están cansados de ser gobernados por descoloridos leguleyos polemistas. Tienen debilidad por los monarcas partidarios de los grandes y solemnes gestos.

—¿Qué puede usted saber de eso —replicó ella, burlona—, haciendo el servicio regular entre Nueva Orleans y Cartagena, sin abandonar jamás esta alberca infecta que llaman Caribe?

—El mar Caribe es la alberca más traicionera creada jamás por un dios vengativo, mi niña, pero también he hecho escala en El Havre y Marsella. He tocado las piedras del palacio del Louvre y me he arrodillado en Notre Dame. He cruzado el Sena por el Puente Nuevo, recorrido su margen izquierdo y flirteado en las callejuelas serpenteantes de Montmartre y en los salones de las esposas de los generales de Napoleón. ¿Cómo ha llegado usted a semejantes opiniones, mi pequeña provinciana?

–¡No flirteando! –replicó ella con ardor.

Él rió por lo bajo.

–Difícilmente.

–¡No tiene por qué usar ese tono de superioridad conmigo! Yo estuve en Francia durante el Terror, y también después. Regresé hace menos de dos años.

–¿Usted qué? ¿En qué habría estado pensando su padre?

–En sus posesiones aquí, principalmente. Es decir... –No quiso decir eso, no con tanta amargura. Había salido espontáneamente. ¿Cómo era tan desleal cuando su padre estaba muerto, asesinado ante sus propios ojos? Cuando continuó su voz sonó tensa y llorosa–. No quise decir eso, no de esa manera.

–¿No quiso? –preguntó él, severo.

La aflicción que denotaba la voz de la joven le hizo desear estrecharla contra su pecho, consolarla. No podía hacerlo, como tampoco podía explicarse por qué su necesidad de ella era tan imperiosa. Bebió el resto del coñac y dejó el vaso en el suelo de piedra junto al jergón con un tintineo agudo.

–Beba el coñac. Y deje de pensar en cosas que no puede remediar.

–¡Para usted eso es fácil de decir! –estalló ella, clavándole los ojos–. Jamás vio a su p-padre m-morir ante sus ojos.

–No a mi padre, pero sí a numerosos amigos íntimos. Usted no ha sido la única escogida para el sufrimiento. Es sólo que ahora siente así.

–Muchas gracias por esa sentencia filosófica. ¡Me ayuda enormemente, por supuesto!

Era mucho mejor para ella enfadarse con él que caer en su dolor.

–Al menos, usted todavía está viva y puede hablar de ello.

–¡Es usted el bribón más insensible y con menos principios que he tenido el infortunio de conocer! —susurró Elene, enfurecida—. ¡No veo la hora de salir de este agujero para alejarme al máximo de su camino!

—¿Debo suponer que eso significa que no irá conmigo a Nueva Orleans? —preguntó con calma Ryan.

—Ni soñarlo.

—En ese caso, queda ese insignificante asunto de los dos hombres que maté para salvarla. Seguramente tiene intención de derramar copiosas lágrimas por el fallecimiento de ambos, pero me recompensará, sin duda de manera apropiada, después, por el servicio que le presté al salvarla de sus garras.

Se alarmó.

—¿De qué está hablando?

—No puede haberlo olvidado tan pronto. ¿Los dos hombres en el bosque?

—¡Claro que no lo he olvidado!

—No me diga que no se alegró de ser rescatada de ellos.

—Sí, pero...

—¿No tiene sentido de la gratitud, entonces? ¿Ningún reconocimiento de la deuda que tiene conmigo? Pensé que, seguramente, alguien de principios tan elevados como los suyos habría ponderado distintas maneras de agradecer mis esfuerzos y planeado una recompensa apropiada.

—No tengo la menor idea de lo que está diciendo. Debe saber que no tengo nada excepto la ropa que llevo puesta.

—En este caso, más bien, la ropa en la que está sentada. Pero eso no tiene importancia. Siempre queda su propia personita, dulce y fragante.

—Pero usted... usted... Usted no puede esperar que yo... yo...

—Veo que le faltan las palabras. ¿Quiere decir que yo no puedo esperar que me conceda los mismos privilegios que había pensado otorgar a su novio, mejor dicho, tolerar que él los tomara por derecho, esta noche? Por supuesto que puedo. No es algo tan importante al fin y al cabo.

La indignación la dejó sin aliento.

—¡No para usted, quizá! ¡Sin duda cosas por el estilo dejaron de interesar a un libertino como usted hace mucho tiempo!

—No, no, se lo aseguro. Todavía las encuentro infinitamente agradables, como les sucede a todas las mujeres a quienes así honro. Pero me parece que se hace demasiada alharaca con el acto inicial, algo de lo que se podría prescindir. Estoy suponiendo, naturalmente, que la noche de bodas habría sido una iniciación para usted. Me corregirá si estoy equivocado.

—¡No haré tal cosa! —declaró ella alzando la voz—. Permítame informarle que su insolencia, su absoluto descaro, sobrepasa todos los límites conocidos. No le debo nada, ¿me oye? ¡Nada! Si no vuelve a dirigirme la palabra me proporcionará un enorme placer.

Tal vez se había extralimitado, pensó Ryan al oír la voz cargada de odio de la joven.

Aparentemente el anfitrión pareció pensar lo mismo, pues se oyó un golpeteo sordo sobre sus cabezas como si alguien estuviera pateando el suelo. Una voz siseó:

—¡Silencio allí abajo!

Callaron.

Para Elene era sorprendente haberse involucrado en una pelea con Ryan Bayard hasta el punto de olvidar el peligro. No tenía ninguna excusa, excepto que era un hombre demasiado irritante. Al ver que aún sostenía el vaso en la mano, tomó un gran trago y luego buscó aire desesperadamente. Vaya si era fuerte. Desde luego, ella no era una experta; las damas no acostumbraban beber licores tan fuertes. Se sentía un poco mareada. Era muy extraño; pero ahora que lo pensaba bien, no había probado bocado desde la mañana, sólo un panecillo y café. No pudo comer absolutamente nada a mediodía pues el temor había anudado su estómago. Devota le ofreció un bocado de carne y un panecillo esa tarde mientras la estaba vistiendo, pero ella se negó a aceptarlos. Un gran banquete estaba previsto para después de la ceremonia. Sin duda, ahora los esclavos disfrutaban de las exquisitas viandas preparadas durante los últimos días.

En realidad, no debería beber más, pero tenía miedo de derramar lo que quedaba en el vaso al dejarlo en el suelo. Bebió rápidamente el resto del licor y se arrodilló, estirándose para depositar el vaso junto a las otras cosas que había traído Devota.

—¿Qué está haciendo? —preguntó Ryan.

La voz sonó tan cerca de su oído que sobresaltó a Elene y le hizo dar un respingo. Perdió el equilibrio en la oscuridad. No pudo sostenerse a causa del vaso que tenía en la mano, cayó sobre un codo y un grito ahogado escapó de su garganta antes de taparse la boca.

Unas manos calientes y duras la tomaron por los brazos, levantándola del suelo. Se sintió arrastrada sobre unos muslos tensos hasta quedar sentada entre dos piernas fuertes.

—¿Se encuentra bien?

—Perfectamente —dijo ella, aunque las palabras sonaron jadeantes a sus oídos. Esto la molestó—. Si me suelta me sentiré mejor.

—Desde luego.

Aflojó las manos y ella se alejó de él. Depositó el vaso en el suelo para desplomarse en el jergón una vez más, a prudente distancia, con la espalda contra la pared. Era el hombre más odioso y entrometido que había conocido. Tendría bien merecido que se arrojara en sus brazos y lo persuadiera de hacerle el amor usando artimañas apasionadas y licenciosas para conseguir así esclavizarlo. Después se volvería loco de deseo, lentamente, porque ella no le permitiría que la volviera a tocar. ¿Qué opinaría de eso él, que alardeaba de pasearse por los salones?

Una suave risa burbujeó de su garganta y se tapó la boca con la mano para no soltarla. Por Dios, estaba más achispada de lo que creía. Aun cuando las afirmaciones de Devota respecto del perfume fueran ciertas y suponiendo que se aviniera a seducir a Ryan, sabía muy bien que convertirse en el objeto de un deseo semejante no era algo para tomar a broma.

—¿Está llorando? —preguntó Ryan entre impaciente y perturbado.

Ella se ofendió de inmediato.

—No, no estoy llorando.

—¿Qué le pasa entonces?

—Nada. ¡Absolutamente nada! ¿Por qué tiene que pasarme algo? Sólo he visto docenas de personas asesinadas de manera espantosa, la mayoría de ellas amigos y vecinos, sin mencionar que me he visto forzada a dejar insepulto el cadáver de mi padre. He escapado a la muerte por un pelo, sólo para ser casi violada, y ahora me encuentro encerrada en una tumba con un hombre desconocido, sin tener en cuenta que estamos en la casa de un individuo totalmente indigno de confianza que podría entregarme a un loco, cuya diversión principal es torturar mujeres. Vaya, estoy más alegre que unas pascuas. Nunca he estado mejor en mi vida. ¡Le doy mi palabra!

–Muy bien, fue una pregunta tonta.

–En eso sí estamos de acuerdo.

–Posiblemente sería mejor que se acostara y tratara de dormir –le aconsejó suavemente Ryan.

–Gracias, pero no.

–Y yo que estaba pensando en qué dama sensata y práctica era usted, no dada a desmayos o demostraciones emocionales, siempre dispuesta a hacer lo mejor para sí misma. Debí haber pensado que simplemente estaba demasiado aturdida para quejarse de todo.

Elene giró violentamente la cabeza y clavó la mirada en la figura oscura.

–Qué pena para usted ver indicios de que estoy reviviendo.

–Sí –dijo él soltando un suspiro.

Una sospecha asaltó la mente de Elene. Frunció el ceño.

–Me está provocando.

–¿Quién, yo?

–La pregunta es, ¿por qué?

–Es mi naturaleza frívola.

–No lo creo –respondió ella, despacio–. En cambio diría que lo hizo por mi propio bien.

Ryan consideró que debía ser muy cauteloso con esta inteligente *mademoiselle* Elene Larpent. Era demasiado lista. Le contestó con sequedad.

–Me calumnia usted.

–¿De veras lo hago? –dijo ella pensativa.

Ryan consideró que el silencio era la mejor respuesta. Pasaron los minutos. Ya no se oían más ruidos arriba, como si todos los de la casa se hubiesen ido a dormir. Ahora, en cambio, les llegaba el murmullo lejano del mar y de vez en cuando el susurro de la brisa entre las palmeras y parras que crecían al costado de la casa.

Elene ladeó la cabeza y escuchó los sonidos lejanos. Finalmente, preguntó:

—El barco con el que Favier debe establecer contacto, ¿dónde está?

—En algún lugar de la costa.

—¿En algún lugar...? Eso significa que no sabe dónde está. Debí haberlo imaginado.

—Bien, no parecía prudente anclarlo en cabo Francés.

—Yo diría que no era prudente pisar la isla, pero aquí está usted —dijo Elene con cierta aspereza

—Tenía que entregar un cargamento...

—... Robado de algún inocente barco mercante francés, sin duda.

—Inglés, da la casualidad.

—Adelantándose a una esperada reanudación de la guerra entre Gran Bretaña y Francia.

—Correcto.

—Supongo que simplemente se puso al pairo en alguna caleta protegida de las inmediaciones y trajo el cargamento a Favier.

—Así fue exactamente. De hecho, la caleta que está aquí delante de la casa —afirmó Ryan.

—Y después, su barco ancló mar adentro otra vez, a la espera de que usted terminara sus negocios aquí.

—¡Vaya corsario que sería usted!

—¡Deje de burlarse! —siseó Elene—. Sólo estoy tratando de pensar cómo se las ingeniará Favier para avisar al barco de que usted necesita que le recojan de nuevo.

—Bastará una luz sobre el promontorio.

—Me lo imaginaba. Es decir, bastará si la tripulación decide acercarse lo suficiente para verla.

—Precisamente.

—De ahí los tres días, que son, sin duda, el tiempo que transcurrirá antes de que empiecen a buscar una señal.

—Mis felicitaciones —dijo Ryan.

—Habría sido todo más sencillo si me hubiese explicado estas cosas antes.

—Pero se estaba divirtiendo tanto resolviéndolo por su cuenta...

—También disfrutaría viéndolo ahorcado por pirata —dijo

Elene con dulce moderación–, pero no es algo imprescindible para mi felicidad.

–Qué afortunado soy. Los habitantes de esta isla son las criaturas más sanguinarias que he conocido –dijo Ryan, burlón–. Debe de ser algo que flota en el aire.

–Y usted es un hombre detestable. –Ya no había fuego en su voz, sólo cansancio.

–Indudablemente. Si le concedo la última palabra, ¿se echará a dormir?

–¿Cómo estar segura de que estaré a salvo? –preguntó ella.

De repente, se hizo palpable la tensión que flotaba en el aire.

–¿A salvo de mí? –preguntó él con voz helada–. Oh, no puede, pero es un riesgo que debe correr, ¿no es así?

CAPÍTULO IV

Elene no se reconocía. Se había enojado con Ryan Bayard y lo había insultado deliberadamente. Por lo general tenía mejores modales. Realmente, él la irritó en extremo, pero debería haber recordado todo lo que hizo por ella aquella noche.

Lo malo era que sabía perfectamente que estaba a salvo con él. También sabía que la insinuación de la duda lo molestaría. De hecho, ella le atribuía los modales de todo un caballero, algo fuera de lo común tratándose de un corsario.

Pero esto no quería decir que tuviera intención de disculparse. Él se había mostrado igualmente insultante además de tratarla con aire de condescendiente superioridad. Sin embargo, deseó haber previsto la incomodidad que comportaba la discordia entre ambos en un lugar tan reducido. Si debían pasar los tres días siguientes sentados y en silencio, resultaría insoportable.

Junto a ella, Ryan cambió de posición. Lo miró sin volver la cabeza. Pensó que él tenía intención de hablarle y permaneció en actitud expectante. Al cabo de unos segundos, Elene desvió la mirada exhalando un silencioso suspiro.

Ryan no podía recordar cuándo lo había conmovido tanto una mujer como la que estaba ahora a su lado. Deseaba estrangularla por las calumnias con que ella había manchado su nombre, pero al mismo tiempo lo acuciaba la necesidad imperiosa de abrazarla y consolarla, mejor lo primero. Había esperado sentirse incómodo y molesto por la forzada inmovilidad y las largas horas de espera en este agujero, pero empezaba a pensar que podría ser soportable sólo por la presencia de Elene Larpent. Su ingenio, lengua mordaz y valentía insospechada lo fascinaban. Más que eso, su perfume le estaba haciendo perder el juicio lentamente.

Pero esto no significaba que su fragancia fuera empalagosa; en absoluto. Si necesitaba respirar un poco de aire puro del mar no era porque le incomodara, sino porque le agradaba demasiado. No se consideraba un hombre antojadizo ni extravagante, pero estaba convencido de que ese perfume y la mujer que lo usaba serían su perdición. Una tontería consumada, por supuesto. Quizá esa noche uno de los negros le había asestado un golpe en la cabeza sin que él lo notara en el momento.

Se desperezó con lo que él mismo reconoció como una voluptuosidad excesiva.

—Voy a dormir un rato —le informó a la figura inmóvil y tensa junto a él—. Usted puede hacer lo mismo, o bien, considerando lo apretado del espacio donde estamos, permitirme usar su blando regazo como almohada.

—¡Desde luego que no! —¡Pensar que sentía remordimientos por lo que le había dicho!

—¿Desde luego? ¿No se acostará o no será mi almohada? Debe ser una cosa o la otra por el bien del espacio.

Al pensar en la presión de la cabeza de él sobre sus muslos, Elene percibió una extraña pesadez en la parte inferior de su cuerpo. No confió en que no fuera a utilizar su regazo; pensó que él incluso disfrutaría, en cuyo caso, ella no le brindaría esa oportunidad.

Se retiró del jergón y le dejó espacio para que él se estirara cuan largo era. Así y todo, la cabeza de Ryan se hallaba casi en la improvisada despensa, pues oyó el tintinear de botellas y vasos al rozarlos. Él maldijo por lo bajo la estrechez del lugar mientras se acomodaba, después reinó el silencio.

Elene no tenía por qué acostarse al lado de Ryan en los cobertores apilados sobre el jergón. En cambio, podía sentarse en la dura piedra fría el resto de la noche. El orgullo estaba muy bien, pero, súbitamente, el cansancio fue más fuerte que ella y no vio ningún motivo para permitirle al corsario gozar solo de los cobertores que Devota le trajo a ella para su comodidad. Quizá si actuaba con naturalidad no parecería una osadía tan grande el tenderse a su lado.

Moviéndose con moderada determinación para ocultar su desgana, Elene se sentó en el borde del jergón. Se sacó los destrozados escarpines de raso, palpando los costados abiertos y el barro incrustado en ellos al dejarlos cuidadosamente uno al lado del otro en el suelo. Procurando no rozar al hombre que estaba tendido, se acostó delicadamente sobre la superficie blanda dándole la espalda.

—Tome, tenga esto.

Una mano se deslizó debajo del cuello de Elene, le levantó la cabeza y le colocó una pequeña almohada debajo. Era la chaqueta doblada de Ryan. Ella levantó la mano para tomarla.

—Es suya, úsela usted.

—Por todos los cielos, no discuta —exclamó él en tono imperioso—, o rehúso ser responsable.

—¿Y usted?

—Nunca uso almohada.

Resopló con furia.

—Entonces esa amenaza...

—No uso almohadas —repitió él con la risa vibrando en su pecho—, sólo regazos.

—Es despreciable. —De un tirón volvió a colocarse la chaqueta debajo de la cabeza, aunque su ira se debía más a la excitación brusca de sus sentidos al pensar que él podría haber deseado hundir la cara entre sus muslos.

—Oh, de acuerdo —contestó el.

Elene sintió el acento desolado de su voz, lo oyó cambiar de posición buscando alguna más cómoda en aquel durísimo lecho. Ella hizo lo mismo. Ambos se quedaron quietos, inmóviles. Los ojos de Elene se cerraron. Los volvió a abrir otra vez. Ya había decidido, ¿no era así?, que los sucesos de esa noche no excusaban su falta de modales. En voz queda, dijo:

—Gracias. Por la almohada.

No hubo respuesta. Ella se durmió.

Oscuros fantasmas hacían cabriolas en las tinieblas. Fantasmas horribles de rostros grotescos, haciendo muecas, atacaban a inocentes, hiriendo sus cuerpos, despedazándolos. Elene intentó gritar pero no podía articular ni un sonido; quiso correr, adelantarse, pero no podía moverse, estiró el brazo para tomar un arma, pero se la arrancaron de la mano. Se veía forzada a observar la carnicería, impotente, sin poder intervenir. Y los fantasmas lo sabían. La atormentaban mirándola por encima de los hombros y se burlaban de ella. Cuando todas sus víctimas estuvieron muertas, se volvieron para atacarla. Ella todavía estaba indefensa, no podía moverse ni gritar.

Despertó con un grito estrangulado en la garganta. Unos lazos fuertes le impedían moverse. Atacó sacudiendo con los puños bien apretados.

—Chito, tranquila. Cálmese. —La voz de Ryan sonó suave junto a su oído mientras él trataba de inmovilizarle los brazos tomándolos por las muñecas y sosteniéndola contra su pecho—. Fue un sueño, nada más que un sueño.

Elene dejó de moverse y contuvo el aliento bruscamente. Después, las lágrimas calientes y tercas llegaron por fin, quemándole la nariz, escaldando su piel al escurrirse por entre los párpados apretados. Rodaban dejando dolorosas huellas salobres sobre sus mejillas. Su pecho subía y bajaba al ritmo de la respiración, acelerada por el esfuerzo para ocultar y controlar su pesar. Pero el horror a todo lo visto no podía ser contenido por mucho tiempo y un sollozo áspero se prendió en su garganta.

—Shh. —Ryan la meció en sus brazos, firmes pero tiernos, mientras clavaba la vista en la oscuridad que reinaba sobre la cabeza de Elene.

—Yo no podía... no podía hacer nada. —Las palabras afligidas, escuetas, parecían salir a empujones de sus labios mientras temblaba todo su cuerpo.

—No, por supuesto que no. —Ryan se apartó un poco frunciendo el ceño mientras le soltaba las muñecas.

—Eran tantos... Todo pasó tan de prisa.

—Está a salvo ahora. No llore.

Ella se enjugó inútilmente los ojos con las palmas de las manos.

—No sé por qué debo vivir cuando tantos han muerto. Tantos...

Eran los remordimientos de los vivos por seguir estándolo, por haber sobrevivido. Él mismo los había sentido. Debería haber sabido que una mujer como ella los tendría también. Carraspeó tratando de aflojar un insólito nudo en la garganta.

—Nadie pudo hacer nada. No piense más en eso.

—¿Cómo olvidarlo? —gritó ella alzando la voz—. Es todo lo que puebla mi mente. Siempre estará allí. ¡Siempre!

Debía hacerla callar. Tal vez con más coñac, pero aparentemente, el medio vaso que tomó no logró mucho efecto ya que sólo había conseguido hacerla dormir menos de una hora.

—Silencio. Ya lo olvidará, lo prometo, si es que usted se lo permite.

—¿Qué sabe usted de eso? ¡Usted no v...vio nada! —Otro sollozo volvió a sacudirle el cuerpo.

Había un modo de silenciarla, aunque fuera a costa de provocar su cólera. Ryan le rodeó el mentón con los dedos largos y fuertes y le volvió el rostro. Inclinando la cabeza, posó los labios sobre la boca de la joven.

Elene se sofocó con ira contenida y se tensaron todos sus músculos. Floreció la incredulidad en su mente y también una rabia sorda que detuvo el flujo de sus lágrimas. Forcejeó en un intento de apartar la cabeza.

Los brazos de Ryan la apretaron más. En algún recóndito lugar de la mente del hombre se agitó la razón que lo había impulsado a esto, pero volvió a aquietarse y sumirse en el olvido, derrotada por la mujer cálida y vibrante que sostenía entre sus brazos. Amoldó los labios a los de ella con infinito cuidado, acarició las superficies suaves, tiernas, ofreciéndole consuelo, alivio, más una leve insinuación de deseo. Probó las comisuras donde se unían y acarició con la lengua la línea humeda y sensible del encuentro con melancólico placer.

Elene apoyó las manos contra su pecho. Quería empujarlo lejos de ella, pero la abandonaron las fuerzas al ceder la tensión en su cuerpo. Se ablandó su boca y los labios comenzaron a temblar y palpitar. El beso del corsario no la atemorizaba, por el contrario, le ofrecía unos minutos de experimentada seducción y olvido. Esto último era lo que más la tentaba. ¿En qué podría perjudicarse si, oculta en las sombras, se dejaba seducir por él? ¿Aunque sólo fuera por un momento?

Los latidos de su corazón cobraron nuevo ritmo y pudo sentir la loca carrera de la sangre por las venas. Entreabrió apenas los labios. Ryan, sorprendido, soltó un gemido y aprovechó la capitulación de inmediato. Sondeó el dulce y frágil interior de los labios, saboreándolo, y deslizó la lengua por los bordes lisos de los dientes. Se aventuró más todavía y la lengua avanzó y retrocedió con un ritmo tan incitante que la excitación creció más en ella. Entonces, siguiendo su ejemplo, Elene movió la lengua y tocó la de Ryan. Él la estrechó más entre sus brazos hasta que los senos le apretaron el pecho. Ella sintió entonces los crispados músculos de los muslos viriles contra la carne tersa y lisa de sus muslos. Pero además pudo percibir, a través del corpiño del vestido, el golpeteo sordo y acelerado del corazón de Ryan.

Esta evidencia de su excitación la afectó de manera extraña. Había pensado que él estaba protegido interiormente por una coraza de frialdad, que era inmune a las debilidades de la carne o a cualquier apetito que no fuera de riquezas. Se había equivocado y, al quedar revelada su vulnerabilidad, sintió que eran dos seres afines. En este oscuro agujero estaban ambos a merced de su destino cruel y de sus propios deseos.

Extendiendo la mano, posó la palma y los dedos abiertos sobre el hombro de Ryan. Gozó al sentir el juego de sus músculos debajo de la fina tela de hilo de la camisa. Los últimos vestigios del terror producido por la pesadilla se desvanecieron y una dulce languidez ocupó su lugar.

La boca de Ryan sabía a coñac y a la dulzura de una pasión contenida. Su lengua era nudosa y áspera. Elene se deleitó con el despertar de su cuerpo, al sentir renacer los sentidos con cada fibra de su ser del hombre que la sostenía, de la fuerza y solidez de su cuerpo, del olor masculino que emanaba, de la suave textura del pelo largo y de la elasticidad tensa de la piel. Se dejó fascinar por lo que acariciaba la palma de su mano, hasta que cayó en la cuenta de que, moviendo el brazo, él había posado la mano sobre su seno.

La protesta que subió a su garganta pronto fue silenciada por un estallido de sensaciones cuando él, cerrando la mano, le cubrió el suave montículo debajo del corpiño y acarició el pezón con el pulgar. El hechizo de la caricia la envolvió en una espiral de fuego y un estremecimiento de intenso placer llegó a lo más hondo de su ser.

A través de innumerables caricias, el corsario enardeció

ese placer. Le cubrió el rostro de besos desde la comisura de la boca hasta el lóbulo de la oreja, y desde ese punto fue bajando por la curva grácil del cuello hasta el hueco de la garganta. Una vez allí se detuvo para mojar la pequeña depresión con la caliente humedad de la lengua, acariciando la piel con tan consumado refinamiento que Elene, cautivada, no advirtió que le soltaba el vestido hasta sentir una ráfaga de aire frío sobre la piel desnuda.

Un segundo después, el aliento tibio, los labios y lengua de Ryan tomaron posesión de los trémulos globos de sus senos. Perdida en su embeleso, Elene percibió el aflujo de sangre en las venas al tiempo que crecía su ardor y nacía en ella una sensualidad desdeñosa de causas y consecuencias desconocida hasta el momento. Él avivó ese ardor y la sensualidad recién desatada en ella con la lengua turbulenta y mojada adhiriéndose a su piel hasta que los músculos del abdomen de Elene se contrajeron y estiraron espasmódicamente de puro deleite.

Sería inútil que ella fingiera desinterés. Abriendo sus brazos con lánguida y sincera gracia, le permitió el acceso a su cuerpo y lo ayudó cuando él le deslizó por las caderas la seda susurrante del vestido y de su ropa interior. Luego ella le soltó de un tirón los faldones de la camisa de la pretina de los pantalones cortos. Mientras él continuaba solo la tarea de desnudarse y sacarse las botas, ella deslizó la mano sobre el vientre plano y duro de Ryan. Por fin él se volvió una vez más hacia ella.

Los rodeaba la noche oscura y larga, y, por lo tanto, no había ninguna razón para que se dieran prisa. Se buscaron mutuamente sobre los cobertores con bocas ansiosas y dedos inquisitivos, con necesidad abrasadora y rabioso dominio sobre sí mismos. Recorrieron las curvas y hondonadas, palparon la solidez elástica y la fluida morbidez de sus cuerpos, aprehendieron la textura y tonicidad del cabello y la piel y la conformación de los huesos debajo de ella, buscaron los puntos de máximo erotismo y los trémulos límites de la resistencia. Durante estos ritos no hablaron jamás en voz alta, sólo alguna que otra palabra apenas susurrada, o algún suspiro, o jadeo de sorpresa y deleite. Era puro instinto, acrecentado por los indicios de generosidad e interés por el otro que iban recogiendo cuidadosamente. Así estiraron la trama misma del deseo mutuo hasta que palpitó entre ellos en su tirantez, insoportable ya, tan fina y sutil que por ella brillaba la luz de un sentimiento muy parecido al amor y que sólo por esta vez podía sustituirlo.

Fue entonces cuando, temblorosos y jadeantes, comenzaron a moverse juntos. Colocando la rodilla entre los muslos mórbidos, Ryan los separó y amoldó su cuerpo duro a la suavidad de Elene en febril e inevitable unión.

Elene sintió un ardor punzante, pero pasó aun antes de que pudiera registrarlo en los incandescentes recovecos de su mente, disipado por el éxtasis vital y abarcador. Luchando, se remontó, apresada en la danza elemental de la vida, absorbió las sacudidas de las embestidas de Ryan sintiendo que la astillaba y reformaba hasta convertirla en una criatura abandonada a su necesidad. Deseó que él entrara profundamente en ella y con ese fin se arqueó contra él, exigente y temblorosa. Él obedeció esforzándose generosamente, llevándola más alto, más lejos de ella misma, ascendiendo hasta un plano inconcebible, del cual podría no haber retorno.

Y fue en ese rincón extraño de aire enrarecido que hallaron, a despecho de la matanza que acechaba más allá de su refugio, la gloria que, en su abundancia, es la mejor y quizá la única afirmación verdadera de vida.

Se desplomaron el uno sobre el otro con el pecho agitado por la respiración jadeante. La piel de sus cuerpos estaba acalorada y rociada de sudor, los músculos temblaban y vibraban. Los corazones golpeaban. Permanecieron tendidos con los ojos cerrados y las mentes en blanco. El aire denso en el agujero era como un manto pesado donde flotaba la vívida fragancia de las rosas y gardenias y algo más, intangible y misterioso, imposible de nombrar.

Ryan, con la frente apoyada entre las colinas turgentes de los senos, inhaló profundamente, llenando de aire sus pulmones. Luego lo exhaló soltando una suave risa de saciedad y exclamó:

—Dios, tu olor es realmente delicioso.

¿Qué había hecho?

Los ojos de Elene se abrieron repentinamente y su mirada

se clavó en la oscuridad. Ni una sola vez había pensado en el perfume. De hecho, no había pensado en nada, salvo en el efecto de los besos y las caricias de Ryan. No sabía qué efecto podría tener en él.

Oh, pero todas las complicadas promesas y advertencias de Devota eran falsas. Lo único que ésta intentó fue tranquilizarla, reconciliarla con la idea de contraer matrimonio con un hombre por quien sentía más miedo que amor. Devota había querido calmarle los nervios prenupciales. Eso era todo. ¿Estaba bien segura de que eso era todo?

Elene nunca había provocado semejante reacción en un hombre. Aunque la verdad era que nunca antes se encontró en circunstancia similar. Sin embargo, Durant no pareció en serio peligro de caer rendido a sus pies, loco de deseo por ella y ¿no había algo en la forma en que Ryan Bayard la miraba desde el principio, algún interés más intenso de lo normal? El hecho de haberle salvado la vida podría explicarlo. Y aun así...

No quería creerlo, no lo creería. Cosas tales como los hechizos y encantamientos de la magia vudú eran meras supersticiones. Surtían efecto sólo porque personas ignorantes y crédulas esperaban que lo hicieran y de este modo permitían que les manipularan la mente. Ella no era ni ignorante ni crédula. Lo que acababa de suceder entre ella y Ryan era el resultado natural de una unión fortuita de un hombre y una mujer en un espacio reducido bajo una violencia extrema.

—¿Cómo se llama? —la voz de Ryan era grave, indolente.

—¿El qué?

—Tu perfume. ¿Tiene algún nombre?

—No lo creo.

—¿No lo conoces? Pensaba que todas las mujeres tenían mucho cuidado en mantenerse informadas sobre esas cosas.

Con desgana, ella dijo:

—Éste es uno... especial.

—Creo no haberlo olido jamás. ¿Algún perfumista lo preparaba especialmente para ti en París mientras viviste allí?

—¿Tiene alguna importancia?

Él cambió de posición, se acostó de espaldas y apoyó la cabeza sobre el torso de Elene usándolo de almohada.

—Era sólo curiosidad. Los perfumes son una parte muy importante de los cargamentos con los que me topo de tanto en tanto.

—¿Particularmente en barcos mercantes franceses?

—Como prefieras. ¿Es tu perfume personal?

Su curiosidad era excesiva. O quizá era simplemente que había muy poco más de qué hablar o en qué pensar. Ni ella misma encontraba otro tema para distraerlo.

—En realidad, Devota lo preparó para mí.

—¿De veras? —Luego continuó hablando con un toque de ironía en la voz—. Supongo entonces que no es muy factible que pueda toparme con él otra vez, ¿verdad?

—Es... no es probable.

Su voz al hablar sonó tensa, las palabras tajantes. Ryan volvió la cabeza escuchando los ecos. Frunció el ceño.

—¿Pasa algo malo? —Rodó sobre un costado y le acarició la cara—. ¿Te lastimé? Ya me di cuenta de que eras...

—No, por supuesto que no. —No tenía deseos de discutir su inocencia con él.

—Me disculparía formalmente, si sirviera de algo, sólo que parece un poco tarde.

—Sí, por favor, no lo hagas.

—La verdad es que nunca tuve la intención de llegar tan lejos. Yo sólo... tú eras tan dulce y suave, y tu perfume pareció subírseme a la cabeza.

—En realidad, fue todo culpa mía, lo entiendo.

—No dije eso.

—No, lo dije yo. —Súbitamente, comprendió que debería estar lamentando la pérdida de su virginidad, y eso hizo que el tono de su voz sonara desolado. Había sido escandaloso por su parte ofrecerla con tanta facilidad, indebido gozar como lo había hecho, al menos así se lo inculcaron. Sin ninguna duda lo lamentaría mañana, pero por ahora, parecía lo correcto, increíble, pero correcto.

—Bien, no es así —dijo él endureciendo la voz. Se incorporó en el jergón—. Quería consolarte y tenía que hacerte callar.

—Muchísimas gracias —respondió ella con exagerada cortesía—. Hiciste un excelente trabajo en ambos aspectos.

Ryan permaneció en silencio por un momento. Cuando

habló otra vez, las palabras fueron parejas, precisas y sin acaloramiento.

—No quise decir eso tal como suena, nada de eso. No tengo ninguna excusa. Te deseé desde el principio. Cuando encontré un motivo para tocarte, te deseé mucho más. Ésa es toda la verdad.

Semejante honestidad, e hidalguía, merecían una retribución.

—Bien, no es necesario que te sientas un mártir por ello. Yo también te deseaba.

—¿De veras? —La sonrisa lenta que le curvaba la boca se insinuó, cargada de humor, en el tono de su voz—. ¿Y qué me dices de ahora?

—Quieres decir...

—Quiero decir —respondió él reclinándose una vez más junto a ella, presionando firmemente contra el muslo de la joven—, ¿sientes lo mismo? Porque puedes tener todo lo que quieras de mí y más.

—¿Otra vez? —no pudo ocultar su sorpresa.

—Y otra vez y otra.

—¿Porque mi olor es delicioso? —Las palabras fueron vacilantes.

—Y porque tu sabor es delicioso —terminó él y bajó la boca hasta el pico del seno mientras deslizaba la mano por el vientre hasta la unión de las piernas—, y tocarte es delicioso. Y los grititos que das son deliciosos.

—En tanto —dijo ella con voz quebrada—, no sean demasiado fuertes, los grititos.

—No me preocupa el ruido que hagas —susurró él.

No los despertó la luz gris del amanecer, aunque al abrir los ojos la vieron filtrarse por alguna abertura o grieta en los cimientos de la casa. Lo que los despertó fue el ruido de los muebles arrastrados por el suelo encima de ellos. Ryan alzó la cabeza. Elene, acostada en sus brazos y con la cabeza apoyada en el hueco del hombro de Ryan, hizo lo mismo. Volvieron a escuchar el ruido.

—Devota —dijo Elene—. Si fuera Dessalines y su ejército, los ruidos serían mucho más violentos.

Se incorporó repentinamente. Estaba desnuda, igual que Ryan. Se quedó aturdida, luego todo volvió a su memoria. Se le encendió la cara de vergüenza.

Llegó entonces el ruido de otra silla arrastrada lejos de la mesa en el piso alto. La trampa se abriría pronto. Que Devota la viera desnuda le importaba poco, siempre y cuando estuviera sola. Pero era posible que Favier estuviera detrás de ella para verles y tratar de persuadirlos de que se marcharan de allí.

Desesperada, Elene buscó su vestido y sus enaguas –no había tiempo para la ropa interior–. Se lo puso rápidamente por la cabeza, metió las manos en las mangas, se acomodó el corpiño y por último alisó la falda. Si surgía algún comentario por su atuendo, siempre le quedaba la excusa de haberse quitado la ropa interior por el excesivo calor que hacía allí dentro.

A su lado, Ryan estaba metiendo las piernas por los pantalones cortos y prendiendo los botones a ambos lados del faldón delantero. Le sonrió fugazmente mientras se alisaba el pelo con la mano antes de tomar la camisa. La tenía a medio poner cuando, súbitamente, se detuvo, se la quitó, la volvió del derecho y volvió a colocársela.

Los goznes de la trampa crujieron al ser abierta. A pesar de la débil claridad que llegaba con la mañana, ambos parpadearon y entornaron los ojos como topos ante el brillo del sol que entraba por las ventanas del comedor. Era tan enceguecedor que por largo rato Devota no fue más que una silueta negra recortada contra él.

–Aquí tenéis, tomadlo, por favor –dijo ella–. Tened cuidado, está caliente.

Ella pasó por la boca de la trampa un pote de hojalata lleno de café. Tomando el asa envuelta en un paño, Ryan lo depositó en el suelo. Devota entonces le entregó un par de tazas y un cuenco de frutas y después de eso una gran vasija con agua caliente, un pan de jabón y un paño. Del bolsillo del delantal sacó un peine pequeño que arrojó a Elene.

Elene se lo agradeció efusivamente y Ryan hizo lo propio. La mujer desechó las gracias con un ademán.

–Si necesitáis algo más, decídmelo inmediatamente.

Elene miró a Ryan un poco cohibida y él meneó la cabeza.

Devota, una observadora perspicaz, los contempló por unos instantes haciendo un inventario de todos los detalles. Al notar que ambos estaban a medio vestir, esbozó una sonrisa fugaz que desapareció de inmediato; luego miró a Elene.

—Debo marcharme ahora. Te veré esta noche, *chère*, después de que todos se hayan ido a la cama. Cuídate.

—Tú también.

—Siempre.

La trampa se cerró. Las sillas fueron devueltas a su lugar y luego oyeron los pasos de Devota alejándose.

Elene no sabía bien qué prefería primero, si el café caliente para recobrarse o usar el agua caliente para refrescar el cuerpo. Como el café tibio era más desagradable que el agua tibia, decidió sentarse primero junto a Ryan para compartir con él un desayuno a base de café y panecillos, una banana y un ala del pollo asado traído la noche anterior.

La combinación de alimentos fue deliciosa. Elene no podía recordar cuándo una comida le había parecido tan exquisita o en qué momento había estado tan hambrienta como ahora. Entonces volvió a asaltarla un sentimiento de culpabilidad. No debería estar disfrutando así cuando su padre y los demás estaban muertos. Y sin embargo, por más que languideciera y se consumiera de hambre, las cosas no cambiarían en absoluto; ciertamente no los haría volver a la vida.

Aun así, estaba deprimida. Mojó el paño en agua caliente y lo exprimió antes de lavarse la cara con él. Vio a Ryan por el rabillo del ojo. La estaba observando absorto mientras descansaba sobre los cobertores con la taza de café todavía en la mano.

—¿Qué sucede? —le preguntó Elene—. ¿Nunca antes has visto a una dama acicalarse por la mañana?

—Algunas veces. Pero nunca una como tú.

—¿Te refieres a mi cabello? —Levantó la enmarañada cortina dorada y pasó el paño mojado por el cuello.

—El color es inusual, lo admito, pero no. Es que cada movimiento que realizas está lleno de gracia.

—Qué mentira —comentó ella, incrédula—. Debes querer algo.

—Depende —respondió él con un brillo malicioso en los ojos—, depende de lo que tengas para ofrecer.

Lo miró con fingido sobresalto e indignación.

—¡Eres insaciable!

—¿Cómo puedes decir eso? Sabes que me satisfaces maravillosamente.

A ella se le encendió el rostro, aunque hizo lo imposible por ignorarlo.

—No lo había notado, es decir, tu satisfacción

—¿Qué puedo hacer yo si me atraes prodigiosamente?

Los movimientos de Elene se volvieron más lentos. Bajó las manos que sostenían el paño y se enjugó los dedos. Ella y el corsario habían hecho el amor tres veces más después de la primera, la última vez antes de que amaneciera. La mañana traía consigo los remordimientos de conciencia además de una extremada sensibilidad entre los muslos, pero como ninguno de los dos problemas tenía remedio, trataba de ignorarlos deliberadamente, concentrándose en su bienestar. No obstante, tenía la certeza de que esta actividad que había compartido con Ryan era excesiva. No podía verse la cara, pero las ojeras de Ryan no obedecían sólo a la falta de sueño.

Insaciable. La palabra que había usado Devota. «Estará esclavizado a ti —había dicho— su necesidad de ti será insaciable.»

—¿Te atraigo tanto realmente? —preguntó ella bajando los ojos—. ¿O se debe simplemente a que hace tiempo que no has tenido una mujer?

Él rió mientras terminaba de beber el café y dejaba la taza en el suelo. Se levantó hincando una rodilla en tierra y se inclinó hacia ella.

—Ambas cosas tal vez. Podríamos probarlo esta mañana para estar seguros

Elene se escandalizó.

—¡Es de día!

—¿Qué importa eso?

Se le ocurrió entonces que el ardor de Ryan se vería considerablemente disminuido si usaba jabón y agua caliente, es decir, si lo que le había asegurado Devota era cierto.

—Y además, no te has lavado.

—¿Qué más da? —preguntó él todavía sonriente—. Huelo como tú.

–Como podría oler mi perfume en un cerdo –estalló ella, indignada por su falta de cooperación.

Haciendo una mueca, él contestó:

–Ah, bien, en ese caso...

Pero fue evidente que se necesitaba mucho más que una simple pasada de agua y jabón para desvirtuar los efectos del perfume ya que, cuando hicieron la prueba más tarde, su apetito por ella no había disminuido en nada. Quizá, hasta pareció haber aumentado.

Difícilmente podría encontrarse otro pasatiempo mejor que hacer el amor; no obstante, sólo podía practicarse durante algunas horas debido a las limitaciones físicas. El día pasó lenta y penosamente. Una docena de veces Ryan y Elene desearon pedirle a Devota que les trajera unos naipes, un tablero de ajedrez, cualquier clase de juego para pasar el tiempo. Discutieron la posibilidad de pedirle un libro o dos para el día siguiente, pero ambos estuvieron de acuerdo en que la luz era insuficiente para leer. Dormitaron de tanto en tanto, pero al menor ruido despertaban sobresaltados. Cuando no dormían, escuchaban atentos, alertas, especulando por los ruidos que oían, acerca de lo que estaba sucediendo sobre sus cabezas.

Pero la mayor parte del tiempo la pasaron conversando en voz queda que no podía ser oída más allá del refugio. Se contaron anécdotas de la infancia y de sus estudios: Elene en el internado, Ryan con un tutor con marcas de viruela, de pésimo carácter pero brillante. Charlaron sobre libros y piezas de teatro y de la música que más les agradaba. Hablaron de Francia y del hombre que había llegado a personificarla en estos días, Napoleón Bonaparte; de sus planes de acción y su poderío como primer cónsul vitalicio; sus efectos sobre el comercio y en la esfera social, y, también, de los escándalos que se atribuían a su esposa Josephine. Recorrieron mentalmente las calles de París comentándose mutuamente cuáles eran sus paisajes favoritos, las casas y los lugares predilectos. Ni Ryan ni Elene habían pasado mucho tiempo allí, pero sí el suficiente.

–Te encantará Nueva Orleans –afirmó Ryan al anochecer, mientras esperaban lo que les traería Devota para cenar.

Elene vaciló, inexplicablemente reacia a decir nada que

causara discordia entre ellos. Sin embargo, no había manera de evitarlo.

—Pero no voy a ir.

—¿No irás? —La pregunta fue hecha en tono despreocupado, pero, mientras la formulaba, Ryan se fortaleció en su determinación de verla a bordo de su barco aunque fuera a la fuerza. Elene Larpent tenía algo que lo atraía irresistiblemente, algo que lo fascinaba. Era dulce y tierna, enternecedora; ignorante e ingenua en el campo del amor, pero eso no era todo. Parecía guardar un secreto, como si hubiera alguna parte de su ser que no sería nunca entregada a nadie, excepto, tal vez, como un regalo de inestimable valor, a quien probara ser merecedor de él.

Elene desechó la pregunta con un gesto.

—No sé nada de ese lugar, aparte del hecho de que la gente habla francés a despecho de los cuarenta años de dominación española; además, es caluroso, increíblemente lodoso y hierve de serpientes. Eso es todo lo que me contaba papá en sus cartas mientras vivió allí.

—Las serpientes aparecen sólo cuando hay una inundación —respondió Ryan—. Por lo demás es una ciudad agradable. Las brisas que soplan del agua atemperan el calor en verano y los inviernos son apenas menos templados, lo suficiente como para constituir un cambio. De algún modo, tanto parece una ciudad española como francesa. Tuvo que ser reconstruida en gran parte, debido a los incendios que tuvieron lugar durante la dominación española. Los balcones, las rejas de hierro forjado y los grandes patios le dan ese aire español, pero las líneas de los techos, las formas y disposición de las puertas y ventanas y las esquinas redondeadas de sus calles te recordarán París.

—Papá decía que casi lo mataba el aburrimiento.

—Seguramente no hizo ningún esfuerzo para relacionarse con la gente. Siempre hay saraos y bailes, tertulias, veladas musicales y paseos campestres y, para los caballeros, cafés, peleas de gallos, garitos y toda clase de casas de bebidas donde sirven desde vino y ajenjo hasta cerveza espesa y amarga. Luego, todos dan un paseo por la plaza, la Place d'Armes, para tomar aire fresco, ver y ser vistos.

—Le tienes mucho cariño, ¿no es así? —preguntó Elene.

—Es mi hogar —contestó él como si otra explicación fuera superflua.

Ella desvió la mirada. Deseó poder tener esa sensación de pertenecer a algún lugar; sintió algo así por la isla en su infancia, pero había pasado tantos años en Francia que el sentimiento se desvanecía. Tampoco Francia era su hogar ya que mientras vivía allí estaba siempre a la expectativa de ser llamada de regreso a la isla.

Ryan esperó algún comentario de su parte. Como no hizo ninguno, dijo:

—Nueva Orleans también puede ser tu hogar.

Elene levantó la barbilla.

—Santo Domingo es el lugar donde nací.

—Supongo entonces que ya debes haber pensado en alguien de aquí que pueda ayudarte, ¿algún amigo de tu padre o algún asociado en los negocios?

—Nadie —dijo ella con frialdad.

—Ah, bien, estoy seguro de que ya se te ocurrirá. —Se estiró y relajó, tendiéndose sobre los cobertores—. Por ejemplo, siempre puedes poner toda tu confianza en el oficial a cargo desde la muerte del general Leclerc.

—¿El general Rochambeau?

—¿Piensas que sería inútil tanta ambición? Puede que estés en lo cierto. Pero hay un coronel gordo y viejo que conocí hace unos días que, espero, será el hombre ideal.

Recelosa de tanta jovialidad y espíritu servicial, le preguntó:

—¿Cómo es eso?

—Parecía tener el corazón tan débil como el cerebro y la mirada llenos de lascivia. Estoy seguro de que podrías persuadirlo a hacer cualquier cosa que desees. Hasta podrías casarte con él.

—¿Casarme? ¡Nunca!

—¿Convertirte en su amante?

—¿Qué? —gritó ella, furiosa.

—¿Su lavandera entonces? Aunque debes saber que las mujeres que reciben ese nombre realizan a veces otros servicios cuando los oficiales se sacan los uniformes.

—Lo sé —contestó ella, molesta—. De todos modos, creía que estabas seguro de que los franceses serían derrotados bajo el mando de Rochambeau.

—En ese caso, los rollizos oficiales británicos estarán siempre dispuestos a sacarse los uniformes.

Elene agarró la chaqueta de Ryan y la tiró apuntando a su cabeza en la penumbra.

El ruido de burla hecho con la lengua contra el paladar fue amortiguado por la tela dando de lleno contra su rostro.

—Hay veces que es muy difícil ayudar a ciertas personas.

CAPÍTULO V

–Enciende la vela –susurró Elene.

Ryan despertó sobresaltado, por un codazo en las costillas.

–¿Qué sucede?

–Hay algo que se mueve por ahí. Enciende la vela.

Prestando atención pudieron oír pisadas ligeras que se detenían y, tras una pausa, volvían a empezar, seguido por un ruido de uñas rascando en el rincón donde almacenaban sus provisiones.

–Es una rata –susurró Ryan.

–Eso ya lo sé –murmuró con rabia Elene–. ¡Enciende la vela!

Sin duda la comida atrajo a la desagradable alimaña que, después de pasar por debajo de los cimientos de la casa, se había escurrido luego al interior del agujero con ellos. Ahora, sólo matándola se verían libres de semejante sabandija; evidentemente Elene no estaba dispuesta a compartir ni el refugio ni la comida con ella. Además de ser portadora de pulgas y enfermedades, podría enredarse en su larga cabellera mientras durmiera.

A su lado oyó a Ryan raspando el pedernal contra el yesquero para encender la luz. Sigilosamente, estiró la mano, palpando en la oscuridad en busca de una bota para usarla como arma.

Tocó la cola de la rata. Era fría y sin pelos y se retorció bajo sus dedos. Retiró la mano de un tirón al tiempo que reprimía un grito de repugnancia.

–¿Qué sucede? –preguntó él, preocupado.

–¡La he tocado! –dijo ella estremeciéndose de asco.

Creyó oír un asomo de risa en el aire. Un momento después, una llama amarilla ardió al encenderse la yesca.

Ryan aplicó la llamita al pabilo; luego, cuando la vela estuvo prendida, apagó la yesca cerrando de un golpe el yesquero.

Elene se abalanzó sobre la bota que había estado buscando y la alzó en el aire. Miró en derredor en busca de la rata, que en ese instante se escurría detrás de la jarra de agua. Arremetió contra ella golpeando el suelo, pero el animal saltó y la esquivó.

–Mátala –exclamó ella con apasionada intensidad–, mátala.

Ryan dejó la vela en un rincón, recogió una bota y comenzó a perseguirla. Él y Elene golpearon y aporrearon el suelo saltando de aquí para allá, esquivándose mutuamente y a la rata mientras ésta corría frenéticamente de un rincón a otro del agujero. Sus sombras se abalanzaban sobre las paredes como en una danza grotesca, chocando, apartándose, enredándose y separándose de un salto.

El resultado final de la contienda era indudable. La rata entró con bastante facilidad, pero no resultaba tan fácil encontrar una salida y además la perseguían dos personas armadas con sendas botas y una determinación incansable. En cuestión de unos segundos todo había terminado. Ryan recogió el cuerpo y lo colocó sobre el reborde de piedra debajo de la trampa donde no los estorbaría hasta que Devota pudiera desembarazarse de él. Sólo entonces se sentaron para recobrar el aliento.

–Pobre bestezuela –comentó Ryan en tono lastimero–, todo lo que quería era un bocado de comida.

–Sí, directamente del dedo gordo de tu pie, espero –respondió Elene sin dejarse conmover por su fingido pesar.

–Qué mujer insensible y despiadada eres; no sabía que fueras así.

–Odio las ratas.

Rehusó mirarlo a la cara. La verdad era que estaba un tanto avergonzada de su propio celo y también asqueada por el ruido que oyó cuando Ryan asestó a la rata el golpe mortal.

–Eso me pareció –dijo Ryan en tono seco.

Le lanzó una rápida mirada adusta.

–No pensé que fueras tan escrupuloso.

–¡De ninguna manera! –concordó él–. Indudablemente

no siento ningún amor por ellas. Más que eso, cuando una bella dama requiere mis servicios, se los brindo con el mayor gusto e intentó lo imposible por complacerla.

—¿Lo haces de verdad?

—Así es. Sobre todo cuando es probable que la dama se muestre muy generosa con su gratitud.

—¿De veras esperas que te gratifique? —preguntó ella, incrédula.

—Sólo si tú consideras que es lo debido.

—De todos los presumidos insufribles...

—Caramba, ¿cómo iba a saber yo que te enfadarías? Aquí estabas tú planeando entregarte en cuerpo y alma a un viejo coronel obeso sólo por buscar protección. Seguramente hay muy poca diferencia.

—¡Yo no estaba planeando tal cosa! Fuiste tú quien sugirió algo tan abominable.

—Tú no tenías nada mejor que proponer y está claro como el agua que tendrás que refugiarte en algún hombre de un modo u otro —concluyó Ryan, indiferente.

—Yo no lo veo así en absoluto —exclamó Elene, desdeñosa.

—¿No? Lo cierto es que sólo un hombre puede protegerte en estos momentos críticos. Para colmo de males eres demasiado atractiva, demasiado deseable para que los buitres te dejen en paz.

—Buitres entre los que tú, naturalmente, no te cuentas.

—Oh, sí que me cuento. Soy el primero de ellos.

—Al menos eres honesto —dijo ella. Estaba destinado a ser un comentario sarcástico, pero el tono fue sincero.

—¡Qué reconocimiento! Caramba, sí que es un progreso.

Ryan se sentó y vio cómo la luz de la vela daba al cutis de Elene un cálido lustre y cobraba la fuerza de un fuego dorado en su cabello, la manera en que exaltaba el esplendor del traje nupcial hecho andrajos. Era una necedad inconcebible de su parte, pero no sentía ninguna urgencia en abandonar esta prisión. Si no tenía cuidado, el fin del encierro podría ser el fin de sus relaciones, el fin de algo que ya en su mente estaba viviendo como un idilio subterráneo.

Elene miró por entre sus espesas pestañas la larga figura del hombre que descansaba cómodamente a su lado. Estaba bromeando, pensó. No podía esperar realmente que ella lo recompensara entregándole su cuerpo por el hecho de matar una rata. ¿O sí?

Era un hombre muy difícil de conocer y costaba confiar en él. No revelaba casi nada de sí mismo. A pesar de la intimidad que compartían, de las largas horas de charla, todavía no creía conocerlo. Era como si se reservara una parte esencial de su ser para sí. Pero no podía culparlo por ello; ella hacía exactamente lo mismo.

Un gesto de irritación pasó fugazmente por el semblante de Ryan, pero se desvaneció al soltar una carcajada seca y corta.

–Deja de darle tantas vueltas a tu cabeza. No quiero nada de ti que no estés dispuesta a brindarme. Ahora acuéstate y vuelve a dormir.

Aun antes de terminar de hablar se inclinó y apagó la llama con los dedos. Una vez más el agujero quedó sumido en las tinieblas. Elene oyó crujir la ropa de Ryan mientras él se preparaba para tenderse en el jergón; se hizo a un lado para dejarle espacio suficiente, estirándose a su vez sobre los cobertores. El brazo de Ryan rozó el de ella y Elene lo retiró de un tirón como si la hubiese quemado. Cambiaron de postura varias veces buscando alguna que les resultara cómoda, pero al no encontrar ninguna, se quedaron quietos, resignados.

Los minutos pasaban lentamente. Elene, con la mirada perdida en la oscuridad, pensaba en cómo le gustaría encontrar otros medios de salvación distintos de los que Ryan le proporcionaría, por ejemplo, algún pariente pasado por alto hasta ahora, un funcionario gubernamental que estuviera en deuda con su padre, un amigo que la recogiera con Devota o les ofreciera un camino para escapar de la isla. Pero no tenía a nadie.

Cuando pudo recuperar el sueño, la pesadilla retornó, pero la superó sola y en silencio.

Elene y Ryan advertían cualquier movimiento humano en la habitación que tenían encima. Los pasos sonaban fuertes sobre el entarimado de madera, reverberando en el angosto espacio donde ellos se encontraban. A veces podían oír fragmentos de conversación, voces de jóvenes esclavas o de una mujer mayor con tonos quejumbrosos que reprendía u ordenaba que se hicieran algunas tareas domésticas. Seguramente, ésta era la voz de la madre de Favier.

La hora de la cena era la más difícil de sobrellevar. El polvo acumulado en la alfombra que cubría la trampa se filtraba por las hendiduras cada vez que una silla se movía de lugar. El olor de las sabrosas comidas y de los vinos que se servían les llegaba cuando aún debían faltar largas horas para que los de la casa se retiraran a dormir y Devota pudiera alcanzarles una cena tardía. Pero sobre todo, la presencia de Favier, su madre y hasta un par de veces con algunos invitados, forzaba a Ryan y a Elene a permanecer en absoluto silencio y quietud durante lo que les parecía toda una eternidad. Aprendieron a agradecer el que los miembros de la familia desayunaran en la cama y que algunas veces almorzaran en alguna otra parte, tal vez en una de las galerías.

Sin embargo, las conversaciones que alcanzaron a oír durante el curso de varias comidas resultaron muy instructivas. Parecía ser que, mientras Dessalines en persona trataba de echar a las tropas francesas de la isla, había enviado grupos de sus propios hombres a alentar la sublevación de los esclavos que aún permanecían en las plantaciones, incitándolos a acabar con sus amos, ya fuera matando a todos los blancos, hombres, mujeres y niños, o bien echándolos de la isla. La lista de mansiones incendiadas y de familias cruelmente asesinadas crecía cada día que pasaba. Oyeron interminables historias de personas acorraladas en los cañaverales, encontradas cuando se hallaban escondidas en graneros y establos o atrapadas cuando intentaban huir a Puerto Príncipe o cabo Francés. Todas terminaban de la misma manera, con la muerte de los fugitivos después de las más salvajes torturas y mutilaciones.

A veces daba la sensación de que Favier se deleitaba hablando de tales cosas durante la cena, charlando en voz clara y demasiado fuerte, para asegurarse de que Ryan y Elene pudieran oírlo, como forzándolos a escuchar la manera en que se vengaba de todos los de su clase por los desaires e insultos que le habían infligido a lo largo de su vida. Empero, su propia posición no era demasiado buena. Siempre era posible que, al amparo de la noche, una turba sedienta de sangre cometiera un error y escogiera la casa equivocada, ya fuera por accidente o por algún otro motivo.

A media mañana del tercer día, según los cálculos de Elene, les llegaron desde arriba las voces airadas de dos personas que discutían acaloradamente. Una era la de Devota; la otra, de la madre de Favier.

Ryan se irguió cuanto le fue posible arrimando la espalda contra la pared de piedra, el cuerpo bien equilibrado como si se preparara para defender el santuario que los cobijaba. Elene también se puso de pie y escuchó con atención y la vista clavada en la barrera de madera que constituía la trampa sobre su cabeza.

¿Qué habría sucedido? ¿Habría hecho algún comentario Favier que hiciera pensar a su madre en algo interesante escondido allí abajo? ¿O se habría intrigado por la presencia de Devota en la casa y observado todos sus movimientos hasta descubrir su excesivo interés por el comedor?

Cabía la posibilidad de que Ryan y ella hubiesen hecho algún ruido que alertara a la anciana, o hablado en un mal momento. Intentaban posponer sus charlas y discusiones para altas horas de la noche, de estar atentos a los ruidos de pasos antes de hablar y de recordar, aun entonces, que debían hablar en voz muy queda. Pero en alguna ocasión lo habían olvidado.

Después de unos momentos se hizo evidente que Devota se delató al intentar llevarles el desayuno. La mujer mayor estaba reconviniéndola por hurtar comida de la cocina y exigía saber adónde iba con ella. Aparentemente, la respuesta de la doncella fue que iba a sentarse a la mesa para comer, pues la siguió una estridente diatriba contra los sirvientes que no ocupaban su lugar creyéndose superiores, pensando que podían usar los muebles del amo cuando se les antojaba, dormir hasta cualquier hora y hartarse con la mejor comida de la despensa del amo.

La respuesta de Devota fue insolente, no cabía otra palabra para definirla. También hizo abrir desmesuradamente los ojos de Elene, espantada. Si lo que Devota decía era cierto, parecía haber tomado el papel de concubina de Favier.

Era una excusa excelente para poder permanecer dentro de la casa en vez de recluida en las cabañas de los esclavos, no se podía negar, pero ¿era sólo un pretexto? ¿Podría Devota haberse entregado a Favier para salvarlos a ella y a Ryan?

Se le ordenó que fuera a comer a la cocina. Las voces se alejaron, sólo el olor del café y del tocino que Devota les iba a traer, delicioso y fragante, permaneció flotando en el aire.

Elene se dejó caer pesadamente sobre el jergón.

–¿Te das cuenta –susurró ella– de que estamos tan atrapados aquí abajo como lo estaba la rata que matamos?

–La isla entera es una trampa, como ya te dije antes. Esto es lo mismo en otra escala. –Ryan se acomodó muy cerca de ella sobre los cobertores para poder hablar sin elevar la voz más allá de un susurro.

–¿Qué harás si nos descubren?

–Lo único que puedo hacer. Pelear y esperar que no sean demasiados.

–¿Y si la madre de Favier llegara a encontrarnos? Él nos insinuó que ella nos delataría.

–Si levanta esa trampa, creo que tendrá que reunirse con nosotros, lo quiera o no –declaró Ryan apretando un puño.

–Sí –asintió Elene casi para sí–. Sería posible atraparla. Sí –repitió con más convicción.

Devota no apareció por allí en el resto del día. Ni vino cuando la cena hubo terminado y la casa empezó a quedar en silencio al avanzar la noche. Elene se inquietó por la dilatada ausencia de su doncella, no tanto porque estaba hambrienta, aunque no habían comido más que unos mendrugos de pan desde la noche anterior, como por la preocupación por esa mujer, que además era su tía. ¿Qué pasaría si la madre de Favier, sospechando algo, recluyera a Devota en algún lugar lejano o decidiera deshacerse de la fastidiosa nueva mujer de su hijo? ¿Y si Devota abandonase la casa por alguna razón, para después ser reconocida y asesinada? Las posibilidades eran muchas y cada una más horrible que la anterior.

Ryan también estaba nervioso y maldecía por no poder ponerse de pie en toda su estatura, por no saber lo que estaba pasando más allá de las paredes de la casa y no poder forzar los acontecimientos. Elene intuía que él no se fiaba de su anfitrión, por más que fingiera cuando ella le preguntaba al respecto. Se suponía que ésta era la noche en que el barco de

Ryan se acercaría a la costa. Si Favier no se movía, si resultaba ser demasiado cobarde para llamar la atención hacia su casa saliendo y agitando un farol, entonces ellos tendrían que permanecer en ese escondrijo otros tres días, o quizá más. El simple hecho de pensarlo era espantoso, especialmente cuando el riesgo de ser descubiertos aumentaba cada día, cada hora.

Elene, descalza, se paseaba sobre los cobertores en el pequeño espacio que dejaban disponible las largas piernas de Ryan. En su interior crecía una necesidad imperiosa de abandonar ese lugar tan lóbrego, de respirar aire puro y sentir el espacio abierto a su alrededor, de ver el sol y el cielo, árboles, flores y césped, de sentarse en una silla de verdad y dormir en una auténtica cama. La presión iba en aumento minuto a minuto hasta que llegó a no estar segura de cuánto tiempo más podría soportarla. Más aún, tal como le sucedía a Ryan, quería saber lo que estaba ocurriendo encima de ellos. La necesidad era tan fuerte que parecía valer la pena arriesgarse para satisfacerla.

Ryan la detuvo asiéndole la falda cuando pasaba frente a él en uno de sus paseos. Con voz áspera y dura, dijo:

—Siéntate de una vez. Me estás volviendo loco.

Efectivamente, él no podía desahogarse yendo de un lado a otro como hacía ella debido a su gran estatura. Ella hizo una mueca de pesar que él no pudo ver y se arrodilló a su lado.

—Lo siento —murmuró ella.

—No puedes continuar así, sabes, viviendo día a día como un conejo asustado dentro de su madriguera. Tienes que venir conmigo a Nueva Orleans.

—Ya lo hemos discutido antes. No tengo de qué vivir allí.

—¿Crees que será mejor aquí? Claro que tienes recursos en esa ciudad; puedes vivir conmigo. —La proposición no había salido como Ryan deseaba, pero sí lo bastante clara.

—Ya veo. Te consideras superior a un viejo coronel obeso.

—Quiero cuidar de ti. Conmigo, no sólo estarás a salvo, sino que tendrás además todas las comodidades, todos los lujos.

—Qué perspectiva más encantadora. Por poco me tienta,

pero, verás, estoy acostumbrada a una vida más digna y decorosa. Debo presumir, desde luego, ya que tú no lo mencionas, que el matrimonio no entra en tu generoso ofrecimiento.

—No tengo deseos de casarme todavía —repondió Ryan—. No sería justo hacerlo cuando estoy tanto tiempo ausente en el mar.

—¿No entra en el asunto el ser justo con una concubina? —Elene no sentía más deseos de estar casada que él, pero confesarlo ahora sólo debilitaría su posición.

—Ella no tendría motivos de queja —replicó Ryan, en un gran esfuerzo por mantener baja la voz—. No entiendes en absoluto lo que te estoy diciendo, ni tratas de hacerlo.

—Entiendo que te sientes libre de brindarme un insulto porque en un momento de debilidad sucumbí a tus zalamerías y a mi propia necesidad de consuelo. Entiendo que también has adquirido un sentido de responsabilidad hacia mí... insuficiente para encargarte de mí de por vida, pero que alcanza a no dejarme abandonada a mi suerte. Hasta concederé que es posible que me desees un poco, si gustas; dudo que de otro modo la invitación incluyera compartir tu vivienda. Sólo te pido que no intentes hacerme creer que tu interés se basa únicamente en tu preocupación por mi bienestar. No lo creo ni lo creeré.

—¿Creerás —preguntó él con la mayor afabilidad— que te pondré a bordo de mi barco con mis propias manos, sin importar lo que patalees o grites, si no accedes a venir conmigo?

—Ciertamente —dijo ella sin vacilación—. Te creo capaz de cualquier cosa.

Ryan renegó y maldijo por lo bajo durante largos minutos. Cuando volvió a hablar, su voz sonó contenida.

—La causa principal del problema es ese maldito perfume que usas. Es posible que nunca existiesen esas zalamerías, como las llamas, si no fuera tan tentador. Pero no te preocupes. Tu permanencia en mi casa no se extenderá más de lo estrictamente necesario para que te establezcas por tu cuenta en alguna otra parte. Me agrada tanto tener una amante con tan poca disposición a mis caricias como tú, te lo garantizo.

—¿De veras? Qué magnánimo eres. Especialmente teniendo en cuenta que carezco de medios para establecerme en otra parte. –Las palabras no eran más que una bravata. Se las había ingeniado para olvidar la importancia del perfume en su seducción.

–Veo que no has usado en absoluto la cabeza en estos tres últimos días. Sólo tienes que preparar una buena cantidad de ese perfume para que tu fortuna esté asegurada.

Él no hablaba en serio, simplemente buscaba razones que reforzaran sus argumentos. Sin embargo, ¿era tan descabellada su idea? No se podía negar que la fragancia era exquisita, con su supuesta propiedad mágica o sin ella. Si Devota fuera capaz de prepararla en Nueva Orleans, de obtener los ingredientes, los preciados aceites y esencias, entonces podría venderse. Naturalmente, los conjuros o hierbas y aceites tan particulares que lo convertían en un poderoso y perdurable afrodisíaco debían ser omitidos, pero sin alterar su fragancia.

–Oh, estoy segura de que eso es justo lo que necesita Nueva Orleans, un nuevo olor. –A pesar de la burla implícita en las palabras, nacía una nueva esperanza para ella.

–Muy delicioso tendría que ser. Ni todos los perfumes de Arabia podrían tapar los olores de los albañales abiertos y de los retretes en los fondos de las casas. También están los olores de los pescados rancios y las frutas podridas del viejo mercado francés, el de la melaza fermentada de los almacenes y el hedor de los cementerios donde los cadáveres de los indigentes son cubiertos con cal viva en una fosa común. Sin decir nada del moho que crece en todas partes ni de los efectos que producen en el cuerpo humano los meses de calor bochornoso y, en algunos casos, el no bañarse con demasiada frecuencia.

–Casi me has convencido de que Nueva Orleans es un lugar maravilloso –dijo en tono seco ella– para un perfumista.

–Es el único lugar para ti.

–Posiblemente –contestó.

Dejó que la palabra pasara por una aceptación. Tal vez era una tontería oponerse a la idea. Como destino, como lugar de refugio, Nueva Orleans suponía la mejor garantía, entre los de su propia clase, personas que hablaban su mismo idioma y tenían las mismas costumbres. Aun así, alejarse tanto de todo lo conocido, crear un hogar entre extraños, llegar sin ni siquiera un bolso en la mano, y mucho menos sin algo que poder poner dentro, no era nada fácil.

La escandalizaba acatar la perspectiva de vivir con un hombre, aunque fuera por corto tiempo. Le disgustaba. Quería ganar el control de su vida. Ésa era la única certeza que tenía, debía arreglar las cosas de tal modo que no tuviera que responder de sus actos ante un padre, esposo o amante, sino ante sí misma. Si Ryan Bayard, o incluso el perfume, podían servir para ese fin, entonces los utilizaría.

Elene se ensimismó tanto en sus proyectos e ideas que pasó más de media hora antes de que cayera en la cuenta de que su posición exacta en la casa de Ryan, durante el tiempo que viviera allí, no había sido determinada. Abrió la boca y volvió a cerrarla sin emitir ningún sonido.

Alguien se acercaba.

Lo primero que percibieron fue el resplandor de la luz de una vela que brillaba a través de las grietas entre las tablas del piso, dejando líneas extrañas y movedizas sobre las paredes de piedra. Las pisadas que la acompañaban eran ligeras, casi furtivas. De pronto se detuvieron y hubo una pausa prolongada, como si quienquiera que se hallara encima de ellos, vigilase a su alrededor con suma cautela.

Las sillas comenzaron a deslizarse casi sin ruido. Se filtró el polvo en el interior del agujero cuando fue doblada la alfombra. Ryan, de pie, permanecía inmóvil. A su lado, Elene, intentando vislumbrar en la penumbra alguna arma. Lentamente se fueron cerrando sus manos hasta convertirse en dos puños apretados. La tensión vibraba por sus venas y acechaba en torno de ella como una presencia tangible.

Chirrió la argolla de hierro que se usaba para levantar la trampa. Se oyó un suave gruñido de esfuerzo y, con otro chirrido, esta vez de los goznes herrumbrosos, la pesada puerta empezó a levantarse. Vieron unas faldas de mujer y a su lado una linterna de hojalata agujereada por cuyos orificios salían débiles rayos vacilantes que dibujaban curiosas formas en la oscuridad. No había señales de una bandeja, ningún olor a comida. La puerta se elevó más y más. Fue depositada sobre sus goznes.

Era Devota.

Un suspiro de alivio escapó de la garganta de Elene. La

doncella le sonrió fugazmente, pero no perdió tiempo en saludos o explicaciones.

–Afuera, de prisa –les ordenó con un hilo de voz–. El barco está entrando.

No necesitaron más explicaciones. Ryan tomó impulso, colocó las manos en el borde del agujero y, con una poderosa contracción de los músculos de hombros y pecho, levantó su cuerpo, se aferró al borde del entarimado y salió del hueco. Se volvió balanceándose sobre una rodilla al extenderle la mano a Elene. Ella se calzó los escarpines y luego lo tomó por la muñeca. Los dedos firmes de Ryan se cerraron alrededor del brazo de la joven. Se impulsó y él tiró de ella hacia arriba hasta que el borde del entarimado quedó a la altura de su cintura y pudo subirse, gateando, a los gruesos tablones de madera.

Ryan la ayudó a ponerse de pie y luego se inclinó para cerrar la trampa. Colocaron de nuevo la alfombra en su lugar y rápidamente corrieron las sillas. Devota recogió la linterna tomándola del asa y giró en redondo al tiempo que susurraba:

–Por aquí.

–¿Y Favier? –preguntó Ryan.

–Escondido –respondió ella con aversión–. Yo misma tuve que agitar la linterna.

–Estamos en deuda contigo. Pero la luz ya no será necesaria. Apágala.

Así lo hizo; después dejó la linterna en el centro de la sala y los guió fuera del comedor.

No volvieron a hablar. Silenciosos como fantasmas recorrieron la casa hacia la puerta trasera, la cruzaron y entraron en la galería. Un momento más tarde estaban bajo el cielo abierto en el prado que se extendía hasta el borde del promontorio.

La noche era templada y el aire húmedo, tan fresco y puro por el soplo que venía del mar que les pareció un elixir. Elene sintió que se expandían sus sentidos, que se dilataban hacia el espacio infinito que la rodeaba como si hubiesen estado confinados hasta entonces. Una luna pálida brillaba tenuemente en el cielo oscuro. Parecía exactamente igual a la de la noche en que ella y Devota escaparon de la casa en llamas, aunque ahora su luz tenía la fuerza de una caricia. En alguna parte, cerca, parras y palmeras se agitaban en la brisa produciendo un sonido continuo, sedante.

Estaban a mitad de camino a través del prado, siguiendo a sus propias sombras, proyectadas por la luna, que corrían delante de ellos, cuando Elene observó que había demasiado espacio alrededor de ellos, que la posición en que se encontraban era demasiado abierta, demasiado expuesta. Era, tal vez, el efecto del confinamiento y de sus temores. Esa posibilidad la mantuvo callada unos pasos más. Hasta que recordó su anterior inquietud.

–¿Ryan? –susurró.

–Lo sé –dijo él–. Sigue caminando. No corras, todavía.

Alargaron los pasos, dando otro, otro más. Un alarido, estridente de furia, sonó detrás de ellos. Fue coreado por lo que parecían cien gargantas, convirtiéndose en un rugido profundo y ululante.

–¡Corre ahora!

Elene se recogió las faldas y corrió con toda la velocidad que pudo imprimirle a sus piernas. No había necesidad de mirar atrás; sabía lo que vería. Los hombres, los machetes, las armas. Se le nublaron los ojos de lágrimas de esfuerzo, le dolía el pecho por la respiración jadeante. Los latidos de su corazón eran tan violentos como los toques de tambor. Los guijarros y conchillas filosas incrustadas en las hierbas silvestres le cortaban los pies a través de las finas zapatillas de raso, pero no los sentía. Podía oír a Devota corriendo a un costado y Ryan al otro. Volvían sus pesadillas una vez más, una carrera con la aulladora muerte, una carrera que ella no podría ganar, otra vez no.

Sonó un disparo. Oyeron silbar la bala encima de sus cabezas. Los aullidos y gritos sedientos de sangre parecían acercarse cada vez más. El borde del promontorio también estaba más cerca ahora. Otro disparo estalló en el aire. Un sendero como una trinchera cavada en la descolorida arenisca que descendía hacia el mar, curvándose a la derecha, apareció ante ellos. Se internaron en él en medio de una nube de arena y saltaron hacia abajo deslizándose sobre las rocas semiocultas.

Allí los esperaba un semicírculo de playa iluminado por la

luna. Olas negras de bordes fosforescentes subían, se rompían y se retiraban después de bañarla rítmica y perezosamente. La forma achatada de un bote se destacaba en la orilla del agua. Junto a él estaban dos hombres con la vista clavada en el promontorio y los mosquetes en las manos listos para ser disparados. Detrás de ellos, lejos, en el seno de las olas, esperaba una goleta de dos mástiles con las líneas curvas y gráciles de un barco construido para la velocidad. Estaba fondeada entre los brazos protectores de la caleta, completamente a oscuras y silenciosa para no delatar su presencia.

La turba de negros se derramó por encima del borde del promontorio detrás de ellos, abriéndose paso violentamente a través de la vegetación tupida que lo bordeaba. Al detectar sus presas soltaron gritos de triunfo que hirieron el aire. Las piedras que soltaron provocaban un ruido infernal.

Sonó otro disparo que pasó zumbando al lado de la cabeza de Elene. Una lanza, arrojada con increíble fuerza, se clavó en la arena a su derecha. Otras dos cayeron detrás de ellos y otra voló por encima de sus cabezas yendo a perderse en el mar.

Frente a ellos se extendía la franja lisa de la playa. Elene llegó primero lanzándose a correr por ella a través de la arena que levantaban sus pies. Ryan volvió los ojos y miró a sus perseguidores. Las formas oscuras eran una masa en movimiento sobre la falda del promontorio. Giró nuevamente hacia el bote y, ahuecando las manos a los lados de la boca, gritó:

—¡Fuego! ¡Fuego!

El doble estallido de dos mosquetones disparados al unísono atronó el aire. Gritos de dolor y pánico sonaron en la falda del promontorio. La persecución perdió el ímpetu inicial. Los marineros arrojaron los mosquetones al fondo de la embarcación y comenzaron a desatracarla a empellones, aunque sin soltarla, a flote en la marea alta.

Sólo faltaba diez metros, cinco... llegaron al bote y empezaron a encaramarse por sus costados. Ryan agarró un mosquete, recogió al vuelo la pólvora y la bala que le arrojó uno de los marineros y empezó a cargarlo mientras los dos hombres, mojados y maldiciendo, saltaban sobre las regalas. Recogieron los remos y avanzaron apresuradamente. Ryan apuntó el mosquete y apretó el gatillo. El grupo de negros corría ahora por el borde de la playa. Su cabecilla, que iba al frente, alzó las manos al cielo y cayó de espaldas.

No había tiempo para nada más. El bote embistió contra las olas y avanzó con ritmo sostenido dejando la playa atrás. Un disparo o dos más sonaron en la noche, pero las balas cayeron al agua sin producir ningún daño. Se ensanchaba cada vez más la franja de agua entre la playa y el bote, que ondulaba suavemente, bailando a la luz de la luna. Unos cuantos perseguidores se internaron en las aguas, gritando y con los puños en alto, pero su voz se perdía a medida que se alejaban.

Elene se volvió hacia la proa del bote. Aferrada con ambas manos al banco de remeros donde estaba sentada, prestó toda su atención a la goleta que los aguardaba más adelante. Pintada de gris oscuro, lucía una ancha lista blanca circundándola debajo del bauprés. Parecía tener la figura tallada de una mujer con una túnica suelta y ondulante como mascarón de proa. Las letras negras grabadas sobre la lista blanca bajo la luz de la luna indicaban su nombre, *Sea Spirit*.

Una escalera de cuerda colgaba en una banda. Se veía un grupo de gente reunida alrededor de la cubierta. Habían estado alentándolos con sus gritos, aunque con la distancia y el viento sobre el agua, parecían los chillidos de alguna clase de pájaros marinos. Algunos extendieron los brazos para ayudarla a subir cuando llegó al tope de la oscilante escala. Ella aceptó agradecida la ayuda de todos, aunque se volvió de inmediato para mirar a Devota, que no se mostraba muy feliz por el peligroso ascenso.

En un momento, todos estuvieron sobre la cubierta. Se impartieron órdenes para subir el bote a bordo. Un hombre dio un paso al frente para estrechar la mano de Ryan y felicitarlo, un hombre con oscuro cabello crespo y ojos risueños a quien Ryan llamó Jean, pero que presentó como el capitán del barco. Los otros se arremolinaron alrededor de ellos, hombres y mujeres en lo que parecían trajes de etiqueta, todos ellos lanzando exclamaciones, riendo de excitación, formulando preguntas a voz en grito.

Súbitamente, Elene se sintió tan agotada que apenas podía ver. Los músculos de sus piernas temblaban con dolorosos espasmos. Temerosa de caer al suelo, se cogió del brazo de Ryan. Él la miró y al sentir los dedos temblorosos deslizó un brazo alrededor de la cintura de la joven y la atrajo contra él.

—Bajemos —dijo.

El camino se despejó milagrosamente para ellos. Los otros marcharon en tropel delante suyo, agachándose al cruzar por los vanos de las puertas, pasando por encima de los altos umbrales hasta que llegaron a lo que parecía un saloncito de descanso para la tripulación o el comedor de los oficiales. Los hombres recogieron los vasos con bebida que habían dejado aquí y allá. Las mujeres reanudaron sus bordados y costuras o su lectura. Sin embargo, todos esperaban ansiosos cuando Ryan y Elene entraron, como si todo el tiempo hubiesen deseado conocer al famoso corsario, Bayard, que indudablemente era el anfitrión.

Elene, aturdida por el cansancio, se preguntaba de dónde salía toda esa gente, mientras los examinaba a la luz de un par de lámparas que se columpiaban en soportes de brújula colgados de las paredes laterales. Tenían el aspecto, por la ropa y los semblantes pálidos y cetrinos, de gente de la isla, aunque no parecía probable que un corsario transportara pasajeros.

Al mismo tiempo que la imagen de una respuesta empezaba a formarse, un hombre salió de entre el grupo y se adelantó unos pasos. De mediana estatura, arrogante aun con un tajo rojo que le cruzaba la mejilla y con su traje blanco arrugado y manchado, se acercó a Elene con las manos tendidas, seguro de ser recibido con agrado.

—Elene, mi amor, mi prometida —exclamó Durant Gambier con gran placer—. Creía que te había perdido, pero no. Por la gracia de *le bon Dieu* has regresado a mí.

CAPÍTULO VI

–Por la gracia, más bien, de Ryan Bayard –lo contradijo Elene con coraje. Luego vio que Durant se paraba en seco mientras se desvanecía su sonrisa.

Ni ella misma sabía de dónde habían salido esas palabras. Presintió vagamente que a la larga podrían resultar peligrosas, pero eso no la amilanó. Su único propósito fue impedir que su novio la tomara entre sus brazos e hiciera valer su derecho sobre ella una vez más. La protección de Ryan y su apoyo eran elementos demasiado obvios para ser ignorados y, si usarlos le traía algunas consecuencias desagradables, ella las encararía más adelante.

Siguió un silencio preñado de avidez y ansiedad, como si el pequeño drama representara una oportuna distracción a los problemas que todos los allí reunidos preferían olvidar.

La ira contenida empezaba a teñir de rojo la cara de Durant. Se puso en jarras y clavó la mirada ceñuda e incrédula en el brazo de Ryan que rodeaba la cintura de Elene, antes de alzarla al rostro del corsario. Ryan se la devolvió con un esbozo de sonrisa curvándole los labios y una ceja arqueada en gesto inquisitivo.

Detrás de ellos, el capitán del barco pasó al saloncito esquivando a Devota, que se encontraba a la expectativa a un paso de la puerta. Dio la sensación de que deseaba preguntarle algo a Ryan, pero al ver la rígida disputa que estaba teniendo lugar desistió. Ryan se volvió hacia él:

–Dime, Jean –dijo en tono coloquial–, ¿quiénes son estas personas?

El capitán se incomodó como un niño sorprendido *in fraganti*.

–Refugiados, Ryan, personas que tratan de escapar de

Santo Domingo. Llegaron en pequeños botes... algunos ayer por la noche, otros hace dos... siempre que nos acercábamos a tierra. No pude rechazarlos.

—No, supongo que no podías hacerlo. —Ryan se volvió al grupo—. Nos disculpan, damas y caballeros, pero *mademoiselle* Larpent y yo hemos pasado por un momento muy difícil. Nos presentaremos en la forma apropiada más tarde, pero por el momento sólo deseamos un baño, comida y un lugar donde apoyar nuestras cabezas. ¿Nos excusan ustedes?

—Un momento... —empezó Durant.

—Luego. —Hubo un chirrido de acero en esa única palabra.

Una mujer se adelantó y posó la mano en el brazo de Durant. Se movió con aplomo y donaire inconscientes, como si esperara que todas las miradas estuvieran fijas en ella. No era bella en el sentido clásico: su cabello era de un tono castaño rojizo difícilmente natural, su tez pálida y algo cetrina y sus facciones provocativas. Sin embargo, cuando habló, su voz tenía una modulación tan encantadora, un timbre tan sonoro y sensual, que resultaba fascinantes.

—Querido Durant —dijo la mujer—, déjalos partir si es que hay un poco de bondad en tu corazón. Recuerda lo desesperados que estábamos nosotros mismos por conseguir comida y descanso no hace mucho tiempo.

Ryan saludó a la mujer pelirroja con una inclinación de cabeza; después empezó a caminar con Elene a su lado hacia la puerta, al otro lado del salón.

El capitán del barco se aclaró la voz antes de llamarlo.

—Ryan, ¿cuál es nuestro destino?

—Nueva Orleans —respondió él por encima del hombro, y añadió con sutil ironía—, y a toda la velocidad posible, si puedes ingeniártelas para lograrlo. No creo que el comité que nos despidió tenga un bote a mano, pero no sería mala idea ponernos en camino cuanto antes, por si acaso.

Tradicionalmente, al propietario del barco se le destinaba la cabina más amplia disponible a bordo de una goleta, lo cual no era decir mucho. Ésta contenía una litera bastante ancha con un baúl a sus pies; contra una pared se veía una mesa de hojas plegables con dos sillas de respaldo recto a los lados y un lavabo con una palangana de porcelana hundida en el tablero. Cuando llegó la bañera apenas si había espacio suficiente en el centro de la cabina para colocarla.

Ésta, de fabricación inglesa, era de hojalata pintada; a Elene le pareció un poco más grande que una botita de lana para bebés. El bañista debía trepar al interior por la cabecera y sentarse con las piernas extendidas en la base, que estaba cubierta. La mayor ventaja de esta costumbre a bordo era que el agua jamás podía salpicar el piso. Además, precisaba muy poco del precioso fluido para llenarla, y cuando uno entraba, el agua subía hasta los hombros, lista para un suntuoso remojón.

Elene se lavó la mugre acumulada sobre la piel y el cabello y luego se sentó un largo rato, dejando que el miedo y el cansancio severamente reprimidos hasta ahora se escurrieran de sus huesos. Se negó a ordenar sus pensamientos, dejando que la mente vagara libremente. Ryan había vuelto a salir después de ordenar el baño y la comida, tal vez para no interferir en su intimidad. Era una actitud muy considerada por su parte.

El movimiento del barco cambió, subiendo y bajando de forma más pronunciada. Eso indicaba que ya habían dejado el amparo de la bahía protectora al borde de la playa donde el barco fue anclado. Estaban camino de Nueva Orleans.

Qué increíble era todo. Quién hubiera soñado hacía una semana que ella estaría esa noche en este barco, despojada de todas sus pertenencias y con el mundo que había conocido hasta ahora desplomándose a sus espaldas.

Nadie, excepto Durant.

Al ver al prometido que su padre le impuso, por un instante se le representó todo lo que era normal, cotidiano y habitual. Le pareció que debía ir hacia él, que no podía hacer otra cosa. Entonces, algo se rebeló en su interior. Ya nada era como había sido. Nada la obligaba ahora a actuar de otra manera que no fuera la que le indicaran sus propios deseos, sus propias necesidades. Ni pensaba hacerlo.

No estaba segura de dónde dejaba su determinación a Durant. Le obligaría a comprender que no podían reanudar su noviazgo. No permitiría que la forzaran a un matrimonio que no deseaba. Por ahora necesitaba tiempo para reacomodar su vida y ver qué le ofrecería el futuro impuesto por el destino; tiempo para pensar, para planear, para descubrir lo que deseaba y necesitaba realmente.

Qué ironía que Durant estuviera precisamente a bordo del barco de Ryan. Tenía su lógica, ya que en estos tiempos de revueltas en que el tráfico marítimo estaba prácticamente paralizado, el *Sea Spirit* era uno de los pocos barcos que quedaban cerca de Santo Domingo. Sin embargo, ella hubiera deseado que él se refugiase en otro barco, cualquier otra embarcación, para que lo llevara lejos de la isla. Si se hubiese reencontrado con él después de varias semanas de vivir en Nueva Orleans, con estos últimos días terribles como un simple mal recuerdo ella se habría sentido mejor dispuesta a tratarlo, podría tener alguna idea más clara de qué hacer o decir. Tal como estaban las cosas, tendría que depender de la suerte y de su instinto.

Aún estaba en la bañera cuando se oyó un golpe en la puerta. Devota acababa de salir de la cabina para averiguar por qué tardaba tanto en llegar la comida. Elene se incorporó con bastante dificultad y tomó la toalla turca a rayas. Envolviéndola alrededor de su cuerpo, salió de la bañera y se dirigió a la puerta.

—¿Quién es?

—Hermine Bizet. Tengo algunas cosas para ti, ya que supongo que no pudiste traer ninguna ropa y somos casi de la misma talla.

Era la voz seductora e inconfundible de la mujer de cabellos rojos. Elene abrió la puerta.

—Eres muy amable, pero no desearía privarte de lo que has podido salvar.

—No pienses en ello —dijo la mujer con una sonrisa socarrona—. La gente del teatro está acostumbrada a partir de improviso de cualquier lugar. Siempre estamos listos y con las maletas preparadas.

—¿Eres actriz? —Ése debía ser el secreto de la intrigante característica de su voz.

—No eres una de mis recientes admiradoras, por lo que veo. Estoy con Morven Ghent. —Hizo una recelosa pausa.

—Oh, sí —respondió Elene.

Había oído diversos comentarios sobre las actuaciones que el melancólico actor trágico inglés ofreció en Puerto Príncipe la semana anterior a la de su boda; pero los últimos preparativos de su ajuar de novia la mantuvieron demasiado ocupada para pensar en asistir al teatro.

–Todo el mundo recuerda a Morven, particularmente las damas –comentó Hermine con una mueca burlona–. Bien, no te retendré de pie en la puerta o pronto tendremos aquí a todos los marineros del barco, esperando poder echarte un vistazo. Te veré por la mañana.

Hermine le metió un fardo de ropa debajo del brazo que sostenía la toalla, luego le sonrió cálidamente y se alejó.

–Gracias –le gritó Elene antes de que desapareciera de su vista.

La actriz la saludó con la mano y continuó su camino.

Cuando abrió el bulto, descubrió que contenía un camisón, un par de medias, zapatillas de fina cabritilla atadas con cintas y un vestido de día de popelina tostada con adornos de trencillas verdes y doradas. Qué observadora era la actriz al advertir sus zapatos arruinados; aunque, pensándolo bien, las huellas de sangre que las heridas de los pies dejaban en el suelo difícilmente podían pasar por alto. De momento caminar no le resultaba muy penoso, pero sería peor por la mañana, cuando comenzaran a cicatrizar las heridas. Las nuevas zapatillas le brindarían mayor protección.

Elene arrojó la toalla sobre el pie de la bañera y se puso el camisón. Era un modelo sencillo, de muselina con pequeños volantes como mangas y canesú redondeado, ribeteado con un delicado galón desde donde partía toda la amplitud de la falda que caía hasta el suelo. Sin embargo, parecía que le faltaba una cinta para mantenerlo cerrado ya que la pechera quedaba completamente abierta casi hasta el ombligo de Elene.

La joven alzó la cabeza cuando se abrió la puerta y entró Devota con una bandeja tapada por una servilleta.

–Mira lo que me ha traído aquella mujer de la voz tan dulce.

–¿La actriz?

–¿Lo sabías? Pensé que tendría algo para contarte. –Devota tenía una habilidad especial para recoger información. Jamás formulaba una pregunta directa, pero prestaba mucha atención a todo lo que se decía.

—Hay dos actrices —respondió Devota—, y un actor extremadamente vanidoso. También un hacendado, asombrosamente gordo, y su hija, flaca como el palo de una escoba, acompañados de una mulata clara que es la doncella de la joven. También tenemos un funcionario subalterno y su esposa, una mujer con una lengua tan ponzoñosa como la de una víbora. Y también está Serephine.

La mirada de Elene se clavó en los ojos de su doncella durante un eterno instante. Serephine era la concubina de Durant, una mulata con un octavo de sangre negra en sus venas, bonita en su estilo lánguido y despreocupado. Era una situación que se mantenía desde que Serephine fue comprada cuando tenía quince años por el padre de Durant para su hijo, que tenía dieciséis. Ella se instaló en la casa ya que la madre de Durant había muerto y no podía protestar, y asumió las funciones de ama de llaves y algunas veces de anfitriona, en las reuniones exclusivamente de hombres que organizaban padre e hijo, aunque no estaba presente cuando había damas. Serephine y Durant tenían un hijo que estudiaba en Francia.

—Él no podía dejarla abandonada —dijo Elene—. De todos modos, no importa.

—¿Estás resuelta a no casarte con Durant?

Elene se encogió de hombros, irritada.

—No me interesa casarme con nadie.

—Entonces, todo va bien.

Devota tenía razón. Todo iba bien. Elene se había preguntado a menudo, antes de la boda, qué iría a hacer con Serephine, convencida de que Durant no pensaba dejarla de lado. Nunca habían conversado sobre el particular; era una situación que la mayoría de las mujeres blancas rehusaba reconocer y mucho menos discutir abiertamente. Siempre habría existido la posibilidad de que Durant esperara que ambas vivieran bajo el mismo techo, cosa que ella jamás aceptó. La batalla por imponerse habría sido muy desagradable. Careciendo de poder real, sin un verdadero afecto entre Durant y ella, Elene sabía que se habría visto obligada a hostigar a Serephine hasta que ella deseara mudarse a otra vivienda. No era una perspectiva muy grata.

Devota servía la mesa con la comida que había traído. Las

porciones de jamón y judías, pan y pastel de frutas eran más que adecuadas para dos. Elene preguntó:

—¿Vendrá Ryan a comer?

—Dijo que no lo esperaras, que comería algo en la cabina del capitán. El capitán Jean lo retuvo con algunas preguntas, creo.

—Entonces, siéntate y cuéntame, mientras comemos, todo lo que has averiguado acerca de los demás.

Pero Devota, como siempre, se negó a salirse de lo que consideraba su lugar.

—Olvidas que yo sí cené aunque tú no lo hicieras. Lavaré tu ropa interior en la bañera mientras hablo. Así, mañana estará limpia y seca.

Cuando Elene terminó de cenar le pesaban tanto los párpados que apenas podía mantenerlos abiertos. Quería ayudar a Devota a retirar la bañera de la cabina y luego ordenarla, pero no sentía fuerzas para hacerlo. Ninguna cama antes le pareció tan tentadora como la litera contra la pared con sábanas limpias y bien dobladas. Lo único que la detenía era no saber si esa cama era para ella. Nadie había mencionado otro lugar, pero si se apropiaba de la cama de Ryan, ¿dónde dormiría él?

—¿Crees —preguntó a Devota después de considerar el tema largo rato debido a su turbación— que debo dormir aquí?

Devota la miró.

—Yo diría que sí.

—¿Qué me dices de ti? La litera no es muy ancha, pero hay lugar para dos si dormimos muy juntas.

—Ya me han asignado un lugar, no te preocupes. —El tono era cariñoso y un tanto divertido—. Vete a la cama ahora. Yo apagaré la luz.

—¿Qué me dices... —Elene calló y bostezó antes de continuar— ... de Ryan?

Devota aguardaba junto a la lámpara de aceite de ballena que colgaba del balancín para apagarla. En una mano llevaba las prendas de interior mojadas de Elene, escurridas pero goteando aún. Seguramente las tendería en alguna parte, cerca de una escotilla, o hasta en la cubierta, donde el viento marino las agitaría hasta secarlas. Devota estaba siempre ocupada, siempre pensando en la comodidad de Elene, siempre... servicial. Elene se puso de pie apoyando las manos sobre la mesa. Vaciló un momento mirando largamente el rostro moreno y familiar de su doncella, que era su tía al mismo tiempo. Ésta no era mucho mayor que ella, sólo tenía treinta y cuatro años. Por fin, le habló.

–¿Puedo preguntarte una cosa, Devota?

–Lo que desees, *chère.*

–Sin querer escuché algo en casa de Favier. ¿Es verdad que tú te fuiste a la cama con ese hombre por mi bien?

Devota frunció los labios y sus ojos adquirieron un brillo socarrón.

–¿Tuvo que ser por tu bien, necesariamente?

–¿Qué quieres decir?

–Yo soy una mujer, él es un hombre. Nos vimos obligados a estar juntos. Estas cosas pasan.

Devota no era tonta; era perfectamente capaz de mentir para tranquilizar a Elene.

–Él no parece muy hombre. Las señas al barco tuviste que hacerlas tú.

–Ah, bueno, al menos los dos éramos de la misma clase. No sucede con frecuencia.

Dos de la misma clase. Devota se refería a que los dos eran mulatos, con mezcla de sangres, ni blancos ni negros. Ese conocimiento yacía en los límpidos ojos color café de la doncella, como un débil resplandor de desconsolada amargura que se desvanecía lentamente. A Elene se le encogió el corazón.

–No fue mi intención fisgonear.

–Estás en tu derecho, *chère.*

–No, en realidad, no.

Devota meneó la cabeza.

–Te preocupas demasiado. Aquí tienes, ya casi me olvidaba de esto.

La doncella metió la mano en el bolsillo del delantal y sacó una botellita de vidrio. Dando un paso hacia Elene, se la entregó, luego retornó al lado de la lámpara.

Elene miró la botellita y sus dedos se crisparon. Era la botella color jade con el perfume que Devota preparó para ella, escondida en el bolsillo durante todo ese tiempo. Elene se sentía reacia a usarlo, pero Devota se había tomado tanto trabajo para salvarla que le resultaba odioso negarse. Sólo usaría unas gotas, sólo unas gotas.

Destapó la botella y vertió rápidamente unas gotitas en las curvas de los codos, en el hueco de la garganta y entre los pechos. De inmediato la misteriosa fragancia, provocadora de vertiginosas sensaciones, la rodeó por completo. Volvió a taparla y dejó la botella sobre la mesa.

–Exquisito –dijo ella forzando una sonrisa al tiempo que se dirigía a la cama y se sentaba–. Buenas noches.

–Buenas noches –se despidió Devota. La lámpara hizo un ruido sordo al apagarse, la puerta se cerró y Elene se acostó con los ojos cerrados.

Despertó lentamente. Una tibia luminosidad había turbado su sueño. La examinó a través de los párpados apenas entreabiertos, extrañada y maravillada a la vez. Era la luz del sol, derramándose a raudales en la cabina, resplandeciente y vital, danzando en el brillo de los reflejos del agua sobre el techo y las paredes. Bellísimo. Le pareció que hacía siglos que no lo veía. Jamás lo había apreciado en todo su valor hasta ese momento.

En alguna parte detrás de ella, quizá sobre la litera, advirtió una portilla abierta. El cálido hálito de la brisa del mar agitó su pelo y sacudió levemente los pliegues de la sábana que la cubría. Podía oír el golpe rítmico de las olas y el ruido silbante de la quilla cortando el agua. Las notas que adornaban estos sonidos regulares eran el zumbido del viento en los cordajes muy por encima de su cabeza, los ocasionales chasquidos secos de alguna vela suelta y los crujidos de las tablas del casco cuando el barco subía y bajaba. Ese movimiento era tan sedante que si cerraba los ojos seguramente volvería a dormirse.

Y lo hubiera hecho si no fuera porque algo en la posición de su cuerpo en la litera la molestaba. La almohada donde apoyaba la cabeza era demasiado sólida y caliente para ser la misma de la noche anterior. Más aún, sentía, debajo de su mano, una vibración regular exactamente igual a los latidos de un corazón.

Eran los latidos de un corazón.

El hecho no debería sorprenderla ya que su posición era la

misma de los últimos dos o tres días. El brazo izquierdo, sobre el que se hallaba acostada, estaba entumecido y, sin embargo, no se sentía incómoda. Hasta le brindaba una inesperada sensación de seguridad. Los músculos que sentía debajo de la mejilla y de los dedos, aunque relajados por el sueño, transmitían una sensación de energía en reposo y el muslo sobre el que apoyaba la rodilla doblada la sostenía sin fuerza.

Abrió los ojos lentamente. El pecho de Ryan estaba desnudo y la sábana cubría la piel bronceada apenas por encima de la cintura. Sobre él se rizaba un vello oscuro y suave que se afinaba hasta formar una línea difuminada debajo de la ropa que le cubría. Vio latir su pulso en el hueco de la garganta por una vena que subía a través de la lisa columna del cuello hasta el mentón. Una barba incipiente sombreaba apenas la quijada y las mejillas; en algún momento, la noche anterior, él encontró tiempo no sólo para bañarse sino también para afeitar la espesa barba producto de los tres días de encierro. La tez era morena y lisa, los huesos bien formados y algo prominentes debajo de los ojos. La nariz, desfigurada apenas, seguía siendo uno de sus rasgos más atractivos. Las cejas eran espesas, así como las pestañas. La boca, poderosamente definida, era de labios generosos, y pequeñas líneas curvas arrancaban de sus comisuras. También se veían finas arrugas radiando las comisuras de los ojos. Podría parecer que era de tanto reír, pero sin duda se debía al continuo otear el horizonte sobre las añiles aguas bajo un sol radiante. Sus ojos eran tan azules como el mar profundo lejos de la playa.

Él la miraba, aguantando su minucioso examen con humor y paciencia. Cuando sus miradas se encontraron, dijo:

—No me digas que te habías olvidado de mi aspecto.

—No estoy segura —dijo ella con estudiada cautela— de haber reparado alguna vez en él.

—Pues yo no sólo he observado tu belleza sino que está presente siempre en mi memoria.

La estaba contemplando con una mirada un tanto burlona al tiempo que recogía un mechón dorado caído sobre su hombro y lo dejaba escurrir entre los dedos, en brillantes filamentos. Nunca podría olvidar la forma en que ella se le encaró, con el porte de una reina a la luz de la luna, después de ser maltratada y apaleada por ese par de brutales negros que la habían encontrado. Se requería el ejercicio de una rara fortaleza interior para sobreponerse tan de prisa a ese espanto y avenirse luego al encierro que le siguió. Era sumamente improbable que ella lo mirara como hombre en esos momentos.

Ella habló entonces con sumo cuidado.

—Si puedes recordarlo, ¿por qué esta visita matinal? No será por curiosidad.

—Esto no es una visita, como bien sabes.

—¿No lo es?

La boca de Ryan se curvó.

—Elene, querida, ¿de veras piensas que después de compartir la cama contigo durante tres noches te dejaría dormir ahora sola?

Ella intentó apartarse de él, pero los brazos la apretaron más contra el cuerpo viril, impidiéndole alejarse. Montando en cólera, ella estalló:

—¡Podrías haberme dejado elegir!

—No creí adecuado despertarte para preguntártelo.

—Lo que pensaste fue que si me despertabas yo me negaría.

—Y tenía razón, ¿no es verdad? —Se apoyó sobre el codo y contempló las motas plateadas de sus pupilas brillando de ira.

—Por supuesto que sí.

—Entonces, ¿no estás contenta de que no lo hiciera?

Él susurró las palabras mientras agachaba la cabeza para besarla en la boca. Cuando ella estuvo distraída, la mano de Ryan se cerró sobre un seno. La embestida furiosa de sensaciones y la añoranza turbulenta que generó su roce era algo extraño en ese ambiente, y sin embargo, tan penetrante y dulcemente familiar que abrieron una brecha en sus defensas antes de que ella se diera cuenta.

¿Cómo había llegado a estar tan esclavizada por el deseo que él despertaba en ella? Se suponía que no debía ser así. El perfume. Sí, el perfume tenía la culpa, tanto de la presencia de Ryan en su cama como de su propia reacción hacia él. Ninguna otra cosa tenía sentido. Era el perfume.

Oh, pero la causa no importaba. Sólo por ese mágico

éxtasis, las suaves caricias, la dulce mezcla de los alientos y el fervor de la unión de los cuerpos, que calentaba la sangre con tempestuosa furia, tenían razón de ser. El cabeceo del barco hacía un delicioso contrapunto con los movimientos de los cuerpos unidos. La gloria recién nacida del día, dorando sus cuerpos húmedos con la luz solar, añadía una nueva dimensión al acto de amor. Ignorando la hora y las prohibiciones mezquinas, se entregaron al júbilo de la esperanza renovada y encontraron paz, además de dicha.

Momentos después, tendida boca abajo en la litera con los ojos cerrados y la mejilla contra la sábana arrugada, Elene se puso a cavilar: si todas las cosas fueran así de simples, si las personas pudieran revelarse ante los demás con tanta facilidad como entregaban sus cuerpos, qué fácil sería todo. El problema era que se reservaban sus deseos más profundos y sus necesidades más legítimas, escondiéndolos hasta de sí mismos. Lo sabía porque ella actuaba de ese modo.

El colchón de la litera se quejó cuando Ryan se levantó. Ella oyó las pisadas sordas de sus pies descalzos sobre el piso dirigiéndose a la mesa, pero antes de que pudiera moverse, él estaba de vuelta. La sábana que le cubría las caderas fue apartada.

Elene rodó de costado, pero Ryan la tomó por los tobillos haciéndola quedar de nuevo boca abajo. Ella se retorció y le habló por encima del hombro.

—¿Qué estás haciendo?

—Nada todavía, pero voy a hacer algo con tus pies. Quédate quieta.

—¿Mis pies? ¿Con qué? —Él estaba desenroscando la tapa de lo que parecía ser una mezcla ofensiva al olfato. Un olor muy parecido al del linimento para caballos flotó en el aire.

—Tenemos un hombre a bordo que estudió los rudimentos curativos con un famoso cirujano en Edimburgo durante seis meses enteros. Los hombres en el castillo de proa lo llaman *Doc* y él se venga curándoles las heridas de vez en cuando. Como no mata más gente que sus colegas médicos en tierra, ha conseguido cierta reputación. Este ungüento es uno de sus preparados.

Elene se encogió un poco cuando el ungüento tocó la

planta del pie. Esperaba un ardor insoportable, pero en cambio, sintió alivio. Aunque permanecía inmóvil, Ryan le aferró el tobillo sosteniéndolo firmemente, apartado del otro pie. El olor acre flotaba alrededor de ella, tan fuerte que tapaba hasta el aroma del perfume. Su cuello comenzó a ponerse rígido. Volvió a mirar al frente apoyándose sobre los codos.

—¿Estás seguro de que este doctor no estudió en un establo? —preguntó, escéptica.

—Se sentiría muy insultado. Pero supongo que los músculos y la piel de los caballos deben ser muy similares a los de las personas cuando están doloridos.

Puso una rodilla en el suelo mientras hablaba. Ahora su visión no tenía ningún obstáculo que le impidiera contemplar su cuerpo totalmente desnudo, pensó Elene con cierta turbación. No movió ni un músculo, no había necesidad de recordar lo atractivo de su cuerpo. Fingiendo una compostura que estaba lejos de sentir, dijo:

—Retiro todo lo que dije antes. Me siento mucho mejor, de veras. Gracias.

—*Doc* se sentirá complacido.

Su voz era suave, demasiado suave y la presión de los pulgares al masajear la piel lacerada de los pies era hipnótica, subyugante.

—Debe... debe ser tarde. Me pregunto dónde estará Devota.

—Tomándose un bien merecido descanso, me imagino. Además, tiene demasiado tacto como para venir a atenderte tan temprano.

—¿Sabiendo que estarías aquí, quieres decir?

—Es una mujer inteligente. —Dedicó todos sus cuidados al otro pie.

—Me... me pregunto si los otros se habrán levantado.

—No sabría decirte —repondió él, tajante—. Son extraños.

—A ti no te agrada que estén a bordo del barco, ¿verdad?

—No tenemos tiempo para agasajar a los pasajeros.

—Podrías dejarlos atrás.

—A menos que los arrojara por la borda de uno en uno, no sé cómo. Oh, ya veo. Eso era lo que esperabas de mí. Qué fama debo de haber ganado. A Gambier tampoco le agrado.

—¿A Durant? Hablaste con él. —Se volvió y lo miró por encima del hombro una vez más.

—Sería más exacto decir que él me habló a mí. Me buscó empecinadamente anoche hasta que me encontró y me exigió una explicación de por qué y cómo daba la casualidad de que yo apareciese con su futura esposa.

—¿Qué le dijiste?

—La verdad.

—¡Qué!

—Hasta cierto punto. No vi ninguna razón para satisfacer lo que parecía ser su principal preocupación.

—¿Cuál era?

—Si aún seguías siendo virgen.

Elene dio un respingo y trató de sentarse en la cama, pero Ryan se lo impidió tomándola de los tobillos con fuerza.

—Suéltame —exigió ella.

—No hasta que me digas por qué estás tan enfadada.

—¡Por qué debo estar enfadada! Estoy absolutamente encantada ante la idea de que los dos estuvierais discutiendo sobre mi virginidad. Qué podría ser más halagador.

—Yo no estaba discutiéndola, era Gambier.

—Bien, debo darte las gracias por ello, estoy segura. ¿Te molestaría decirme a qué clase de arreglo llegasteis en cuanto a mis favores después de esa conversación entre caballeros o debo adivinarlo por el hecho de descubrirte en mi cama esta mañana?

Le dio unos puntapiés a Ryan furiosa porque la sujetaba, pero sus movimientos no surtieron el efecto deseado, ya que él seguía aferrándole los tobillos.

Ryan se puso de pie en un solo movimiento elástico y poderoso y un instante después el peso de todo su cuerpo yacía sobre el cuerpo frágil y maleable de Elene, la pelvis presionando las curvas firmes de las caderas, los brazos a ambos lados como los barrotes de una prisión. Al oído le dijo:

—No hubo ningún acuerdo. ¿Preferirías que estuviera Gambier aquí ahora?

—Bájate —exclamó ella con los dientes apretados.

—Contesta mi pregunta.

Su comportamiento era equivocado, reconoció Ryan con

inflexible dominio sobre sí mismo al sentir los movimientos de Elene para liberarse de su cuerpo y la reacción inmediata en su ingle. Pero no la soltaría hasta recibir su respuesta. Era de suma importancia para él.

—Te dije cómo me sentía con respecto a mi matrimonio arreglado por nuestros padres. ¿Cómo puedes preguntar tal cosa? ¿O deseas saber la respuesta para halagar tu vanidad?

Él rodó apartándose de su cuerpo de inmediato y quedó tendido al lado de ella sobre la litera.

—¿Vanidad? —repitió en tono de disgusto.

—¿Qué más podría ser?

¿Qué más en realidad? Clavó la mirada sobre aquella mujer, tendida allí con el cabello desparramado alrededor del cuerpo, que ocultaba y descubría al mismo tiempo el brillo tenue de los hombros y los senos, y formaba una reluciente guirnalda alrededor de la cimbreante cintura. Observó la luz clara y límpida de sus ojos grises, olió la fragancia que emanaba y su anhelo fue tal que se sintió físicamente enfermo. Le dolió el corazón.

Con deliberación, dijo:

—No tengo intenciones de renunciar a ti porque un amanerado plantador de azúcar con un derecho previo salvó su pellejo arrastrándose hasta la cubierta de mi barco. Aunque por otro lado, ayer al anochecer demostraste un gran aprecio por la respetabilidad y yo no desearía ser la razón que te impidiera recobrarla, ahora que tu novio ha regresado de la tumba.

—Entiendo —respondió ella con un brillo helado y peligroso en los ojos—. Por eso me instalaste en tu cabina y pasaste la noche conmigo, para asegurarte de que Durant supiera que estaría recibiendo mercadería mancillada. Sin tener que rebajarte a discutir mi virginidad, por supuesto.

—Oh, no —se apresuró a aclarar con firmeza y serenidad—, lo hice porque no podía soportar que fuera de otro modo. Porque sabía que llegaba la mañana y deseaba estar aquí para verte desnuda a la luz del sol.

Ella contuvo el aliento por la sorpresa y por un agudo dolor súbito, causado por una herida dulce y mortal. No lo demostraría. Con la barbilla en alto, respondió:

—¿Y ahora que lo has visto?

—Ahora, si Durant te desea, tendrá que apartarte de mi lado a la fuerza.

—Me parece que soy yo quien debería elegir.

—Más bien creí que ya lo habías hecho.

—Sólo porque no elijo ser recogida por Durant como un paquete extraviado no significa que me interese depender de ti. Aclaraste muy bien que eso no sería algo sensato por mi parte. —Elene se incorporó; con un movimiento brusco echó el cabello a un lado y se cruzó de brazos.

—Tonto de mí.

—¿Qué significa eso? —preguntó ella, recelosa.

—Nada. ¿Eres siempre tan irascible antes del desayuno?

El rostro de Ryan era una máscara, cortés pero absolutamente indescifrable. No ganaría nada más interrogándolo. Era mejor así. No estaba segura de querer saber más, ni siquiera de por qué sentía eso.

Habían perdido la hora del desayuno. Ryan abrió la puerta y llamó a gritos al camarero de a bordo. Ordenó que les trajera café, pero faltaba tan poco para el almuerzo que decidieron esperar y no pedir nada de comer por el momento. Cuando llegó el café, Ryan lo bebió de prisa, luego se puso la ropa y dejó la cabina. Probablemente se detuvo para hablar con Devota, ya que unos minutos después la mujer llegó para vestir a Elene.

Cuando por fin Elene se puso de pie ataviada con el vestido de popelina con trencillas oro y verde, con zapatillas en los pies y el cabello prolijamente peinado formando una corona de trenzas sobre la cabeza, se sintió más ella misma, presentable por primera vez en muchos días. No era vanidosa, pero le disgustaba pensar en su desastrosa apariencia de la noche anterior, con el vestido desgarrado y sucio, las zapatillas de raso rotas y cubiertas de lodo, el cabello desordenado cayendo por la espalda en una masa enmarañada y las oscuras ojeras de cansancio. Tal vez podría redimirse, en parte al menos, con la pulcritud que lucía hoy. No olvidaría que era a la actriz Hermine a quien debía esta oportunidad.

Por un momento temió que Ryan la dejara entrar sola en el salón para presentarse a los demás. Era perfectamente capaz de hacerlo, pero después de su actitud en la cabina, orgulloso de la relación que los unía, no veía por qué debía enfrentarse con los demás sin su apoyo.

No tendría que haberse preocupado. Él apareció con las campanadas que anunciaban el mediodía y el cambio de guardia. La observó atentamente, luego meneó la cabeza.

—Me gustaba más tu atuendo de esta mañana —declaró.

—Pero no tenía... —empezó ella y calló al comprender su intención.

—Precisamente —murmuró él. Le tomó una mano y la pasó por debajo de su brazo admirando el rubor que ahora reemplazaba la palidez inicial del rostro de la joven—. ¿Nos vamos ya?

Una vez más todos estaban aguardándolos. Al entrar Elene y Ryan en el salón, los caballeros se pusieron de pie y las damas los miraron con descarada curiosidad. Una joven, la delgada hija del hacendado, soltó una risita nerviosa. Durant, apoyado perezosamente en la pared, miró a ambos con ojos relampagueantes y negros de ira. Sin embargo, fue el actor Morven Ghent quien habló adelantándose con una copa de líquido ambarino en una mano y la cara de hermosas facciones melancólicas enrojecida.

—Qué honrados estamos —dijo en tonos sonoros, aunque un tanto deslucidos por el licor—. Cuánta es nuestra dicha. ¡El sabor de la comida que tenemos ante nosotros no puede ser sino realzado por la compañía de nuestro anfitrión, el corsario Bayard y su bellísima y rubia querida!

CAPÍTULO VII

—Morven —gritó Hermine—, por amor de Dios, cuida tus modales.

Él la miró manteniendo su pose histriónica con una sonrisa de disculpa.

—¿Acaso dije algo fuera de lugar? ¿Debo disculparme?

—¡En el acto!

—Habla mi regañona mujer y yo debo obedecer o recibir diversos y embarazosos castigos para mi dignidad. —Se volvió a Ryan e hizo una graciosa reverencia—. Os suplico que tú y tu dama paséis por alto el desliz. O faltando esa magnanimidad, si te place, aguardaré a tus padrinos con la debida humildad.

Ryan miró al hombre con aprecio.

—Si deseas complacerme, Morven, ahorrarás tu actuación para el escenario.

—Aguafiestas —dijo el actor—. Las damas estaban esperando ver nuestra sangre derramada en el suelo ante ellas. ¿Les negarás ese placer?

—Me apena, ciertamente, hacerlo, pero no quiero oír los chillidos que darías si yo llegara siquiera a rozarte un brazo, sin mencionar los soliloquios de moribundo que nos obligarías a escuchar.

—¿Qué quieres insinuar? Yo soy el hombre más valiente del mundo.

—Eres un gran farsante, como todos los actores.

Morven soltó un nostálgico suspiro.

—Puede que tengas razón, pero ¿cómo podemos estar seguros si tú no me complaces?

—Oh, lo haré bien pronto —dijo Ryan suavemente—, la próxima vez que difames a la dama.

Las expresivas cejas del actor se elevaron más.

—¿Así están las cosas? Estoy bajo aviso. —Se volvió a Elene—. También estoy arrepentido. Lo estoy sinceramente.

Por el tono bromista de la charla entre los dos hombres era evidente que se conocían. También lo era que Morven Ghent estaba en lo cierto, pues más de una de las presentes parecía decepcionada de que los dos hombres no se batieran en duelo. Por un instante, Elene estuvo a punto de herir ella misma al actor, antes de ver el brillo endiablado en sus ojos verdes. En cuanto a sus provocaciones sarcásticas, suponía que era una actitud que debía aprender a aceptar.

Morven Ghent era provocativamente guapo. Tenía un estilo de belleza morena y romántica. El pelo mostraba la negrura del ébano y era tan fino como el de una mujer; las facciones eran puras en el sentido clásico y su porte elegante. Su único defecto era la conciencia que tenía de su buena apariencia y el disfrute que le proporcionaba el efecto que causaba.

Elene le extendió la mano.

—¿*Monsieur* Ghent, presumo?

—A su servicio, bella dama. ¿Puedo suponer que está tan recobrada de su penosa experiencia como indica su apariencia? Creo que todas las damas deberían desear peligros semejantes si iban a dejarlas tan adorables como a usted.

Elene sabía que los cumplidos floridos estaban de moda en algunos círculos, una cortesía vacía, sin sentido. Aun así, era muy agradable oírlos.

—Es usted demasiado generoso.

Una matrona rolliza sentada al lado de ellos habló con juicioso candor.

—*Monsieur* Ghent ha hecho lo imposible para levantar el ánimo de las damas con sus cumplidos, tan amable por su parte cuando no lucimos en nuestro mejor estado. La verdad es, *chère*, que se ve bastante agotada. Venga y cuéntenos su terrible experiencia.

Morven Ghent se hizo a un lado.

—Permítame presentarle a *madame* Françoise Tusard, esposa de un miembro de los círculos oficiales de la isla que estamos dejando atrás, aunque su posición se me ha olvidado.

—Él es, o era, auxiliar del comisionado —dijo la dama; su

cara grande y manchada enrojeció de irritación por la referencia desdeñosa. Tenía protuberantes ojos de un azul turbio, nariz ancha con la punta bulbosa, boca pequeña de labios finos y apretados y cabello ralo que estaba encaneciendo sin atractivo. Su traje de muselina cereza con motas negras sobre una camisa lisa, aun siguiendo la última moda, estaba bastante gastado. Tenía las manos cubiertas por manchados guantes de seda del mismo color del traje, en un intento por mantener las apariencias en medio del caos.

—*Madame* —dijo Elene, cortés.

—Este caballero de detrás mío es mi marido, *monsieur* Claude Tusard —dijo la esposa del auxiliar del comisionado, e indicó a un hombre gordinflón y bigotudo con pantalones cortos, chaqueta y chaleco completamente ajados y una camisa, cuyo cuello alto le habría dificultado volver la cabeza de no ser por las arrugas. El caballero brindó a Elene una larga mirada valorativa y una inclinación de cabeza. Antes de que ella pudiera hacer algo más que una cortesía, la esposa continuó—: Siéntese, por favor, y cuéntenos todo.

—No, no —exclamó Morven—, usted no debe monopolizar a la dama.

Madame Tusard pareció hincharse de ira.

—¿Ése, debo entender, es su privilegio?

—¿Cómo puede sugerir semejante cosa con nuestro anfitrión tan cerca? ¿Está ansiosa de ver el color de mi sangre después de todo? Es, simplemente, que hay otras personas a quienes ella, lo mismo que Bayard, aún no conocen.

A Elene le pareció estar presenciando una de esas pequeñas luchas por el dominio de la atención general que tiene lugar siempre que se reúne un grupo de personas. Morven Ghent tenía una inclinación natural a ocupar el centro del escenario sin considerar la ocasión, mientras que *madame* Tusard parecía ser una mujer mandona acostumbrada a contar con la posición de su esposo para subir en la escala social. Por el momento, sin embargo, la esposa del funcionario fue vencida por un mejor estratega.

Elene, con Morven a un lado y Ryan al otro, fue debidamente presentada. Primero al tercer miembro de la compañía teatral, una mujer joven de Martinica que se hacía llamar Josephine Jocelyn y afectaba el aire ardiente y apasionado de la esposa de Napoleón, de quien, sin duda, había tomado su nombre artístico. Retorciendo un rizo oscuro mientras se repantigaba en la silla, coqueteó con las pestañas y frunció los labios carnosos en dirección a Ryan, pasando por alto a Elene.

—Ellos me llaman Josie —le dijo—. A mí no me incomodaría que usted hiciera lo mismo.

La siguiente joven, Flora Mazent, no podía haber sido más diferente. Era tan tímida que apenas si levantaba la cabeza, y su tez cetrina surcada de finas venas azules se sonrojó intensamente cuando se sintió el centro de atención. Las pestañas y cejas eran tan finas que eran prácticamente inexistentes, y su figura esmirriada y sin pechos. Saludó con un hilo de voz y una mirada fugaz con unos ojos color avellana demasiado juntos.

—Levanta la voz, Flora —le recomendó al oído su padre, pero su tono era de cansancio, como si supiera que no sería obedecido.

Monsieur Mazent era viudo, según parecía. Gordo y vestido de gris, con un cabello que iba raleando, acostumbraba estar de pie con una mano sobre el abdomen. Había sido dueño de una plantación, pero, como Elene y su padre, lo perdió todo en los incendios y saqueos. Tenía otras propiedades y bienes en Luisiana, comentó, por lo que no estaba enteramente arruinado.

—Ahora que concluyeron las presentaciones —dijo *madame* Tusard en la primera pausa—, quizá podamos comer. Veo que han traído la comida y aquí llega el capitán para reunirse con nosotros.

El comedor reunió a un total de once personas, seis hombres y cinco mujeres, que tomaron los lugares a su antojo alrededor de tres mesas, ya que no existía ningún orden especial. Ryan y Elene estaban con Morven y Hermine, el capitán del barco junto a Josephine compartiendo la mesa con *monsieur* Mazent y su hija Flora, mientras que a Durant le tocó la compañía de los Tusard. Sin embargo, las mesas estaban tan cerca una de otra en ese salón que no hubo dificultad ninguna para que todos participaran de la charla común.

El menú era sencillo, un nutritivo y sabroso guisado de

pescados y mariscos, *gumbo* en el dialecto de Luisiana, rico en camarones y salchichas, servido sobre arroz. Un camarero atendía todas sus peticiones, sirviendo con un cucharón el *gumbo* de un caldero que sostenía por el asa; después retornó con una botella de vino y una panera rebosante de panecillos para cada mesa. Finalmente se marchó, dejándolos disfrutar de la comida a sus anchas.

Elene se preguntó dónde estaría comiendo Devota. Al interrogar a Ryan, él le informó que lo hacía con la doncella de la joven Mazent, en un cuartito junto a la cocina. La concubina de Durant, Serephine, tampoco estaba presente en el comedor. Era dudoso que le interesara comer con los sirvientes, pero, con toda seguridad, *madame* Tusard opondría serios reparos si la manceba de Durant tomase asiento en la silla desocupada que había en su mesa. Aquel barco, con un espacio tan reducido, era el lugar ideal para que surgieran tensiones en una relación de ese tipo, ya que ella no pertenecía ni a un mundo ni al otro. Era probable que Serephine estuviera comiendo sola en cualquier sitio más o menos apropiado.

No todos eran tan afortunados de tener una cabina como la que Elene compartía con Ryan. Devota le contó que las otras mujeres estaban amontonadas en dos cuartos, mientras los hombres se alojaban con la tripulación. El capitán Jean se había visto en serias dificultades para impedir que *madame* Tusard se enterara de las comodidades que gozaba la cabina del propietario del barco. Le preocupaba que intentara requisarla para ella y su esposo.

La conversación en la mesa de Ryan era animada y bulliciosa. Hermine la alegraba con sus chistes y agudezas. Su sentido de la ironía era agudo y no perdonaba a nadie, especialmente a sí misma. Trataba a Morven con tanta familiaridad que pronto fue evidente que entre ellos había algo más que un mero amor al teatro. Con todo, Morven no vaciló en rendir culto y galanteos extravagantes a Elene, con guiños y suspiros lánguidos siempre que la atención de Ryan estaba en otra parte.

Hermine, al advertir alguna que otra rápida y ceñuda mirada que Elene dirigía al actor, soltaba sonoras carcajadas.

–El truco está en aprender a hacer caso omiso de Morven.

No es que no sea sincero, es que no tiene control cuando de mujeres se trata, especialmente con aquellas que sabe que no puede conseguir.

Morven se volvió a ella con una expresión dolida en el rostro.

—Ángel, ¿cómo puedes?

—Fácilmente, ya que es la verdad. Pensé que era mejor advertir a Elene, mi amor, para que no recibas una bofetada en el rostro tan pronto.

Morven meneó la cabeza y volvió la mirada llena de sentimiento a Elene.

—Es una zorra celosa.

—¿Lo es? —Elene no pudo menos que reír ante esa tontería.

—No sé por qué la soporto.

—Supongo que es a la inversa.

—*¿Et tu, Brute?* ¿Se unirá a mis enemigos para ridiculizarme?

—Las mujeres somos tan despiadadas... —se lamentó Elene con él—. No podemos remediarlo.

—Odio a las mujeres listas.

—Oh, caramba, he perdido mi reputación para siempre.

—Efectivamente.

—Suponga que le prometo ir a ver su actuación en Nueva Orleans... ¿puedo esperar que esté actuando allí?

—¡Desde luego! En ese caso, la amaré locamente y para siempre.

—Verdaderamente lista —dijo Hermine.

Fue Ryan quien contestó.

—Esperemos que así sea. Elene, creo que *madame* Tusard intenta atraer tu atención.

La esposa del funcionario se inclinaba a través del espacio entre las mesas.

—*Mademoiselle* Larpent, creo recordar haber oído que la casa de su padre fue la primera en ser incendiada hace unos días. Me preguntaba cómo sobrevivió usted hasta anoche.

La pregunta de la mujer parecía dirigida a Elene, pero su mirada suspicaz iba de Ryan a Elene una y otra vez. Elene forzó una sonrisa.

—Yo no habría sobrevivido en absoluto a no ser por mi

doncella. Después de un tiempo, fuimos lo suficientemente afortunadas para encontrar a alguien que nos acogió en su casa.

—Afortunadamente, desde luego. ¿Quién puede haber sido?

Elene se lo dijo.

—¿Un conocido de usted, *monsieur* Bayard, acaso?

—Da la casualidad que sí.

—Uno llega a la conclusión de que este Favier debe haberlos ocultado a ambos.

Los ojos de Françoise Tusard eran ávidos y apretaba tanto la cuchara que las puntas de sus dedos estaban blancos.

—Sí —convino Elene e intentó cambiar de tema—, pero, ¿qué hay respecto a usted y su esposo?

—Es demasiado espantoso de contar. Nos escondimos durante horas en barriles de sal vacíos en un cobertizo de acopio. Yo estaba segura de que me sofocaría, pero los salvajes se fueron a incendiar y saquear otro lugar, gracias a Dios. ¿No es verdad, Claude?

—Sí, *chère* —graznó su esposo en cuanto hubo tragado.

—Naturalmente, no agradezco a Dios que atacasen a otras personas, sino que nos dejaran ilesos, como usted comprenderá. No le desearía a nadie que sufriera lo que sufrieron nuestros vecinos de al lado, pobres almas. La viuda de Clemenceau y sus tres hijas. ¡No creería lo que les hicieron! Encontraron sus cuerpos a la mañana siguiente, horriblemente ultrajados.

Los detalles eran espantosos y la mujer no dudó en describirlos. Terminó con un estremecimiento.

—Desde luego, ése no fue el único incidente de esa naturaleza, en absoluto. Usted misma no sufrió tales abusos, espero.

—No me agradaría hablar de ese tema en el caso de que me hubiese ocurrido —dijo Elene con voz helada.

—Muy sensato por su parte, estoy segura —replicó la mujer inclinándose tanto que estuvo a punto de caerse de la silla—, pero ¿le sucedió?

—No me pasó.

—Afortunada, muy afortunada. —*Madame* Tusard se acomodó en la silla, la voz apagada.

Elene echó un vistazo a Durant, que seguía el intercambio con tenso interés, luego al grupo sentado a la otra mesa donde el capitán Jean y la joven actriz Josephine Jocelyn comían con los Mazent. Lo hizo justo a tiempo para ver a Josie recostarse en su asiento y adoptar una pose impúdica y provocativa sacando los senos hasta hacer que la tela delgada de su vestido barato delineara los pezones erguidos. *Monsieur* Mazent observaba a la actriz sin poder pestañear siquiera, pero Josie sólo dirigía sus sonrisas a Ryan.

Hermine, siguiendo la mirada de Elene, meneó la cabeza.

—Josie tampoco tiene control.

Ryan hacía caso omiso de todos estos ardides de la joven actriz mientras arrancaba un trozo de pan de la hogaza que había al lado de su tazón de sopa. Miró a Elene y le brillaron los ojos azules de risa contenida. Ella comprendió de repente que él podría aguar el ardor de Morven y desviar el interés de *madame* Tusard si hubiese querido. En cambio, la dejaba defenderse por sus propios medios. Sin duda, él quería que descubriera el verdadero valor de su protección retirándosela por un momento.

Era posible que él también descubriera algo. Elene volvió la cabeza inclinándose hacia delante para interceptar la mirada de la actriz de cabello oscuro. Cuando ésta la vio, Elene le clavó los ojos con una mirada de desprecio al tiempo que arqueaba una ceja; Josie se enderezó en la silla, desvió la mirada hacia las portillas que había a lo largo de la pared y se enfrascó en el tazón de sopa que tenía ante ella. Recogiendo la cuchara comenzó a comer.

Elene se volvió a Ryan con aplomo y una límpida mirada en los ojos grises.

—Este *gumbo* está verdaderamente delicioso...

Las palabras casi se le atascaron en la garganta. La expresión de Ryan mostraba tal comprensión y una necesidad tan ardiente que el corazón le dio un vuelco en el pecho.

Fue *monsieur* Mazent, sentado en la silla más próxima a ella, quien acudió en su ayuda sin saberlo.

—El sabor del *gumbo* es bueno, lo admito, pero está un poco cargado de especias, especialmente de pimienta. Hará estragos en mi estómago.

—Vamos, papá —murmuró su hija.

El capitán Jean se mostró solícito en extremo y le ofreció mandar preparar una tortilla, pero el ofrecimiento fue rechazado con suma cortesía. Mientras el joven intentaba insistir, Flora Mazent meneó la cabeza dejando escapar un agradecimiento casi inaudible al tiempo que cruzaba con su padre una breve mirada. Cuando el capitán Jean volvió de nuevo la atención a su plato, ella lo miró a hurtadillas por el rabillo del ojo y sus pálidos labios se curvaron en una extraña sonrisa de satisfacción.

Después de haber comido hasta la última migaja del budín de pan que sirvieron de postre, todos salieron a cubierta. Se dispusieron unas sillas bajo la vela extendida a modo de toldo para proteger del sol el cutis de las damas. También habían esparcido algunos jergones de paja como los usados por los marineros para dormir, alrededor de las sillas, como asientos adicionales.

Para Elene el sol era todo un prodigio después de su encierro en la oscuridad del sótano. Se sentó en uno de los jergones y admiró su brillo diamantino sobre las olas, su lustre plateado en las hinchadas velas blancas encima de su cabeza, los reflejos brillantes en los adornos de cobre del barco y en las barandas de caoba. Súbitamente sintió el deseo de sacarse toda la ropa y tenderse completamente desnuda bajo sus rayos. En cambio, se conformó con permanecer sentada formalmente con los pies juntos y los brazos alrededor de las rodillas para impedir que su falda se liberara con el viento.

Madame Tusard seguía con sus cuentos macabros y relataba ahora de qué forma los sublevados decapitaron a una mujer, como si el horror que se había enseñoreado de Santo Domingo fuera algo realmente fascinante para ella.

—Lo que no entiendo —continuó la dama tras describir el último detalle sangriento— es por qué suceden estas cosas. ¿Por qué nuestros negros se nos rebelaron con tal ferocidad si no tenían ningún precedente?

—La revolución en Francia —dijo su esposo.

—Sí, tal vez fue el ejemplo del Terror. —Fue Hermine quien se explayó en la primera sugerencia.

—O bien pudo haber sido nuestro ejemplo —murmuró Elene casi para sí misma.

Madame Tusard se volvió con las facciones rígidas por la afrenta.

—¿Qué quiere usted decir?

Elene deseó no haber hablado, pero como ya lo había hecho, no podía echarse atrás.

—Recuerdo de mi niñez los cuchicheos acerca de algunas cosas que los hacendados de las afueras hacían a sus esclavos, como enterrarlos vivos por delitos menores, cortar los tendones de las piernas a los prófugos para dejarlos tullidos, forzar a las mujeres a retornar a las plantaciones en menos de una hora después del parto, sin mencionar los latigazos y las marcas en la piel con hierros candentes.

—Sólo unos cuantos dementes harían tales cosas —concedió el hacendado Mazent—, pues ¿qué necio dañaría esclavos valiosos cuando no lo haría con un caballo magnífico o una buena mula de carga?

—Los hombres que tienen miedo. La isla ha estado siempre aislada de todo, muy lejos de la autoridad o de cualquier ayuda, y por cada blanco hay veinte esclavos. Incluso mucho tiempo antes de la primera sublevación era evidente que si los esclavos llegaban alguna vez a conocer su fuerza, sería terrible. Los hacendados pensaban que podían mantenerlos sometidos con el miedo.

Lo había visto claramente en la actitud de su propio padre. Tal proceder arraigó tan profundamente en él que no pudo cambiarlo ni siquiera por su propia hija.

—Es posible que los esclavos hayan comprado su libertad con sangre, pero ¿qué les ha dado? Luchas y más luchas.

—Bajo Toussaint...

Madame Tusard hizo una expresión de desdén.

—¡No me hable a mí de ese hombre! ¿Quién oyó alguna vez que un negro pueda gobernar? Es ridículo.

—No lo hizo tan mal si consideramos las circunstancias y las condiciones que heredó.

—Él mismo tuvo que utilizar el látigo para obligar a sus preciados seguidores a regresar a los campos y ganar lo suficiente para no morirse de hambre. ¿No es verdad, Claude?

—Sí, *chère*.

Elene recibió un apoyo inesperado en ese momento. Ryan comentó:

—Si hubieran dejado solo a Toussaint, su esposo aún podría estar en su puesto en estos momentos, y es posible que los otros estuvieran aún en sus hogares, con sus bienes y sus propias vidas. Fueron Napoleón y su cuñado Leclerc quienes provocaron esta última matanza al reimplantar la esclavitud y llevarse a Toussaint a morir lejos de la isla.

—Es muy fácil para usted hablar de ese modo. Usted no tiene dinero inmovilizado en Santo Domingo. No ha perdido nada salvo la ganancia de unas cuantas libras por su último cargamento, si acaso.

—Por eso mismo puedo ser objetivo y usted no.

—¿Objetivo? —chilló con sarcasmo *madame* Tusard—. Claude y yo hemos pasado veinticinco años en Santo Domingo, con la excepción de uno o dos durante lo peor de la sublevación. Perdimos dos hijitos queridos que están enterrados en la arena. Le hemos dado toda nuestra juventud, nuestras esperanzas y nuestros sueños. ¿Qué nos queda ahora? Nada. Ni siquiera las tumbas de nuestros hijos.

La mujer comenzó a llorar meciéndose lentamente de atrás hacia delante. Su esposo le palmeó el hombro hablándole en susurros a los que ella respondía con sollozos. Los demás permanecieron callados, perdidos en sus propios pensamientos.

Un rato después Devota y las demás mulatas que habían terminado de comer se asomaron a cubierta en un bullicioso grupo encabezado por Serephine quien, por encima del hombro, comentaba algo muy divertido a Devota y Germaine, la doncella de la joven Mazent.

La esposa del funcionario miró con ojos enrojecidos a la clara mulata que avanzaba en dirección a Durant. Un momento más tarde, *madame* Tusard se puso de pie con exagerada deliberación, deseando, obviamente, apartarse de la presencia de la mujer de color. En tono misterioso, preguntó:

—¿Alguna de las damas presentes me acompañaría a dar un paseo por cubierta?

Hermine y Josephine simularon no oír. Flora Mazent hacía señas a su doncella, gritándole que necesitaba una cinta para sujetar su capota. Elene, turbada por el sentimiento de culpabilidad por causarle aflicción a *madame* Tusard minutos antes y también reacia a quedarse y permitir que todos observaran su gesto cuando Durant saludara a su concubina, se obligó a levantarse y acompañar a la esposa del funcionario.

Debería haber supuesto que sería un error. Apenas llevaban unos pasos cuando la mujer ya se inclinó para hablarle en un susurro bastante audible para todos.

—Esa Serephine es la manceba de Gambier, como seguramente sabrá usted. ¡La sola idea de imponernos su presencia en este viaje es una afrenta! Habría sido más apropiado dejarla en la isla, ya que ella no sufre ningún peligro.

—Posiblemente hubiese sido arriesgado, es casi blanca —señaló Elene contradiciéndola débilmente.

—Y por eso se da unos aires increíbles. No sé cómo puede soportarlo, verlos juntos, sabiendo lo que eran el uno para el otro incluso cuando el matrimonio de ustedes dos ya había sido planeado. Me admira la indiferencia con que lo toma. Una mujer debe mantener su cabeza alta y fingir que esas cosas no le molestan.

—A mí no me molesta en absoluto.

Françoise Tusard continuó hablando como si Elene no hubiese dicho ni una palabra.

—Por otro lado, llevar a otro hombre a su cama es una verdadera venganza, aunque me asombra que usted haga ostentación de una cosa así. Eso está muy bien en París; pero las actitudes son más estrictas en las islas y más aún en la colonia española de Luisiana. Puede encontrarse con que haya dado motivos a Durant Gambier para retractarse de su solicitud de matrimonio. Sin duda no es eso lo que usted desea.

—¿Le parece a usted?

—Bien, admito que hay mucho que decir en favor de Ryan Bayard como hombre... hasta yo veo su atractivo a mi edad, pero él no puede compararse con un rico hacendado como Gambier, ¿o sí?

—Durant ya no es tan rico.

—Me alegra ver que es realista, pero la exhorto a moverse con cuidado o puede descubrir que es demasiado tarde para cambiar cuando lleguemos a Nueva Orleans. Una mujer blanca puede descender muy pronto a una posición como la de Serephine o hasta la de Germaine con los Mazent. Es la concubina de Mazent, sépalo usted, desde hace años.

—¿De veras?

—¿Lo encuentra difícil de creer? Escandaloso, es verdad, con su hija presente, pobrecilla. Pero le aseguro que es la verdad. Esta Germaine es también asombrosamente altanera. Es una mujer libre de color y lo ha sido desde antes de la primera sublevación, como ella misma le dirá si usted se atreve a llamarla esclava. Yo le aconsejaría no tener nada que ver con ella. Se mostró muy descortés conmigo aunque sólo le pregunté cuánto tiempo hacía que estaba con la joven Flora y su padre.

—Realmente...

La falta de aliento no hizo nada para cortar el torrente de comentarios malignos. De Serephine y Germaine, *madame* Tusard pasó a criticar el color de cabello de Hermine y el sonido de su voz, el cual consideró que tenía tonos reservados para la alcoba. La forma de caminar de Josie fue luego blanco de sus críticas, tanto como la manera en que ella sonreía a los caballeros.

—¡Caramba, si hasta la encontré haciéndole ojitos a mi Claude! Bueno, ¿qué puede usted esperar de una actriz?

Elene se detuvo al llegar a la proa del barco. La otra mujer quiso seguir caminando pero ella no se movió.

—¿No viene conmigo? —inquirió con impaciencia Françoise Tusard—. Si permanece ahí el viento le arruinará su peinado y muy pronto tendrá a todos los marineros del barco comiéndosela con los ojos.

Elene se tocó la corona de trenzas sujetas con horquillas que preparó Devota para ella.

—Creo que correré el riesgo.

—Oh, muy bien, le enviaré a Durant para que le haga compañía. Eso facilitará las cosas.

—¡No! —gritó Elene, pero fue demasiado tarde. La mujer ya estaba lejos y caminando a paso vivo.

Elene pensó en refugiarse en la cabina de Ryan, pero semejante huida le parecía un acto de cobardía. No le interesaba que Durant pensara que le temía o que deseaba evitarlo. Hasta podría ser mejor hablar con él aquí donde había cierto grado de intimidad, para dejarle bien claro que él ya no tenía ningún derecho sobre ella.

Estaba de pie con el rostro alzado al sol y al viento, la

mirada perdida en el horizonte lejano, cuando oyó los pasos de Durant a sus espaldas. Se desvaneció la vaga sensación de paz que comenzaba a sentir y la tensión que tenía en el pecho se transformó en dolor.

—Fue sensato por tu parte mandarme llamar —le dijo él junto al hombro—. Un poco más y me habría visto forzado a decir algunas cosas delante de todos lo suficientemente embarazosas.

—Yo no envié por ti —Elene respondió sin volverse.

Él se acomodó a un lado, frente a ella y con la espalda contra la barandilla. El viento le despeinó el cabello hacia la frente y le hizo volar las colas de la corbata. Entornó los ojos, más negros que nunca por la ira contenida.

—No te entiendo, Elene. Hace cuatro días estábamos a punto de casarnos. Unos minutos más y se habría consumado la boda. ¿Cómo puedes pasar eso por alto sin más? ¿No te preocupa, no te interesa saber qué me sucedió?

Qué característico de él esperar que ella estuviera pendiente de sus aventuras. Echó una ojeada al tajo que tenía en la mejilla.

—Fuiste herido, eso ya lo veo. En cuanto a cómo estás aquí, supongo que te abriste camino luchando. ¿Qué más decir?

—Me golpearon por la espalda, me derribaron allí mismo mientras recibía esto. —Se tocó el rostro con las puntas de los dedos—. Si hubiese usado anillos, hoy tendría unos cuantos dedos menos. Tal como estaba, me despojaron de todo y me abandonaron, dándome por muerto, debajo de una pila de cadáveres. Aún podría estar allí si no hubiese sido por Serephine.

—Serephine —repitió ella en tono seco.

—Ella fue en mi busca. Tú no hiciste nada, por lo que yo sé, para averiguar si estaba vivo o muerto.

—No imaginaba que estuvieras vivo —protestó ella—. Además, yo no estaba en posición de averiguar nada de nadie.

—Podrías haber demostrado más júbilo al encontrarme vivo anoche.

—Apenas sabía dónde estaba o lo que estaba haciendo.

—¿Cuál es tu pretexto para lo de esta mañana? ¡Yo no diría que fue un afectuoso saludo de novia!

—Yo ya no soy la joven que era, no seré por más tiempo tu

futura esposa –le gritó ella–. Todo es diferente ahora, ¿no te das cuenta?

–Oh, lo veo muy bien –la ira contenida hizo que su voz sonara áspera–. Significa que ignoras nuestro compromiso. Has encontrado a alguien más de tu agrado y, así como así, ya no deseas casarte.

–Esa boda jamás fue una decisión mía, tú bien lo sabes.

–Indecisión virginal. Habría sido todo muy diferente en nuestra noche de bodas.

Lo miró de frente a los ojos.

–Estás muy seguro de ti mismo, ¿no es así? ¿Por qué no ibas a estarlo? No creo que Serephine tenga motivos para quejarse.

Se le demudó el rostro.

–Serephine no tiene nada que ver con esto.

–Ahora no, por supuesto.

–Nunca. Ella no alteraría en nada el respeto y amor que recibiría mi esposa.

–Pero no tienes intenciones de dejarla, ni siquiera te lo propusiste alguna vez.

–¿Adónde iría? ¿Cómo viviría? Tengo una responsabilidad para con ella.

–Qué conveniente.

Unió las cejas oscuras con gesto adusto.

–No tengo intención de discutir esto contigo. Un arreglo semejante no le concierne a la esposa; ella no debe saber que existe y mucho menos pretender comentarlo.

–Querrás decir que la esposa no debe admitir que lo sabe, otra conveniencia.

–Yo no estoy haciendo nada malo, Elene, ni tampoco es indecente mi forma de vivir. Tú eres la única que ha hecho una alianza indecorosa. Debieras estar contenta de que yo aún considere desposarte, después de la manera en que te has comportado.

–Bien, no lo estoy –declaró ella alzando la barbilla–. No deseo desposarme. Y particularmente, no deseo estar casada contigo.

Un brillo asesino relumbró en los ojos negros.

–Qué actitud tan desafortunada puesto que ya has firmado el contrato matrimonial.

—Un detalle sin importancia. No llegué a continuar mis votos ni prometí nada ante la Iglesia.

—Puede que eso no tenga importancia para ti, pero a mí me da derecho a defender tu honra como propia. Me pregunto si te gustaría ver a tu salvador ensartado en mi espada.

—¡Tú no harías eso! —exclamó ella, consternada.

—¿Dudas de mí? —preguntó él irónicamente.

—Sería la más descarada de las ingratitudes cuando Ryan te está brindando los medios para escapar de la isla.

—El agravio que me ocasiona es mayor que el favor.

—Imposible —replicó ella, airada—. No sé por qué aún deseas casarte conmigo. Sé perfectamente que no sientes ningún afecto por mí, que nunca lo sentiste.

—¿Estás segura? Pero ése no es el caso. Es una cuestión de honor, como comprenderás. Tal vez el actor no vaya tan errado, quizá lo que tú realmente deseas es ver dos hombres luchando por ti, dispuestos a derramar sangre para conseguirte.

—¡Eso no es cierto! La sola idea me enferma.

—Es una pena. Siento una gran necesidad de enseñarle a Bayard que es un asunto muy peligroso desflorar a las novias de otros hombres.

—Él me salvó la vida.

—Veo que no niegas el desfloramiento. Tampoco esperaba que lo hicieras.

Se quedó mirando fijamente, desesperada ante la futilidad de sus esfuerzos por hacerle entender.

—No fue así. No lo fue.

—Es posible que la culpa no recaiga enteramente sobre él, pero eso es algo que tendré que averiguar después de enseñarle unos cuantos detalles propios de la actitud de un caballero. Es posible que entonces me reúna contigo en su cabina. Persuadirte para que me des las respuestas que busco podría resultar... placentero.

Su intención era atemorizarla. Fue un error. Elene ya conoció el verdadero terror en los últimos días, y había sobrevivido a él. Entornó los ojos y dijo:

—Más te valdrá tener cuidado. Tienes reputación de buen espadachín, pero también la tiene Ryan Bayard.

Él hizo un gesto despectivo.

–En peleas de tajos y cuchilladas, como un vulgar pirata. No se necesita habilidad para eso.

–Tiene fuerza, resistencia y una cierta facilidad para la supervivencia.

Él comenzó a contestar, pero sus palabras se perdieron en medio de los gritos provenientes de la atalaya sobre las velas donde se encontraba el vigía.

–¡Barco a la vista! ¡Lejos por la amura de babor!

Durant y Elene se volvieron para mirar. A él se le dilataron los ojos; una sonrisa lenta cargada de malicia le curvó los labios.

–Tal vez no tenga que molestarme con Bayard después de todo.

–¿Qué estás diciendo?

–Parece que tiene intenciones de pelear con otro enemigo.

Elene adivinó el significado casi antes de que él hablara, alertada por la repentina agitación a bordo del *Sea Spirit*, donde se gritaban órdenes y los hombres corrían de un lado a otro. Por el lado de babor se veía un barco mercante con todas sus velas desplegadas y la forma clásica de las embarcaciones inglesas. El *Sea Spirit* viró, preparándose para interceptarlo. En la cubierta, donde estaban sentadas las damas, *madame* Tusard empezó a gritar dominada por la histeria.

–Él no puede hacer esto con nosotros a bordo –murmuró Elene.

–¿Que no puede? Es un corsario y ese barco es una presa. ¿Por qué no iba a capturarla? Presas, de una u otra clase, legítimas o no, parecen ser su mejor y más provechoso negocio.

Elene lo fulminó con la mirada.

–Si estás sugiriendo que él me ve como una presa, lo encuentro insultante.

–Aborrecería pensar que te rendiste a él –dijo lentamente Durant.

El sonido de su voz produjo un escalofrío en la espalda de Elene, pero se negó a dejarse intimidar. Se recogió las faldas y se alejó de él.

—¡Piensa lo que quieras!

Él extendió rápidamente la mano y la tomó por el brazo, deteniéndola donde estaba.

—Oh, lo haré. Y si lo compruebo, no sólo tu corsario va a lamentarlo.

CAPÍTULO VIII

Ryan se colocó en el alcázar cuando la brecha entre los dos navíos se cerró. No debería haber olvidado, se dijo Elene, que él no era únicamente el propietario del barco; era Bayard el corsario. De algún modo ella se las ingenió para evitar considerar qué significaba eso en el mar. Esperó que el capitán Jean continuaría ordenando la fijación de las velas y las acciones de la tripulación como había hecho toda la mañana. Ver a Ryan cruzar por cubierta a zancadas sin chaqueta ni corbata, con la camisa arremangada hasta los codos y la espada brillando al costado, listo para la acción, le produjo una extraña ansiedad y un nudo en la boca del estómago.

Sabía que Ryan era un hombre decidido, capaz de una actividad súbita y de gestos violentos. No obstante, verlo ahora dirigir el *Sea Spirit* hacia su blanco con precisión implacable era escalofriante, aterrador. La nave pesada y lerda a la que atacarían parecía estar en gran desventaja. Sintió la caprichosa necesidad de advertir a aquellos que iban a bordo del barco mercante del peligro que corrían, algo así como espantar a un pájaro del camino de un gato que anda en busca de una presa.

Se impartieron órdenes para que los pasajeros del *Sea Spirit* abandonaran la cubierta. Morven y *monsieur* Tusard se demoraron, pero las mujeres en su gran mayoría desaparecieron sin una sola mirada atrás. Elene vaciló. Si hubiera fuego de artillería, ella no soportaría quedar atrapada debajo de la cubierta sin saber a ciencia cierta dónde caería la descarga siguiente y sin poder escapar del barco si éste amenazaba hundirse.

Comprendía que ese peligro era remoto. La mayoría de los

barcos mercantes se construía para transportar la mayor cantidad de carga con una mínima tripulación y el mínimo espacio destinado a armamento pesado. Algunos ni siquiera llevaban cañones. En todo caso, las mercancías amontonadas en la bodega del barco pertenecían a hombres adinerados que permanecían a salvo en tierra. Ni el capitán ni la tripulación arriesgarían sus vidas para salvar las ganancias de otros. Sin embargo, había capitanes que invertían su dinero en las cargas que transportaban, hombres que equipaban sus barcos con artillería de proa cargada con metralla que podría destrozar al grupo de abordaje.

La voz de Ryan resonó en una orden imperiosa. Uno de los cañones que asomaban por las troneras del *Sea Spirit* estalló con un estampido atronador. El disparo siguió una línea curva sobre la proa del barco mercante cayendo al mar suficientemente lejos para no representar un peligro, pero lo bastante cerca para no darles esperanza de misericordia. La tripulación del barco de Ryan guardó silencio mientras esperaba alguna señal de fuga o de rendición del barco inglés.

Elene volvió una vez más la mirada al alcázar donde se destacaba la elegante figura de Ryan en jarras, balanceándose con natural gracia con los cabeceos del barco. El viento agitaba las mangas de su camisa y le encrespaba el lustroso pelo color nogal. Creía conocerlo y, sin embargo, seguía siendo un extraño, una figura de autoridad y designio implacable, poco interesado en cualquier cosa que no fuera la tarea que lo ocupaba en el momento.

¿Qué le unía a este corsario?

La destrucción de su mundo anterior fue tan súbita y tan absoluta que se sentía a la deriva. No tenía idea de si actuaba correctamente al confiar en Ryan Bayard, al navegar hacia Nueva Orleans o en haber negado el derecho de Durant sobre ella. Sólo de una cosa estaba bien segura: no tenía deseos de ver a Durant retar a Ryan por su causa. Carecía de importancia toda la ayuda del corsario. Después de haberle salvado la vida, se merecía una recompensa mejor.

A su alrededor se elevaron gritos ásperos y estentóreos. El barco inglés se estaba desviando de su ruta, arriando la bandera para rendirse. La presa cayó sin luchar y sin pérdida de una sola vida.

Bayard abordó el barco capturado para conferenciar con su capitán. Regresó con numerosos baúles y cajas, y envió una tripulación de abordaje para llevar el barco a Cartagena. En ese famoso refugio de corsarios y piratas sería subastado el botín y las ganancias se destinarían a Ryan.

En un tiempo asombrosamente corto, el barco inglés estaba desapareciendo en el horizonte. El *Sea Spirit* retomó su curso navegando a velas tendidas. Flotaba en el aire una cierta desilusión, aunque esto no significaba que hubieran preferido presenciar una lucha encarnizada entre la goleta y el barco mercante. No obstante, todos se prepararon para enfrentarse al peligro, y los efectos de ese desgaste inútil de energías se manifestaron de diversas maneras. Hermine estaba eufórica, dispuesta a bailar, a cantar y a abrir muchas botellas de vino, mientras que intensas manchas rojas de excitación teñían aún las mejillas de Josie. *Madame* Tusard estaba tan irritada como si se hubiese vestido para una fiesta cancelada en el último momento, y su esposo, quizá como consecuencia del estado de ánimo de su mujer, estaba más sombrío que de costumbre. Mazent parecía haber cobrado vitalidad, recuerdo de un suceso parecido en su juventud, e insistía en contar a todos los que quisieran escucharlo un ataque pirata que él ayudó a impedir. Su hija Flora, que intentó en ese momento desalentar los recuerdos de su padre, se puso, acto seguido, a escuchar con embeleso a Morven que, espadín en mano, representaba con diálogo y acciones el papel de un valiente capitán de mar defendiendo su barco en algún melodrama.

Josie también miraba y aplaudía sacudiendo coquetamente los oscuros rizos.

–¿No es Morven una maravilla?

–Sí, ¿no es cierto? –dijo Hermine en tono burlón. En respuesta a la mirada de orgullo herido que le envió Morven, le devolvió un mohín.

La atención de Josie se volvió a Ryan, que se acercaba en ese momento.

–¡Aquí está nuestro valeroso corsario! Dígame, señor, ¿qué botín consiguió usted? ¿Qué cargaba el barco inglés? ¿Joyas, tal vez? ¿O eran cofres con oro y plata?

–Nada tan magnífico –respondió él con soltura, ausente el

aire de autoridad como si nunca hubiese existido—. Los días de los barcos cargados de tesoros pasaron ya, por desgracia.

—¿Qué, entonces? ¡Cuéntenos, por favor!

—Carga de ron y azúcar de Jamaica en su mayor parte, más un poco de madera de palo de rosa y caoba de Sudamérica destinadas a una ebanistería.

—Oh, pero eso no explica los baúles y cajas que usted trajo a bordo

—Libros, *chère*. ¿Interesada aún?

Josie se encogió de hombros con displicencia.

—Qué aburrido.

—¿Verdad? —comentó Ryan, compasivo, aunque le brillaron los ojos por la risa contenida al mirar a Elene.

Durant, de pie al lado de la silla que ocupaba Elene debajo del toldo donde el grupo se había reunido, habló en voz alta.

—Uno puede ver fácilmente por qué el capitán del barco inglés no eligió morir por su carga. Qué bendición para usted, Bayard, que sea un cobarde.

—O un hombre realista.

Súbitamente se puso alerta, aunque su voz no demostró ningún ardor. Su mirada bajó hasta los dedos de Durant que descansaban sobre el hombro de Elene y entrecerró sus ojos.

—Me pregunto si habría usted atacado con tanta rapidez si encontrase un hombre de principios más firmes y un barco mejor armado.

Se percibió la tensión entre los dos hombres. Elene, sintiéndola, temiendo su significado, desprendió los dedos de Durant de su hombro. Antes de soltarlos, encontró la mirada de su ex novio. En voz muy queda dijo:

—Por favor, no.

Ryan oyó la súplica, y la sensación de vacío que sintió en su interior fue más turbadora que todo el incidente con el barco mercante. Deliberadamente, dijo:

—Es difícil saber cómo está armado un barco o un hombre hasta que uno lanza su reto.

—Con todo, siempre es posible retirarse si la presa resulta ser demasiado fuerte para uno.

—Algunas veces los acontecimientos se mueven demasiado aprisa, van demasiado lejos.

Si había una advertencia en las palabras de Ryan, Durant no le prestó más atención que a la mirada de Elene clavada en su rostro.

–Tomando todo en consideración, yo creo que usted prefiere una presa indefensa, ¿no es así, Bayard? Como una mujer, por ejemplo. Trae menos problemas.

Los demás, agrupados alrededor de ellos, permanecían en completo silencio. Ahora se oyó un débil suspiro entre las mujeres ante este insulto evidente.

–¿Es por mi carácter o por mi falta de valor que usted desea pedirme cuentas, Gambier? ¿O tal vez por algo completamente distinto?

El tono duro y áspero de la voz de Ryan hirió los nervios de Elene. La advertencia no iba dirigida únicamente a Durant. Vio la amenaza de un duelo cuando la mirada del corsario se clavó en ella. Se le dilataron las pupilas al sentir el impacto, al comprender la causa. Él creyó que ella se había quejado a Durant de su conducta, que era el motivo de esta pelea. Quiso protestar, negarlo, pero no podía encontrar la forma sin inflamar más a Durant, sin empecinarlo más en su empeño.

Durant se irguió con dignidad al responderle.

–La que usted prefiera.

–No querría decepcionarlo –replicó Ryan, tajante–. ¿A espadas?

Se oyó un grito agudo y el ruido de pies que corrían. Elene volvió la cabeza a tiempo para ver a la concubina de Durant, Serephine, abandonar la reunión en un revuelo de faldas y con la cabeza gacha para esconder la cara. Devota se levantó de inmediato y corrió tras ella.

En el brevísimo instante que llevó a los pasajeros seguir el desarrollo de ese contratiempo, Durant y Ryan desenvainaron sus espadas y midieron sus largos. Las sillas y la vela que servía de toldo fueron retiradas de repente del camino y todos se apartaron para dejar libre el máximo espacio posible. Los dos hombres estaban cara a cara, Durant sacándose la chaqueta y la corbata mientras Ryan, que no había vuelto a ponérselas aún, se subía más las mangas de la camisa, aguardando.

Al fin Durant estuvo listo. Alzó el estoque en un saludo,

sonriendo con anticipada confianza. Ryan, con el semblante inexpresivo, repitió el gesto.

—*En garde* —dijo él.

Durant atacó con un perverso despliegue de destreza. Obviamente, esperaba despachar rápido la contienda, atravesando las defensas de Ryan con súbita y devastadora pericia.

Pero no ocurrió de esa manera.

Ryan apenas parecía mover la muñeca, pero la hoja del otro hombre era desviada suave, fácilmente, una y otra vez. Por largo rato, Durant forzó a retroceder a Ryan paso a paso mientras éste paraba golpes sin cesar; después, en una abrupta y brillante estocada de contragolpe, el corsario tomó la iniciativa y Durant tuvo que parar *en seconde* a gran velocidad para protegerse. Los dos se separaron sólo el tiempo suficiente para tomar un respiro, con las puntas de las espadas tocándose apenas.

Ryan arqueó una ceja al encontrarse con la mirada de odio de Durant. La expresión del corsario revelaba que había reconocido las intenciones de Durant de superarlo con unas cuantas estocadas fáciles sin importarle las heridas que le produjera en el proceso. Al darse cuenta, las facciones de Durant se endurecieron y ambos reanudaron el combate.

El ritmo de la pelea se hizo más lento, adquiriendo una cadencia regular, escrutadora al probar cada uno la fuerza y la voluntad del otro, sus respectivos conocimientos de esgrima y experiencia con su oponente. Se concentraron más, excluyendo a los espectadores, el movimiento del barco y la contracción y distensión de los músculos. El sudor perló sus frentes y brilló en sus antebrazos. Las respiraciones se hicieron más intensas y profundas, rasgando el silencio, roto únicamente por los ruidos del barco surcando las olas y los rápidos movimientos de los pies arrastrándose de atrás para delante sobre la cubierta. Surgió entre ellos un sentido de respeto mutuo desconocido hasta el momento, aunque no por ello con menos ira, menos determinación.

Elene permanecía rígida y callada contra la baranda. A su lado estaba Hermine.

—Magnífico —murmuró la actriz, demorando la mirada en las anchas espaldas y los brazos musculosos de los dos hombres.

Elene no era ciega a las espléndidas formas masculinas que tenía ante ella, pero su atención se centraba en las armas mortales que blandían. Anhelaba poder desviar la mirada de las hojas que relampagueaban y culebreaban como cintas de plata al sol, pero le resultaba imposible. Tenía los dientes fuertemente apretados y el corazón parecía golpearle el pecho a cada latido. En su mente anidaba tanto la furia por ser la causa de este encuentro entre los dos hombres, como la desesperación por no poder hacer nada para detener el duelo. Impulsos salvajes se amotinaban en su ser. Deseaba gritarles que eran un par de necios o interponerse entre ellos. Lo único que le impedía hacerlo era la certeza de que por mucho que pretendieran estar batiéndose por ella, el verdadero motivo era en realidad el honor de cada uno, ese ridículo orgullo viril. Para eso no había ningún remedio ni bálsamo que ella pudiera ofrecer, excepto sangre.

Durant hizo unas fintas y embistió con una estocada. Ryan la paró *en quatre* mientras daba un paso atrás; pareció perder el equilibrio cuando el barco cabeceó y Durant se tiró a fondo tratando de aprovechar la ventaja que le brindaba ese percance. Pero el corsario se recuperó echándose atrás casi sin esfuerzo de sus tensos músculos, asestando golpes con rápida precisión. Hubo entonces un breve remolino de hojas, un chirriante roce de acero contra acero. Súbitamente, la espada de Durant cayó a la cubierta y él se quedó de pie con la sangre brotando entre los dedos con los que se apretaba el brazo.

Ryan retrocedió de inmediato y quedó en posición de descanso. Durant se miró la sangre que tenía en la mano, alzó los ojos agrandados por la incredulidad hasta el rostro de su adversario. Ryan le sostuvo la mirada, sin júbilo por el triunfo, pero sin compasión.

Morven fue quien se adelantó para interponerse entre ellos.

–Bien; ¿entonces –dijo en tono enérgico y práctico–, está satisfecho el honor?

Ryan inclinó levemente la cabeza. Durant permaneció callado por un momento. Al fin, también inclinó lentamente la cabeza.

–Debo creer que sí.

Los suspiros alrededor de Elene fueron cortos y súbitos, como una expulsión de respiraciones contenidas. Ella cerró los ojos y se apoyó contra la baranda para no caer al suelo.

—Pobre *monsieur* Gambier —dijo en tono melodramático Hermine que estaba a su lado—, alguien debiera atenderle el brazo.

Elene buscó a Devota con la mirada pues la doncella tenía suma habilidad para curar heridas y enfermedades, pero no la vio por ninguna parte. Sin duda aún estaba junto a Serephine. Elene se apartó de la baranda y se acercó a los contendientes. Muchas veces había ayudado a Devota en sus curaciones entre los esclavos en los últimos meses. Tal vez habría algo que ella pudiera hacer.

Abruptamente, una hoja brillante y manchada de sangre le impidió el paso. Volvió la cabeza para mirar al hombre que la sostenía. Ryan habló con suave inflexibilidad.

—No.

Sin pretender eludirle, contestó:

—Necesita ayuda.

—Pero no de ti.

La preocupación de Elene por el otro hombre lo mortificó e irritó. Ryan era consciente de ello aun mientras se batía en duelo y despertó en él una emoción poco familiar y que habría negado de ser posible. Eran celos y no lo inclinaban precisamente a ser razonable.

La sangre estaba enrojeciendo la manga de Durant, corriéndole por los dedos. Elene sabía que debería detenerla de inmediato.

—¿Quién sugieres que lo haga? ¿Tú?

—*Doc* se encargará de él —replicó Ryan—. Nosotros tenemos asuntos que discutir, tú y yo.

Doc era el marinero que preparó el bálsamo para curar los pies de Elene. El enjuto hombrecito ya estaba avanzando con una caja que debía de contener los elementos de su adoptada profesión. También los otros del grupo se arremolinaban alrededor del herido, las dos actrices soltando exclamaciones lastimeras al tiempo que pasaban los dedos por los hombros de Durant, mientras Flora Mazent recogía su espada como si fuera una reliquia sagrada.

Elene se mantuvo firme.

—Yo... yo creo que debo comprobar que el vendaje sea el adecuado. Me siento responsable.

—Puede que en realidad seas la responsable —dijo Ryan, irritado—. Ése es uno de los asuntos que discutiremos.

Él bajó la punta de la espada y tomando a Elene del brazo con la mano libre, la hizo volverse hacia la entrada de su cabina. Ella intentó soltarse.

—Yo no tengo nada de qué hablar contigo.

—Ése es tu error, *chère.* ¿Vienes conmigo o debo llevarte sobre mis hombros?

—¿Piensas que los otros te dejarían?

—Creo que sí, mientras sostenga esto. —Levantó la espada y la sopesó.

Elene paseó la mirada de la sombría rigidez de sus facciones a la espada que sostenía en la mano.

—Qué encantador —comentó con forzado sarcasmo—, el vencedor reclamando su botín. Una vez más.

—Como quieras.

No fue su amenaza lo que la decidió, más bien fue la expresión melancólica de su rostro al aceptarle las duras críticas. Por su culpa, él tuvo que luchar, jugándose la vida. Era posible que le debiera una explicación. Con una última mirada acerba, se alejó de él y caminó en la dirección que le indicaba.

Mientras avanzaba era muy consciente de la presencia de Ryan detrás. De su altura y tamaño y de su cruda fuerza viril que mostró minutos antes. Apresuró el paso al cruzar el saloncito y entrar en la cabina que compartían. En ese pequeño espacio cerrado, avanzó con dificultad entre las cajas y los baúles del botín antes de encararse con él. Él cerró la puerta de un puntapié, se acercó a la mesa y arrojó la espada que cayó con un disonante ruido metálico. Volviéndose, cruzó los brazos delante del pecho y apoyó la cadera contra la mesa al tiempo que clavaba la mirada en el rostro de Elene.

—¿Cómo puede ser —preguntó él en tono engañosamente tranquilo—, que se me acuse de aprovecharme de una mujer indefensa?

Elene dominó un escalofrío y se forzó a mirarlo directamente a los fríos ojos azules.

—Eso fue una acusación de Durant, no mía.

—Él debe haber sacado esa idea de alguna parte, de alguien. ¿Y de quién sino de ti?

—De su propia imaginación. Encuentra inconcebible que yo pase de ser su futura esposa a convertirme en tu amante en cuestión de días sin ser forzada a ello. Yo también, si viene al caso.

—¿Preferirías ser su prometida de nuevo, toda pureza e inocencia?

—¡No hace falta que te burles!

—Ésa no es una respuesta. ¿Sugirió él, acaso, continuar con la boda después de todo?

Elene miró por encima del hombro de Ryan.

—¿Y qué, si lo hizo? Hasta yo veo que eso es completamente imposible. Las cosas jamás volverán a ser como antes.

—Pero a ti te agradaría que lo fueran.

La acusación fue como un latigazo. Ya había percibido que ella callaba algo, un secreto que crecía día a día. Ésta era la explicación, estaba absolutamente convencido.

Elene no le daría la satisfacción de negarlo.

—Me agradaría sentirme segura, libre de temores, ni más ni menos.

—Los únicos que están seguros y libres de temores son los muertos.

Ella tuvo un arrebato de cólera.

—¿Qué sabes tú de eso? —exigió—. Tú eres hombre, capaz de abrirte camino a tu manera, un corsario aterrador que asusta a mujeres, niños y tenderos. ¡Eres lo suficientemente fuerte para apoderarte de todo lo que desees y desafiar al mundo a que te detenga!

Un brillo acerado apareció en sus ojos.

—¿Por casualidad me estás acusando de robar?

—¿Cómo llamas a esto —preguntó ella señalando las cajas a su alrededor—, si no lo consideras bienes robados?

—Mercancía. —Esa sola palabra pesó como una piedra.

—Libros, supongo. Si esperas que me deje engañar como la pobre Josie, tendrás que esforzarte mucho más.

—Soy comerciante. Compro, vendo y trafico. En Nueva Orleans poseo un almacén...

—¡Repleto de mercaderías robadas!

—Lleno de mercaderías tomadas bajo patentes de corso, además de pieles y trigo de Illinois —replicó él con furia apenas contenida—. Habría más de los últimos y menos actividades de corsario si los españoles desistieran de interferir en el comercio honesto. No tiene importancia. El barco inglés fue una presa legal.

—¿Y si hubiese sido un barco francés? ¿Lo hubieras abordado?

El silencio de Ryan fue como una respuesta para ella.

—¿Lo ves? Careces de lealtad.

—Soy leal a lo mío, a mis amigos y a mi tierra...

—¿Tierra? ¿Tú? ¡Ja!

—Mi tierra, sí; también soy hacendado, si es que debo probar mi respetabilidad. Pero estaba hablando de la única tierra a la cual reconozco que estoy moralmente obligado y a la cual le soy leal, y ésa es Luisiana.

—Sí, sí, y estoy segura de que eso impresionará a los españoles cuando captures el barco equivocado y decidan colgarte.

—A los españoles de Nueva Orleans no les interesa el bienestar de su colonia de Luisiana; no les interesa nada excepto aquello que pueda beneficiar a su país a un mundo de distancia.

—¡Nada de eso importará si estás muerto!

Él la observó, admirando el color que la indignación prestó a su cara y la forma en que subían y bajaban sus senos debajo del vestido, oyendo en la mente los ecos de sus palabras. Una sonrisa arqueó las comisuras de sus labios por lo bonita que estaba y por la preocupación que transmitía sin darse cuenta.

—No estoy muerto todavía. Estoy demasiado lleno de vida. Más animado de lo que sería conveniente en este momento.

Ella pudo ver, en el ceñido calce de los pantalones que decretaba la moda, precisamente lo que él quería decir. Desvió la mirada de esa prueba a la camisa húmeda adherida a sus hombros y a los músculos de los brazos, a la fortaleza acordonada de los antebrazos descubiertos por la camisa arremangada, al rocío de sudor que le doraba la piel. Su virilidad, su fuerza interior, esa misma fuerza que él demostró ampliamente hacía tan poco de repente fue abrumadora en la pequeña cabina.

—Te deseo —dijo él, las palabras quedas, buscando una respuesta.

Ésta hizo estallar una reacción acalorada que empezó en algún lugar del pecho de Elene y se derramó rápidamente hacia abajo, aunque al mismo tiempo parecía subir en vertiginosas oleadas hasta su cerebro. Se encaró con su mirada y quedó atrapada en la implacable luz azul de sus ojos.

Ryan giró en redondo repentinamente y se arrodilló delante de un baúl. Lo abrió y le preguntó:

—¿Deseas ver mis ganancias mal habidas? ¿Me permites que te envuelva en su suntuosidad y esplendor antes de que te tome por la fuerza?

—Eso no será necesario... —empezó ella con fría altivez, luego calló.

El baúl estaba repleto de libros de todos los tamaños, desde el más grueso hasta el más diminuto, adecuado para un bolsillo, pasando por enormes folios con ilustraciones curiosas. Estaban cuidadosamente empaquetados uno junto a otro para ocupar menos espacio, una colección de antigüedad y variedad fascinantes, tesoros de una biblioteca maravillosa. Algún conocedor de tales obras iba a sentirse amargamente desilusionado cuando no llegaran a sus manos.

Elene señaló las otras cajas y baúles alrededor de ella.

—¿Todo esto son libros?

—Escasean en Nueva Orleans.

—¿Una necesidad que piensas satisfacer?

—Después de haber escogido a mi gusto.

Elene se acercó a la litera y se dejó caer sobre ella. Se quedó observándolo, la forma en que elegía un libro de poemas y luego lo dejaba en su lugar, con cuidado, con cariño, con cierta desgana. Una vez más cayó en la cuenta de lo poco que sabía de él, de lo imposible que era formarse una opinión de ese hombre.

Él cerró el baúl y se acercó hasta donde ella estaba. Se sentó a su lado.

—¿Habrías preferido que fueran sartas de perlas y zafiros del tamaño de huevecillos de petirrojo?

¿Lo preferiría de veras? Meneó la cabeza sin mirarlo.

—Yo sí —susurró él tomándola—. Me gustaría verte cubierta con eso solamente, y buscar tu dulzura y calor entre las gemas insípidas y frías. Pero también te deseo despojada de adornos.

Era ciertamente un arrebato, aunque sólo fuera de los sentidos. El cuerpo de Elene respondía a las caricias con celo ardiente y salvaje ajeno a su voluntad. Las ondulaciones de placer que corrían por ella al menor roce de las manos viriles eran un deleite y un tormento a la vez. Olvidándose de todo, se entregó a él en cuerpo y alma, y tomó el júbilo y la fuerza, el alborotado ardor y el éxtasis sublime que él le proporcionaba, y quedó asombrada cuando notó, en medio de su somnolencia, que en el intercambio ella logró el mejor beneficio.

CAPÍTULO IX

Casi una semana después avistaron la costa de Luisiana, una forma baja y azulada en el horizonte que lentamente adquiría tonalidades pardas y verdes. Fue una travesía tediosa, retardada por numerosas calmas chichas, sobre todo durante el largo trayecto alrededor de la isla de Cuba. Sin embargo, no intentaron un desembarque inmediato sino que se desviaron más al oeste. Navegaron más allá de las innumerables desembocaduras del río Mississippi donde las lodosas aguas amarillentas se derramaban en el golfo verde hasta volverlo pardusco, incluyendo el paso oriental que llevaba al puesto de inspección de La Balise, y de allí a más de cien millas por el canal principal del río a la ciudad de Nueva Orleans.

Parecía ser que Ryan, a pesar de toda su palabrería acerca de ser un respetable comerciante, no osaba anclar delante de la ciudad española al finalizar sus viajes. En cambio, tenía el hábito, según comentó, de hacerlo en una ensenada conocida como bahía Barataria. Desde allí, avanzaba por los intrincados sistemas de canales y compuertas del área del delta hasta la puerta trasera de Nueva Orleans. Sus cargamentos eran almacenados en un depósito provisto en la playa hasta que él pudiera enviar por ellos o venderlos a sus socios, quienes se encargarían de transportarlos a la ciudad por sus propios medios. La maniobra, según alegaba él, era para evitar las interminables demoras de la burocracia española, sin mencionar los sobornos exigidos por los funcionarios corruptos del puerto. Rehusaba someterse a cualquiera de ellos por principios, debido al intento del gobernador Salcedo de estrangular el comercio con los norteamericanos.

Ryan señaló que él no era el único que utilizaba la bahía. Se había convertido en un puerto de entrada informal para otros, así llamados, corsarios. Sin embargo, entre ellos no existía una organización formal. Entraban y salían a su antojo, y respetaban las posesiones de los demás, en parte porque era la costumbre del mar, en parte porque no hacerlo sería extremadamente peligroso.

Los refugiados de Santo Domingo se alinearon a lo largo de la baranda del *Sea Spirit* para ver la costa que se acercaba más y más. Estaban jubilosos por el fin de la travesía, y aun así, alicaídos. No tenían modo de saber lo que les esperaba en tierra; dónde vivirían, en qué se ocuparían o, para algunos, qué tendrían que hacer para mantenerse vivos. El tiempo pasado en el Caribe y en el golfo de México, había sido hasta ahora un intermedio, un viaje suspendido entre el rescate y el futuro. No pensaron en otra cosa que no fuera cómo pasar alegremente los días soleados y las noches estrelladas. Ahora el futuro se les venía encima.

Elene notó su nerviosa ansiedad, pero también reconoció en su interior una exaltación que tomaba cuerpo lentamente. Ante ella se extendía una nueva tierra, un nuevo comienzo. Todo sería diferente, las imágenes, los olores, las costumbres, la gente. Lo que lograra a partir de eso se debería a su propio esfuerzo.

Encima de sus cabezas revoloteaban grandes bandadas de gaviotas, las alas blancas destacándose contra el banco de nubes grises que flotaba en el sudoeste. Los chillidos estridentes sonaban como una mezcla de regaños airados y súplicas desesperadas. Más cerca de la costa, un gran pelícano pardo agitaba las alas con pesada dignidad siguiendo un curso paralelo a la playa estrecha. La tierra muy baja y pantanosa exudaba olores de lodo, plantas acuáticas y pescados en descomposición, una miasma rica y fecunda que atraía y repelía al mismo tiempo.

–¡Puf! –exclamó Hermine con una mueca de asco al costado de Elene–. ¡Qué fragancia!

–No es tan mala.

El olor a tierra venía y se iba con las ráfagas cambiantes del viento. Por encima de ellas, las velas del barco se hinchaban y agitaban siguiendo también los caprichos del viento. Los vestidos de las dos mujeres estaban adheridos a sus cuerpos y las faldas parecían revolotear a sus espaldas.

Hermine llevó la mano al rodete de pelo rojizo para sostenerlo en su lugar sobre la nuca.

—Preferiría oler afeites rancios, cuartos baratos, y la bosta de los caballos en las calles de un día cualquiera. Esta desolación, además de ofender mi sensible nariz, me espanta.

—Tonterías —bromeó Elene—, no es la tierra pantanosa lo que hueles, es nuestra cena haciéndose en la cocina del barco.

—No permitas que el cocinero te oiga o nos alimentará a base de pescado hasta que bajemos del barco. Ya que debo respirar, déjame estar cerca de ti para oler tu perfume. Desde hace días tengo la intención de decirte lo delicioso que es.

Elene le agradeció el cumplido. No era el primer comentario que recibía sobre el perfume, pero probablemente éste era el más sincero. Oír hablar de él todavía la cohibía como si la pillasen haciendo una fechoría.

—Me encantaría tener un perfume como ése, si no te molesta decirme su nombre y dónde conseguirlo.

—Me temo que no se consigue.

—Entonces si me dices qué perfumista de París lo prepara, la próxima vez que vaya...

—No viene de París.

—¿Estás segura? —preguntó Hermine frunciendo el ceño—. Tiene la misma voluptuosidad, la misma esencia genuina.

—Estoy bien segura —respondió Elene y le contó a la actriz cómo llegó a sus manos. Impulsivamente, añadió:

—Estoy pensando en prepararlo, con la ayuda de Devota, desde luego, cuando me establezca en Nueva Orleans.

—¿De veras? ¡Qué maravilloso! ¿Abrirás una *parfumerie*? Si es así, yo seré tu primera clienta.

Elene soltó una alegre carcajada por el entusiasmo instantáneo de Hermine.

—Me animas a pensar que la empresa será un éxito.

—Naturalmente que lo será. Con una fragancia semejante, ¿cómo puede fracasar?

Elene miró a la otra mujer, pero no vio nada en su semblante seductor que indicara que sus palabras tuvieran otro significado que un cumplido al perfume. Se aflojó su tensión.

—La primera botella que haga será para ti.

La actriz volvió la cabeza hacia donde estaba sentada Flora Mazent con su doncella Germaine.

–¿Has oído? ¡Elene va a preparar perfumes!

–Me parece muy bien. –Flora las miró y esbozó una leve sonrisa. Se quedó pensativa como si no se decidiera a reunirse con ellas en la baranda. Pasado un momento, bajó los ojos y reanudó la labor de bordado, que tenía sobre la falda.

Hermine miró a Elene con una ceja alzada y luego meneó la cabeza. Había algo en la actitud de Flora parecido a la indiferencia, como si prefiriera su propia compañía, como si se considerara superior, en lugar de ser simplemente tímida. Casi daba la sensación de menospreciar a Hermine y a Josie y hasta, quizás, a Elene. Como también despreciaba las tentativas de *madame* Tusard, era difícil estar seguro. Sin embargo, ningún tipo de ruegos o halagos podía sacarla de su aislamiento y la mayoría de los pasajeros se dieron por vencidos.

Los refugiados llegaron a conocerse bien. Reunidos casualmente en circunstancias azarosas y con gran cantidad de tiempo en sus manos sin saber qué hacer con él, se volcaron en la compañía de los demás para distraerse y consolarse. Hablaban y hablaban. Todos conocían los detalles de los problemas gástricos de *monsieur* Mazent y las terribles experiencias de su hija Flora en un pensionado de Martinica donde la obligaban a permanecer de rodillas sobre un montón de judías durante horas y le palmeaban los dedos con una regla por hablar en un hilo de voz. *Madame* Tusard los entretuvo con las vívidas descripciones de sus dolencias femeninas y todos se asombraron por un incidente ocurrido a *monsieur* Tusard años atrás cuando lo acusaron injustamente por cierto, de falsificación de documentos y malversación de fondos. Josie dejó bien clara su insatisfacción por los papeles de ingenua que debía representar en el teatro y, en varias oportunidades, todos ellos fueron testigos de acaloradas discusiones entre Hermine y Morven seguidas de privadas reconciliaciones.

Ninguno de estos temas, empero, podía superar en interés al drama de la relación entre Elene y Bayard que se desarrollaba ante sus propios ojos. Elene sabía que se había especulado mucho sobre la situación y esto le resultaba evidente cada vez que Durant y ellos dos se hallaban reunidos por casualidad en un mismo salón. Sin embargo, Durant, de algún modo, desvió la avidez de los pasajeros evitando demostrar interés en Elene, ya fuera concentrándolo en Serephine, que lo asistió durante los primeros días de su herida, o bien, buscando la compañía de los caballeros del grupo. Mientras dejaba que el aire marino cicatrizara su brazo y su rostro, intimó profundamente con *monsieur* Mazent, ya que siendo ambos hacendados era lógico que tuvieran mucho en común. No era nada inusual verlos pasear juntos por cubierta enfrascados en alguna conversación mientras Flora los seguía un tanto rezagada. La joven solía echar miradas furtivas a Durant, y cada vez que él daba muestras de notar su existencia, ella se sonrojaba y recomponía su atuendo o el peinado con coquetería.

Las relaciones entre los del grupo no siempre eran cordiales. Morven y *madame* Tusard sostenían verdaderas guerras verbales por cualquier cosa, desde quién debía encabezar la entrada al comedor hasta qué canciones debían ser entonadas bajo las estrellas. Josie se sentía ofendida por algunos comentarios de la esposa del funcionario isleño y, tanto por venganza personal como para complacer a Morven, su paladín, mantenía una disputa continua con ella sobre la ubicación de sus respectivas sillas bajo el toldo. *Madame* Tusard estaba celosa por las atenciones que su Claude brindaba a Josie y a cualquier otra mujer, sin excluir a Serephine, y la chillona demostración de su congoja resonó por todo el barco en más de una ocasión. Devota y la criada de los Mazent, Germaine, cruzaron algunas palabras sobre el uso de la bañera inglesa y de la única plancha que había a bordo, una que pertenecía a Hermine. Flora no molestaba a nadie, pero se enfadó una tarde cuando el marinero a quien observaba desde hacía algún tiempo osó guiñarle un ojo.

Tales contratiempos no eran más de los que podían esperarse, quizá, dado el confinamiento a que estaban sometidos y a los nervios de todos ellos. Mas la camaradería derivada del terror y los infortunios compartidos era más fuerte y duradera. Cuando el barco se acercaba a la bahía donde desembarcarían, se cruzaron muchas promesas de mantenerse en contacto y de reunirse otra vez muy pronto. Eran sinceras en ese momento, pero resultaba bastante improbable que llegaran a cumplirse.

La embarcación corrió viento en popa adentrándose en la

bahía Barataria al filo de una tormenta que amenazaba estallar en cualquier momento. Cuando hubieron echado anclas, desnudaron la arboladura de las yardas de vela, despejaron las cubiertas y aseguraron las escotillas con listones preparándose para aguantar la tormenta hasta el fin.

La goleta cabeceaba y se sacudía con el viento y las olas. Rugían los truenos por encima de sus cabezas sonando diez veces más amenazadores para ellos que estaban encerrados en la bodega. Crepitaban y chisporroteaban los rayos antes de caer al agua. Cantaban las cadenas de las anclas debido a la gran tensión que debían soportar. Las cuadernas y el maderamen del barco crujían y gemían como algo vivo que estuviera siendo despedazado. La lluvia, cuando llegó, lo hizo en pesadas cortinas de agua, que azotaron, batidas e impulsadas por el viento huracanado, las cubiertas como si fueran inmensos látigos mojados.

Elene y los demás comieron temprano para retirarse a sus respectivas literas. Tan violentos eran los movimientos del barco que lo más seguro era permanecer tendidos en esas cunas improvisadas. Ryan recorría el barco, revisando los daños, acallando temores, regresando de vez en cuando a ver a Elene. Sin embargo, cuando el furor de la tormenta hubo pasado, Ryan se sintió satisfecho con la forma en que el *Sea Spirit* se había comportado en su protegido refugio. En la cabina, una vez más, se despojó de toda la ropa mojada y la arrojó a un rincón. Después trepó a la litera junto a Elene.

Estaba helado. Elene, en un arranque de ternura y compasión, lo estrechó entre sus brazos y se recogió el camisón para rodearle las piernas con las suyas. Tiritando ante el calor que ella le brindaba, depositó un beso ligero sobre la frente antes de relajarse junto a ella. Ella apoyó la sien contra el mentón de Ryan con la mirada perdida en la oscuridad, que resplandecía de vez en cuando con los destellos blanco azulados de los rayos. La lluvia tamborileaba encima de sus cabezas, corriendo luego por las cubiertas hasta caer en ruidosas cascadas a las aguas de la bahía.

Desde que Ryan se batió con Durant, Elene y el corsario compartieron esa cabina y la litera en la que ahora descansaban. Habían dormido juntos, comido juntos, caminado, conversado y hecho el amor juntos, pero no habían vuelto a hablar de Nueva Orleans, salvo en términos muy generales. Elene suponía que él todavía quería que viviera con él de esta misma manera. Ciertamente su deseo por ella no mostraba señales de disminuir.

Cuando quería era un compañero muy interesante. Los dos pasaron muchas veladas leyendo tomos de la biblioteca hurtada y discutiendo las ideas con las que se topaban durante esas lecturas. Algunas veces jugaban a las cartas apostando prendas de ropa y él sólo hacía trampa cuando el botín era lo bastante abultado como para ser irresistible. Nunca dejaba de protegerla delante de los otros, ni la descuidaba por sus responsabilidades a bordo. Acalló los temores que le producían sus pesadillas y curó sus pies heridos. Todavía era aficionado a su perfume y muy sensible a él. No obstante, jamás hablaba de amor.

Elene en realidad no esperaba que lo hiciera. A pesar de todas las vicisitudes que habían pasado juntos, seguían siendo dos extraños. Él no le debía declaraciones, ni promesas, nada; en todo caso, era ella quien estaba en deuda con él. La cálida afinidad que existía entre ellos era únicamente carnal sin las mezcolanzas de los sentimientos.

Le intrigaba saber si Ryan sería el mismo una vez estuvieran en Nueva Orleans. Entre sus amistades y antiguos camaradas sería probable que descubriera que ella era un estorbo, un recordatorio de un momento de su vida que prefería olvidar. Podría encontrar a otra mujer y echarla de su casa junto con Devota, viéndose obligada a abrirse camino por su cuenta y sin su ayuda.

Al menos, si él hacía eso, sabría de una vez por todas si era el perfume el que lo retenía a su lado. Podría también, desde luego, ponerlo a prueba en cualquier momento dejando de usarlo. Sin embargo, los resultados no serían concluyentes en tanto permanecieran en el barco. Elene no tenía ningún otro lugar donde dormir si él no la quería a su lado y la mera proximidad podría inducirlo a volverse a ella. En cualquier caso no se atrevía a correr ese riesgo. No estaba en posición de arriesgarse a perder su ayuda en estos momentos.

Ryan, percibiendo la tensa expectación de Elene, le acarició la espalda mientras tanteaba su inmovilidad. Inclinó la cabeza acariciándole el cabello con su aliento cálido.

—¿Qué sucede, querida? ¿Algo va mal?

Ella suspiró en silencio.

—No, nada.

Se ensombrecieron los ojos de Ryan, pero no insistió. Sólo la más sutil y frágil hebra los mantenía unidos, pensó; estirarla significaría romperla para siempre. Ya tendría tiempo suficiente para forzar una discusión entre ellos cuando llegaran a Nueva Orleans y pudiera mostrarle lo que perdería si no se quedaba con él. Hasta entonces, esperaría.

Por un momento, ella fue cálida, dúctil y seductora debajo del camisón de seda. Los movimientos del barco la mecían suavemente contra el cuerpo de Ryan y él sintió en su sangre correr el fragor de la tormenta. Le cubrió de besos los ojos, encontró sus labios en la oscuridad y los atormentó hasta que se entreabrieron para él, hasta que saboreó la miel de su respuesta y sintió debajo de la mano el eco tumultuoso del trueno de su corazón. Fue suficiente, por el momento.

Cuando el sol salió, claro, brillante y cálido, a la mañana siguiente, vieron que bahía Barataria era un gran espejo de agua como un lago salobre y de olor desagradable, rodeado de ciénagas. La estrecha franja de la playa estaba bordeada de hierbas espinosas y palmitos y cubierta de leños oscurecidos por el agua formando figuras grotescas, se encontraba allí además el cuerpo en descomposición de una marsopa. Bandadas de pájaros dejaban oír sus chillidos, revoloteando y zambulléndose en busca de comida. Las ranas croaban, los mosquitos zumbaban con insistencia enloquecedora y de vez en cuando se oía el rugido sordo de un caimán. Los hombres y mujeres del *Sea Spirit* se alinearon en cubierta señalando de vez en cuando las figuras parecidas a troncos centenarios de las bestias primitivas cuando flotaban a la vista, observándolas durante su ocasional búsqueda de alimentos.

Mientras pasaban el tiempo de ésta manera, Ryan se mantenía ocupado supervisando la descarga del barco. La chalupa realizó varios viajes hacia el destartalado almacén a cierta distancia de la orilla. En las cercanías había también otros almacenes provisionales construidos con maderas arrojadas por la resaca, frondas de palmitos y trozos de yute tejido. De una de esas construcciones se elevaba una columna de humo que manchaba el claro cielo de la mañana, pero no hubo señales de movimiento por algún tiempo.

Finalmente, cuando la descarga estaba a punto de llegar a su fin, un hombre salió de la más grande de esas moradas destartaladas. Se quedó de pie desperezándose y rascándose mientras giraba lentamente para examinar el barco anclado. Gritó algo. Una mujer india pasó agachada a través de la puerta cubierta por una piel a modo de cortina. La mujer miró el barco y a su hombre, dio media vuelta y volvió a meterse en la casucha. Fue la actitud más despectiva que Elene había visto en toda su vida.

Los ocupantes de las chozas eran fugitivos de la ley, ladrones, asesinos y ex piratas. Barataria estaba muy lejos de Nueva Orleans, separada de esa ciudad por interminables millas de agua, lodo y pantanos. Los hombres llegaban hacia el final del otoño y durante el invierno a cazar los patos y gansos que surgían en grandes bandadas, una tras otra, y a veces también venían aquí a pescar, pero la bahía estaba generalmente desierta en verano.

Los hombres conocían bien a Ryan; eso era evidente por la forma en que vinieron a saludarlo cuando llegó remando hasta la playa. Todos se mostraron más que dispuestos a prestarle sus piraguas para transportar a los pasajeros a Nueva Orleans, aunque, por supuesto, con el previo pago de una gratificación. Sin embargo, si sentían alguna simpatía o compasión por los refugiados de a bordo, no lo demostraron, antes bien, deambularon por los alrededores observándolos subir a los botes a la espera de vislumbrar algún tobillo o pantorrilla bien formada mientras se mofaban de ellos y dejaban oír las risotadas causadas por sus bromas groseras. A nadie extrañó entonces que el capitán Jean y una tripulación mínima quedaran a bordo del *Sea Spirit* para protegerlo.

El largo viaje por el laberinto de canales navegables no era una experiencia que Elene deseara recordar. Al dejar la bahía cesó el viento, y el sol ardiente de mediados de junio y los anchos tramos de agua se combinaron para producir un calor intenso y vahos pestilentes que les provocaban mares de sudor y les dificultaban la respiración. Espesas nubes negras de mosquitos y jejenes brotaban de la maleza, mordiendo, picando hasta que cada milímetro de piel expuesta quedó cubierta de ronchas rojas y los rostros se embadurnaban por una viscosidad oscura compuesta de insectos muertos y el sudor que trataban de secar. Por supuesto no dejaron mucha piel al descubierto, no sólo por los mosquitos sino también como protección ante los ardientes rayos del sol.

Hora tras hora navegaron por los canales, siempre rumbo al noroeste, con los remeros hundiendo y alzando los remos casi sin hacer ruido ni salpicar una gota de agua. Las serpientes, veloces como flechas en el aire, dejaban estelas fugaces en el agua al rondar cerca del bote. Los caimanes yacían medio enterrados en el barro de la orilla contemplando su paso con imperturbable indulgencia. A intervalos, durante la mañana, alguien rompía a cantar al compás de los remos como una manera de pasar el tiempo, pero al alargarse las horas, un silencio cargado de paciencia cayó sobre ellos.

De tanto en tanto hacían un alto para descansar y refrescarse, aunque evitaban vadear adentrándose demasiado en el agua por temor a tentar a las sanguijuelas a probar un sorbo de su sangre. Pasaron toda una noche ocultándose de los mosquitos y fueron despertados por el rugido sordo de los caimanes y, una vez, por el grito de una pantera de los pantanos que andaba de caza. El alba los encontró en las piraguas una vez más. Finalmente llegaron a las puertas de Nueva Orleans.

Elene, viendo los centinelas de servicio, esperó dificultades. Pero no hubo ninguna. Ryan palmeó las espaldas de los hombres y les preguntó por sus familias o sus mujeres. Se vislumbró el destello de oro pasando de una mano a otra y la descarga de un barrilito de ron. Se abrieron las puertas y de pronto se encontraron en el interior de la ciudad.

Ésta era, en gran parte, una ciudad nueva. Sufrió tres grandes incendios en los últimos quince años, dos de ellos realmente desastrosos. El último, sólo once años atrás, destruyó más de doscientos edificios, causando pérdidas que sumaban más de ocho millones de piastras. Debido tanto al peligro como al altísimo costo de estos incendios, se estableció un código de edificación que exigía que cualquier estructura de más de un piso se construyera de ladrillos o adobe y se techara con tejas; norma obligatoria también para aquellas estructuras existentes cuyos techos debían ser reemplazados.

El resultado era una ciudad que, en su zona céntrica, tenía todas las características de ser española, incluyendo patios interiores, balcones, ventanas y puertas protegidas por rejas, cobertizos para los carruajes o aberturas debajo del piso alto por las que podían pasar carruajes y peatones a los patios interiores.

Los ladrillos fabricados en la región eran tan blandos que precisaban ser recubiertos con yeso. Éste era pintado a la cal en blanco o amarillo, pero la acción del sol y la lluvia, al sacar a la superficie el color de la arcilla de los ladrillos y alentar el desarrollo exuberante de musgos, mohos y hongos, había creado cien matices de verde y gris, herrumbre, oro y durazno.

Nueva Orleans no era una ciudad grande, pues sólo tenía unos diez mil habitantes. La rodeaba un dique de barro con una empalizada de seis pies de alto que cercaba un área de media milla de largo por algo más de un cuarto de milla de ancho. En cada una de las cuatro esquinas se elevaba un fuerte, más otro en el muro trasero, además de baterías y puertas guarnecidas insertadas en las secciones intermedias. Como protección adicional, también había un foso de veinte pies de ancho y cuatro de profundidad en el lado exterior de la estacada. Estas fortificaciones fueron reforzadas de este modo en 1796, cuando los colonialistas de Luisiana temieron que sus esclavos, muchos de ellos importados de Santo Domingo, pudieran imitar a sus hermanos organizando una sublevación. Los muros no estaban destinados a contener un ejército poderoso, para lo cual eran evidentemente inadecuados, sino para ofrecer suficiente garantía en caso de una insurrección.

Muros adentro, las calles eran meros senderos de tierra entre las casas, si bien bastante anchos y derechos y con una zanja de desagüe en el centro. Acequias de drenaje, atascadas ahora de maleza y desechos, cavadas alrededor de cada manzana de casas, se convertían en islas durante la temporada de lluvias. Estas acequias y las zanjas vertían sus aguas en el canal Carondelet, detrás de la ciudad. A pesar de todo esto, las calles estaban cubiertas de una espesa capa de barro.

Las casas próximas a la palizada eran las más descuidadas. Aquí estaban las de madera de un solo piso de la época de la colonización francesa que escaparon al fuego, muchas de ellas sucumbiendo a los estragos del clima húmedo, que, o estaban demasiado derruidas para merecer los gastos que ocasionaría repararlas con ladrillos y tejas, o bien tenían un propietario demasiado tacaño para afrontar la reconstrucción.

La ciudad producía una indiscutible hediondez, aunque no más que la mayoría de los puertos tropicales. La bosta de caballos y mulas se mezclaba con el barro de las calles. Los desechos de las cocinas, desde mondaduras de vegetales hasta cabezas de pescado, además de trapos y pedazos de cuero podrido y algún ocasional animal muerto, flotaban sobre la capa verdosa del agua de las acequias o se apilaban en los fondos de las casas. Todo esto iba descomponiéndose continuamente bajo el calor del sol.

Algunas de las mujeres entre los refugiados hicieron muecas, tapándose la nariz. Elene respiró con cuidado y pensó en su perfume.

Ryan vivía en Royal Street, que era tanto la principal arteria comercial como la vía pública más favorecida de la ciudad. Bordeada de casas de dos y hasta tres pisos, la mayoría con balcones de artísticas barandillas de hierro forjado, la vía era lo bastante importante como para justificar faroles colgados de cuerdas tendidas diagonalmente de esquina a esquina entre las casas. Las residencias y las tiendas estaban entremezcladas, a la usanza europea, con los establecimientos mercantiles ocupando la planta baja y los propietarios viviendo en el piso alto o arrendándolo a otros individuos para uso particular.

La planta baja de la casa de Ryan tenía las persianas bajadas y cerrada con llave, pero no ostentaba ningún letrero que anunciara vinos ni velas, telas ni sombreros. Los cuartos, comentó él, se usaban para almacenamiento la mayor parte del tiempo, pero por el momento estaban vacíos. Como se acercaba la noche, ofreció la hospitalidad de su hogar al fatigado grupo de viajeros.

El ofrecimiento fue aceptado con muestras de gratitud. Todos descendieron atropelladamente del carro que un granjero de Bayou Saint John, en las afueras de la ciudad, prestó a Ryan. Allí se dejaron los botes después de la larga travesía. El grupo cansado y ansioso pasó en tropel por la puerta cochera y entró en el patio de lajas. Allí, tras circundar una fuente rodeada de geranios y helechos, se dirigió hacia un tramo de escaleras que llevaba a una galería alta que corría a lo largo de tres lados del gran patio. Antes de que la alcanzaran, un negro se adelantó con aire elegante y digno para recibirlos.

El criado, de piel color café oscuro y canas en el pelo ensortijado, tendría entre treinta y cinco y cincuenta años. Su nombre era Benedict y servía como mayordomo en la casa del corsario. De inmediato se hizo cargo de todo, batiendo palmas para llamar a criadas y lacayos que llegaron corriendo, ofreciendo refrescos y distribuyendo las habitaciones. No pasó nada por alto. No sólo ubicó a los Mazent y Germaine en un par de alcobas contiguas, sino que también, debido a alguna extraña comunicación con su amo, designó una criada para guiar a Elene y a Devota a las que sin duda eran las habitaciones privadas del dueño de la casa.

No hubo ninguna incertidumbre acerca de a quién pertenecía la alcoba porque, momentos después de que Elene y su doncella entraran, un lacayo llevó allí el pequeño baúl marinero de Ryan. Lo depositó en el suelo al lado de una mesa con tablero de mármol y patas con hojas doradas. Sobre la mesa se veía una bandeja de plata donde se amontonaban gran cantidad de tarjetas de invitación dirigidas a Ryan Bayard. Entre todas ellas la que más se destacaba era una que requería la asistencia de Ryan a la cena que ofrecía esa misma noche Pierre Clement de Laussat, prefecto colonial de Francia, el hombre que se convertiría en gobernador cuando su país recuperara Luisiana una vez más.

Para la puesta de sol, todos los pasajeros del *Sea Spirit* estaban cómodamente instalados. Se habían bañado y cambiado de ropa con las prendas que pudo encontrarse para ellos; las picaduras de insectos y las quemaduras de sol sufridas en la travesía fueron atendidas, y se les proveyó de comida y bebidas. Su anfitrión se excusó por esa noche. Estaba convencido de que la cena con el futuro gobernador, un hombre que llegó a Nueva Orleans cuando Ryan acababa de partir para el Caribe, sería una buena oportunidad para ponerse al día de las últimas noticias, demasiado buena para ser rechazada. No regresaría antes de la mañana ya que las puertas de la ciudad se cerraban a las nueve de la noche, y la casa ocupada por Laussat se encontraba fuera de ellas a escasa distancia. Ryan encontraría alojamiento en casa de amigos que vivían en las cercanías.

Elene se preguntó de dónde sacaba Ryan fuerzas y energía para salir de visita después de los dos días que acababan de pasar. Ella estaba absolutamente agotada y esperaba ansiosa la hora de ir a la cama, protegerse de los malditos mosquitos con un bien tupido *baire*, y dormir una semana entera. Los otros parecían compartir la misma opinión. Poco después Elene daba las buenas noches y buscaba refugio en su alcoba.

Devota no estaba allí, esperándola. A pesar de querer mucho a su doncella, la intimidad fue bienvenida. Permaneció por un momento de pie mirando en derredor, el armario de roble oscuro de manufactura inglesa, cuadrado y sólido, el lavabo bastante similar al del barco excepto en el diseño, especial para rincón, y también el tocador para afeitarse, de estilo francés, una alfombra flamenca que armonizaba con los tapices de las paredes. La alcoba era muy espaciosa y se extendía por todo lo ancho de la casa. Un juego de puerta-vidriera se abría en un extremo a la galería sobre el patio y otro juego, al otro lado, daba al balcón sobre la calle.

La mirada de Elene se dirigió entonces al lecho, que era el foco de la habitación. Elevado sobre una plataforma para aliviar el calor, ostentaba cabecera y pie tallados con relieves de doradas hojas. Estaba protegido por un mosquitero que colgaba de lo alto, mientras sábanas de color crudo cubrían el colchón relleno de musgo de Florida y las mullidas almohadas de plumón de ganso. Desvió rápidamente la mirada para no imaginarse acostada en ese lecho con Ryan, y se dirigió a las puertaventanas abiertas al aire de la noche.

Las puertas daban al balcón encima de la calle. Hacía menos calor ahí fuera, donde la brisa proveniente del río soplaba sobre los tejados refrescando la atmósfera. La luz del crepúsculo se iba desvaneciendo gradualmente hasta tomar una tonalidad apagada melancólicamente púrpura, el color del medio luto. Elene pensó en su padre yaciendo cerca de las ruinas de la mansión Larpent, el lugar que él amó tanto. De alguna manera, era justo, adecuado, que sus huesos estuvieran esparcidos entre las cenizas del lugar. Un gran nudo de dolor se formó debajo del esternón de Elene, presionando contra él, pero se negó a llorar. Ya en Francia descubrió, cuando su padre no estaba a su lado, que el llanto no remediaba nada.

En cambio, pensó en Ryan y en su ausencia esa noche. ¿Era verdad que se cerrarían las puertas? Seguramente, si los guardias habían cerrado los ojos por dinero una vez, podrían hacerlo nuevamente. Era posible que su decisión fuera nada más que un pretexto para pasar la noche en otro lugar. Tal vez había una mujer que él debía ver, alguien a quien él querría explicarle la presencia de su nueva amante. Ella no tenía ningún derecho a quejarse si él elegía pasar la noche afuera. Ninguno en absoluto.

En la calle, otras personas paseaban y disfrutaban del alivio del calor del día. Parejas maduras, parejas de novios, familias que incluían abuelos, madre, padres e hijos de edades que iban desde la adolescencia hasta niños de pecho, se alineaban a lo largo de las rejas de los balcones engalanados con helechos y yucas de hojas ensiformes en tiestos de arcilla, o se sentaban en sillas en los pórticos a lo largo de las fachadas de las casas. Se daban voces unos a otros, intercambiando saludos, chismes y señales amistosas. En algún lugar cercano un pretendiente enamorado tocaba una dulce melodía con su guitarra. Una jovencita reía de gozo y excitación. Amigos y vecinos, todos ellos estaban en su medio.

Elene no se sentía así. Se preguntó cuánto tiempo le llevaría dejar de sentirse desorientada, desarraigada. Era una extraña en un lugar extraño. No poseía nada excepto su propia inteligencia y su fuerza de voluntad. Habría quizá quienes la ayudarían, Devota y tal vez Ryan a ratos entre sus otras muchas preocupaciones, pero la única persona de quien podría depender para abrirse camino en la vida era de ella misma. Y lo lograría, estaba segura.

Oyó un movimiento a sus espaldas. Era Devota preparándole la cama. Elene se demoró un rato más en el balcón después regresó a la alcoba.

Devota alzó la cabeza y la miró desde el lugar en donde estaba encendiendo una vela. Elene encontró su mirada por un momento y dijo bruscamente:

–Bien, ¿qué piensas? ¿Debemos quedarnos?

–¿Adónde más podríamos ir?

—No lo pongo en duda esta noche. Pero, ¿qué me dices de mañana?

—Está el pequeño problema del dinero.

—Aún tengo mis pendientes, los que me regaló Durant, y el collar de mi madre. Deberíamos sacar algo por ellos.

—Sí, pero ¿sería prudente arriesgarse a perderlos? ¿Es prudente irse cuando aquí tienes lo que necesitas, comida, una cama, seguridad?

—Y el puesto de concubina de Ryan. ¿Es bueno eso acaso?

—Muchas mujeres han usado esa posición antes de llegar a ser ricas y poderosas.

—¿Mujeres como La Pompadour y Josephine antes de que el primer cónsul la persuadiera de casarse con él? Quizá, pero también han sido llamadas parásitos. Y peores cosas aún.

Devota frunció el ceño.

—Sí, aunque no alcanzo a comprender por qué se le permite a un hombre vender su fuerza mientras a una mujer no le es lícito vender el poder de brindar solaz. Con todo, sería descabellado desdeñar lo que tienes aquí sólo por orgullo.

—No hay nada malo en el orgullo —protestó Elene.

—De ninguna manera, pero debes pensar con calma. Ryan puede presentarte a la gente influyente, y tiene los medios para adquirir los costosos aceites y esencias necesarios para fabricar el perfume, ya sea trayéndotelos o pidiéndole a sus amigos, corsarios y capitanes de barco entre otros, que lo hagan. Aquí tendrás tiempo libre y espacio, y quién sabe, hasta una tienda si se puede persuadir a *monsieur* Bayard de que se desprenda de una parte de su almacén de la planta baja.

—¿Por qué haría algo por el estilo? Él no tiene más interés en mí más allá de mi presencia en su lecho.

—Lo subestimas, creo.

—¿Te parece? Pienso que él prefiere mantenerme ligada a él. Es lo que papá habría deseado en su lugar, o Durant.

—No todos los hombres son iguales.

—No, claro —replicó Elene con ironía—. Sólo que debes considerar lo que se espera de mí si deseo vivir bajo su protección aquí en Nueva Orleans.

—¿Es algo tan penoso? ¿Es enteramente culpa suya? La verdad, *chère*.

Elene dio media vuelta sin contestar. Después de un momento, dijo casi para ella misma:

–Me disgusta usar a Ryan.

–Es complicado averiguar quién está usando a quién.

–Sí.

Nuevamente Elene quedó en silencio. Llevándose las manos a la cabeza empezó a sacarse las horquillas que le sostenían el cabello.

–¿Nos quedamos entonces? –preguntó suavemente Devota.

Las manos de Elene se frenaron, inmóviles en el aire, soltó un largo suspiro y por encima del hombro, confirmó:

–Nos quedamos.

Fue un rato más tarde cuando Elene despertó de su sueño profundo. La alcoba estaba a oscuras con sólo un débil resplandor del farol de la calle que se filtraba por las puertas abiertas del balcón. La brisa nocturna agitaba levemente la cortina de suave muselina que estaba corrida, ondulando el dobladillo como si alguien acabara de pasar. Elene, inmóvil y expectante, con todos los nervios en tensión, aguardó a ver qué la había despertado.

De pronto se oyó un sonido suave de tela deslizándose sobre la tela. Crujió una tabla del piso. Se volvió de repente sobre la cama. Más allá de la gasa de mosquitero había una forma oscura, era la figura de un hombre. Respiró hondo para gritar.

La gasa del mosquitero fue retirada a un lado. El hombre se arrojó sobre ella tapándole la boca con la mano y tomándola en el círculo poderoso de su brazo. Su pecho estaba desnudo y caliente entre los senos de Elene; su olor, mezclado con el aroma del vino, era familiar, agradablemente familiar. Cuando su mano se cerró sobre un seno, cubriéndolo por completo, ella supo quién era.

–Ryan...

La mano que había amortiguado se alzó. Él rió con una risa plena y satisfecha, luego posó los labios sobre la boca de Elene en un saludo rápido y áspero que cambió gradualmente hasta transformarse en un beso profundo, más inquisitivo, infinitamente prometedor. Ambos jadeaban cuando él alzó la cabeza.

–Pensaba que no podrías venir.

Las palpitaciones de su corazón tornaban temblorosa la voz de Elene. No había visitado a otra mujer. Ryan volvía a ella.

—Siempre hay forma de volver.

—Sobornando a un guardia, supongo.

Él meneó la cabeza débilmente en la oscuridad.

—Estaban demasiado dormidos para oír el ofrecimiento.

—Entonces, ¿cómo...?

—La valla no está en óptimas condiciones, particularmente a lo largo del terraplén trasero. Pasé por allí arrastrándome.

—¡Podrían haberte atrapado!

—Pensando que tú estabas en mi lecho, toda suavidad y calidez, decidí que bien valía la pena el riesgo de pasar una o dos noches en el calabozo.

—Muy halagador —replicó ella tratando de sonar incrédula aunque sin lograrlo plenamente.

—¿Y qué más? —preguntó él con enloquecedora lentitud mientras empezaba a abrirle el cuello del camisón y correrlo hasta dejar desnudo todo el globo de su seno.

—Alarmante. Me asustaste —jadeó ella.

—Perdóname. ¿Y qué más? —El aliento cálido acarició la piel desnuda erizándola, haciendo que el pezón se endureciera hasta convertirse en una fresa suculenta.

—Perturbador. Estaba dormida.

Dominó la urgencia de alzar el seno hacia los labios de él. Dios querido, en qué mujer sensual se había convertido.

—*Pauvre petite*. Volveré a hacerte dormir. ¿Y qué más?

Ella contuvo el aliento cuando la succión caliente y húmeda de la boca de Ryan se apoderó del pezón.

—Yo... me niego a halagarte más... diciéndotelo.

—Entonces yo te gratificaré con palabras y hechos y con todos los ardides que poseo hasta persuadirte —murmuró él contra su piel—. Hasta que sepas exactamente lo contenta que estás de que yo me halle a tu lado. Aunque jamás igualará a mi placer.

CAPÍTULO X

Los hombres del grupo se dispersaron inmediatamente después del desayuno a la mañana siguiente, entre ellos Ryan, que tenía que retomar los hilos de sus negocios, descuidados durante el tiempo que pasó en el mar. Las mujeres se quedaron hasta que sus hombres encontraran un sitio donde alojarse. Se reunieron en la galería que daba al patio, parloteando animadamente sobre la sorprendente e inesperada suntuosidad de la casa de Ryan. Hablaron de las comodidades y diversiones que podría ofrecerles Nueva Orleans, y de los pasos que debían dar, desde averiguar el nombre de un buen médico hasta encontrar un proveedor de afeites, antes de poder establecerse aquí y acomodarse a esta nueva vida. A pesar de la familiaridad en el trato, se percibía cierto embarazo entre ellas, como el que sienten los invitados olvidados en el escalón de la puerta mientras aguardan sus carruajes a la salida de una fiesta que ya terminó.

Sin embargo, al mediodía se fueron todos, los Mazent a la mejor posada que podía ofrecer Nueva Orleans, donde también se alojaría Durant; la compañía de Morven a un cuarto encima de una taberna en el extremo norte de Bourbon Street; y los Tusard a la casa de un amigo de *monsieur* Tusard, un miembro jubilado del servicio colonial francés, retirado en la ciudad.

Elene se quedó sola. Se sentó en la parte sombreada de la galería contemplando el chapoteo del agua en la fuente y el reflejo de la luz del sol a través de las hojas del frondoso roble sobre las lajas del patio. Se oyeron pasos suaves a sus espaldas. Al volverse vio al mayordomo de Ryan que se acercaba. El hombre se inclinó respetuosamente.

—Mil perdones si la incomodo, *mam'zelle. M'sieur* Ryan

dejó órdenes de que usted ha de ser tratada como la señora de la casa. Si hay algo que desea que se haga, alguna preferencia en cuanto a su alcoba o para el almuerzo, sólo tiene que decírmelo.

Era un discurso muy hábil y astuto, informativo, expresado en tono respetuoso, y que a pesar de todo, dejaba entrever claramente que Benedict, aunque dispuesto a acatar las órdenes de su amo, se consideraba el verdadero y único encargado de la casa. Su gobierno, si es que ella deseaba agobiarse con la pretensión de asumir la empresa, sería realizado a través de él, como sin duda lo había sido durante muchos años. Él, naturalmente, coordinaría las directivas como mejor le pareciera.

Devota, al oír la voz del mayordomo, salió de la alcoba que estaba precisamente detrás del sitio donde descansaba Elene. En cuanto entendió la insinuación que guardaban las palabras, montó en cólera.

–*Mademoiselle* Elene –exclamó la criada con helada claridad–, ha llevado el gobierno de un establecimiento mucho más grande e importante que esta barraca desde antes de aprender a peinarse. No necesita que nadie transmita sus órdenes. Ni tampoco precisa que le sugieran cuáles deben ser éstas, ¡se lo aseguro!

La batalla entre los dos criados estaba a punto de desatarse. Elene lo sabía y se puso de pie, interrumpiendo bruscamente cualquier respuesta de Benedict. Se interpuso entre el mayordomo y su doncella, que se estaban echando miradas feroces con las bocas apretadas y los ojos relampagueantes. Se volvió a Benedict tras lanzar una mirada de advertencia a Devota. Con voz calmada como si no viera nada malo en lo sucedido, dijo:

–Soy forastera y desconozco Nueva Orleans, sus costumbres, y todo lo que podría estar disponible en el mercado en lo tocante a alimentos para las comidas. Dejaré todo eso en tus manos por el momento, Benedict. Sin embargo, me complacería mucho que me enseñaras la casa, y me contaras cómo la manejas.

La criada y el sirviente intercambiaron miradas de triunfo. Devota porque su señora asumía tranquilamente su merecida posición, dando una orden al mayordomo expresada como una petición. Benedict porque su lugar y su importancia habían sido reafirmadas. Elene se volvió y esperó que el mayordomo se reuniera con ella.

Él le echó una ojeada, reacio obviamente a abandonar tan pronto una pelea.

—¿Ahora, *mademesoille*?

—Sí, por favor. —La respuesta fue agradable, pero firme.

Empezaron por el salón, la habitación más grande y formal de la casa. Aunque estaba en penumbra a esta hora del día, pues se mantenían cerrados los postigos para retener la frescura de la noche e impedir la entrada de los ardientes rayos del sol, se veía que era una habitación con cierta elegancia. Como el dormitorio principal, estaba amueblada con los mejores canapés y escritorios ingleses, pero con mesas, espejos, candelabro colgante y tapiz franceses; este último era un brillante *toile de jouy* rojo y blanco. El gran comedor adyacente, así como todas las alcobas en el edificio principal y las alas de *garçonnières* que cercaban el patio a ambos lados, estaban amueblados en estilo similar.

Según la cuenta de Elene, había treinta habitaciones en la casa y en las *garçonnières*. Estos edificios laterales eran usados generalmente por los niños de las familias numerosas. Además del gran salón, del comedor con el cuarto auxiliar de la cocina y de la alcoba de Ryan, ubicados en el piso alto del edificio principal, había otras seis alcobas en los altos de las *garçonnières*. Abajo, estaban los almacenes que miraban a la calle y, alrededor del patio, la cocina, el lavadero, el salón de billar, y los cuartos para los sirvientes de la casa. Todas las habitaciones en ambos pisos se comunicaban por dentro con puertas laterales, mientras que por fuera estaban conectadas por la galería que servía de vestíbulo. El patio central ofrecía frescor y sosiego, era un verdadero oasis alejado del ajetreo de la calle. La disposición de la casa, con muchos rasgos semejantes a los de las casas construidas en las islas para atemperar los rigores el clima tropical, lograba el cometido de hacer placentera la vida en una ciudad.

Como Elene no mostró señales de despotismo o altanería, fue creciendo la afabilidad del mayordomo al ir avanzando en el recorrido, explicándole los horarios y las normas para las comidas y las compras, para la limpieza y las reparaciones.

Reunió luego en el patio a la dotación completa de criadas y sirvientes para presentárselos por sus nombres, si bien la cocinera, por ser de mayor importancia y en esos momentos muy atareada con el almuerzo, fue visitada en la cocina. Se le enseñó a Elene la lencería de cama y toda la mantelería, las existencias de jabón, polvo dentífrico y pomada para el cabello. Se abrieron los almacenes para su inspección aunque estaban vacíos. Con gran orgullo, Benedict enumeró los artículos que algunas veces almacenaba Ryan para su uso personal y para el de otros, las cajas de velas, los barrilitos de vinos y licores de Málaga, Burdeos y Madeira, las botellas de barro cocido con aceite de oliva, frutas conservadas en aguardiente, cajas de pasas de uva y de ciruelas, los vinagres, nueces y quesos; los barriles de harina y granos sin moler, los grandes toneles de tabaco, té, café y cacao, más las piezas de muselina y telas crudas de seda, algodón y lino para uso de la casa.

Elene demostró el adecuado interés, pero su atención estaba atrapada por el pequeño cuarto en un extremo del edificio principal que daba a la calle. Largo y angosto, tenía un bajo mostrador de madera a un costado y estantes escalonados en la otra pared, mientras que al fondo había un gabinete de reducidas proporciones. Aunque por el momento estaba abarrotado de té y café, serviría a la perfección para la tienda de perfumes.

Ryan regresó a la casa para almorzar con ella. Comieron en la galería, en una mesita a la sombra junto a un pilar de hierro forjado por el que trepaba una frondosa enredadera de jazmín amarillo o gelsemio. Sus capullos, que florecían en febrero, hacía tiempo que desaparecieron, pero su follaje era el hogar de dos camaleones que observaban comer a Elene y Ryan con ávidos ojitos como cuentas mientras esperaban su alimento, que aparecería volando.

Ya en el desayuno, Ryan le informó de las novedades de la ciudad recogidas la noche anterior durante la cena del prefecto colonial. Parecía que el presidente norteamericano, Jefferson, con el congreso y sus compatriotas, expresó tal ira por la cancelación del derecho de depósito en Nueva Orleans con su consecuente impedimento al comercio norteamericano, que el gabinete español en Madrid se había asustado. Temiendo que Estados Unidos marchara sobre Nueva Orleans y la sitiara, se dio la orden para el restablecimiento de la ciudad como puerto de depósito libre de impuestos para los fletadores de esa nacionalidad. La proclama que manifestaba ese hecho se divulgó mediante carteles en Nueva Orleans mientras Ryan estaba lejos. Ahora no existía ningún impedimento para el comercio, lo cual era un gran alivio. Ryan podría retornar a su ocupación principal, la de comerciante, en vez de ser un corsario.

También se confirmaron los rumores sobre el estallido de hostilidades entre Gran Bretaña y Francia. Gran Bretaña declaró la guerra hacía un mes, así que la embarcación que Ryan capturó durante el viaje a Nueva Orleans fue confirmada como presa de guerra legal.

El otro gran acontecimiento que convulsionó a la ciudad durante su ausencia fue el arribo de un barco a principios de junio, escasamente una semana atrás, con el que llegaron rumores de que Napoleón había cedido Luisiana a Estados Unidos por una suma fabulosa. El prefecto colonial Laussat se mofó de la idea declarando que él no había recibido ningún indicio de tal transacción.

Elene y Ryan comieron en silencio por un rato, disfrutando del sabroso plato preparado con arroz, hierbas y trocitos de pescado, mariscos y jamón. Al cabo de un rato, Elene preguntó:

—¿Esta mañana oíste algo más sobre la cesión de la colonia?

—Nada preciso, aunque los norteamericanos lo están celebrando como si fuera un hecho. Tengo entendido que han realizado fiestas con fuegos de artificio y brindis por el novísimo trozo de Norteamérica. Ciertamente se andaban pavoneando por las calles como si el lugar les perteneciera. Un par de kentuckianos borrachos casi me arrojaron fuera del *banquette*.

El *banquette* era el entarimado, como un andén superior, que se extendía a lo largo de las calles para evitar que los peatones caminaran en el barro. Elene podía imaginar que Ryan sería difícil de desalojar. Se preguntó si los otros dos hombres habrían terminado de bruces en el barro, pero no se atrevió a preguntar.

—Creía que estabas complacido ante la posibilidad de convertirte en un buen norteamericano.

Él hizo una mueca.

—Sería muchísimo mejor si pudiera ser sin la presencia de los *kaintucks*.

Ella sabía lo que él quería decir. Ella misma había visto esa mañana desde el balcón a un par de estos hombres del territorio de Kentucky paseando por la calle. Hombres inmensos, vestidos con pieles curtidas y con largos cabellos desgreñados cubiertos con sombreros sin ala que aún conservaban el pelo y las colas de animales colgando a la espalda. Se notaba que estaban borrachos y se mostraban pendencieros, cayéndose por la calle, cantando sonsonetes profanos y gritándole insultos expresados como cumplidos cuando la vieron. Ella entró en la casa y cerró la puerta.

—Seguramente no son todos iguales a ellos en Estados Unidos, ¿o sí?

—No. Algunos son caballeros tanto en su apariencia como en su habla, pero comerciantes extremadamente sagaces, demasiado sagaces. Entre ellos también hay algunos de sentimientos más nobles... tiene que haberlos ya que el país ha producido hombres como Washington y Jefferson, pero pocos de ellos se sienten atraídos por Nueva Orleans. No importa. Sean lo que sean los norteamericanos, son mejores que los españoles.

—Todavía me resisto a creer que Napoleón pueda venderla.

—La razón, según ha dicho, es proporcionar a los británicos un futuro enemigo haciendo de los jóvenes Estados Unidos un verdadero gigante.

—Ése es un plan a muy largo plazo, ¿no es así? —Elene no ocultó su escepticismo.

—Napoleón es un hombre que traza sus planes para un futuro lejano. Pero la verdad probablemente sea que no vio la manera de retenerla, dada la distancia a que estamos, la pérdida de tantos de sus soldados en Santo Domingo y el gasto escandaloso que le ocasiona. Es más probable que en vez de crear un enemigo futuro para Gran Bretaña, espere convencer a Estados Unidos de convertirse en un aliado de Francia, como ésta hizo aliándose con los norteamericanos contra Gran Bretaña en la revolución.

—Me pregunto cómo reaccionará España ante todo esto —comentó Elene.

—Indudablemente habrá muchas protestas, si los rumores resultan ciertos. La venta de Luisiana fue expresamente prohibida en el Tratado de San Ildefonso. Los ministros españoles pensaban mantenerla como una extensa franja de tierra que sirviera de muralla entre Estados Unidos y sus posesiones en México y América central, mientras se libraban de los gastos de gobernarla. Napoleón, me temo, también le ha creado problemas a España.

—¿Cómo puede hacerlo con esa prohibición?

—El primer cónsul de Francia hace caso omiso de las prohibiciones.

—Hablas como si creyeras que la cesión es un hecho. ¿No te parece que el prefecto colonial Laussat lo sabría si así fuera?

—No necesariamente. La noticia tendrá que hacerse oficial antes de ser reconocida, y los funcionarios oficiales son muy perezosos. Habrá mucho trabajo rutinario de oficina y mucho papeleo que fimar, muchos documentos que deben ser estudiados y copiados, pasados de mano en mano y firmados. Llevará tiempo.

—Mientras tanto nosotros nos sentamos aquí, barruntando, sin saber nada seguro. ¡Es tan desalentador!

Ryan estuvo de acuerdo, luego cambió de tema y le preguntó qué había hecho esa mañana. Elene se lo contó haciendo un relato gracioso de la fricción entre Devota y Benedict, y la extremada minuciosidad de la presentación de la casa hecha por el mayordomo.

Ryan la observaba. Había comprado una copia de la última edición de *Le Moniteur de la Louisiane*, el boletín de noticias publicado en Nueva Orleans, pero lo olvidó al lado de su plato. Había tal gracia en los movimientos de la mujer que se sentaba frente a él, en la manera en que levantaba el tenedor, la forma en que movía la cabeza... La fragilidad de sus muñecas surcadas de venas azules le causaba un extraño dolor en su interior. La risa que iba y venía a sus ojos era fascinante, así como la forma en que la luz reflejada por el patio inferior daba en su mejilla y brillaba con un suave lustre dorado en la onda de pelo sobre su sien.

El color le trajo a la memoria el destello de las monedas de oro. Sacó un monedero del bolsillo de la chaqueta y lo dejó caer frente a ella. Grueso y pesado dejó escapar un ruido metálico al caer sobre el tablero de la mesa.

—¿Dinero? ¿Me estás ofreciendo dinero?

—Como aparentemente no tienes nada, y debes estar necesitando una ronda de visitas a las costureras y los sombrereros...

—No tienes ninguna obligación de comprarme ropa, no quiero ser una carga para ti también en eso.

Ryan procuró tener paciencia, aunque no le sorprendía su objeción.

—¿En qué se diferencia permitirme pagar lo que usas, de pagar lo que comes o dónde duermes?

—Es que es distinto, y tú lo sabes. —Apretó los labios frunciendo el ceño en gesto de rebeldía y echando una mirada desdeñosa al monedero.

—Ese vestido que te dio Hermine es encantador, pero estoy un poco cansado de verlo. Y aunque el camisón que usabas anoche era seductor, no creo que desees usarlo fuera de la casa. Vamos, actúa con sensatez. Toma el dinero.

—No puedo.

Ryan se irguió en su silla mirando fijamente a Elene. La luz proveniente del patio se reflejó en el cuello y la quijada de Elene cuando ella levantó la barbilla haciendo que su cutis pareciera traslúcido como la seda. También relumbró en la cadena con un finísimo camafeo que lucía alrededor del cuello. Clavó la mirada en la joya y se le ocurrió una idea.

—Entonces, hagamos de esto un trueque. Me darás una garantía apropiada para ser guardada en mi poder y yo te concederé una suma de dinero.

En tonos apagados, Elene preguntó:

—¿Qué tienes en mente?

—No tu cuerpo deleitable, ¿a menos que eso sea lo que tú prefieras?

Elene se quedó mirándolo con fijeza, su expresión casi en blanco, pensativa.

Él se encogió de hombros.

—Entonces ¿tal vez esa fruslería que cuelga de tu cuello?

—¿El camafeo de mi madre? —se llevó la mano al recuerdo como si quisiera protegerlo.

—Yo sólo lo guardaría hasta que pudieras recuperarlo. Es un préstamo, ¿recuerdas?

Lo recordaba, pero también sabía que él no esperaba que se lo devolviera jamás. Era un arreglo para vestirla con las galas y adornos que él deseaba comprarle. Se sorprendería. Le devolvería el dinero. Lo haría con el que ganara vendiendo su perfume. Desde un principio consideró inevitable desprenderse del collar por dinero, por más que le disgustara la idea. Sería mucho mejor permitirle a Ryan que lo guardara. Era muy posible que él no se sintiera nada feliz con el uso que ella pensaba darle a su préstamo, pero eso era algo que Elene afrontaría a su debido tiempo.

—Muy bien. —Inclinó el cuello y se sacó la cadena por la cabeza.

Ryan esperaba mayor resistencia por su parte. Observándola, trató de figurarse por qué se rendía con tanta facilidad. No se hizo ilusiones de haberla engañado; llegarían a uno de esos arreglos sofisticados donde cada uno fingiría estar actuando por el más puro de los motivos; pero ella no jugó ese juego de la manera que estaba escrito para el resto de los hombres y mujeres de mundo. Tan enfrascado estaba en sus propios pensamientos que cuando ella le extendió la cadena con el medallón, él lo aceptó mecánicamente. Su primer impulso fue devolvérselo, pero algo lo detuvo. Algo en la dignidad de su gesto, en la firmeza de su mirada. En la mano de Ryan, el collar retenía la tibieza de su piel, liso por el roce continuado. Le produjo una sensación extraña, pero no apaciguó su inquietud.

Elene y Devota fueron de compras. Descubrieron, con gran sorpresa por su parte, que no escaseaban los artículos requeridos para vestirse elegantemente en Nueva Orleans. Las tiendas estaban llenas de muselinas, encajes, sedas, terciopelos, tafetanes y telas recamadas. En los estantes también había plumas y penachos, cuentas y botones de adorno, cintas, velos de encaje hechos a la aguja y un sinfín de joyas. Había, además, una gran variedad de cremas, polvos y cosméticos, y una buena cantidad de perfumes, casi todos importados de Francia. Devota, mirando esto último con cierto disgusto, declaró que estaban oscurecidos por el tiempo y pasado su punto óptimo.

Tampoco las calles estaban vacías. Se codearon con elegantes matronas con mantillas sobre sus cabellos y muchachas con capotas de paja, y saludaron con la cabeza cuando jóvenes petimetres con espadines a los costados y pañuelos perfumados en las mangas se detenían para hacerles una reverencia. Monjas con hábitos negros y tocas blancas sonreían al verlas pasar. Soldados españoles en sus rojos uniformes con rosetas blancas en los sombreros de dos picos se volvían para mirarlas.

Elene y Devota compraron piezas de muselina de la India estampadas con figuras, algunas rayadas para unos pocos vestidos de mañana, y muselina fina de seda rosa para un vestido de noche, pensando que podría llegar a ser necesario un atuendo de ese tipo. No olvidaron tampoco las piezas de estopilla fina para confeccionar la ropa interior y algunas cintas y encajes para las guarniciones. Las medias eran artículos indispensables como también los escarpines y zapatos, guantes y una o dos capotas para resguardarse del sol. Sin embargo, no gastaron nada en costureras y muy poco en sombrereros, ya que, con la ayuda de Devota, Elene tenía la suficiente habilidad como para coserse su propia ropa siguiendo el estilo simple que estaba de moda y también de adornar sus capotas y sombreros.

Realizada la última compra y una vez el tendero hubo enviado a su asistente con ella a casa de Ryan, Elene descubrió para su sorpresa que aún le quedaba una importante suma de dinero en el bolso. Consideró entonces que no había motivo para demorar más la fabricación de su perfume pues sólo quedaban una o dos gotas en la botella que le diera Devota. Si empezaban a trabajar ahora, cuando éste se terminara ya tendrían una nueva provisión. Elene y Devota averiguaron la dirección de la perfumería más próxima y se encaminaron hacia allí.

Estaba ubicada en una fangosa callejuela lateral donde toda la edificación pertenecía a la época de la dominación francesa. Estaba lejos de causar una gran impresión ya que no era un establecimiento en sí, sino que consistía sólo en unos cuantos anaqueles colocados en un rincón al fondo de una botica. El dueño era un simple vendedor de píldoras, pero daba la casualidad de que el hombre a quien él le compró la tienda hacía un año, tenía una buena provisión de esencias puras de flores, maderas y hojas en aceite y en polvo y, por lo tanto, él conservaba los anaqueles bien provistos. Aunque también tenía alcohol, no hacía ningún intento de preparar perfumes.

Acercándose a los anaqueles, Elene examinó la gran variedad de líquidos traslúcidos de ámbar y caléndula. Allí estaban todos los ingredientes florales y herbáceos, de maderas y de animales en frascos, botellas, redomas y cajas; los aromas que le darían el éxito.

Ella y Devota sopesaron los méritos de las sustancias aglutinantes de ámbar gris y algalia, las ceras de incienso y mirra del Lejano Oriente, y las astillas de cedro y sándalo. Olieron el aceite de jazmín y el aceite de esencia de rosas, las raíces trituradas de violetas de Parma, las cortezas machacadas de limón y naranja, los polvos de hierbabuena, semillas de anís, romero y canela, y los aceites de clavero y narcisos y geranios. Compraron lo que pudieron conseguir en las cantidades disponibles, aunque había una o dos cosas que Devota quería pero que no tenía el boticario. El dependiente puso todas las compras en la canasta que llevaba la criada, ya que Devota no deseaba confiarlas al recadero, recogiendo la canasta tintineante, se la colgó del brazo y, con Elene, abandonó la tienda.

Cuando salieron a la calle, el cielo estaba gris hacia el sudoeste y el aire caliente y calmoso. Un hombre pasó corriendo junto a ellas. Al otro lado de la calle una mujer con un fardo de ropa sobre la cadera arrastraba del brazo a un chiquillo quejoso, caminando con gran prisa mientras echaba miradas preocupadas al cielo. Se oyó entonces el retumbo de un trueno y sopló una ráfaga de viento. Elene miró a Devota. Iba a llover. Tener chaparrones todas las tardes era una cosa muy común durante los meses de verano en Nueva Orleans; por lo menos, eso les habían dicho. Apretaron el paso. Más adelante se veía una casa de dos pisos con un gran balcón saliente que podría ofrecerles resguardo.

Otro trueno más retumbó con sonido sordo, como si el aire fuera demasiado denso para llevar un sonido más agudo. Una gruesa gota de lluvia increíblemente caliente dio en la cara de Elene. Tres más cayeron delante de ella con gran ruido y las salpicaduras mojaban el suelo en círculos del tamaño de una tacita de café. Otra ráfaga cayó a tierra diseminándose sin ritmo. Elene empezó a correr seguida por Devota, con las botellas y redomas produciendo un suave tintineo dentro de la canasta.

Súbitamente el cielo plomizo estalló en un copioso diluvio. La última carrera veloz hacia el refugio se hizo a través de lo que parecía un muro de agua cada vez más denso.

Segundos después estaban debajo del balcón, riendo y secándose las caras con las manos. Una ráfaga de viento lanzó una ondulante cortina de agua del saliente del balcón hacia ellas. Retrocedieron un paso y se refugiaron en el umbral de una sombrerería de damas.

Una niña que contemplaba la lluvia se volvió y echó a correr regresando al lado de su niñera, dos hermanas mayores y también su madre, que hablaba con la propietaria de la tienda. Cuando la niña se abrazó a las rodillas de su madre, la mujer bajó la cabeza y la miró.

—Vamos, Zoe, no seas tímida —dijo en tono suave y elegante al tiempo que empujaba débilmente a la niña hacia la niñera.

Elene sonrió a la criatura antes de entrar un poco más en el interior de la tienda. Miró interesada a la madre una vez más. La mujer estaba en la plenitud de una adorable madurez y la lucía con un encantador aire de confianza en sí misma. Su trato con la sombrerera que estaba junto a ella era algo distante sin llegar a ser condescendiente en absoluto. Iba vestida de lino azul claro con un fichú de finísima muselina blanca con un volante de puntillas alrededor, un vestido de líneas y calidad tan impecables que sólo podía provenir de París.

La sombrerera sostenía en sus manos un bonito sombrero de paja toscana teñido del mismo color del vestido. La mujer se dirigió a un mostrador cercano en el que había una cesta con ramilletes de flores pequeñas, de donde sacó uno de margaritas con pétalos de seda blanca y centros de terciopelo amarillo.

—¿Tal vez estas margaritas, *madame* Laussat? —sugirió colocándolas sobre la copa del sombrero—. Le darían un aire campestre.

—Creo que no —respondió la esposa del prefecto colonial ladeando la cabeza—. No deseo dar la impresión de remedar a la pobre Marie Antoinette, convirtiéndome en una pastora con guirnaldas de margaritas.

—Para un sombrero de paja como éste, *madame*, se requiere simplicidad. —La sombrerera parecía inclinada a irritarse como si se resistiera por el insulto a sus margaritas o porque su clienta no siguiera su consejo. Dejó las flores y comenzó a acariciar la paja del sombrero con dedos temblorosos.

—Simplicidad, sí, eso me agrada —dijo *madame* Laussat con gran diplomacia—. ¿Arvejillas, quizá? O un anillo de hojas alrededor de la copa. —Se volvió a Elene—. Qué piensa usted, *mademoiselle*?

Elene se adelantó.

—¿Ese sombrero es para uso informal?

—Para pasear con mi esposo en un carruaje descubierto. Él es un apasionado de las excursiones por la campiña, y yo encuentro que una debe contar con mayor protección ante el sol de Luisiana que la que brinda una simple capota.

—Entonces posiblemente, como su fichú es blanco, ¿bastaría una guarnición de una ancha cinta blanca? Nada da más sensación de frescura que el blanco, y podría dejar largos lazos colgando para que flotaran al viento cuando paseen.

—Sin decir nada de lo útil que sería para atar el sombrero. Realmente es muy adecuado y distinguido. Me siento en deuda con usted por su sugerencia, *mademoiselle*...

Cuando la mujer hizo una pausa sugestiva, Elene le dio su nombre, recibiendo al mismo tiempo una malévola mirada de la sombrerera por su intervención.

—Ah, sí, *mademoiselle* Larpent. —*Madame* Laussat se presentó y señalando a las niñas, agregó—: Y éstas son mis hijas, Zoe, Sophie y Camille. ¿Vuestras cortesías, niñas?

Elene intercambió solemnes inclinaciones de cabeza con las niñas antes de que la madre continuara hablando.

—He oído hablar de sus penurias en Santo Domingo, *mademoiselle*. Por favor acepte mis condolencias por la muerte de su padre.

—Gracias —respondió Elene, sorprendida—. Es muy amable por su parte, pero no veo cómo...

—¿Cómo llegué a enterarme? Por *monsieur* Bayard, desde luego. Qué hombres extraordinarios tienen aquí, ¿no está de acuerdo? Tan galantes y gallardos actuando, y guapos.

—Sí, supongo que sí —respondió Elene un tanto tajante.

—Qué cosa tan desafortunada es esta revuelta; Santo Domingo es un sitio muy peligroso en estos días. Mi esposo y yo nos detuvimos allí un par de días en febrero durante nuestro viaje de regreso aquí. La situación era tan incierta y explosiva que no abandonamos el barco.

—Ha sido... algo terrible —corroboró Elene.

—Ciertamente. Quedé profundamente conmovida por lo que le sucedió a usted, pero resulta mucho más fácil compadecerse, comprende usted, cuando es un hombre como *monsieur* Bayard quien cuenta la historia de las penurias sufridas por una mujer y su valerosa recuperación.

Elene no tuvo oportunidad de contestar, incluso si supiese qué decir, pues en ese momento intervino la sombrerera.

—Estos refugiados de Santo Domingo son muchos, demasiados —comentó con hastío y disgusto—. Ninguno de ellos es muy valiente por lo que he visto. No hacen otra cosa que jugarse el dinero. Las mujeres son aún peores; se pasean por ahí presumiendo con sus vestidos de brillantes colores a despecho de la moda, y esos escotes tan bajos que son realmente ofensivos al buen gusto. Y tan dependientes son de los esclavos que intentaron matarlas que ahora no saben hacer ni la cosa más insignificante por ellas mismas.

Un ataque semejante no podía dejarse pasar sin una contestación adecuada. Elene le clavó la mirada en los ojos y, con voz helada, respondió:

—Estoy segura de que las mujeres de mi isla son muy parecidas a las de todo el mundo, ni mejores... ni peores.

—¡De veras! Y qué me dice de aquellas que traen a sus esclavas con ellas, orgullosas criaturas que usan el pañuelo atado alrededor de su cabeza al que llaman *tignon*, y que envenenan las mentes de nuestros sirvientes con su culto al temible dios serpiente del vudú y sus deseos de muerte.

—Ellas también son iguales al resto, como verá usted si

mira a mi doncella Devota que me acompaña en este momento.

La mujer retrocedió de prisa, dando muestras de azoramiento. Apretó los labios y no volvió a abrir la boca mientras atendía a la esposa del prefecto.

La lluvia paró tan súbitamente como había empezado. El sol volvió a salir brillante y ardiente como antes, de tal manera que el vapor se elevaba en lentos remolinos desde los tejados con sus chorreantes aleros.

Elene y Devota se despidieron de *madame* Laussat y sus hijas. Mientras iban camino de regreso a la casa de Ryan, Elene meditaba sobre el porqué de su defensa de los de Santo Domingo. En ese instante sentía que estaba defendiendo a la isla misma así como también al estilo de vida que todos ellos llevaron allí. ¿Era posible que ella, como Ryan, se considerara más una ciudadana de su lugar de nacimiento que de su patria adoptiva, Francia, después de todo?

Antes de poder empezar a trabajar en el perfume, debían encontrar todas las sustancias que no hallaron en la botica. Al llegar a la casa, Devota consultó a Benedict, un procedimiento muy delicado expuesto con arrogancia por una de las partes y contestado con mínima cortesía por la otra. Después, recogió la canasta y volvió a salir. No dijo adónde iba y Elene no se lo preguntó, pero la criada se alejó en dirección al embarcadero donde estaban atracados los barcos, más de un centenar, con sus mástiles recortados contra el cielo.

Pasó más de una semana antes de que se reunieran todas las esencias para el perfume. Elene ocupó la mayor parte de ese tiempo cosiendo, completando su vestido de noche, los vestidos mañaneros, los conjuntos de paseo y otras prendas para cubrir las deficiencias de su guardarropa. Ella y Devota también cosieron unas cuantas prendas para la criada. Además de ello, les quedó tiempo libre para limpiar y ordenar el almacén elegido como taller.

Elene llevó papel, pluma y tinta para registrar los ingredientes y las cantidades precisas ya que por el momento la fórmula estaba únicamente en la cabeza de Devota. Las dos abrieron los postigos para permitir la entrada del sol matinal. Luego fueron corriendo hasta el mostrador donde Devota tomó la primera redoma. Elene tomó la pluma y anotó *jazmín*, con la medida al lado; después, bergamota, una variedad de hierbabuena.

Paso a paso, uno detrás de otro, los preciosos líquidos fueron combinados y mezclados con los otros polvos y esencias hasta que la última redoma dejó caer unas pocas gotas de franchipaniero. Devota alzó el botellón con las esencias combinadas y lentamente hizo girar el contenido ambarino. Lo depositó nuevamente sobre el mostrador y dando un paso atrás, le hizo una señal a Elene.

Elene vaciló, dejó la pluma y el papel y recogió un trozo de tela de lino preparado de antemano. Inclinó el botellón y humedeció el trapo con unas gotas de perfume. Dejó el recipiente, aguardó un rato mientras sacudía la tela para que se secara y finalmente, pasó la tela por debajo de la nariz mientras inhalaba.

Frunció el ceño y volvió a oler cautelosamente. Volvió el rostro hacia Devota con expresión desilusionada.

–No es el mismo.

–¿Qué?

Devota le arrebató la tela de las manos y respiró profundamente. Dejó la tela e inclinó el botellón para derramar unas gotas sobre su muñeca, esperó que se evaporara el alcohol y olió el perfume sobre la piel tibia. Casi para sí mima, dijo entonces:

–¿Qué debe faltar?

–Tal vez las flores no son iguales aquí –aventuró Elene.

–No es eso.

–¿Estás segura de contar con todo lo que usaste en Santo Domingo.

–Casi todo.

Se miraron un largo rato. Elene podía imaginar lo que faltaba. Era el ingrediente vital que, según Devota, daba al perfume su poder sobre los hombres. De lo que no tenía ni la más remota idea era de cuál podría ser ese ingrediente. Quizá uno de los líquidos o polvos colocados inocentemente delante de ella sobre el mostrador, algún cambio sutil en la manera de combinarlos, o hasta la hora y el lugar donde efectuaron la mezcla. El perfume era diferente sin él; eso al menos era innegable.

—La fragancia es buena —comentó Elene despacio—. ¿Bastará con eso?

—Es posible —respondió Devota alzando la muñeca otra vez para olerla.

Dieron un suave golpe a la puerta del taller. Estaban tan concentradas que ambas dieron un respingo, asustadas. Se volvieron a un tiempo cuando entró el mayordomo.

—¿Sí, Benedict? —La voz de Elene sonó más áspera de lo deseado.

—Una visita, *mam'zelle* —entonó el hombre con rígida dignidad—. *Mademoiselle* Bizet.

—¿Hermine? ¿Ahora? —Elene se arrancó el delantal que había usado para trabajar y se pasó una mano por el cabello. Luego, dirigiéndose a Devota, dijo:

—Más tarde nos ocuparemos del perfume, necesitamos tiempo para pensar en ello.

Benedict caminó delante de Elene hacia la escalinata que llevaba a la galería superior. Deteniéndose al pie, le hizo un ademán en esa dirección y dio un paso a un lado.

—Llevé a su invitada a la galería superior. ¿Debo llevar chocolate y algunos pasteles?

—Sí, por favor —respondió Elene con voz cálida para compensarlo por su anterior aspereza—. Es decir, lleva chocolate para la dama, pero yo prefiero café.

Benedict se inclinó y sonrió débilmente. Elene subió la escalera.

—¡Elene, *chère*! Tenía que venir a verte y contarte todas las novedades.

Hermine se levantó para saludarla con un breve y cariñoso abrazo. Elene dio la bienvenida a la actriz y la invitó a tomar asiento mientras ella tomaba otra silla y se sentaba para platicar acerca de las ocurrencias habituales.

Con el rostro iluminado por la sonrisa, Hermine continuó:

—Jamás lo creerás. No hay un solo teatro profesional en toda Nueva Orleans. ¡Ni uno!

—No puedes hablar en serio.

—Sí, desde luego. Oh, hay un local provisional donde en ocasiones se monta alguna obra de teatro entre aficionados llamado Spectacle de la Rue Pierre y otro sitio conocido como La Salle de Comédie... o tal vez ambos son el mismo, no lo sé. De todos modos, apenas tienen relevancia. ¿Qué puede haber ocurrido para que los españoles puedan vivir sin teatro?

—¿Un exceso de religiosidad? O quizá no tienen profesionales con talento como los de vuestra compañía para inspirarlos a construirlos.

—Me agrada la última razón —comentó Hermine con un brillo súbito en los ojos—. Pero te alegrará saber que la situación está a punto de cambiar. Morven ha encontrado un lugar para nosotros.

—¿Un teatro en un lugar donde no los hay? —Elene hizo lo imposible por demostrar el apropiado interés a pesar de seguir distraída por el problema del perfume.

—Nada más milagroso. Es un *vauxhall.*

—¡Un qué!

Un *vauxhall*, según tenía entendido Elene, era un jardín de recreo que imitaba la afamada atracción de ese nombre en Londres. Tales sitios, con frecuencia, incluían un escenario para desarrollar entretenimientos ligeros como malabarismos y acrobacia, alguna que otra escena cómica y la intervención de cantores entonando aires frívolos y música para bailar. La audiencia generalmente se ubicaba en palcos donde comían, bebían, reían y charlaban sin prestar demasiada atención a los artistas de variedades, a menos que sus chistes fueran lo bastante cómicos o subidos de tono para atraerles la atención.

—No te escandalices, cariño. Hemos actuado en peores lugares, te lo aseguro. Da la casualidad que nuestra patrocinadora es la accionista más importante en el *vauxhall*, ubicado en las afueras de la ciudad, al final del canal.

—Ya comprendo.

Hermine hizo una mueca.

—Lo dudo. Esta patrocinadora es una viuda madura que no sólo es rica y enamoradiza sino que está completamente hechizada con Morven. Las viudas son una de sus especialidades.

—Quieres decir que...

—¿Que él se aprovecha? No lo puede remediar, pobre querido. Y las viudas se lo agradecen tanto... Les brinda recuerdos que las harán sonreír ante la vejez.

—¿No te incomoda? —preguntó Elene, perpleja.

Hermine se alzó de hombros, indiferente.

—Sólo un poco. No significa nada para él, y así nosotros tenemos para vivir.

—Supongo que sí.

Sin embargo, la explicación de la actriz sonó demasiado frívola e improvisada a sus oídos. No concordaba con la expresión desolada que veía en sus ojos. A Hermine le incomodaba, por más que intentara fingir comprensión. Le incomodaba muchísimo.

—De cualquier manera, daremos una actuación a fin de semana y tú y Ryan debéis asistir. No sólo nos encantará veros entre la audiencia, ¡también necesitamos vuestros aplausos!

Elene aceptó la invitación. No creía que a Ryan fuera a molestarle, puesto que Morven era un viejo amigo.

El chocolate y el café llegaron en sendas tazas, ambas de delicada porcelana de Sèvres decorada con rosas. Benedict les sirvió las bebidas y después se retiró tan silenciosamente como había llegado.

Hermine tomó unos sorbos y declaró que el chocolate estaba delicioso; luego ladeó la cabeza inquisitivamente.

—¿Has tenido noticias de los otros del grupo? *Monsieur* Mazent salió a inspeccionar la plantación que compró aquí hace algunos años. A poco de adquirirla la convirtió en una plantación de azúcar y ahora se encuentra con que todavía es un hombre rico a pesar de haber perdido una fortuna en Santo Domingo. Está considerando la posibilidad de mandar construir una casa en sus tierras, pero vacila pues Flora prefiere las delicias de la ciudad.

—¿Y los Tusard?

—Cuando vi a *madame* Tusard estaba muy disgustada. *Monsieur* Claude se pasa todo el tiempo en el Café des Réfugiés de la calle St. Philip con los otros caballeros de Santo Domingo, bebiendo ajenjo y parloteando acerca de los tiempos en que todos ellos eran figuras relevantes. Los amigos con quienes se han alojado ya les sueltan indirectas para que se busquen otro lugar donde vivir. *Madame* teme verse reducida a vivir en una miserable cabaña con un sueldo exiguo del gobierno francés... si consiguen arrancarle una pensión por pequeña que sea al primer cónsul. Parece ser que Napoleón está hastiado de los apremios y los cuentos de horror de los supervivientes de la isla. Como lo está la gente de Nueva Orleans.

—Sé lo que quieres decir. Ya he notado algo parecido últimamente —dijo Elene recordando la diatriba de la sombrerera contra las mujeres de Santo Domingo.

—*Madame* Tusard me da mucha lástima, pero puede ser muy tediosa. Ayer mismo vino a verme. Por alguna razón parecía estar convencida de que su Claude podría estar conmigo en vez de con sus amigos en el café. Piensa que soy la actriz que tiempo atrás descarrió a su esposo y causó su temporal ausencia con fondos del gobierno.

—Yo no sabía que hubo una actriz involucrada en el escándalo. No creo que ella lo mencionara en el barco.

—Ni yo. En todo caso, me alegré de poder sacarle de la cabeza a la dama esa idea descabellada de que yo tengo algo que ver en ese asunto. Es demasiado absurdo; yo estaba en París en esa época, ¡lo juro! Pero pienso que las tragedias que esa mujer soporta le hacen ver enemigos en todas partes.

Elene asintió

—Suele suceder.

—Y supongo que has tenido noticias de Durant, ¿verdad?

—No, ninguna. —Elene no podía imaginar por qué la otra mujer pensaría de ese modo, a menos que creyera que Durant pudiera visitarla mientras ella vivía como la amante de otro hombre. De hecho, él la ignoraba como si no existiera, lo cual no la molestaba en absoluto. Ryan había estado muy ocupado con sus asuntos en los últimos días, pero no creía que él aprobara las visitas de Durant a su casa cuando él no estaba presente.

La actriz bebió el resto del chocolate y dejó la taza a un lado, luego continuó hablando con su voz melodiosa.

—Durant parece tener recursos que no mencionó mientras estuvo a bordo del barco. Desde su llegada no sólo se viste espléndidamente con el sastre más caro de la ciudad sino que también ha adquirido el carruaje más ostentoso que hayas visto jamás, un faetón negro lacado con adornos en azul brillante y tirado por un par de zainos sin igual en toda la colonia.

—A Durant siempre le ha gustado poseer lo mejor.

—Lo cual me recuerda que su concubina recibió como regalo un vestido del mismo tono de azul de los adornos del carruaje y una capota azul con plumas negras. Para disfrute de Serephine alquiló el piso alto de una casa, asimismo, ubicada en el distrito más residencial. Sucedió que el propietario de la posada donde se alojaban Durant y los Mazent ponía objeciones a que su concubina compartiera sus habitaciones o comiera en el comedor común con los otros huéspedes. Durant la sacó de allí y la ha exhibido por todas partes desde entonces.

—Parece muy típico de él.

—Presumo que ése fue el motivo principal por el que comprara el carruaje, para exhibirse con su concubina por todas partes, especialmente paseándose por el camino del malecón. No sería lo mismo si tuviera fincas que inspeccionar o parientes que visitar fuera de la ciudad, que es la única razón por la que la mayoría de la gente compra un vehículo aquí. Pero su lujo parece excesivo.

—Durant también disfruta sobremanera con eso.

—Eso creo, aunque siempre es posible que te eche desesperadamente de menos y trate de demostrar lo contrario.

Elene meneó la cabeza sonriendo con ironía.

—Lo considero muy dudoso.

—Qué desilusión. ¡Tenía la esperanza de que el motivo de Durant pudiera ser su frustrado amor por ti!

Las dos continuaron charlando de muchas cosas hasta que, por último, Hermine se levantó para marcharse. Elene la acompañó, bajando juntas la escalera y cruzando el patio hasta la abertura interior del cobertizo para vehículos. Apenas había entrado al pasaje sombreado, la actriz hizo una pausa.

—Nosotros, es decir, la compañía, hemos dejado la pensión que teníamos, sabes, y nos mudamos con la viuda para ensayar en su jardín. Cuando no tengas otra cosa que hacer, puedes venir a vernos.

—¿No se molestará la viuda?

—No, no. Adora las visitas.

La actriz dio a Elene instrucciones muy detalladas para encontrar el camino a la casa. Elene las estaba repitiendo para memorizarlas cuando se abrió de golpe la puerta del taller justo a sus espaldas.

Devota salió por ella.

–¡Lo logré, *chère*! –gritó al ver a Elene–. Ahora está bien.

–¿Terminaste sin mí? –Elene no intentó ocultar su decepción.

–De pronto recordé lo que nos faltaba. Huélelo ahora... –Devota le puso en las manos la botella que llevaba y el cuadradito de lino. Sólo entonces descubrió la presencia de la actriz. –*Mam'zelle* Hermine, no la vi a usted ahí. Mis ojos... este brillo los ciega después de estar tanto tiempo en la penumbra del taller.

–Buenos días, Devota –dijo alegremente la actriz–. No me digas que ya habéis preparado más cantidad del famoso perfume.

Devota asintió con desgana.

–Qué fascinante debe ser la preparación de un nuevo perfume, de una buena fragancia. Olerlo es como respirar los recuerdos de las flores, usarlo es crear recuerdos propios.

La mirada de Hermine se dirigió a la botella azul en manos de Elene. Observó atentamente cuando le retiró el tapón y llevó a cabo el ritual de inhalar la fragancia.

–¿Y bien? –demandó la actriz.

–¿Y bien? –preguntó la criada.

Elene repartió una sonrisa lenta y amplia entre las dos mujeres.

–Exquisito –exclamó–. Es perfecto.

Hermine soltó un suspiro.

–Maravilloso. ¿Me permites que lo huela? Estoy impaciente por comprobar si es en verdad el mismo que usas tú. Es una fragancia tan maravillosa...

Elene fue consciente de un momento de renuencia, de aversión a entregar su perfume. Seguramente era porque el júbilo de lograr la fórmula correcta era tan reciente. No había motivo para ser tan absurda. Le dio la botella con la preparación y esperó el veredicto de la actriz.

–Ah, qué maravilla –suspiró Hermine deleitada–. Nada, nada podría ser más delicioso. Es un hálito del paraíso, ni más ni menos. Decidme, os lo ruego, que esto no es todo lo que habéis preparado. Quiero tener un poco de este perfume. ¡Realmente debo tenerlo!

Se había hecho una promesa. No cabía otra cosa que cumplirla. Elene forzó una sonrisa y le pasó el diminuto tapón de la botella a la actriz.

–Llévate ésta, es la primera botella que hemos preparado. Es tuya, tal como acordamos... y por darnos un nombre para él. Creo que lo llamaremos, simplemente, Paraíso.

Devota hizo un gesto imperceptible, como si deseara recobrar la botella, pero retiró la mano precipitadamente. Ese movimiento se perdió cuando Hermine arrojó los brazos alrededor de Elene, agradeciéndole con lágrimas en los ojos. Cuando se fue la actriz, Elene miró en derredor. Devota había desaparecido en el interior del taller.

CAPÍTULO XI

Elene estaba de pie en medio de una invisible nube de perfume. Flotaba a su alrededor como una exhalación con remembranzas de noches tropicales con exóticas flores empalidecidas a la luz de la luna, de cálidas brisas cargadas de olores a especias, de playas de arenas blanquísimas besadas por el sol y las ondulantes olas azul turquesa de palmeras cimbreantes y emparrados de helechos mojados de rocío. Sin reparar siquiera en el halo intangible que había creado, seguía midiendo cuidadosamente las pequeñísimas dosis de perfume que vertía en las diminutas botellas azules con cintas de color verde y lavanda atadas alrededor de los cuellos. Cada botellita era cerrada firmemente con un tapón y dejada a un lado.

Ryan, con el hombro apoyado contra el marco de la puerta, la contemplaba mientras ella trabajaba. El oro del cabello de la joven parecía resplandecer en la penumbra del cuarto mal iluminado por los últimos rayos del sol que se filtraban a través de las ventanas. Tenía una expresión absorta en el rostro, casi severa y, sin embargo, el gozo que sentía le suavizaba las curvas de los labios. Sus movimientos eran ágiles y diestros, los dedos ligeros entre las botellas. Nada de lo que hacía era seductor en lo más mínimo; aun así, él la deseó con una intensidad tan súbita que lo alarmó.

Por más que se dedicó a sus negocios y asuntos personales de la manera habitual, en los últimos días su corazón no estaba en ellos. Sus pensamientos tenían una habilidad especial para retornar a Elene, aquí en la casa, en los momentos menos oportunos. Le hacía el amor todas las noches, la acunaba entre sus brazos mientras ella dormía, se sentaba frente a ella, que presidía la mesa, y se despedía besándola cada mañana al partir. No obstante, ella lo seguía esquivando.

Obseso, eso era. Se estaba obsesionando con ella. Hacía lo indecible para no regresar a la casa una docena de veces al día para ver si aún estaba allí. Su deseo, en lugar de aplacarse por la satisfacción constante, parecía crecer y aumentar cada vez más. Ella permanecía en su mente como la fragancia de su perfume permanecía en su cuerpo y vagaba por los rincones de la casa. Su vida entera estaba impregnada de Elene aunque ella casi ni notara que él existía, excepto cuando la tenía entre sus brazos. Era intolerable. Como lo era que siguiera trabajando sin notar que él estaba allí.

Se apartó de un empellón del marco de la puerta y entró en el cuarto. Acercándose por detrás, le rodeó la cintura con los brazos y la atrajo contra su cuerpo.

Alarmada, Elene se puso tensa y la botellita vacía que acababa de recoger se estrelló contra el tablero de la mesa. Se volvió de repente y retrocedió unos pasos.

—¿Qué estás haciendo aquí? —Su tono cortante quería ocultar los remordimientos de conciencia que la dominaban.

—Yo vivo aquí, si mal no recuerdo.

—Pero te fuiste...

—Me asaltó el loco impulso de volver, principalmente porque Benedict insinuó esta mañana que podría ser interesante.

—Benedict —repitió ella como un eco.

—Tendrás que perdonarlo. Su obligación es estar atento y ocuparse de mi bienestar.

Apoyó una mano sobre la cadera y con la otra señaló la colección de botellas que había detrás de ella.

—No esperabas, seguramente, ocultarme esto por mucho tiempo. Sólo el olor es suficiente para delatarte.

Él no necesitó la insinuación de Benedict; en realidad, la ansiedad de Elene por desembarazarse de su presencia y la preocupación que veía en ella durante esos últimos días, eran motivos más que suficientes para despertar su curiosidad.

—Hemos ido abriendo puertas y ventanas y trabajando sólo una o dos horas seguidas. —Levantó la barbilla, desafiante—. No hemos dañado tu casa ni tu almacén.

—Jamás pensé que lo hubierais hecho. —Se ensombrecieron

sus ojos al ver la expresión defensiva de Elene–. Lo que me preocupa es que hayas creído necesario hacerlo a mis espaldas.

–Para evitar una escena como ésta; la indignación del amo de la casa ante la intención de una simple mujer de hacer algo por sí misma. ¿Por qué debería suplicar tu permiso? ¿Para darte el placer de negármelo?

Que ella pudiera juzgarlo tan injustamente, que no lo conociera ni le interesara conocerlo hizo que montara en cólera.

–¿Qué demonios me importa lo que tú haces aquí? Me tiene absolutamente sin cuidado que desees pasar tu tiempo chapoteando en perfume. Incluso fui yo quien te lo sugirió, ¿no lo recuerdas? Pero podrías haber confiado en mí lo suficiente como para discutirlo antes de hacerlo.

–¡Chapoteando! Es un juego para ti, exactamente como cuando lo mencionaste la primera vez. No lo tomas en serio en absoluto.

Relampaguearon sus ojos al mirarlo, parecía un enfurecido ángel dorado en la penumbra.

–No pongas palabras en mi boca. Cómo vas a saber lo que pienso, lo que quiero o lo que haré.

–Bonito discurso, pero a pesar de todo te habrías negado a darme tu permiso, lo mismo que hizo siempre mi padre, con tal de probar tu poder sobre mí.

–Yo no soy tu padre. ¡Yo no tengo que probar absolutamente nada!

La firme convicción en el tono de Ryan atrapó la atención de Elene, que se quedó mirándolo, perpleja. Observó su mirada sombría y el semblante torvo mientras las palabras penetraban lentamente en su cerebro. Antes de que ella pudiera hablar, él continuó.

–Te diré algo sobre mí. Puedes hacer lo que te plazca, aquí o en otra parte, pero no intentes nunca más hacerme víctima de un engaño. Eso sí que no lo toleraré.

–¿Tú... no te opones a esto? ¿De veras? –Las preguntas fueron vacilantes al tiempo que ella abarcaba con un ademán todo lo que les rodeaba en el almacén. Era como si no pudiera aún creer lo que acababa de oír.

–¿Por qué me opondría? No utilizo este cuarto.

—Pero podrías necesitarlo más adelante.

Aferrándose a su mal humor, Ryan la miró frunciendo el ceño.

—¿Lo quieres o no?

—¡Sí, lo quiero!

—Entonces tómalo.

Él tenía razón, Elene no lo conocía. Una parte de culpa le correspondía a él por su acorazada defensa; pero otra parte correspondía a Elene por su necesidad de autoprotección. Si no se permitía estrechar demasiado sus vínculos con él, no sufriría cuando sus caminos se separaran. También se sentía culpable por utilizar el perfume contra él. La intranquilidad de conciencia no alentaba la intimidad.

Ahora se añadía una nueva aprensión. Si se enojaba tanto al sentirse engañado por lo del almacén, ¿qué sentiría cuando se enterara de lo del perfume?

Elene levantó la barbilla y lo miró a los ojos.

—Lo siento. Pensándolo mejor, sería preferible que no lo usara. De hecho, también sería conveniente que abandonara tu casa.

—No. —La palabra sonó como un latigazo al tiempo que él la tomaba los brazos—. No te dejaré ir.

—No puedes retenerme en contra de mi voluntad.

—Pruébalo.

Sus manos transmitían la energía de la fuerza reprimida. Sería difícil, si no imposible, soltarse y quedar fuera de su alcance. No lo intentó siquiera. Entonces, con mirada límpida, se dirigió a él.

—¿Y darte la oportunidad de probar tu poder sobre mí después de todo?

Él recibió la réplica pronta y aguda con una sonrisa torcida.

—¿Por qué debería soltarte? ¿Para que puedas irte con otro hombre?

—Para dejarte en paz.

—No es paz lo que deseo, como tampoco una casa sin ti, sin tu condenado perfume.

Elene ladeó la cabeza y sus ojos se ensombrecieron.

—¿Es el perfume entonces lo que te atrae?

—Tú sabes que no.

—¿Lo sé?

—Podría probártelo —replicó él con humor sombrío—. ¿Alguna vez te han hecho el amor apasionadamente sobre el suelo duro y frío?

—Sabes demasiado bien que...

—Sí, lo sé, es uno de mis recuerdos favoritos. Sabes, algunas veces añoro terriblemente aquel agujero oscuro debajo de la casa de Favier.

Se quedó mirándolo, perpleja.

—Pero ¿por qué?

Ryan sabía que la razón era que en aquel espacio oscuro no pudo ver la reserva en los ojos de Elene. Porque entonces existió la probabilidad, casi la certeza, de que su prometido, Durant Gambier, estuviese muerto. Porque durante esos pocos días Elene Larpent fue tan plenamente suya, que no pudo evadirlo.

—Cásate conmigo —dijo él como corolario de su reflexión.

Elene se quedó boquiabierta, sin poder respirar. Deseó desesperadamente no haber oído nunca hablar del perfume. Al principio no creyó en sus poderes, no quiso creer. Pero cada día percibía la fuerza creciente de la necesidad de Ryan, del deseo que lo ataba a ella, y le parecía que una emoción tan violenta no podía ser sino el fruto de la ayuda brindada por Devota. No sería justo para él que aceptase su proposición matrimonial bajo la más peculiar de las coacciones. Lo que ella deseara en ese asunto no tenía ninguna importancia. No quería un esposo forzado a proponerle matrimonio.

—¿Por qué?

Su voz era tan queda que él tuvo que agacharse para oír. Inexplicablemente, había en el tono una nota de advertencia.

—Llámalo un impulso.

—¿Qué hay de malo en la forma en que vivimos?

Las manos que le sostenían los brazos se aflojaron.

—Puede que tú estés satisfecha, pero yo deseo más.

—¿Qué más hay, para nosotros?

—Un futuro compartido. Hijos... —su voz era grave con una nota de cálida urgencia. El azul de sus ojos se había vuelto oscuro, pero continuaba límpido.

Una garra invisible rodeó el corazón de Elene estrujándolo

lentamente hasta que le hizo daño respirar. Qué fácil sería decir sí, tomar lo que le ofrecía y no volver a mirar atrás nunca más. Pero ¿qué sucedería si él llegaba a descubrir lo que ella le causaba inconscientemente? El matrimonio era un lazo que duraba toda la vida, y eso era mucho tiempo para estar atada a un hombre que la despreciara.

Que sus palabras pudieran afectarla tanto era una revelación que trajo aparejado un resentimiento salvador.

—No puedo darte eso. Por favor no me lo pidas.

Él vio la airada desolación en el rostro de Elene y no le encontró sentido, a menos que ella lamentara la pérdida de su futuro con Gambier. Maldijo el día en que Jean subió al hacendado a bordo del *Sea Spirit*. ¿Por qué no podía haber dejado atrás a ese hombre confiado a su suerte? Con todo, había algo en todo esto que no comprendía. Podría jurar que él mismo o las cosas que le dijo no le eran indiferentes.

—Es mi turno ahora de preguntar por qué.

Ella meneó levemente la cabeza.

—No lo dices en serio. Es sólo un capricho pasajero, el producto de la combinación azar y perfume.

—¡Al demonio con tu perfume! —exclamó él, exasperado—. Yo sé bien lo...

—Es importante que entiendas que es un perfume especial —lo interrumpió ella llevada por un impulso apremiante de desahogar su conciencia, de aclararlo todo—. El perfume afecta a los hombres de manera extraña y poderosa. Tú no sabes...

—Sé todo lo que me interesa saber —replicó él, impaciente—. Pero lo que más me interesa en este momento es saber por qué no me das la respuesta que yo quiero.

Ella intentaba contárselo, pero tal vez era mejor que él no la escuchara. Desvió la mirada de los ojos penetrantes que trataban de indagar sus motivos y buscó alguna respuesta que pudiera apaciguarlo.

—Se suponía que sería un arreglo temporal, es decir, esto de vivir en común, nada más.

—Y así es como lo prefieres.

—Yo tengo que abrirme mi propio camino, controlar mis propias idas y venidas en lugar de permitir que otro lo haga por mí.

—No deseo controlarte, Elene. Sólo deseo mantenerte a salvo junto a mí.

—Sí, eso es lo que tú dices, pero me abandonarás en cuanto puedas, si es que puedes.

No debió decir la última frase. Había surgido espontáneamente. Con pasmosa claridad comprendió que era consecuencia de la sensación de desamparo que experimentó cuando su padre la envió a Francia, dejándola sola, o esta segunda vez, cuando éste, como antes hizo su madre, se refugió en la muerte, abandonándola de nuevo. No podía arriesgarse a que eso sucediera otra vez.

Tal vez ésa era la causa por la que se resistía a dejar de usar el perfume, aunque sólo fuera para probar sus poderes. Le resultaba imperiosamente necesario conservar la seguridad que disfrutaba con Ryan, impedirle que la dejara, antes de que ella estuviera preparada para la separación.

La boca de Ryan se torció en una sonrisa maliciosa.

—Te abandonaré sólo si tú me fuerzas a ello. No te aflijas por nada de lo sucedido. Como tú misma dices, casarse era una sugerencia pasajera. Olvídala, olvida la idea de salir de aquí, pues voy a darte otra mejor. Estamos invitados a asistir a la actuación del grupo de Morven en el *vauxhall* dentro de tres días con los Mazent. *Monsieur* Mazent ha reservado un palco y un bote y desea dar una fiesta para todos los que escaparon juntos de Santo Domingo. ¿Qué te parece?

Las palabras eran frívolas, pero Elene podía percibir el aplomo, la reserva y la espera detrás de ellas. Hasta le retiró el apoyo de sus brazos para apoyarse ahora con una mano sobre la mesa. Ella comprendía que aceptar lo que él le ofrecía era retrotraer la relación a la situación previa. Era mejor así, sin promesas ni emociones exaltadas, reservándose cada uno sus secretos. Seguramente era lo mejor. Tragó las lágrimas que se acumulaban en el fondo de su garganta y, con voz demasiado alegre, exclamó:

—¿Por qué no?

—Claró está, por qué no —declaró Ryan y se preguntó si de algún modo ella ya sabía que Gambier estaría presente.

El *vauxhall* estaba situado en medio de un conjunto de tabernas, casas de juego, posadas y salones de baile que se levantaron en la confluencia del canal construido por el gobernador español, Carondelet, con el Bayou St. John. Este canal nacía en el terraplén exterior de la ciudad y desembocaba en el lago Ponchartrain para drenarla en la época de inundaciones. El grupo invitado por Mazent pudo subir al enorme bote, alquilado al efecto, cerca de la puerta trasera de la empalizada.

Partieron al caer el sol y se unieron a una fila de otras barcazas que también enfilaban hacia la confluencia. Desde el lago empezó a soplar una brisa ligera que refrescaba el aire y les acariciaba los rostros. El remero cantaba al inclinarse para clavar la pértiga en el fondo del canal e impeler la embarcación. Este tipo de barcaza de fondo plano se impuso desde que el canal, alguna vez una vía navegable bien cuidada, dejó de limpiarse durante varios años, permitiendo que el cieno se adueñara del fondo hasta cubrir una altura de tres pies en algunas partes. Los bordes estaban poblados de cipreses y sauces llorones que dejaban colgar sus ramas de un tono verde muy claro hasta la superficie del agua. Las semillas de los cipreses, como piedras verdes talladas, pendían pesadamente entre las frágiles hojas de encaje. Cuando se rozaban los sauces, se elevaban nubes de mosquitos; los jejenes y otras clases de insectos voladores danzaban delante de ellos sobre el agua, en tanto que las sabandijas acuáticas patinaban sobre la superficie alejándose raudamente de la pesada embarcación. El crepúsculo con sus tonos rosados y violáceos no sólo teñía el cielo hacia el oeste, también se reflejaba en el agua dándole la apariencia de opalina líquida.

El entorno sugería que el paseo debía ser agradable y tranquilo, pero no lo era. Ryan mostraba un humor extraño. Era cortés, pero distante, hablaba muy poco con Elene aunque parecía tener muchas cosas que decir a los demás. No era el mismo desde que no aceptara casarse con él. Pero esto no significaba que se mostrara hosco o inclinado al mal humor, sino más bien parecía tener algo en mente.

No obstante, no se acercó a ella en las tres últimas noches. También era verdad que en esos días ella no usó el perfume original de la botella traída por Devota desde Santo Domingo porque se había terminado. En realidad no había usado ninguno. Si se necesitaba una prueba de su eficacia, Elene parecía tenerla ahora, por más penoso que fuera aceptar lo mucho que dependía de la fragancia la atracción que Ryan sentía por ella. Para probarlo fuera de toda duda, esta noche Elene se impregnó generosamente la piel mientras se vestía. Hasta ahora, no causaba ninguna impresión visible en Ryan. Debería alegrarse por ello. Intentó con todas sus fuerzas sentir esa alegría.

Gran cantidad de antorchas iluminaban el área de los palcos y los senderos serpenteantes del *vauxhall* no sólo para proveer de luz sino también, y especialmente, para ahuyentar a los mosquitos e impedirles molestar a los parroquianos. El humo flotaba por entre los naranjos en flor que bordeaban los senderos de conchillas blancas, mezclando su olor acre y penetrante con la dulce fragancia de los azahares. La noche era fragante y fresca después del calor bochornoso del día, y aún más agradable por la brisa del lago que agitaba los mechones ensortijados del cabello de las damas y los ruedos de sus faldas, además de mantener a raya a los mosquitos. De alguna parte llegó el aroma de comida asada al fuego y también la delicia lechosa de almendras garrapiñadas y los *tout chard calas*, o tortitas calientes de arroz, de las *marchandes*, o vendedoras ambulantes, las negras libertas de blancos delantales que llevaban sus mercancías en cestas de fondo plano colocadas sobre sus anchas caderas. El ácido olor de las naranjas, la exquisita fragancia de las rosas púrpuras y el blanco cremoso de las gardenias silvestres pregonados por vivarachas muchachitas de color se dejaban oír de vez en cuando, así como también el hálito de las madreselvas que se enredaban entre los arbustos.

El grupo de Mazent se paseaba por los jardines, tomando aire, gozando de la brisa mientras aguardaban que la cena fuera servida y comenzara el espectáculo. El traje de Elene, de muselina azul, estaba adornado con una cinta de gro que rodeaba el talle alto debajo de los senos y terminaba en el centro con un nudo de amor del cual caían dos largas cintas hasta el ruedo. Las cintas volaban tanto en el aire al caminar que por fin ella las recogió y las entrelazó en los dedos mientras paseaban.

No era la única que lucía nuevo atavío. *Madame* Tusard llevaba un vestido de seda recubierto con zangalete negro y en la mano un bolso haciendo juego. Mucho más elegante estaba Flora Mazent, de seda amarillo claro. Empero, ese color no favorecía su piel cetrina, y las capas de volantes plegados y caireles en los hombros y alrededor de la falda a la altura de las rodillas, para disimular su delgadez, le daban la apariencia de una mazorca de maíz animada.

La joven Mazent caminaba al lado de Durant y la excitación que sentía por estar junto a él esbozaba manchas rojas en sus mejillas, mientras que los dedos que aferraban su brazo mostraban las puntas blancas. Una vendedora de naranjas pasó junto a ellos y los ojos de la joven miraron con avidez los frutos redondos y dorados.

—¿Puedo servirme una, *monsieur* Durant? —inquirió ella con cierta exigencia en el tono al alzar sus ojos hacia él.

Fue *madame* Tusard quien contestó con su aire más suficiente.

—Sería muy imprudente, mi querida. El jugo mancharía tu adorable vestido nuevo.

—Eso a mí me tiene sin cuidado.

—Pero la seda es tan costosa aquí en Nueva Orleans...

—No me importa —repitió Flora con una mirada de temor ante su propia osadía—. Papá, por favor, ¿puedo tomar una naranja?

—Mi chica tendrá lo que ella desee —comentó *monsieur* Mazent mirando a la mujer mayor en tono de disculpa, teñido, sin embargo, de orgullo. Sacó su cartera con un gesto a la vendedora, una sonriente niña negra de no más de trece años. Siendo un hombre de costumbres opulentas, ofreció comprarles una naranja a todos los que lo acompañaban, pero ellos rechazaron su ofrecimiento. Como Flora parecía un tanto incómoda por ser la única encaprichada de las mercancías que se estaban pregonando por el jardín, Elene pidió *praliné*. Tan espontáneo fue su elogio de la cremosa confitura hecha de leche, azúcar y almendras con chocolate que súbitamente *madame* Tusard tuvo el antojo de probar uno y envió a su sufrido Claude resoplando tras la vendedora.

Durant, con expresión malhumorada pero resignado, extrajo un cortaplumas del bolsillo para mondar la naranja de Flora y luego un pañuelo para secarse los dedos y los de la joven. *Monsieur* Mazent los observaba con ojos de aprobación, aunque rechazó un gajo de naranja y un trozo de la confitura que mordisqueaban los demás. El ácido y el azúcar le causarían malestar, adujo, llevándose inconscientemente una mano al abdomen; lo que necesitaba era cenar.

Poco después se anunciaba la comida. Todos se acomodaron alrededor de la mesa en el palco reservado. Éste estaba muy bien ubicado, directamente frente al centro del escenario abierto y elevado. La comida resultó sabrosa aunque un tanto trillada, un *coq au vin* con guarnición de legumbres sazonadas con miel y servido con panecillos calientes. La mantequilla se ablandó con el calor y el vino era sólo mediocre, pero el postre, una *crème caramel* coronada con moras frescas, era delicioso.

El entretenimiento resultó de igual calidad, una mezcla de lo bueno y lo simplemente pasable. El par de cómicos que abrió el espectáculo fue hilarante y los acróbatas que ocuparon luego el escenario excelentes, incluso asombrosos. La escena cómica, una farsa subida de tono que se desarrollaba en un dormitorio con cuatro puertas por donde salían y entraban tres hombres, dos damas y una doncella en rápida sucesión, fue de bastante mal gusto. Precisamente ésa fue la causa por la cual se recibió la aparición de Morven en escena con tanto entusiasmo y expectativa.

Nadie aplaudió más fuerte que la mujer ubicada en el palco a la izquierda de los Mazent. Era una dama de alrededor de cuarenta años, con gran profusión de sedosos rizos negros sin una sola cana, vestida lujosamente con un traje de seda color violeta de Parma. El corpiño era escandalosamente escotado, para lucir un magnífico collar de diamantes acompañado por pendientes y brazaletes haciendo juego que agregaban sus destellos. Pero el brillo máximo lo daba una inmensa amatista rodeada de diamantes que pendía de una cinta en medio de su frente. Al ver el entusiasmo de la mujer y las miradas voraces que lanzó a Morven cuando él se inclinó hacia ella con una reverencia especial, Elene no pudo menos que recordar la charla con Hermine y se preguntó si no sería ésta la protectora del grupo. Pero tales pensamientos se desvanecieron en cuanto Morven tomó el centro del escenario y comenzó su primer soliloquio.

En contraste con la vena frívola de los otros actos, Morven eligió una tragedia para la presentación de su compañía en Nueva Orleans. Era una obra escrita por él mismo sobre un noble enamorado de dos mujeres, una joven y voluptuosa quien complacía sus deseos carnales a la perfección, la otra más madura e inteligente que satisfacía sus necesidades intelectuales. Incapaz de elegir entre las dos, él las fuerza a elegir por él. Como consecuencia de ello, se exacerban las cualidades esenciales de las mujeres y todo termina en tragedia. La mujer de mayor poder intelectual, encontrándolo indigno de su amor debido a su debilidad, rechaza el antagonismo clavándose una daga en el corazón, pues no puede dejar de amar al hombre a quien ya no respeta. El noble, al descubrir que es el causante de la muerte de la mujer a quien ama de verdad, se quita la vida con la misma daga.

Morven estuvo magnífico en el papel del noble atormentado por el amor y los remordimientos, mientras Hermine desempeñó a la perfección el papel de la mujer inteligente, dándole sutileza e ingenio sin olvidar una angustiosa empatía con las disposiciones de ánimo, las pasiones y los requerimientos elementales del hombre amado. Josie, en un papel más corto y de menor importancia, el de la mujer abiertamente promiscua, actuó bastante bien irradiando despreocupada sensualidad todo el tiempo.

Los aplausos rodaron hacia el escenario en oleadas cuando cayó el telón. Se arrojaron flores a los tres actores, pero en especial a Morven y a la sugestivamente vestida Josie. El trío saludó cuatro veces, luego corrió fuera del escenario, dejándolo libre para la reaparición de los cómicos.

Vestidos con los trajes usados en escena, Morven y las dos mujeres se dirigieron primero al palco ocupado por la mujer cubierta de diamantes. Hubo un breve intercambio de cumplidos y después la compañía, con la patrocinadora entre ellos, pasó al palco de Mazent.

La mujer fue presentada a todos como *madame* Rachel Pitot. Observándola más de cerca, daba la sensación de que ella también podría haber estado familiarizada con el escenario en alguna época de su vida. Se movía con absoluto dominio del cuerpo, mostrando cierta socarrona timidez, y su rostro estaba excesivamente maquillado. Les dio una calurosa bienvenida, como correspondía a los intereses financieros que tenía en el lugar, aunque fue evidente que no le interesaba en absoluto lo que ellos pensaran del sitio o de ella en tanto Morven estuviera junto a ella.

Monsieur Mazent, en un gesto hospitalario, insistió en que *madame* Pitot y los demás se unieran al grupo. Todos aceptaron inmediatamente como si no esperaran menos. *Madame* Pitot levantó una mano y el camarero se apresuró a tomar nota de la elección de los actores para la cena, ya que no habían comido antes de la función. Se corrieron algunas sillas para dejar espacio y se agregaron otras. Al mismo tiempo, varios hombres y mujeres de la audiencia se levantaron de sus mesas, abandonando sus palcos, y se arremolinaron alrededor de los actores para estrecharles la mano y ofrecerles sus congratulaciones, impidiendo de este modo que los actores pudieran sentarse. La gente se estiraba por encima de aquellos que estaban sentados en su afán de tocar a los actores, creando una gran confusión. Finalmente, los visitantes regresaron a sus respectivos lugares en los palcos y se restableció el orden.

Elene, pudiendo por fin hablar con Hermine y los demás, se inclinó sobre la mesa.

—¡Una obra realmente emotiva y espléndida! ¡Todos estuvisteis magníficos! Me hizo estremecer de emoción.

Un coro de elogios similares siguió a sus palabras. Morven, emocionado por el triunfo y la euforia que sigue a una representación, hizo una reverencia.

—Me felicito pensando que no fue un mal debut para nosotros.

—Te felicitas en exceso —dijo Hermine—. Me pisaste el pie en la última escena.

—No demostraste demasiada angustia —replicó Morven con una sonrisita complacida.

—¡Lo hiciste a propósito!

Al advertir su ira, Morven levantó las manos al cielo.

—No, no mi amor. Soy un torpe palurdo.

Madame Pitot discrepó con palabras cariñosas y tono sensual.

—Tú eres el más diestro de los hombres, *cher* Morven. No podrías ser torpe aunque lo intentaras.

Hermine clavó la vista en los dos, luego la desvió con expresión sombría en la cara.

Flora, que permaneció en silencio hasta entonces, dijo en un hilo de voz:

—Tú estuviste realmente muy bien. Lloré cuando te mataste, Hermine. Pero estás pálida como un muerto, todos vosotros lo estáis.

—Es la pintura que usamos —explicó Hermine, y se frotó la cara con la mano antes de mostrar las emblanquecidas yemas de los dedos—. O para ser más precisa, es harina. Muchos actores y actrices utilizan polvo de albayalde, pero es muy nocivo, además de inflamar el cutis y producir llagas.

—Yo uso albayalde y no tengo llagas —protestó Josie con demasiada vehemencia, resentida quizá por no haber recibido ningún elogio de Flora.

—Ya las tendrás a su tiempo —le informó Hermine, y meneó tristemente la cabeza cuando la actriz se encogió de hombros.

Flora frunció las cejas.

—Ya tienes un cutis tan pálido, Hermine, que no sé por qué necesitas harina o cualquier otra cosa.

—Debido a las candilejas con sus reflectores en el proscenio. Son tan brillantes que uno parece un fantasma gris sin nada en la cara. En cuanto a mi cutis, debo confesar que no soy tan sensata ahí. Vengo de una familia de saludables pescadores bretones y si me descuido, tiendo a parecerme a un marinero curtido con el viento norte, con la cara totalmente enrojecida. A veces, para quitar ese color subido, bebo un cordial rociado con un gramo de arsénico.

—Una absoluta necedad de tu parte —dijo Morven—, como te he dicho con frecuencia.

—Es verdad. —Hermine no miró al actor sino que continuó sonriéndole a la joven—. Estoy segura de que nosotras las damas tenemos todas nuestros pequeños secretos de belleza.

—Yo no tengo ninguno —negó Flora.

Como esto era perfectamente obvio por su feo rostro y sin rasgos atractivos, siguió un corto silencio. Elene lo rompió.

—Mi madre solía maquillarse abiertamente, pero es algo que se emplea cada vez menos. La belleza debe ser natural ahora.

–O parecer natural –agregó Hermine curvando los labios.

–Yo por mi parte me siento feliz de que sea así –exclamó *madame* Tusard, clavando en la actriz una mirada de reprobación bastante malévola–. Si los hombres andan por ahí con los rostros desnudos, ¿por qué no debemos hacer lo mismo las mujeres?

–Querida –terció Claude Tusard acariciándose el bigote en un gesto consciente–, difícilmente desnudo. Afeitado en parte, sí, y sin artificios, pero difícilmente desnudo.

–Desnudo, Claude. Por favor, no discutas conmigo.

–Sí, *chère*.

Josie ahogó una risita.

–No sé por qué no podemos andar todos completamente desnudos. ¿Para qué sirve toda esta ropa después de todo?

–Reduce el área de ataque de los mosquitos –dijo Ryan, matando un mosquito que se había posado en su mejilla.

–Es verdad –dijo Josie como si el comentario fuera digno de profunda reflexión–. ¡Qué criaturitas tan perversas son!

–Permítame –solicitó Claude Tusard a la joven actriz y, estirándose sobre la mesa, aplastó un insecto posado sobre el hombro desnudo.

Josie le agradeció con una sonrisita pícara.

–Muchas gracias, *monsieur*.

Una sonrisa crispó el bigote que adornaba el labio superior de *monsieur* Tusard y brillaron sus ojos.

Madame Tusard exhaló, agitada:

–¡Claude!

–Sí, *chère*. –Se extinguió el brillo de los ojos dejándole con una expresión malhumorada en el rostro arrugado.

Flora, pasando el aparte por alto, volvio su atención al palco de la derecha donde dos hombres, norteamericanos, a juzgar por el corte anticuado de sus chaquetas y los corbatines simples, estaban terminando de comer. Hablaban en voz bastante alta, arrellanados en sus sillas observando lo que los rodeaba como si fueran los amos de todo lo que caía bajo sus ojos. En ese instante, Elene vio que la jovencita hacía un exagerado mohín de desprecio al tiempo que se inclinaba sobre Durant.

–Esos hombres... uno de ellos me está mirando con demasiada insistencia –se quejó en voz baja.

—No se alarme por eso —la tranquilizó Durant echando un brevísimo vistazo en la dirección que indicaba Flora—. Esos dos mirarán con insistencia y con asombro todo lo que se les ponga delante, como campesinos que son.

—No me agrada. Me dan miedo.

—No los mire.

—¿Cómo puedo impedirlo? ¡Oh, prohíbales que lo hagan! —En su agitación la joven trató de agarrarle del brazo.

Durant le retiró los dedos que estaban arrugando la manga de la chaqueta.

—Cálmese, *mademoiselle*.

—¡Calmarse, de ninguna manera! —exclamó *madame* Tusard hinchando el pecho al unir fuerzas con Flora—. Yo también aborrezco que me claven la mirada. Es tan vulgar..., y posiblemente peligroso también. ¿Qué sucedería si esos dos rufianes nos siguieran cuando regresemos a nuestros hogares y nos atacaran?

Flora dejó escapar un chillido de consternación. Ryan, reclinándose en la silla y recogiendo su copa de vino, paseó la mirada de Flora a *madame* Tusard, luego a los norteamericanos.

—Es probable que sean vulgares, pero me parecen absolutamente inofensivos.

—Uno de ellos hasta parece agradable —comentó Josie—. Creo que fue él quien me arrojó un ramillete al escenario. No me sorprendería nada que no fuera a ti a quien estaba mirando, Flora.

La actriz, que lucía un escotado vestido, se palmeó las curvas de los senos con aire presumido sin mirar siquiera el efecto que sus palabras tenían en su destinataria.

—¡Prostituta! —jadeó furiosa Flora. Alzando su copa de vino arrojó todo su contenido en el escote de la actriz.

Josie gritó y se levantó de un salto. Soltando una blasfemia recogida directamente de los barrios más bajos de París, se abalanzó sobre la otra mujer. Flora arrojó un gritito atemorizado y saltando de su asiento se alejó. *Monsieur* Tusard y Ryan detuvieron a Josie antes de que pudiera ir tras Flora. *Monsieur* Mazent se puso de pie y retorció las manos.

—Vamos, vamos —exclamó, apaciguador—, vamos, vamos.

Hermine soltó una sonora carcajada. Elene encontró la

mirada de la otra mujer. Le temblaban los labios y, tras un momento, estaba riendo junto con la actriz. Alrededor de ellas, todos se desternillaban de risa.

Por un instante, Flora se puso blanca como el papel. Elene, al ver su zozobra, calló instantáneamente. Mientras las risas continuaban, observó que Flora descubría que toda la algarabía era por la actuación de los comediantes en el escenario y soltaba un largo suspiro de alivio. Temblando, le permitió a Durant que la llevara de nuevo a su asiento, pero sólo después de que Josie hubo retomado el suyo.

Hermine llamó la atención de Elene arqueando una ceja cómicamente. Sin embargo, la hilaridad de la actriz se desvaneció cuando miró hacia donde estaba sentado Morven junto a la patrocinadora, la viuda, con las cabezas pegadas y hablando en susurros olvidados por completo del resto del mundo.

Con una bandeja llena de comida, por encima de la cabeza, el camarero se paró en seco al llegar al palco. Elene, como estaba sentada más cerca de la entrada, se inclinó hacia delante en la silla para permitirle la entrada por detrás de ella. Al hacerlo, su mirada encontró la de Durant, que aún seguía de pie detrás de la silla de Flora. La expresión de sus negros ojos al observarla era tan dura y pensativa que parecía acusarla. Iba exquisitamente vestido como le dijo Hermine, pero el tono renegrido de su ropa de etiqueta le confería un aspecto sombrío y, de algún modo, amenazador. El tajo de la mejilla, aunque perfectamente cicatrizado, estaba lívido.

De repente, se corrió una silla junto a ella y Ryan se puso de pie. Los nervios de Elene parecieron brincar bajo su piel cuando él se inclinó para hablarle al oído. Su voz no fue más que un murmullo al hablar.

–¿Damos un paseo mientras Morven y las damas comen?

Elene aceptó con presteza. Tenía la necesidad súbita e imperiosa de alejarse de las turbadoras corrientes emocionales que se arremolinaban alrededor del grupo. A su tiempo, todos ellos harían nuevas amistades en Nueva Orleans, sin lugar a dudas, pero por el momento parecía que estaban estrechamente unidos no sólo por las penurias pasadas y la actitud de los habitantes de Nueva Orleans hacia ellos, considerándolos los últimos y menos deseados refugiados, sino también por un conjunto de relaciones que se complicaban cada vez más.

Elene deslizó la mano debajo del brazo de Ryan y emprendieron la caminata en silencio. Mientras recorrían los senderos más próximos al escenario no carecieron de compañía, pues muchas otras parejas también deseaban aligerar la pesadez de la comida dando un paseo. Sin embargo, cuanto más se alejaban del centro, menos gente encontraban a su paso y más apagados eran los tintineos de vajillas, risas y voces de la concurrencia.

Había caído una noche cerrada mientras ellos comían y muchas antorchas que iluminaban los senderos se consumían. De tanto en tanto les llegaba alguna risita entrecortada o un murmullo desde una de las sendas apartadas o desde algún emparrado cubierto de enredaderas entre los árboles donde los amantes aprovechaban la oscuridad y el aislamiento. A lo lejos, desde el escenario, se dejaba oír el sonido de la música al dar comienzo el baile.

Elene echó una ojeada al hombre que iba a su lado.

—¿Querías hablar conmigo de algún tema en especial?

—En realidad, no. ¿Es necesario que haya algún motivo para que salgas a pasear conmigo?

—Desde luego que no.

Elene se inquietó al oír el matiz de riguroso dominio de sí mismo en su voz.

—Esta noche, Gambier te ha estado observando como un gato con los ojos puestos en un tazón de crema fuera del alcance de sus garras.

—Puede ser que esté preocupado por mi bienestar. Nuestras familias han sido amigas durante años.

Él se preguntó si ella realmente creía eso, o si lo decía para apaciguarlo.

—No me negarás que él te ama.

¿La amaba Durant? Elene no tenía motivos para pensar así. Pero por otro lado, tampoco había nada que le indicara que no fuera de ese modo.

—No tiene ninguna importancia puesto que no vamos a casarnos.

—Con gran pesar tuyo.

—No me pesa en absoluto —replicó ella con vehemencia.

Parándose en seco, Ryan se volvió hacia ella.

—No quieres casarte conmigo y no deseas casarte con Gambier, o al menos eso dices. ¿Qué es lo que deseas?

—¿Debo desear algo?

—Es lo acostumbrado.

Ella deseaba vender su perfume, tener el dinero para valerse por sí misma y mantener a Devota con ella. Quería que cesaran las hostilidades entre ella y Ryan para poder estar en paz. Le agradaría recobrar la fortuna que invirtió su padre en las propiedades de Santo Domingo a lo largo de los años, aunque no esperaba volver a verlas jamás. ¿Qué más quedaba?

Sólo una cosa más.

Quería que Ryan la deseara por ella misma, no porque lo forzara algún encantamiento vudú. La idea la hizo temblar de júbilo y la sangre bulló en sus venas. Sintió el calor del rubor subiendo hasta el nacimiento del cabello y se alegró de que Ryan no pudiera verlo. Le palpitó el corazón llenándole el pecho, amenazando ahogarla.

—¿Qué sucede? —preguntó él. Aun estando tan quieta, él la oyó contener el aliento súbitamente, por algún dolor, o por repentino placer. Extendió la mano y le tocó el brazo.

La piel era suave, pero firme y elástica sobre los huesos delicados. Ryan sintió un fuerte impulso de tomarla entre sus brazos, de protegerla, de poseerla ahí mismo en la oscuridad preñada de olor a azahares. Hacía tanto tiempo que no la amaba... Tres días y tres noches sin ella. La razón era su orgullo, su maldito amor propio, que le negaría su cuerpo como le negaba su mano. Sentía miedo ante otro rechazo y por eso esperaba alguna señal de sus deseos. No había recibido ninguna, y él no se impondría a ninguna mujer.

Ahora la sentía temblar y le dolía en lo más hondo de su ser, donde todo él palpitaba. No pretendía apenarla.

—Elene... *chère* —susurró, angustiado.

Ella respiró hondo.

—Lo que yo deseo —comenzó a decir con voz tan trémula y baja que apenas si podía oírse—, es que tú me quieras.

Él sintió las palabras como un golpe asestado al corazón. Antes de que se apagaran, la envolvió en sus brazos y la estrechó contra su pecho. Luego habló moviendo los labios entre las finas hebras del pelo.

—Siempre.

Elene aplanó las manos sobre el pecho musculoso, levantó el rostro y su boca fue como una delicada invitación al beso. La rapidez de la reacción apasionada de Ryan le produjo una deliciosa sensación de gozo. Él sí la deseaba. Ella lo había atraído, y sin la magia del perfume original.

La boca de Ryan era cálida y dulce, infinitamente tierna, suavemente agradable, pero firme en su posesión. Le acarició las comisuras de los labios con la punta de la lengua, raspando delicadamente la piel tersa, saboreando, buscando denodadamente la entrada. Ella se la brindó, y él, casi sin aliento, la apretó más contra su cuerpo.

Las manos de Elene subieron por el pecho y la fornida columna del cuello hasta que los dedos se enredaron en la espesa mata de rizos que caía sobre su cerviz. Los acarició, apretando las hebras resistentes, aumentando la presión de sus labios sobre la boca de Ryan mientras, dejando escapar un murmullo sin palabras, aplanó los senos contra el pecho musculoso. Pudo sentir los botones de la chaqueta y del chaleco mordiéndole la carne, percibir cómo crecía el deseo en él. Una deliciosa languidez fluyó por sus venas. Ella enredó su lengua con la de él, acariciando los bordes duros y lisos de los dientes con rápidas pasadas, atrayéndola con refinada incitación que él aceptó de inmediato. Los movimientos de Ryan, la sensación ardiente de su embestida en la húmeda y frágil calidez del interior de la boca de Elene la hicieron girar en una espiral de fuego hasta abandonarla en el oscuro vértice del deseo. Se agitó su respiración. Las capas de ropa que los separaban eran insoportables. Ella necesitaba sentirlo desnudo en su piel, dentro de ella, lo necesitaba con una añoranza demasiado fuerte para negarla.

Se oyeron pisadas por el sendero. Ryan juró por lo bajo y giró para escudar a Elene mientras ella recobraba el equilibrio. Los intrusos, una joven pareja de enamorados cogidos del brazo, pasaron cerca de ellos sin ni siquiera mirarlos.

Ryan soltó una carcajada.

—Es una suerte que pasaran por aquí.

—¿Lo es? —Elene se retocó el peinado con manos trémulas.

Ryan oyó el tono de frustración en la voz y sintió el eco dentro de él.

—Desde luego. Las conchillas del sendero son demasiado filosas para tu piel, y el terreno que no está cubierto con ellas es demasiado lodoso para tu atavío. Además, hay una evidente carencia de intimidad. Vamos a casa.

—Los otros... —empezó ella, aunque la protesta era débil.

La risa vibró en su voz al contestar deliberadamente.

—Los otros no pueden venir.

Monsieur Mazent también estaba listo para regresar a la ciudad; de hecho, había estado esperando que retornaran del paseo para embarcarse.

El trayecto de vuelta se hizo casi en completo silencio. Aparte de algunos comentarios esporádicos sobre el espectáculo, nadie mostró muchos deseos de hablar. Hasta el barquero olvidó todo su repertorio, y dio la impresión de estar ansioso por irse a la cama, ya que manejó la pértiga con tal diligencia y vigor que en poco tiempo llegaron a las puertas de la ciudad.

Los miembros del grupo empezaron a disgregarse entonces partiendo en diferentes direcciones. Se gritaron las últimas despedidas y se prometieron volver a reunirse pronto, antes de emprender sus respectivos caminos por las calles fangosas. Pocos minutos después, Elene y Ryan entraban por la puerta cochera de la casa. Al final del pasadizo colgaba la linterna encendida que les daba la bienvenida al hogar.

Al entrar en el patio oyeron voces y risas alegres en el piso superior que cesaron repentinamente. Entonces, desde la alta galería, les llegó la voz de Devota.

—¿Eres tú, *chère*?

Elene le contestó y un momento después Devota bajaba por la escalera seguida por las vagas siluetas de otras dos mujeres. Al llegar al cono de luz de la linterna se descubrió que eran Serephine y Germaine.

—Buenas noches, *mademoiselle, monsieur* —saludó Serephine en voz suave y ligeramente somnolienta. La doncella de los Mazent, Germaine, se quedó rezagada y sólo inclinó la cabeza a modo de saludo.

—Buenas noches —respondió Elene en tono imperturbable. La joven de color, concubina de Durant, jamás le inspiró rencor y ahora había menos motivos que nunca para que lo sintiera.

Serephine se volvió a Devota y le dio un rápido abrazo, aparentemente en agradecimiento por la botellita azul que llevaba en la mano. Germaine también sostenía una. Las tres mujeres intercambiaron unas cuantas palabras; luego Serephine y Germaine giraron de prisa y se internaron en el pasadizo de los carruajes; unos pocos segundos después se habían perdido en la oscuridad.

Elene miró a Devota, quien se encogió ligeramente de hombros.

—Serephine vino por el perfume. Se enteró de que lo estábamos elaborando. A Germaine la encontró por el camino.

Había algo en las risas de esas tres mujeres que perturbó a Elene al rememorarlas. Era como si ellas compartieran una vida secreta y una afinidad de sangre que la gente blanca desconocía por completo. Se preguntó si Serephine y Germaine, como Devota, eran seguidoras del vudú. Sin embargo, era imposible saberlo. No había manera de encontrar una manera de interrogar a Devota sin sentir recelos por la presencia de las dos mujeres en la casa o guardar resentimientos contra la concubina de quien iba a ser su esposo en el pasado.

—Estoy muy fatigada —declaró ella finalmente echando una mirada a Ryan y esbozando una leve sonrisa—. Creo que me iré a la cama.

—Me reuniré contigo en un momento —respondió él.

Devota habló entonces.

—¿Hay algo en que pueda servirle, *m'sieur*?

—Benedict se encargará de ello.

El mayordomo salió de sus habitaciones debajo de la *garçonnière* y estaba de pie, aguardando en la penumbra, al borde del cono de luz de la linterna. Ahora hizo una reverencia, mitad saludo, mitad confirmación de las palabras de su amo. Entonces, sugirió en tono mesurado:

—¿Tal vez un coñac?

Ryan estuvo de acuerdo. Elene se volvió y emprendió el camino al dormitorio subiendo lentamente la escalera. Pensó que tal vez Ryan subiera con ella, que podrían desvestirse mutuamente y caer luego juntos en la cama. Daba la sensación de que la intimidad era tan difícil de lograr aquí como en el *vauxhall*.

En cambio fue Devota quien desvistió a Elene y le puso un camisón de fino linón adornado con alforzas y una puntilla tejida a ganchillo bordeando el escote y las mangas. La doncella vertió agua caliente en la jofaina para que ella se aseara rápidamente y, después, le cepilló el cabello hasta dejarlo como una brillante cortina de oro. Guardó el vestido de noche y los otros accesorios que había usado Elene y recogió toda la ropa interior en un bulto que enviaría al lavadero a la mañana siguiente. Apagando las velas que brillaban en los candelabros, dejó una sola encendida en una palmatoria de plata sobre la mesita de noche al lado del lecho. Luego, terminadas sus tareas, se dirigió hacia la puerta.

Se volvió hacia Elene un segundo antes de salir de la habitación.

–Vendimos nuestras primeras botellitas de perfume, *chère*.

–Sí, lo hicimos –una lenta sonrisa curvó los labios de la joven iluminando sus ojos–. Es decir, tú lo hiciste.

–Ya vendrán otros a comprar, muchos más.

–Estoy segura de ello.

Devota asintió, satisfecha, sin que sus ojos se apartaran del rostro de Elene. Después de desearle las buenas noches, la criada se retiró.

Elene se puso a pensar en el perfume y en la identidad de la primera clienta mientras aguardaba la llegada de Ryan. ¿Quién iba a imaginar que sería Serephine? ¿Qué motivo podía tener para desear tener el mismo perfume que usaba la que habría sido esposa de Durant? Pero por otro lado, ¿qué importaba? Se había vendido el perfume y el dinero estaba ahí. Y habría mucho más.

En el futuro tendría más cuidado con la cantidad destinada a su uso personal. No serviría de nada si se agotaban las existencias. Sonriendo ligeramente, se estiró para coger su propia botella. Deseaba reavivar la fragancia en su piel, ya que se lo puso muy temprano esa tarde.

¿Dónde estaba Ryan? Seguramente vio salir a Devota de la alcoba después de apagar las luces. Llegaría en cualquier momento. Por si acaso, Elene se levantó del taburete del tocador y fue a abrir un poco más las puertaventanas que daban a la galería.

Permaneció en el vano apoyada sobre el picaporte a la espera de oír algún ruido o percibir algún movimiento. No hubo nada excepto el suave murmullo de las hojas del roble al ser acariciadas por la brisa o el débil movimiento de las sombras de sus gruesas ramas sobre las lajas del patio.

—¿Ryan? —llamó ella.

La palabra pareció caer dentro de un profundo pozo de silencio.

Una sensación de vacío se fue adueñando de ella. Él no venía. Hasta podría haberse marchado. El enfado, alimentado además por la necesidad insatisfecha, creció en ella hasta convertirse en resentimiento. La forzó a salir de la alcoba y caminar por la galería. Era muy tarde. La luna se había puesto y sólo quedaban las estrellas en el cielo nocturno encima de los tejados. Se detuvo un momento e intentó escudriñar las sombras en el patio, preguntándose si Ryan habría bebido demasiado coñac además del vino que tomó en el *vauxhall* y se habría ido a dormir. Pero era improbable. Jamás había visto que la bebida le hiciera daño.

Vio salir un resplandor de luz de la zona del patio que se hallaba debajo de donde ella estaba. En un principio creyó que podría ser un reflejo de uno de los cuartos de los sirvientes a lo largo de un costado del patio cuadrado, pero estaban a oscuras, los de Devota y Benedict inclusive. La luz provenía de los almacenes, del taller donde las botellitas de perfume estaban alineadas sobre el mostrador.

Volvió hacia la cabecera de la escalera y al llegar allí se detuvo una vez más. Después empezó a descender lentamente y sin hacer ruido, apoyando con cuidado los pies descalzos en cada uno de los peldaños. Llegó al pie y rodeó el pilar.

La luz del taller se apagó en ese momento dejando todo el patio en la oscuridad. Elene quedó petrificada en el lugar mientras un escalofrío de terror corría por su espalda. Después oyó pisadas que se arrastraban por el suelo, un sonido suave y furtivo.

El hombre vino a ella desde debajo del tramo libre de la escalera moviéndose con la velocidad del rayo. Un brazo recio la tomó por la cintura y otro por las curvas de las rodillas alzándola en el aire hasta apoyarla contra su pecho que semejaba un peto de acero moldeado, sosteniéndola allí con tanta fuerza que no podía moverse. El cerebro de Elene, a pesar de seguir confundido por el terror que sentía, percibió olores y sensaciones que le devolvieron la euforia del alivio y el gozo. Se sintió mareada cuando él giró bruscamente, con ella en sus brazos, llevándola en unas pocas zancadas a las profundidades más oscuras del patio, bajo las ramas extendidas del gran roble.

Se detuvo. Elene podía sentir los fuertes latidos del corazón contra su costado. Encima de su cabeza, el viento susurraba entre las hojas del roble iluminadas por las estrellas que semejaban un vasto cardumen de pececillos de plata escabulléndose a través del agua azul de la noche. Cuando paró el viento, lo único que se oía era el gorgoteo cadencioso y musical del agua en el centro de la fuente. Alrededor de ellos, la noche se cerraba, protectora.

Elene soltó el cuello de la camisa que aferraba con dedos tensos. Con un hilo de voz, preguntó:

–¿Ryan?

–Aquí no hay conchillas filosas ni lodo.

–No –respondió ella con cautela al tiempo que el significado de las palabras iba penetrando en su cerebro–, pero ¿qué hay de los otros, tus sirvientes, Benedict?

–Benedict vigila para que no nos molesten por orden mía, aunque se necesitan ojos de gato para ver algo en esta oscuridad.

–Es probable, pero...

–He estado pensando en hacerte el amor bajo el cielo estrellado desde hace una eternidad, desde aquel momento en los jardines. ¿Me negarás ese deseo?

¿Cómo podría cuando él se lo pedía tan simplemente, y con tal deseo vibrando en su voz? No podía.

Suavemente, le contestó:

–No.

CAPÍTULO XII

Ryan la dejó de pie en el suelo y le rozó la frente con los labios en un beso fugaz. Apresuradamente, se despojó de la chaqueta, la extendió, abierta, sobre las lajas del patio y posó una rodilla sobre el forro de seda. Tomándole una mano, la instó a arrodillarse frente a él. Luego le alzó la otra y se llevó ambas manos a los labios para besarlas alternadamente. El aliento cálido y perfumado de Ryan acarició la piel sensible de los dorsos al decir suavemente:

—*Je t'adore*. Te adoro, no sólo porque eres la mujer más generosa que he conocido jamás, sino porque eres la más honesta.

El pecho de Elene se dilató con la respiración y el dolor reprimidos. Sus palabras eran lo más parecido a una declaración, pero sólo el producto de una gran mentira. Ella no era honesta, nunca lo había sido, ni siquiera al principio. Pero no podía decírselo, menos ahora cuando estaban tan unidos, tan cerca uno del otro, amparados por las sombras cómplices de esa noche estival. Sin embargo, ella podía ofrecerle una disculpa disfrazada de caricia que sirviera para mitigar su propio desasosiego, aun cuando no pudiera redimirla de todas sus culpas.

Delicadamente, liberó sus manos. Con dedos inseguros le tocó el pecho, alisando la tela de lino que cubría su musculatura firme. Tomó un extremo de la corbata que estaba suelta y, deslizándosela de debajo del cuello de la camisa, la dejó caer al suelo. Buscó y encontró luego el botón del cuello, lo pasó lentamente por el ojal mientras las manos de Ryan le palpaban las formas de la espalda por debajo del camisón. Ella retiró el botón y lo dejó a un lado en el suelo y, abriéndole la camisa a todo lo ancho del pecho, lo dejó desnudo de la cintura para arriba.

Ryan contuvo la respiración bruscamente cuando Elene, agachando la cabeza, comenzó a acariciarle con la lengua el vello crespo y oscuro que rodeaba las tetillas. En ese momento, el cabello de la joven, derramándose por sus hombros, cayó como pálidas mieses recién segadas sobre el muslo de Ryan; él sintió la tibia caricia de su peso. Atrapado en su hechizo, estiró la mano para enredar los dedos entre las hebras de seda que brillaban tenuamente como si fueran de oro y plata a la luz de las estrellas.

Un extraño alborozo corrió como vino caliente por las venas de Elene en ese instante. Él la deseaba, la necesitaba, sentía por ella una suerte de sentimiento, por pasajero que fuese, que él llamaba adoración. No existía nada que lo compeliera esta vez, y ese conocimiento le brindó a ella una nueva sensación de libertad sin frenos ni reservas. Ella podía brindar placer así como también recibirlo, y esa revelación la volvió osada.

Rozó suavemente la lengua el duro botón tenso de la tetilla y, al sentir el estremecimiento que onduló por la piel de Ryan, se sonrió con regocijo creciente. Al mismo tiempo, deslizaba las manos a lo ancho y largo del torso desnudo en lenta y deliberada exploración de sus músculos. Cuando llegó a la cintura empezó a tironear de los faldones de la camisa con un propósito silencioso y sugestivo.

Ryan, complaciente, soltó su camisa y se la sacó por la cabeza en un solo y rápido movimiento. La fina tela de lino dejó oír un suave susurro al caer a sus espaldas. Él estiró entonces sus brazos hacia ella y le cubrió los hombros con las palmas de las manos mientras los pulgares recorrían totalmente la frágil extensión de las clavículas, acariciando la piel tersa que las cubría. Amorosamente, empezó a descubrirle los hombros deslizándole las mangas del camisón por los brazos y, agachando la cabeza, posó los labios calientes sobre una de sus superficies lisas y redondeadas. Sus besos de fuego dejaron una estela ardiente desde allí hasta la curva grácil del cuello y el delicado hueco debajo de la oreja. Al mismo tiempo, las manos continuaban por el camisón hacia abajo hasta que las curvas de los senos se lo impidieron.

Elene se movió como para desatar la cinta que sujetaba el escote, pero él se adelantó, soltó el lazo con dedos diestros y le ensanchó el escote hasta que la fina batista se deslizó por encima de los picos de los senos y cayó en suaves pliegues alrededor de la cintura.

—Dulce, dulce —susurró él en tanto su lengua probaba los montículos gemelos que él acababa de dejar al descubierto y lamía con esmero los pezones sensibles mientras los sopesaba en los cuencos de las manos.

Sensaciones exquisitas estremecieron a Elene en esos momentos, ondulando en rápidas y vibrantes olas que descendían hacia la parte baja de su cuerpo. Respiró con tal fruición y deleite que se alzaron sus senos en voluptuoso gesto incitante. El camisón, liberado por sus movimientos, se deslizó por las caderas hasta arremolinarse alrededor de las rodillas.

Ryan la soltó para llevarse las manos a la pretina de sus pantalones. Ella se anticipó y le apartó los dedos, soltando el broche de los pantalones y también el de los calzoncillos. Metió los dedos por la abertura y extendió las manos sobre la superficie tensa y dura del vientre, deleitándose con el cosquilleo que le producía la estrecha franja de vello en las palmas. Tocó la ardiente tensión de su masculinidad que embestía contra la bragueta de los pantalones, apresándola con un pulgar en cada lado. Cuando el aliento reprimido de Ryan escapó silbando entre sus diente apretados, aumentó en ella la sensación de poder y de jubiloso arrebato sensual.

Con un súbito movimiento de torsión, Elene le bajó los pantalones y los calzoncillos por las caderas. Él la ayudó sacándose las botas cortas de etiqueta con los pies, antes de despojarse de estas últimas prendas de vestir.

Elene recogió el camisón de debajo de las rodillas y lo extendió en toda su amplitud al lado de la chaqueta de Ryan. Luego se tendió de costado sobre el delgado jergón que acababan de improvisar, esperando que Ryan la imitara. Pero él se arrimó a ella pasando la mano a lo largo de la pierna extendida y posando los labios y la lengua, en rápida sucesión, por la curva de la cadera antes de acostarse de cara a ella y atraerla con fuerza contra su cuerpo. Se mantuvieron estrechamente abrazados, corazón con corazón, mientras se deleitaban con las sensaciones táctiles de una piel caliente junto a otra, con curvas y hondonadas, sólida musculatura y tibia morbidez perfectamente apareadas, casi por completo. Sin embargo, no era así todavía.

La presión creciente del deseo se acumuló en sus cuerpos. Ellos se agitaron, las caricias se tornaron más apasionadas y menos controladas. El corazón de Elene se agitó violentamente y golpeó contra las costillas, expulsando la sangre en loca carrera desenfrenada por las venas. El fuego interior cobró más fuerza y su calor le humedeció la piel con una tenue capa de sudor que hizo resbalar las manos ávidas de Ryan mientras él buscaba el intrincado acceso al corazón mismo de su femineidad. Cuando lo encontró, le produjo una nueva humedad. Perdida en absoluto arrobamiento, ella le devolvió sus caricias.

Se acometieron, se enlazaron, se repelieron y se palparon en la antiquísima danza erótica previa al amor, como implacables saqueadores, usando sus manos y bocas para exacerbar al máximo el éxtasis, hasta que los cuerpos de ambos estuvieron resbaladizos con el rocío del agotamiento e impregnados de la fragancia de un perfume que evocaba inquietantes visiones de un paraíso esquivo. Juntos, se dieron gozo y placer mutuamente, hasta que el esfuerzo de reprimir el alivio último y elemental fue tan prolongado que el tormento resultaba más desgarrador que el placer mismo.

Echándose de espaldas en el suelo, Ryan la acostó sobre él, urgiéndola con manos firmes a que lo hiciera entrar dentro de ella. Elene no necesitó más. Un gemido ahogado de placer escapó de sus entrañas cuando sintió su penetración. Temblando de gozo, presionó más y más hacia abajo para que él la llenara hasta lo más hondo de su ser. Empezó entonces a moverse y mecerse con exquisito ritmo sensual, precipitándose hacia la deslumbradora satisfacción final. Ya estaba cerca, tan cerca... Subía por ella en turbulentas oleadas, cobrando brillo, esparciéndose, creciendo hasta estallar y cuando lo hizo, Elene gritó y se desmadejó quedando inmóvil.

Ryan la estrechó entre sus brazos tendiéndola sobre su cuerpo para que las frentes se tocaran y se mezclaran sus respiraciones jadeantes mientras subían y bajaban sus pechos. Un mosquito zumbó alrededor de sus cabezas. Él musitó un reniego y le acarició la espalda y las caderas para espantar cualquier insecto que quisiera picarla. Luego le enderezó la pierna izquierda y con un impulso de sus poderosos músculos la levantó en el aire y la tumbó sobre la espalda mientras las largas hebras del pelo revoloteaban y caían serpenteantes y enmarañadas alrededor de ellos. Al mismo tiempo, con otro poderoso impulso, él se subió sobre el cuerpo de Elene para protegerlo con el suyo. Una vez más, él la penetró con elástica suavidad, embistiendo hasta lo más hondo. Y una vez más el resplandor volvió a inundarlos y sumirlos en su brillo.

Los sentidos de Elene se dilataron remontándose al espacio. Sus músculos se contrajeron en espasmos de deleite, los tendones se estiraron en su máxima tensión. Las tinieblas que la rodeaban se expandieron hasta formar un universo infinito donde nada importaba salvo la maravillosa unión de sus cuerpos. Alzó las manos para agarrar los músculos abultados por el esfuerzo de los brazos y hombros de Ryan, usándolos como asidero para moverse al unísono con él, arremeter contra él, absorber las violentas sacudidas de sus embestidas que la impulsaban cada vez más hacia las alturas en la frenética búsqueda instintiva de la consumación.

Estalló sobre ella en furiosa magnificencia, una explosión salvaje pero silenciosa de la parte más íntima y recóndita de su ser. Un hecho asombroso, sobrenatural, casi mágico, esa violencia interna convulsionó su ser alrededor del hombre que la apretaba contra él de tal forma que movimiento, pensamiento, todo sentido de identidad se fundían en un solo florecer maravilloso. Ella exhaló el nombre de Ryan entre jadeos. Al oír el débil sonido de aprobación y súplica, sintiendo la constricción aterciopelada de los tejidos inflamados de ardor, Ryan la encerró entre sus brazos y arremetió de lleno con su último esfuerzo para encontrar su propio instante de gloria.

El viento susurró por entre las hojas del roble. La luz de las estrellas se filtró por las ramas del árbol moviendo las sombras en los rincones del patio. En algún lugar chirriaba un grillo con monótona regularidad. La fuente cantarina reía para sí. Un par de mosquitos zumbaron en círculos y luego quedaron ominosamente silenciosos.

Ryan se movió. Apoyó el peso de su cuerpo todavía sobre los codos, despejó el rostro de Elene de la fina red de cabellos que lo cubría. La besó cariñosamente en un cálido saludo de reconocimiento y placer. Después, levantándose con cierta renuencia, rodó al suelo y se arrodilló a su lado.

–Por más agradable que sea esto –dijo él, saciado y divertido–, sería una tontería sacrificar más sangre de la que ya hemos dado por estar aquí.

Elene no se movió.

–Empezaba a pensar que te gustaba ser comido vivo.

–Ése no fue mi mayor placer esta noche.

–¿No? Posiblemente fue la oscuridad y la cama tan dura. Pareces tener cierto aprecio por esas dos cosas también.

–Lo que yo aprecio más, como bien sabes, es tu deleitable cuerpo. Ahora, ¿entrarás conmigo en casa antes de que, con el mayor pesar y una leve vacilación, lo abandone a los mosquitos?

–Voy pegada a ti –exclamó ella, jadeante, al oír el zumbido de un mosquito y sentir su picadura en la pantorrilla.

–De todas las posiciones que yo pueda imaginar para que te coloques, ésa es la menos satisfactoria.

Ryan la recogió en sus brazos levantándola hasta su pecho; de un poderoso impulso se puso de pie y caminó a paso vivo hacia la escalera.

Al pie de la escalinata, la silueta del mayordomo se esfumaba en la oscuridad. Detrás de él, cerca de la puerta del taller, estaba un segundo guardián: Devota.

Las manos de Elene apretaron más los hombros de Ryan y se mordió el labio inferior. Cuando llegaron a la galería, ella dijo en tono tajante:

–No sé qué pensarán de nosotros.

Ryan soltó una carcajada.

–¿No lo sabes?

–Bromea con ello, entonces –estalló ella–. No sé por qué no vendiste billetes para la función ya que estábamos.

Él pasó con ella en brazos por la puertaventana y entró en su alcoba. Con el hombro retiró el mosquitero y dejó caer a Elene sin mucha ceremonia sobre el colchón relleno de musgo. Apareciendo sobre ella como una forma vaga, por el pálido resplandor dorado de la única vela encendida, le dijo:

–Podría haberlo hecho, si no hubiese estado tan enfrascado entonces en otra cosa demasiado absorbente.

—¡Puf! —exclamó ella contoneándose en la cama—, y supongo que todos los criados se reirán disimuladamente mañana cuando encuentren nuestras ropas.

—Benedict y Devota se encargarán de ellas, y de nosotros, como siempre. ¿Qué te sucede ahora? ¿Tan malo te resultó?

Ella desvió la vista. El problema era que no lo fue en absoluto. Tenía miedo de haber revelado demasiado, de mostrarle demasiado sus secretos. De ser así, no sabía cómo sobreviviría si él la abandonaba alguna vez.

Pero aún había más que eso. Él la calificó de honesta. ¿Qué pensaría si supiera la verdad? Debía decírsela. Debía confesarle todo ahora mismo, ahora, hacerle entender cómo lo engañaba. No deliberadamente, por supuesto, pero los resultados eran los mismos.

No podía hacerlo. Sería el fin; no le cabía ninguna duda. Él mismo le dijo que no le toleraría ningún engaño. Jamás permitiría que la mujer que lo engañase de esa forma continuara viviendo bajo su mismo techo, se acostara en su cama junto a él.

—Elene —dijo él en tono inquisitivo al acostarse junto a ella. La tomó del hombro y la hizo girar hacia él para mirarla a la cara.

Ella se miró en las profundidades azules de sus ojos, con su suave brillo de consternación en contraste con las facciones aguileñas y fuertes, y supo que no podría decírselo. Seguramente no había ninguna necesidad de hacerlo. Él vino a ella sin la coerción del encantamiento vudú, ¿no era así? Y seguramente volvería a suceder.

Forzó una sonrisa en sus labios, aunque le ardía la garganta y su voz fue ronca por las lágrimas no derramadas cuando habló.

—Sabes muy bien que no fue malo en absoluto, fue increíble.

—¿De veras?

Ella se arrojó hacia él ocultando la cara contra la fuerte columna de su cuello mientras los brazos de Ryan se cerraban alrededor del cuerpo frágil y trémulo.

—Deberías saberlo, ya que lo pagaste con picaduras de mosquitos.

—Un poco de picazón es un precio muy bajo —respondió

acariciándole el cabello. Sin embargo, había una profunda arruga entre sus cejas al clavar la mirada en la cabecera tallada de la cama. Podía sentir que Elene temblaba contra su cuerpo, percibir su inquietud. No lograba imaginar la causa. Deseó entender a esa mujer, pero al mismo tiempo temía saber demasiado. No era una situación que le agradara o le resultara familiar en alguna forma. No le gustaba para nada. Por el contrario, le disgustaba, y aún más la cobardía que le impedía forzar el tema y descubrir toda la verdad.

La mañana volvió demasiado pronto. El golpecito que anunció la llegada de Benedict con café y panecillos hizo que Elene se hundiera más entre las sábanas. El mayordomo era la discreción en persona; no saludó ni dijo una sola palabra; sólo depositó la bandeja sobre una mesa lateral y volvió a salir de la habitación, como había entrado, con pasos muy silenciosos, cerrando la puerta suavemente a sus espaldas.

El aroma de la levadura caliente de los *brioches* y el café y la leche hirviendo flotó en el aire. Elene lo ignoró manteniendo los párpados apretados mientras se aferraba a los últimos vestigios de sueño. Si no los abría, no tendría que afrontar los problemas que la esperaban.

Ryan, junto a ella, se movió entre las sábanas. La pierna cubierta de vello áspero rozó la de Elene y el brazo reptó alrededor de su cintura para acercarla más a él, apretando sus caderas contra el vientre plano y duro y algo más que estaba igualmente rígido pero más caliente. Ryan le sopló los mechoncitos de la nuca y un escalofrío corrió por el cuerpo de la joven. Junto a su oído, él murmuró:

—¿Hay alguna picazón en tu cuerpo que desees que te alivie?

Ella se volvió de espaldas de un solo movimiento brusco y lo miró con asombro al verlo apoyado sobre un codo.

—¡Eres imposible!

—Casi, pero no del todo.

—No me estaba refiriendo a tus hazañas en la cama.

Él la miró con fingida inocencia.

—¿Quién dijo que yo lo hiciese?

Sus ojos brillaron con una luz tan burlona y divertida que el corazón de Elene creció en su dolor. La barba incipiente oscurecía los planos bronceados de la faz dándole un aire rufianesco extrañamente cautivador. Elene se aclaró la voz.

—Farsante. Se enfriará tu café.

—No tiene mucha importancia.

—Es pleno día.

—Eso parece —replicó él mirando con picardía las ventanas.

—Los sirvientes le dirán a todo el mundo que nosotros no hacemos otra cosa.

—Es una diversión inofensiva.

—¿El chismorreo? ¿O...?

—¿O qué?

—O el regodeo en la cama —terminó ella, negándose a dejarse intimidar.

Él le besó el hombro sin apartar sus ojos del color delicado que teñía el rostro de Elene. ¿Conque eso es?

—Tú lo sabes muy bien...

—Es verdad. Ahora que hemos empezado, bien podríamos continuar.

—¡No hemos comenzado nada!

—Qué vergüenza. —Él tomó el borde superior de la sábana doblándola lentamente hacia abajo hasta dejar al desnudo el pico rosado de un seno.

—Algo que tú, aparentemente, no tienes en absoluto —declaró ella, aunque las palabras no tuvieron toda la fuerza que ella deseó debido a las sensaciones que despertaban en ella los círculos calientes que él empezaba a trazar con la lengua sobre la piel desnuda.

—¿Vergüenza? No, ninguna, especialmente cuando se trata de ti. Tú podrías enseñarme a tenerla, por supuesto.

Ella podría hacerlo, sin duda, pensó Elene, pero no lo dijo. En cambio, meneó la cabeza mientras metía los dedos entre los lustrosos rizos negros que caían sobre el cuello de Ryan.

—Tengo cosas mejores que hacer.

Tomaron el desayuno frío.

Un rato más tarde, Ryan echó atrás las mantas y se deslizó fuera de la cama. Esa mañana llegaba un barco de Balise cargado con mercancías para él y tenía que ocuparse de su descarga y almacenamiento.

Elene permaneció acostada y observándolo mientras se

paseaba por la habitación en majestuosa desnudez, se afeitaba y vestía para salir. No llamó al mayordomo para que lo ayudara en esas tareas, aunque no era una cosa inusual. Él no necesitaba un asistente personal a bordo del barco, aducía, y el hecho de estar en tierra no lo convertía súbitamente en un ser indefenso ni inútil.

Cuando estuvo listo para salir, se acercó al borde de la cama. Inclinándose sobre ella posó sus calientes labios sobre la frente de Elene y la besó apasionadamente en la boca. Él olía a jabón fresco, lino almidonado y betún para el cuero de las botas, con un débil aroma a especias de una preparación especial que usaba como antiséptico para los pequeños cortes del afeitado además de su propia esencia viril.

Él no se apartó de allí de inmediato; al contrario, permaneció de pie con el sombrero en una mano y la mirada fija en el rostro de Elene. En voz queda, preguntó:

–¿Te encuentras bien?

–Estoy muy bien –respondió ella con una sonrisa deliberadamente somnolienta que indicaba saciedad–. ¿Cuándo estarás de regreso?

Él torció la boca a un lado.

–Antes de que tengas tiempo de echarme de menos.

–Ah, entonces, eso quiere decir que no tardarás mucho.

–A mediodía, por lo menos. –Echándole una mirada de cariñosa amenaza, giró sobre sus talones y salió de la habitación.

La sonrisa de Elene se desvaneció. La insaciable pasión de Ryan por ella debería resultarle gratificante. A ella le gustaría disfrutarla y que las bromas que intercambiaban fueran auténticas y espontáneas. Por alguna razón, eso no podía ser. ¿No había acaso algo de anormal todavía en su constante necesidad de ella? ¿Podía ser posible que un hombre estuviera tan prendado físicamente de una mujer para que el más ligero roce pudiera incitar de inmediato su necesidad de poseerla?

Algo andaba mal; ella lo sabía.

Sospechaba cuál era la causa, aunque no quería creerlo. Por corto tiempo existió una posibilidad para la esperanza. Si lo que pensaba ahora era verdad, entonces esa esperanza era falsa. Y esta vez tanto ella como Ryan resultaban víctimas de un engaño.

Sólo había una manera de estar segura. Elene, empero, se resistía a tomarla, no sólo por la traición que podría revelar, sino porque en tanto la respuesta estuviera en duda, ella podría seguir aferrándose a la idea de que Ryan sentía algo por ella por propia voluntad. Las ilusiones brindaban consuelo.

Volvió a caer dormida, aunque no con el propósito de consultar el problema con la almohada. Elene simplemente cerró los ojos, y la preocupación y la fatiga hicieron el resto. Cuando despertó hacía muchísimo calor en la alcoba. Nadie entró en la habitación y debía ser la tarde ya. La bandeja con los restos del desayuno aún seguía sobre la mesilla lateral y las puertaventanas, en lugar de estar cerradas para mantener el fresco de la noche, permanecían abiertas de par en par al aire caliente que se elevaba del patio.

Lo que la despertó fue un golpe en la puerta. Inmediatamente despúes, Devota entró y cerró las puertas a sus espaldas. Traía una vasija de bronce con agua caliente. Cruzando la habitación hasta donde estaba la jofaina de porcelana, la llenó con el agua de la vasija y comenzó a cambiar las toallas.

La doncella la miró por encima del hombro.

—*Monsieur* Ryan está de camino hacia la casa desde el embarcadero y le están recalentando la comida en la cocina. Pensé que tal vez querrías comer con él.

Elene se incorporó en la cama con cierto esfuerzo, pasó los dedos por el cabello para desenredarlo un poco y echarlo hacia la espalda. Con voz soñolienta aún, preguntó:

—¿Qué hora es?

—Bastante tarde, pero no tiene importancia. Después de todo, llegó un mensaje hace un rato diciendo que *monsieur* no podría regresar al mediodía. No vi ningún motivo para despertarte después de eso.

—No —dijo Elene, pensativa.

—Es posible que ni siquiera ahora quieras levantarte.

El tono amargo de la mujer alcanzó finalmente a Elene. La miró con asombro.

—¿Qué quieres decir?

—Si una rechaza la proposición matrimonial de un hombre, cualquiera puede suponer que no le interesa.

—¿De veras? ¿Y quién te contó que recibí una proposición matrimonial?

—Benedict recibió la noticia directamente de su amo, o así me lo dio a entender.

—¿Hablas con él, ahora?

—Era necesario decir algo anoche mientras esperábamos.

Mientras esperaban que la cita de amantes en el patio, entre amo y ama, llegara a su fin. Elene carraspeó.

—Ya veo. Da la casualidad de que Benedict te dijo la verdad.

Devota dejó la vasija de bronce en el suelo con un ruido sordo y se volvió para encararse con ella.

—Yo no podía creerlo. Pensé que debía ser un error. ¿Cómo pudiste rechazarlo cuando estás sola en este lugar, en Nueva Orleans, sin nada? ¿Cómo pudiste?

—De todas las personas, tú deberías entender mis razones.

—¡No las entiendo en absoluto! ¿Qué habría de malo en casarse con Ryan Bayard? Es joven, apuesto y rico, y si él desea verte a la cabecera de su mesa y en su lecho, ¿qué más puedes pedir?

—Sentías lo mismo con respecto a Durant.

—¿Y bien?

—¿Vale cualquiera de ellos como esposo? ¿Cualquier hombre serviría para el caso?

—Bayard no es cualquier hombre —replicó Devota con gesto desafiante.

—No, pero ¿qué me dices del amor?

—Él te ama.

—¿Porque me desea cuando no puede remediarlo? ¡Eso no es amor!

—Existe más que eso entre vosotros.

Las palabras serían más convincentes, pensó Elene, si Devota no desviase la mirada al decirlas.

—¿Existe? ¿Lo crees realmente? ¿Qué es entonces, puedes decírmelo?

Devota no respondió. Su delicado rostro moreno mostró la pena que la embargaba.

—Lo siento, *chère*. No fue mi intención hacerte dudar de ti misma. Ése jamás fue mi propósito, te lo aseguro.

¿Tenía dudas? Por supuesto que sí, aunque en este momento casi no importaba. Elene hizo un gesto impaciente.

—Ése no es el caso.

—Sí, lo es. Que el perfume te ayudara en un principio no significa que un hombre no pueda sentir nada por ti si no lo usas.

—¿No? ¿Y qué si no es así? ¿Qué pasaría si su amor excesivo se desvanece al mismo tiempo que yo me enamoro de él?

—Ah, *chère*, ¿existe algún peligro de que eso suceda?

—¿Qué importa? —gritó ella incorporándose en la cama—. Lo que yo deseo saber es...

La frase quedó truncada al abrirse súbitamente la puerta. Ryan irrumpió en la alcoba y paseó la mirada del rostro arrebolado de Elene al afligido de Devota. Entonces, le preguntó a la doncella:

—¿Se lo contaste?

Devota frunció el ceño.

—¿Contarle qué, *monsieur*?

—Pensé que la noticia podría haber llegado antes que yo, aunque vine en cuanto la oí.

Elene le contestó

—No he oído nada. ¿De qué se trata?

—Acaba de llegar un mensaje de parte de Morven.

Calló, como resistiéndose a seguir.

—¿Sí? ¿Qué mandó decir?

—Es sobre Hermine. Ella está... muerta.

La noticia conmocionó a Elene. Lo miró llena de asombro mientras pensaba en Hermine y sus salidas agudas e irónicas dichas con voz inimitable, en su extraordinaria comprensión de la gente que la rodeaba y en la vibrante corriente de vida tan evidente en todo lo que hacía. Era imposible que estuviera muerta. En un susurro quiso negar la realidad.

—No puede ser.

Ryan meneó la cabeza con profundo pesar.

—Parece imposible pero así es.

—Pero... ¿qué sucedió?

—Aún no se sabe con certeza ya que hace sólo una hora que descubrieron el cadáver. Morven considera que debe haber sido un accidente. El médico forense lo ha considerado un suicidio.

—¡Suicidio!

—Por una sobredosis de arsénico.

Morven Ghent, a pesar de toda su magnífica actuación como el trágico noble desesperado durante la representación en el *vauxhall*, no era un hombre indicado para morir por amor. Eso no significaba que no sufriera por la muerte de Hermine. Tenía los ojos enrojecidos y, de tanto en tanto, callaba en medio de una frase y se quedaba con los ojos clavados en el vacío, con una expresión de tan inefable dolor en sus facciones que todas las mujeres que lo veían ansiaban consolarlo. En los intervalos, sin embargo, hablaba con naturalidad y certeza de sus ideas sobre las posibilidades de éxito de un futuro teatro en Nueva Orleans y de las obras que podrían contribuir a una primera temporada satisfactoria; de adónde iría cuando abandonara la ciudad y de lo que pensaba acerca del futuro del teatro en Francia bajo Napoleón.

La recepción, si podía llamarse así, después del funeral de Hermine, se llevó a cabo en la casa de Rachel Pitot, una mansión al estilo antillano ubicada en las afueras de la ciudad. De ordinario, las visitas de condolencia no se realizaban hasta bien pasada una semana del entierro; pero Hermine vivió en la ciudad un tiempo tan corto, y la compañía de actores tenía tan pocos conocidos, que se creyó mejor brindar a Morven y a Josie el consuelo y el apoyo de la compañía de sus amigos. Los otros miembros del grupo que habían venido con ellos desde Santo Domingo debieron pensar lo mismo ya que todos estaban presentes.

Si lo que requería Morven era apoyo femenino, había muchísimo a su disposición. A un costado de Morven estaba sentada Josie ataviada de negro con un toque de blanco en el cuello y los puños, un atuendo muy parecido al uniforme de una criada de alguna de las obras que representaban; al otro, la viuda Pitot, de raso gris lavanda con una pelliza de encaje negro y en el cuello un collar de plata con un dije llamativo en forma de cobra de bastante mal gusto.

Cuando Elene se acercó para hablar con el actor, Morven se puso de pie, tomó la mano que ella le extendía, le sonrió mirándola con sus ojos verdes tan misteriosos y luego la estrechó contra su pecho. El abrazo fue excesivamente apretado, pues le amoldó todo el cuerpo a su alta figura. Le rozó la mejilla con los labios y la habría besado en la boca si no hubiese vuelto la cabeza para impedirlo.

Tomada por sorpresa, Elene esperó alguna reacción de su parte por ese contacto. Pero no hubo ninguna, salvo irritación por el descaro con que él se aprovechaba de las circunstancias. Desairarlo sería dar una muestra de falta de compasión por su pérdida. Con todo, mientras los brazos de Morven aumentaban la presión, fue sólo el comentario de Hermine hecho semanas atrás a bordo del barco, lo que le impidió usar un codo para apartarlo de ella. «El pobre no tiene control en lo que a mujeres concierne», dijo la actriz con burlona aceptación y quizá tenía razón.

A espaldas de Elene, Ryan se aclaró la garganta con un suave carraspeo de advertencia. Morven entonces la soltó sin demasiada prisa. La mirada que fijó en su amigo no mostraba ningún arrepentimiento.

—¿No escatimarás un abrazo, viejo, o sí? Algunas condolencias son más efectivas que otras.

—También pueden ser más peligrosas —respondió Ryan, y hubo otra advertencia en la frialdad de su sonrisa.

Ryan asistió al servicio fúnebre, así como también Mazent, Tusard y el mismo Durant. Las mujeres no hacían acto de presencia en tales ceremonias en Nueva Orleans, puesto que se consideraba una experiencia demasiado perturbadora. Ésta, en particular, lo era mucho más puesto que Hermine no podía, desde luego, ser enterrada en campo santo.

A medida que pasaban las horas de la tarde, Morven vituperaba más agriamente ese decreto papal. Hermine no tuvo el más mínimo motivo o intención de matarse, declaraba una y otra vez. Sin embargo, la Iglesia era inflexible al respecto; los médicos confirmaron el suicidio y, careciendo de pruebas en contra, debía ser tratado como tal.

—Lo que yo digo —le susurró *madame* Tusard a Elene, inclinándose y echándole el aliento caliente en la oreja—, es que a Morven Ghent le gustaría que todos creyéramos que la muerte de la pobrecita Hermine fue accidental. De otro modo, ese gallo presumido de actor podría verse obligado a admitir que si ella tuvo un motivo para quitarse la vida, se lo dio él.

—¡Usted no puede creer seriamente que Hermine haría semejante cosa! —protestó Elene.

—Sería muy posible si estuviera perdiendo a Morven, digamos, por esa mujer que está allí. –La esposa del ex funcionario señaló con la cabeza a Rachel Pitot–. Hermine no era rival para una viuda negra, como puede ser esa según me han dicho.

–Puede que los flirteos de Morven con *madame* Pitot no hayan hecho muy feliz a Hermine, pero no eran nada inusuales en él.

Madame Tusard sacudió la cabeza para mostrar su absoluto desacuerdo con Elene.

–Se dice que esa mujer practica la magia negra. Algunos hasta sugieren que la muerte de su esposo ocurrió en circunstancias muy extrañas.

–¡Oh, caramba! ¡No debe estar hablando en serio! –Elene no pudo ocultar su irritación por una habladuría tan maliciosa e infundada.

–Tal vez usted no lo crea, pero esas cosas suceden –insistió *madame* Tusard mostrándose herida por la actitud de Elene.

–Me sorprende –comentó lentamente Elene–, que usted defienda a Hermine. Tenía la impresión de que tuvo unas palabras con ella hace unos días.

La otra mujer le echó una mirada ceñuda cargada de odio.

–¿Está sugiriendo usted que algo que yo pudiera haberle dicho o hecho a esa actriz barata la indujo a ingerir veneno? ¡Le aseguro a usted que no es así!

–Pensé que había dejado bien claro que no puedo concebir que Hermine se quitara la vida voluntariamente, ni siquiera por Morven.

–Entonces, ¿qué es lo que está usted diciendo? –preguntó *madame* Tusard entornando al máximo sus ojitos negros.

Hubo algo tan frío y hostil entre las dos por un instante que Elene se sobresaltó. Sin embargo, la impresión se desvaneció cuando Josie se acercó a ellas y se sentó al borde de la silla próxima al canapé donde estaban sentadas Elene y *madame* Tusard.

La joven la observó con vivo interés.

–¿De qué estáis hablando aquí? Algún comentario jugoso, apuesto. ¿Sabiais que voy a asumir los papeles de Hermine en el escenario de ahora en adelante? Morven me lo ha prometido. Buscaremos a alguien que haga el papel de ingenua, alguna muchachita joven y tonta que no necesite mucho para estar contenta salvo la oportunidad de poder pavonearse con el vestuario teatral.

Madame Tusard volcó toda su ira sobre la recién llegada.

—Algunos de los papeles de Hermine eran muy exigentes.

Josie se encogió de hombros.

—Yo les daré mi propio estilo, o Morven puede cambiarlos. No tenéis idea de lo hastiada que estaba de desempeñar papeles de tonta, y de sentirme excluida y olvidada cuando Hermine y Morven hablaban de cómo representar sus papeles con profundidad, sea lo que sea lo que eso signifique.

—Puede que *madame* Pitot tenga algo que decir respecto a quién represente según qué en su escenario del *vauxhall* —insinuó la mujer mayor.

Los ojos de Josie se oscurecieron mientras fruncía el ceño.

—Por lo que a mí se refiere, cuanto más pronto nos vayamos de Nueva Orleans, mejor.

Elene echó un vistazo a través de la habitación al lugar donde *madame* Pitot se inclinaba sobre Morven, aferrada a su brazo.

—Parece una mujer posesiva.

—¡Es terrible! Debéis saber que ella ronda por nuestros cuartos aquí en la casa como si no tuviéramos derecho a ninguna intimidad, como si no fuéramos más que sus esclavos.

—Eso sucede cuando uno permite que otros lo mantengan —señaló *madame* Tusard con condescendencia.

—Nosotros hemos pagado por nuestro hospedaje, creedme —comentó Josie, misteriosa—. Morven más que nadie, por supuesto. Pero... ¿recuerdas el perfume que tú le regalaste a Hermine, Elene? La viuda, apenas lo olió, decidió que tenía que ser suyo. Hermine intentó decirle que era especial, pero no quiso escucharla. No hubo entonces más remedio que dárselo.

El perfume de Hermine. Elene se encolerizó al pensar que no se permitió que la actriz lo guardara para sí. No le hubiera sabido tan mal si hubiese podido darle otra botella, pero era demasiado tarde ahora. Demasiado tarde. Hermine estaba muerta, se había ido y con ella, su maravillosa habilidad para reírse del mundo y de sí misma, y también el sonido hipnótico y profundo de su voz. Para siempre.

Madame Tusard cambió de tema. Empezó a comentar el rumor que corría por las calles sobre un par de marineros de un barco recién llegado de La Habana que estaban muriendo de fiebre amarilla en un albergue de caridad. La enfermedad era una amenaza constante en las islas y un flagelo estival en Nueva Orleans. Parecía atacar a los últimos en llegar a la ciudad, como si prefiriera sangre fresca, o más bien como si el prolongado contacto con ella fuera una protección para los demás ciudadanos.

Sin embargo, mientras la esposa del funcionario hablaba, seguía mirando en derredor en busca de otros temas de conversación. Cuando Flora Mazent entró en la habitación, seguida de cerca por su doncella Germaine, *madame* Tusard la llamó en voz alta.

–Oh, Flora, ven a charlar con nosotras. Qué bonita estás esta tarde. Dime, ¿es verdad que tu padre va a anunciarnos algo importante en un futuro cercano?

La joven se encendió de rubor, pero no podía decirse si a causa de la turbación o del fastidio.

–¿Dónde ha oído semejante cosa?

–Una oye cosas por ahí. Pero ¿es verdad?

–No está decidido aún –la respuesta fue cuidadosamente elegida.

–Es verdad entonces. ¿Es guapo este presunto novio?

La joven les echó una mirada rápida y casi esquiva por debajo de las pestañas descoloridas.

–Algunas personas así lo creen.

–¿Quién es él?

Germaine se inclinó para decir algo al oído de la joven. Flora asintió. Con voz apenas audible, dijo a las demás:

–Preferiría no decirlo. Excusadme ahora, creo que me llama mi padre.

Josie se quedó mirando a la joven que se alejaba con una mirada mitad de desconcierto y mitad de incredulidad.

–¿Cómo puede alguien como ella conseguir un esposo y tan de prisa?

Madame Tusard soltó una carcajada áspera y cortante.

–Te asombraría conocer el poder de seducción que puede tener la riqueza.

–¿Así que ésa es la razón, entonces?

–Eso es lo que una intuye.

Elene, súbitamente, se sintió sofocada. Se puso de pie precipitadamente y se alejó de allí. Quería alejarse de las habladurías despiadadas, alejarse de quienes presumían lo peor, de quienes parecían incapaces, aunque sólo fuera por una vez, de imaginar lo mejor.

CAPÍTULO XIII

Era extraño cómo un día una persona podía estar rebosante de vida, riendo, hablando, comiendo, respirando, y estar muerta al siguiente. Era algo tan definitivo...; y sin embargo, nada se alteraba. Se la echaba de menos, estaba la sensación de pérdida y el dolor que causaba, pero la vida seguía su curso. El sol salía y se ponía, caía la lluvia y cambiaban las estaciones como siempre lo habían hecho. La muerte de un ser humano apenas si tenía alguna importancia. Tal vez era egoísmo pensar que debería tenerla y, aún así, tendría que dejar alguna huella, aparte de una simple lápida de piedra en un campo lodoso.

La trama de las vidas de los refugiados en Nueva Orleans se cerró sobre la muerte de Hermine sin un desgarro ni una arruga. Las autoridades no intentaron siquiera investigar el asunto. Desde su punto de vista, la actriz era una residente transitoria, alguien que no formaba parte de la comunidad a la cual estaban obligados a proteger bajo juramento. Más aún, era una mujer que pisaba las tablas, lo cual, en su opinión, la colocaba al mismo nivel de las mujeres que vendían sus cuerpos en las cercanías de los muros de la ciudad. Era ya casi una costumbre que tales mujeres se suicidaran o muriesen accidentalmente o a manos de sus amantes. La muerte de una más no era un asunto de gran importancia para la comunidad.

Los días pasaron despacio, avanzó el verano. Elene aprendió a manejarse por la ciudad, de manera que iba y volvía por sus calles con seguridad acompañada por Devota o Benedict, que la seguían de cerca llevando la cesta de la compra. Aprendió qué tenderos escatimaban y cuáles añadían una pequeña cantidad extra para endulzar una venta. Descubrió cuáles eran las mejores horas para recorrer los puestos del mercado en el malecón en busca de carne y verduras frescas, y cuáles evitar a causa de las nubes de jejenes, moscas domésticas y moscones azules alrededor de las bananas demasiado maduras, de las pilas de pescados hediondos y de las lonjas de carne colgadas de los ganchos. Perfeccionó el arte del regateo añadiéndole vivacidad, firmeza y súbitas sonrisas, o con pedidos desconcertantes de un poco más de esto o de aquello, de suerte que los totales tuvieran que ser recalculados varias veces. Y aprendió a eludir las miradas de los hombres en la calle para no brindarles la oportunidad de detenerla para charlar, o a devolverles sus reverencias con una ligera y fría inclinación de cabeza que no los alentara a seguirla.

Empezó a darse cuenta de que la sombrerera tenía razón, en parte, acerca de las mujeres de Santo Domingo. Eran instantáneamente reconocidas caminando por la calle o sentadas en los balcones de las casas. Demostraban cierto brío en la manera de inclinar las sombrillas o inspiración en la forma de drapear los mantones alrededor de los hombros. Casi nunca usaban sombreros o capotas, pero cuando lo hacían era con un cierto descaro ostentoso. Los matices y la gama de colores que elegían para sus atuendos hacían que los tonos más delicados que usaban las damas de Nueva Orleans parecieran, si no opacos y muertos, descoloridos y sin gracia. Y eso teniendo en cuenta que éstas eran las damas respetables de Santo Domingo.

Las mulatas con un cuarto o un octavo de sangre negra en las venas eran aún más conspicuas. Llevaban el cabello recogido con los *tignons* de seda brillante jaspeada con oro y plata, se pintaban los ojos con *kohl* y se colgaban alhajas centelleantes en las orejas. Los corpiños de sus vestidos, tanto los de mañana como los de noche, eran tan escotados que el creciente calor del verano casi no podía representar un problema, y si no lo era, la disminución de las capas de enaguas para hacer que las faldas se adhirieran a sus formas voluptuosas les brindarían el remedio. Se paseaban por las calles seguidas por una criada que a veces llevaba un perrito faldero o tal vez una caja de perfumes para contrarrestar los olores de las calles, un abanico o una sombrilla o hasta un espantamoscas de plumas de pavo real adornado con borlas y cintas. Casi parecían pertenecer a una casta aparte y se complacían gozosamente en su peculiar posición social.

De vez en cuando, Elene veía mujeres que conocía de Santo Domingo, o que recordaba de su niñez en la isla. Ella no hacía ningún esfuerzo por acercarse a ellas, ni ellas se desviaban de sus caminos para ir a su encuentro y hablarle, aunque creía haber visto algunas veces un destello de reconocimiento en sus ojos. La posición de ella no era respetable, y daba la sensación de que las apariencias eran cada vez más importantes en Nueva Orleans.

Una noche, Ryan planeó ofrecer una cena en su casa. A petición especial de su amante, Elene sería la anfitriona para dar la bienvenida a un grupo de comerciantes de la calle donde él vivía, además de uno o dos hacendados cuyas plantaciones estaban en las afueras de la ciudad. Entre estos últimos estaría Etienne de Bore, un encantador hombrecito que perfeccionó la granulación del azúcar en Luisiana, y también el guapo y rico joven Bernard de Marigny de Mandeville, que con sólo dieciocho años era ya un *bon vivant* famoso por traer de París el juego de dados la primavera pasada y por haber asistido a su padre a hospedar y agasajar a los príncipes reales de la Casa de Borbón durante el destierro a la colonia francesa cinco años antes. Marigny también era edecán del ilustre prefecto colonial y representante de Francia, Laussat. Laussat en persona había de ser el invitado de honor.

Elene estaba nerviosa. No sabía por qué puesto que tendría poco que hacer durante la velada. Discutió con Benedict, Devota y la cocinera el menú, desde la sopa de tortuga seguida de salmón escalfado en salsa blanca condimentada con camarones, cangrejos, chalotes y pimentón, hasta la carne de puerco asada con patatas pequeñas y judías verdes cocidas con salchichas, y el postre de pastelillos de melocotones frescos. Con todo, aunque ella misma indicaría el cambio de platos, no sería únicamente suya la responsabilidad de que los diversos manjares llegasen a la mesa en el orden apropiado y en debida forma. Podría introducir uno o dos temas si decaía la conversación, pero el desarrollo fluido y afable de la velada dependería principalmente de Ryan y sus sirvientes.

Por lo que Elene deducía, su función primordial sería proporcionar una influencia apaciguadora en caso de que la conversación subiera de tono, y también servir de ornamento para la casa de Ryan. Era discutible que ella estuviera capacitada para hacer cualquiera de las dos cosas.

Esta tarde cuidó hasta el más mínimo detalle de su apariencia para estar elegante y distinguida. Se atavió con el más formal de sus vestidos, el único que podía considerarse un auténtico vestido de noche. El traje, de seda de color rosa intenso, estaba intrincadamente drapeado y plegado sobre los senos, y desde debajo del mismo centro caía el profundo pliegue invertido de una falda amplia hasta el suelo que, a su vez, se prolongaba detrás en una pequeña cola. Los guantes y zapatillas de raso eran de un rosa pálido, y prendió varios pimpollos del mismo color entre los rizos del peinado alto que eligió para la ocasión. Para sentirse más segura, también usó el perfume, un elemento que se había convertido en algo tan fundamental para ella que se sentía desnuda sin él.

Los invitados llegaron bastante antes de la hora habitual para la cena. Los hombres que vivían fuera de los muros de la ciudad no podían quedarse demasiado tiempo o se encontrarían encerrados hasta la mañana siguiente. Ninguno parecía excesivamente preocupado por esa posibilidad, con excepción de Laussat, del que no se podía esperar que asumiera una actitud tan despreocupada con respecto a la posibilidad de sobornar a los guardias españoles, como los otros caballeros que lo acompañaban en esos momentos. No sería nada conveniente iniciar un incidente internacional, especialmente con una situación tan inestable.

Bernard de Marigny se retrasó, y cuando llegó, trajo consigo un acompañante para quien suplicó un lugar. La hospitalidad era flexible en la colonia; siempre había espacio y una buena acogida para otro invitado. Con la división de los sexos establecida en once hombres por una mujer, no existía la posibilidad de desequilibrar un arreglo de mesa cuidadosamente distribuido.

Mientras un sirviente se encargaba del sombrero y el bastón del acompañante de Marigny, Elene se volvió hacia el mayordomo, haciéndole una seña para que dispusiera otro lugar en la mesa. Al ver la rápida y fastidiada reverencia de Benedict, como si acusara su indicación por innecesaria, Elene le dio la espalda. Por su mente pasó la idea de que ahora serían trece a la mesa, pero no le dio importancia. No era un mujer supersticiosa, aunque sabía que tal cosa era frecuente en Nueva Orleans.

Un momento después, su optimismo y confianza desaparecieron. El decimotercer invitado era Durant Gambier. Cuando él se inclinó para besarle la mano, al tiempo que murmuraba sus excusas por haber sido invitado a última hora, su sonrisa era claramente irónica. Recobrando su aplomo con un gran esfuerzo, ella le dio la bienvenida en nombre de Ryan y girando en redondo marchó a conversar con *monsieur* de Bore.

Alrededor de la mesa la discusión era animada, hasta con momentos agitados. La pregunta que rondaba en la mente de todos era la referida a la situación en que se encontraba la colonia en esos momentos. ¿Era un hecho o no que hubiese sido cedida? Los norteamericanos estaban almacenando grandes cantidades de vino para brindar por el acontecimiento durante sus festividades del 4 de julio. La gente en las calles mascullaba su descontento y argüía que si existiera la posibilidad de que algo así llegara a pasar, seguramente se precisaba su opinión al respecto. Laussat estaba preocupado, pero aún no había recibido ninguna notificación oficial de tal transacción, así que su postura pública debía ser de esceptismo.

Hombre de no poco atractivo, tal vez cercano a los cincuenta años, el prefecto colonial Laussat tenía una abundante masa de pelo tupido, ojos de párpados caídos y mirada un tanto hastiada de los placeres materiales, boca firme y una hendidura en el mentón. Demostraba un gran interés por la comida, especialmente aquellos platos que contenían ingredientes originarios de la colonia. Parecía reacio a hablar de su posición, tal vez debido al típico temor de los políticos a decir algo que pudiera ser mal interpretado.

Sin embargo, hizo un corto comentario sobre el tema. Agitando displicentemente una mano en el aire, dijo:

—Los rumores sobre la cesión están ganando terreno, de ello me doy perfecta cuenta. El indicio más importante de las fluctuaciones del termómetro político respecto a este asunto viene dado por el mayor o menor afán que muestra la gente en buscar mi compañía. Al principio, cuando llegué, el interés era muy marcado, ahora decae.

Un respetuoso intervalo de silencio siguió al comentario del prefecto y fue Durant quien lo interrumpió.

—Por las opiniones que recojo —comenzó—, si la cesión es un hecho, causará grandes cambios en la colonia. Aumentarán considerablemente las perspectivas del comercio, y también las probabilidades de lucro de los hombres implicados en ese negocio.

El tono despectivo de su voz evidenció que consideraba tal ocupación indigna de un caballero como él. Fue obvio, además, que la indirecta desdeñosa iba dirigida a Ryan.

—El libre acceso a los mares del mundo estimulará el comercio, sin considerar quién esté en el poder —arguyó éste.

—Pero ¿acaso no es verdad que usted considera que las posibilidades son mejores bajo Estados Unidos que bajo España... o Francia?

La sonrisa que Durant dirigió a Ryan contenía un reto. Conocía muy bien su opinión al respecto. Lo que intentaba, bajo la apariencia de un comentario amable, era forzar a Ryan a comprometerse en una posición que enojara al prefecto y resultara extremadamente embarazosa más tarde si se descubría que los rumores sobre la cesión eran infundados.

Ryan se arrellanó en la silla mostrando una sonrisa cortés y naturalidad en sus modales.

—El beneficio mayor siempre será generado por el país que tenga el mejor acceso a esos mismos beneficios. Estoy convencido de que Napoleón podría convertir el Mississippi en un torrente de oro puro... si las vastas tierras y los ríos anchurosos que desembocan en él estuvieran ubicados un poco más cerca de París.

El prefecto colonial asintió con la cabeza.

—La distancia puede ser un obstáculo formidable. Pero si Francia pierde estas tierras, pierde una colonia con un magnífico futuro. Un área tan extensa debe emanciparse con el tiempo, pero mientras sea nuestra significará una fuente de riquezas y un valioso mercado para la madre patria. Yo tengo muchos planes para duplicar la agricultura y triplicar o cuadruplicar el comercio, dejando al partir un monumento duradero y honorable de mi paso por aquí. De no ser posible, si no puedo producir tal beneficio para la colonia, entonces, partiré abrumado por el pesar.

Estas palabras redujeron a Durant al silencio. De inmediato todos comenzaron a discutir otros temas de actualidad. Uno de ellos fue el incidente Bowles, un suceso que había hecho furor, protagonizado por un aventurero norteamericano, William Augustus Bowles, que compartió su suerte con los indios creeks con el fin de desalojar a los españoles de América, enredándose luego con el gobierno español. Arrestado, deportado de Mobile a La Habana, de La Habana a las Filipinas y de allí a África como un fardo indeseable; finalmente escapó y regresó con los creeks, sólo para ser traicionado por sus amigos indios por la suma de cuatrocientas piastras. Recientemente acababa de pasar por Nueva Orleans camino de una prisión en La Habana.

De Bowles, la conversación giró hacia las variedades de aves silvestres, desde los frailecitos norteamericanos, y diversas especies de aves acuáticas o cantoras, hasta las perdices, todas ellas aptas para el consumo en Luisiana, y de allí al calor increíble que sufrían y que hacía de las aves de corral una mala compra en los mercados. El mismo prefecto admitió que empezó la cría de aves de corral en un gallinero debajo de la galería de su casa donde tenía pollos, gansos, patos y pavos reales para su mesa; poseía también unas cuantas ovejas, uno o dos venados domesticados y media docena de mapaches en un jardín cercado de su propiedad.

Al ir avanzando la comida, Elene despertó en todos no poco interés, aunque nadie lo demostró abiertamente bajo la mirada vigilante de Ryan. Si los caballeros sentían curiosidad por su presencia o su función, no lo expresaron en voz alta. Elene, por su lado, recibió algunas miradas lánguidas y uno o dos bonitos cumplidos del joven Bernard de Marigny, que gozaba de reconocida fama de galante, pero no hubo en ello nada que ni siquiera una matrona pudiera haber objetado.

Fue Durant quien la hizo sentir más incómoda. Pasó casi todo el tiempo mirándola fijamente como no lo hacía desde la travesía en el barco, como si fuera un pobre hambriento y ella un manjar guardado bajo llave. Esta situación la incomodó sobremanera.

A decir verdad, no estaba con ánimo para coquetear. Ya fuera por la tensión de mostrarse constantemente amable y mantenerse al tanto de las tendencias encontradas que se discutían a su alrededor, o por la frecuencia con que llenaban las copas de vino, Elene se sintió dominada por una sensación de irrealidad. Empezó a dolerle la cabeza, y las voces de los hombres parecían subir y bajar en oleadas. Estaba acalorada y le ardía el rostro, pero al mismo tiempo sentía un débil temblor, como un escalofrío, recorriéndole la piel.

Era una noche extremadamente calurosa y con una extraña quietud en el aire, en la que el zumbido de los mosquitos que se filtraban por las puertas abiertas y rondaban debajo de la mesa picando los tobillos de los comensales, sonaba amenazadoramente. De vez en cuando se oía el retumbo sordo de lo que parecía un trueno. Mirando en derredor de la mesa, Elene vio que uno o dos de los hombres también tenían sus rostros encendidos, particularmente Laussat, que no estaba acostumbrado a un calor tan extenuante.

Fue un gran alivio para Elene cuando, una vez concluida la comida, Laussat declaró que no se sentía muy bien y que le agradaría llegar a su casa antes de que descargara la tormenta. Varios hombres más siguieron el ejemplo del prefecto, entre ellos Marigny y Durant. Elene se vio obligada a permanecer de pie al lado de Ryan junto a la puerta, aceptando el besamanos de despedida y los cumplidos efusivos sobre la velada cuando la mayoría de los invitados partieron uno tras otro.

Finalmente, sólo quedaron tres o cuatro hombres, entre ellos Mazent, que alegaba tener que discutir una proposición con Ryan que redundaría en beneficio mutuo. Se ordenó traer vino de Madeira y una fuente de confituras al salón donde se reunirían los hombres. Ryan besó a Elene en la mejilla y le sugirió que se fuera a la cama, ya que no sabía cuánto tiempo duraría la reunión. Ella se sintió más que feliz de obedecerle.

Devota no estaba en la alcoba cuando Elene llegó. Llamarla le pareció un esfuerzo demasiado grande en aquel momento. Le estallaba la cabeza. Estaba muy acalorada. Se arrancó los pimpollos del cabello y buscó con la mirada un lugar donde dejarlos. La mesa estaba demasiado lejos. Cerró los ojos, balanceándose de un lado a otro. Los pimpollos cayeron de sus dedos. La cama. Tan suave... Fresca sobre el colchón de musgo. Debía alcanzarla.

Las rodillas no le respondieron. Caía, caía.

Era curioso que no le doliera dar con el cuerpo en el suelo.

Fue más tarde, mucho más tarde, cuando oyó las exclamaciones de Devota, sintió las manos de las criadas sacándole la ropa. Colocaron un paño sobre su cara, y ella se estremeció tratando de retirarlo debido al dolor. ¿Por qué lloraba Devota?

Unos brazos fornidos la levantaron. Flotaba. Recordó un patio en sombras y sonrió. No. En otro momento.

La cama al fin. Tan suave. Tan caliente. Oscuridad y el ruido de la lluvia. Luz y el ruido de la lluvia, calmado, sedante. Alguien abrazándola, abrazándola siempre.

Paños mojados fueron pasados por todo su cuerpo, refrescándolo, mientras el vapor se elevaba de la piel ardiente. Tenía algo amargo, muy amargo sobre la lengua. Hizo unas arcadas y un líquido negro y viscoso salió de su boca. No tuvo intención de vomitar, era tan embarazoso... Ella conocía esa visión de Santo Domingo. Sangre negra. Fiebre amarilla. En algún lugar gritaba una criada. Tonta muchachita.

Una voz dura estalló en una orden severa. Ryan. Queridísimo Ryan. Sosiego y silencio, bendito silencio en el interior de su cabeza. Todavía alguien la sostenía entre sus brazos.

El tiempo se dilató, luego se desintegró. No hubo noche ni día, sólo dolor, ese abrazo mortal de la fiebre y las caras que iban y venían encima de ella. Intentó responder, ayudarlos, pero finalmente no pudo hacer otra cosa que refugiarse en algún lugar recóndito de su ser donde todo era gris y tranquilo y no se requerían más esfuerzos por su parte. Allí permaneció oculta como una criatura jugando al escondite, hasta recobrar el resuello o hasta que el perseguidor estuviera cerca. Y la penumbra grisácea se extendió a su alrededor, cubriéndola con capas cada vez más oscuras.

Desde las profundidades de un abismo de oscuridad y silencio, Elene, emergiendo paso a paso, lentamente, flotó hacia el sonido de voces, suplicantes unas y coléricas otras. En la lengua sintió el gusto de una de las numerosas infusiones de hierbas de Devota, un sabor que reconoció como parte de su infancia. Era desagradable, pero reconfortante. Abrió los ojos.

Alrededor de su lecho, ardían velas y había un anillo de arena blanca sobre la alfombra. Al lado de ella estaba Devota de pie. La doncella murmuraba un conjuro mientras le salpicaba el cuerpo debajo de la sábana con un líquido extraído de una calabaza hueca que sostenía con una mano.

Al mismo tiempo, un hombre vivaz y muy pulcro, con calva incipiente y quevedos montados en el puente de la nariz, se paseaba, agitado, de un lado a otro de la alcoba denostando tal ceremonia pagana cuando era la ciencia de la química y las soluciones de quinina las que debían salvar a la pobre damisela. Él, el doctor Blanquet Ducaila, profesor de química, tuvo el honor de atender al prefecto colonial cuando padeció este terrible mal de la fiebre amarilla y lo ayudó a salir de la crisis. Haría lo mismo por *mademoiselle* Larpent, si se lo permitían. Lo intentaba, lo intentaba de verdad. Pero nunca se había encontrado ante tanta ignorancia como la que reinaba entre los profesionales médicos de esta ciudad, con sus purgantes y vomitivos y sangrías, y ahora, nada menos que tenía que contender con esta superstición de inimaginable salvajismo. ¡Estaba asombrado! ¡Realmente escandalizado! Cuando a su regreso a Francia se lo contara a sus colegas médicos, nadie le creería. Si *mademoiselle* moría, era esta diabólica criatura del vudú la que debería responder ante *monsieur* Bayard. ¡Él se guardaría muy bien de encararse con el comerciante-corsario si tal cosa llegara a pasar, sí señor!

Por debajo de los párpados, Elene se miró las manos. Estaban amarillas por la ictericia y delgadas, muy delgadas. Tenía el cuerpo humedecido por las rociaduras de la calabaza de Devota y un calor húmedo le bañaba la piel. Estaba tan caliente que su pelo parecía quemarle el cuello y el peso de la sábana que la cubría era casi inaguantable. No había aire en la habitación ya que todas las puertas y ventanas estaban selladas. Las llamas de las velas parecían gigantescos fuegos rugientes. Podía oírlas arder, sentir su calor abrasador. Y las dos personas que rondaban a su alrededor seguían hablando sin cesar, con sus voces retumbándole en la cabeza, llenándola, restallantes y zumbadoras, hasta que se perdía el significado de las palabras y sólo quedaba el sonido, como un ruido enloquecedor, ineludible.

Se abrió la puerta de par en par. Ryan entró en la habitación. Llevaba puesta una bata y tenía el pelo revuelto, como si acabara de levantarse de la cama en alguna otra parte. Tenía oscuras ojeras debajo de los ojos y la barba incipiente en el mentón parecía brillar con destellos plateados, como si empezara a encanecer. Miró a Devota y al médico con el ceño fruncido por el disgusto al tiempo que exigía:

–¿Qué es este ruido?

Los dos empezaron a hablar a la vez hablando atropelladamente. Sus voces rugieron en los oídos de Elene. Cerró los ojos y gimió con lasitud.

–¡Basta ya! –ordenó Ryan.

Las voces callaron. Las pisadas de Ryan se acercaron al lecho con lenta cautela.

–*¿Chère?*

Ella abrió los ojos como si levantara unos párpados de incalculable peso. Clavó la mirada en la del hombre que la contemplaba desde arriba.

–Mucho calor –susurró.

–Lo sé. No intentes hablar.

Ryan la observó con el corazón en un puño. Se estaba muriendo, lo sabía, muriendo porque él la trajo a Nueva Orleans. Si la hubiese dejado en Santo Domingo... Pero pensar en ello no ayudaba en nada. Cómo ansiaba poder darle su salud, ser él quien padeciera y no ella. ¿Por qué tenía que ser Elene? ¿Por qué?

Tendría que estar fea con la ictericia amarilleándole la piel y la fiebre quemando la fina envoltura de carne sobre sus huesos. En cambio, se veía más hermosa y distinguida mientras yacía en ese lecho enorme con la luz de las velas rielando en las ondas de su cabellera y los ojos inmensos y brillantes por la fiebre, como si fuera una santa atrapada en la agonía de la pasión mística. Sin duda era una blasfemia pensar así cuando debería estar orando por ella, pero no podía evitarlo.

¡Santo Dios, qué impotente se sentía! Tal vez debiera permitir que la sangraran; todos decían que era una hemorragia nasal espontánea lo que salvó al prefecto Laussat hacía dos días. Pero también estuvo a punto de matarlo. El prefecto permaneció en letargo durante horas antes de que el profesor de química que trajo con él de Francia lo declarara fuera de peligro.

Tal vez debieran frotarla de nuevo con la esponja mojada para aliviarle la fiebre; eso era lo único que parecía ayudarla en algo. Ryan miró a Devota, a punto de hacerle la sugerencia, pero la mujer, con los ojos cerrados, estaba moviendo los labios, sumida en su conjuro pagano. El profesor se tironeaba el labio observando a la mujer que yacía en el lecho con la duda brillándole en los ojos. Ryan volvió a mirar a Elene.

Ella tenía la vista clavada en él con una súplica en los ojos. Su voz no fue más que un suspiro al hablar.

—¿Afuera?

—Yo no lo recomiendo —declaró el doctor Ducaila, decidido—. El aire nocturno, ya sabe usted. Absolutamente nocivo.

Devota abrió los ojos.

—No debe romper el hechizo. Dentro del anillo de arena ella estará protegida.

La mano de Elene se crispó, avanzando lentamente hacia él. Ryan no necesitó más. Dio un paso hacia la cama y echó atrás la sábana dejándola al pie del lecho, de un solo movimiento.

—Se lo advierto, *monsieur* —exclamó el médico—, corre el riesgo de contagiarse si experimenta más que un ligero roce con la piel de la enferma.

Ryan le lanzó una mirada de desdén. Metiendo las manos debajo del cuerpo de Elene, la levantó apretándola contra su pecho y giró hacia la puerta que se abría a la galería.

Devota se interpuso en su camino. Los ojos azules de Ryan eran fríos y duros al chocar con los de la criada, pero los suavizó por consideración a la mujer que tenía entre sus brazos.

—Ábrela —dijo.

La criada le estudió el semblante un largo momento. Lo que vio allí pareció decidirla. Retrocedió bruscamente y se volvió para abrir la puerta de par en par.

Ryan la atravesó y caminó por la galería a paso largo. La noche era tan oscura y calurosa que nada se agitaba. Él continuó hacia la escalera, descendió por ella hasta llegar al patio. Se detuvo allí por un momento, luego se encaminó hacia la sombra negra del roble.

Se oían pasos detrás de él. Era Devota. Traía un banco de madera que colocó contra el árbol. Ryan se sentó pesadamente y apoyó la espalda contra el tronco mientras acomodaba a Elene en sus rodillas. Con una mano le retiró el cabello de la cara y alisó las largas hebras enredadas en las cintas del camisón. Le palpó la mejilla y se desesperó al comprobar que la fiebre no cedía. Inclinando la cabeza, la besó en la frente con ternura.

El alivio por estar al aire libre y el placer que le producían las caricias suaves sobre la piel acalorada, eran tan grandes que Elene suspiró y se acurrucó más entre los brazos del hombre que la sostenía. Sabía que había estado en esta misma posición durante horas interminables en los últimos días, y no le importaba si no se movía de allí nunca más.

De la piel caliente subía la fragancia que parecía formar parte de ella, y que era aplicada sobre su cuerpo por Devota aun durante la enfermedad. El aire alrededor de Ryan estaba impregnado con su aroma, una armoniosa fusión arrebatadora que intentaba cautivarle el espíritu con insinuaciones de mil recuerdos semiolvidados y mil deseos fervientemente recordados.

–Elene, mi amor, te amo –murmuró él, y las palabras casi se perdieron en el susurro de un soplo de brisa entre las hojas del roble.

Pero ella las oyó, maravillada de que él pudiera tener a flor de labios precisamente las palabras que ella más necesitaba oír, aunque no fuera sincero al decirlas. Soltó un suspiro y cerró los ojos.

Quizá una hora después, mientras Elene dormía, su cuerpo se bañó en sudor frío al empezar a ceder la fiebre. La transpiración, mezclada con el perfume, empapó el fino camisón que usaba Elene y humedeció la bata de Ryan hasta que él estuvo bañado en la esencia misma de la mujer que apretaba contra su pecho. Al sentir el calor húmedo y dulzón le pareció obra de un milagro y un júbilo extraño e inevitable se apoderó de él.

Los días más ardientes del verano, los de la fiebre, pasaron lentamente. Las lluvias cotidianas, descargándose puntualmente todas las tardes, continuaron, haciendo que las cortinas mostraran huellas de hongos grises y cualquier artículo de cuero encerrado se cubriera de moho. La convalecencia de Elene fue lenta debido a la humedad y al calor incesantes. Pasó julio, y agosto ya casi estaba sobre ellos antes de que Ryan considerara que Elene estaba lo bastante fuerte para recibir visitas.

La primera en ir a verla fue *madame* Tusard. Ryan no dejó a la mujer a solas con Elene, sino que se quedó montando guardia como si no tuviera nada mejor que hacer. Elene le sugirió que fuera a atender sus asuntos que, estaba segura, debía haber descuidado bastante, pero él ni quiso oír hablar de ellos. La razón era posiblemente que conocía ya la noticia que *madame* Tusard estaba tan ansiosa por divulgar.

Primero observó el cambio de cumplidos habituales; preguntó por la salud de Elene y expresó su pesar por la ausencia de la joven en el grupo. Se mencionó el restablecimiento de la salud del prefecto colonial, que también se recuperaba de la fiebre, pero sin concertar citas aún. Luego ambas comentaron los progresos de la epidemia de fiebre que hasta ahora ahuyentó a gran cantidad de personas río arriba buscando refugio en las casas de familiares y amigos hasta que el peligro pasara.

Madame Tusard y su esposo consideraron la idea de partir, pero los gastos resultaban desorbitados y el viaje incómodo y embarazoso, ya que, no habiendo prácticamente posadas en todo el camino, tendrían que depender de la buena voluntad y hospitalidad de los terratenientes a lo largo de las márgenes del río. Era una pena lo que pasó con Mazent; la gente decía que él y su hija pensaron en abandonar la ciudad antes de su muerte.

Pasó un momento antes de que las palabras de la mujer, dichas con tanta naturalidad, penetraran en el cerebro de Elene y tuvieran sentido. Elene preguntó:

—¿Quiere decir... que *monsieur* Mazent ha muerto? ¿El padre de Flora?

—Me temo que sí. Una verdadera tragedia.

—¿Murió de la fiebre?

—No, no. No fue mi intención que lo interpretara usted de esa forma. Los médicos estaban bien seguros de que era fiebre amarilla al principio, o algún cólico debido a sus desórdenes estomacales. Pero luego, este doctor en química traído de Francia por el prefecto colonial vio el cadáver por casualidad y dijo de inmediato que la causa de la muerte no fue ni la fiebre ni un cólico. ¡Fue algo que usted jamás adivinaría!

Mientras *madame* Tusard hacía una pausa dramática y expectante, Elene meneó la cabeza.

–Estoy segura de que no podría. ¿Cuál fue la causa?

–Arsénico, *chère*. ¿Puede usted creerlo?

Arsénico. Primero Hermine, ahora Mazent. Un escalofrío corrió por el cuerpo de Elene.

–Oh, pero ¿cómo? ¿Por qué?

–Nadie lo sabe. No parece haber móviles, aunque algunos sospechan de la criada, Germaine. Flora está postrada, por supuesto, pobre criatura. Además, su compromiso estaba a punto de ser anunciado. Una supone que eso será postergado hasta después del período de duelo.

–Parece increíble. ¿Está usted segura?

Una segunda muerte por envenenamiento parecía demasiado extraña. ¿Qué conexión podía existir entre las dos, la de una actriz y la de un hacendado maduro?

–El médico de Mazent y el hombre de Laussat están en completo desacuerdo. Se comenta por ahí que ese doctor de París mencionó un hedor a ajo como indicio seguro de envenenamiento, aunque el ajo es un condimento muy común en la comida de Nueva Orleans.

–Entonces es posible que haya sido una muerte natural, después de todo –dijo Elene con alivio.

–Puede ser. Por supuesto, siempre habrá quienes se rían disimuladamente y sostengan, cuando un hombre de la edad de Mazent tiene una concubina, que expiró por lo que se conoce como un exceso de excitación física.

Los ojitos de la mujer relumbraron cuando sugirió esto.

–Usted insinúa...

–Precisamente...

–*Monsieur* Mazent y Germaine, después de todo este tiempo. Parece improbable.

–Le aseguro yo que estas cosas suelen suceder.

Elene pensó en alguna forma de desviar los pensamientos de *madame* Tusard.

–Flora se encontrará perdida sin su padre.

—Sin duda. La fortuna que heredará no la compensará por esta pérdida, aunque supongo que ya se presentará el novio para consolarla; ciertamente no podría ser tan necio como para ser tímido al respecto. No hay ninguna duda de que ese hombre fue elegido por el padre. No es necesario que Flora lo acepte de inmediato, por supuesto, pero no veo que tenga otra salida.

—En realidad no —respondió Elene, aunque no estaba pensando en la reacción de Flora ante sus perspectivas conyugales—. ¿Quién piensa usted que podría ser el novio?

Una expresión de disgusto cruzó por el rostro de *madame* Tusard.

—La testaruda jovenzuela no quiere decirlo; de hecho, se muestra demasiado empecinada en eso de guardar en secreto el nombre de su dechado de virtudes. Caramba, una sólo puede suponer, a menos que hubiera algún desacuerdo entre ella y su padre... y pensándolo detenidamente me pregunto si se casará ahora con el elegido de su padre. —El destello de una sonrisa astuta brilló en los ojos negros de la mujer—. Una tiene el derecho de hacer conjeturas, a pesar de todo, y yo no puedo evitar que vuelva a mi memoria que fue Durant Gambier quien acompañó a Flora la noche que asistimos al *vauxhall*.

Era precisamente lo que Elene había estado pensando. Casi para sí misma, comentó:

—En realidad no puedo imaginar a esos dos unidos.

Madame Tusard soltó una carcajada cuyo sonido fue chocante por la amarga ironía que reflejó.

—Ni yo tampoco, pero se han hecho uniones más extrañas cuando media el dinero.

Elene pensó en las cantidades que derrochaba Durant y cómo la muerte de Mazent convertía a su hija en heredera de la fortuna, y un escalofrío le corrió por la espalda.

Por el rabillo del ojo Elene vio que Ryan daba un paso adelante. Tenía las facciones tensas y su rostro era una máscara dura y fría.

—Eso será suficiente por ahora, creo. Estoy seguro de que Elene le agradece su visita, *madame*, pero no debe fatigarse.

—Oh, pero tengo tantas cosas que contarle...

—En otro momento.

Las tajantes palabras sirvieron de despedida. *Madame* Tusard se retiró, aunque no sin lanzar antes una buena cantidad de resentidas miradas en dirección a Ryan. Sin prestarle ninguna atención, retiró las almohadas que colocó en la espalda de Elene para sentarla cómodamente en la cama, y la obligó a acostarse y tratar de dormir un poco. Pudo ser la imaginación de Elene, pero le pareció que las manos de Ryan no eran tan amables como de costumbre, ni su recomendación de que durmiera tan cariñosa. Más aún, mientras ella descansaba, por primera vez en varias semanas, él dejó la casa.

Josie fue a visitarla a la mañana siguiente mientras Ryan estaba fuera. Estaba ataviada de una manera que le recordó el estilo de vestir de Hermine, mucho menos extravagante de lo habitual en la joven actriz. Le daba cierta elegancia, y hasta una pizca de dignidad. Con todo, le era imposible imitar la voz de Hermine como lo hacía con su vestuario y su modo de actuar, y aunque era divertida en su parloteo sobre obras de teatro, modas y chismes escandalosos, tampoco podía copiar el ingenio corrosivo de Hermine.

—¿Cómo está Morven? —preguntó Elene.

—Como de costumbre. Retiene cautivada a la viuda mientras sigue flirteando con todas y cada una de las mujeres que se le acercan. Yo no sé a qué viene tanta agitación por él. Se dignó a mostrar interés por mí una noche que la viuda estaba ausente, y francamente no fue un amante tan extraordinario que digamos.

Elene casi se atragantó con el café.

—¿Quieres decir que tú y él...?

—Terminó antes de que yo me diera cuenta siquiera. Nunca en la vida me sentí tan decepcionada. Los hombres son tan extraños... En realidad, son aquellos de los que nunca esperarías nada en absoluto los que resultan mejores en todo.

—¿Lo dices basándote en tu vasta experiencia?

Josie sonrió forzadamente.

—He tenido unas cuantas relaciones, más que tú, no lo dudo. Verás, mi nuevo amigo no es nada del otro mundo en apariencia, pero sí sabe usar muy bien lo que tiene, y se muestra tan agradecido de que se le conceda el privilegio... Asimismo, es más generoso de lo que podrías imaginar jamás. Nada podría ser mejor.

—¿Tienes intención de casarte con él?

—¿Por qué piensas semejante cosa? No, no me apetece en absoluto estar atada a un hombre. Además, él está casado.

—Ya veo.

—¿De veras? —inquirió Josie mostrándose un poco pagada de sí misma y arqueando la espalda para sacar el busto mientras miraba a Elene con desconfianza—. No veo que tú te des mucha prisa para casarte con Ryan. Supe por *madame* Tusard que él es excesivamente atento contigo, que vigila tu salud y bienestar con la devoción de un caballero protector.

—Exagera —dijo Elene ensayando una risita.

—¿Tú crees? ¿Cuando no ha abandonado tu cabecera por semanas? Ésta es una dedicación que sobrepasa en mucho a la de la mayoría de los amantes... superior a la de la mayoría de los esposos, si vamos al caso. Sería aconsejable que lo atrapes mientras puedas.

—¿Me convendría de veras?

—No es necesario que te burles; tú no tienes una profesión de la cual echar mano.

—Yo tengo mi perfume —replicó Elene con cierta obstinación.

—Es verdad, lo que me recuerda que necesito una botella. Le he hablado de ese perfume a mi... a mi amante y me ha dado el dinero. Chochea por darme todo lo que yo quiero.

Elene miró en derredor, buscando a Devota para enviarla a buscar una botella del perfume; pero en algún momento de la conversación, la criada salió de la alcoba sin que lo advirtieran. Josie continuó parloteando sobre diferentes temas, saltando de la muerte de Mazent y la subsiguiente expedición de Flora en busca de ropa de luto enriqueciendo a numerosas tiendas, al paseo en bote organizado por Bernard de Marigny para agasajar a varios de sus amigos íntimos y a dos o tres mujeres cuidadosamente elegidas entre las que se encontraba Flora. De algún modo, el perfume quedó olvidado.

Elene lo recordó media hora después de la partida de Josie. Se volvió de inmediato a Devota para contarle el problema.

—¿Por qué no le envías una botella a Josie?

Devota hizo una pausa en la tarea de apilar en una bandeja los pocillos de café que Elene y su convidada usaron y las fuentes cubiertas de migajas de torta. Fue sólo una brevísima vacilación, aun así significativa para Elene, que observando las facciones severas de la criada, advirtió cómo evitaba mirarla a los ojos.

—¿Algo anda mal?

—Nada, *chère*. ¿Cómo puede ser que algo ande mal ahora que te estás reponiendo?

—Es el perfume, ¿no es cierto?

En ese momento cruzó por la mente de Elene un tropel de recuerdos; recordó a Devota trayéndole el nuevo perfume mientras ella hablaba con Hermine. Rememoró los tres días que Ryan se abstuvo de tocarla en la cama coincidiendo con la época en que no usaba el perfume, y la manera en que él regresó a ella como un imán al acero cuando se roció con el recién elaborado. Las recientes palabras de Josie resonaron en su cabeza. *Devoción. No ha dejado tu lado en semanas. Dedicación.*

El silencio de Devota fue un asentimiento.

—Es el mismo. Tú le agregaste el ingrediente que faltaba.

—No hubiese sido el auténtico si lo hubiera omitido.

—¡Ahora es el original! ¡No puedes ir por ahí dándole a la gente semejante poder!

—Pensaba que tú no creías en ello.

—¿Cómo puedo no creerlo? —gritó Elene, desesperada.

—Su poder aumenta cuando se lo conoce y se cree en él.

—Pero eso no significa que no surta efecto. ¿O sí?

—No, *chère*.

—¿Acaso las otras, Serephine y Germaine, saben lo que compraron? —preguntó lentamente Elene.

—Lo saben.

Por supuesto que sabrían, siendo también de Santo Domingo. Lo más probable era que fueran miembros del culto vudú, conocedoras de sus misterios. Hermine no sabía nada, y ahora estaba muerta.

En voz alta, dijo:

—Se lo contaste a ellas, pero no a mí.

—Para salvaguardar tu futuro. Debiste haberte casado con Ryan, entonces esto no tendría importancia.

Elene se quedó con la mirada fija en su doncella y vio en sus ojos oscuros el reconocimiento de su traición. Elene creyó que la devoción de Ryan, que el amor de Ryan era por ella misma.

—Importaría.

—Lo hice por ti, sólo por ti. —Las palabras de la criada, aunque dichas en voz queda, flotaron en el aire ominosamente.

Elene cerró los ojos abatida por un súbito cansancio. Después de un tiempo, oyó el suave tintineo de la loza y las suaves pisadas de Devota camino de la cocina.

Elene permaneció inmóvil en el lecho, intentando resolver el significado de que el perfume no fuera lo que pensaba, tratando de calcular cuántas personas tenían el perfume y cómo podrían verse afectadas por él.

Tampoco pudo evitar pensar en lo mucho que la afectaba a ella. Alguna vez la fascinó la capacidad del perfume de subyugar, de cautivar a la gente. Ahora sentía que ella era su verdadera y más firme esclava, pues, ¿quién podía ser más dependiente de su poder que ella, desvalida sin él?

CAPÍTULO XIV

El primer día que Elene se encontró lo bastante fuerte para cambiar el camisón y el peinador por un vestido mañanero de batista amarilla adornado con enredaderas y hojas verdes bordadas a mano, y dejar los almohadones y el canapé, descendió al taller de la planta baja. Se movió con cuidado por la casa, no tanto por la debilidad que aún la aquejaba, como por no llamar la atención de Devota. La criada no aprobaría lo que ella tenía pensado hacer. Sería conveniente terminar la tarea que se encomendó antes de que se enterara de qué se trataba.

Elene encontró un pote de aceite de oliva vacío, una vasija de barro cocido con la forma de un inmenso caracol. Habría preferido un cubo, pero al no haber ninguno disponible, usaría éste para sus propósitos. Colocando el pote sobre la mesa de trabajo, bajó de un estante la botella que contenía los restos del perfume que preparó Devota. Destapándola, vertió todo el contenido en el pote. Luego, dejando a un lado la botella grande, empezó a reunir las botellitas azules con cintas verdes y lavanda atadas al cuello ya listas para la venta. Sostuvo una en la mano, sintiendo su peso ligero, alisando el vidrio con el pulgar mientras lo miraba con tristeza.

Recordó el orgullo y la esperanza que acompañaron su envasado, los sueños de independencia, y la certeza de estar haciendo algo para asegurar su futuro. Había tantos esfuerzos suyos y de Devota en su interior, tantos planes, tanta anticipación de éxito... Inútil, todo eso era completamente inútil.

Las lágrimas le arrasaron los ojos, quemándole antes de escurrirse por entre las pestañas. Los dedos se crisparon alrededor de la botellita hasta quedar blancos.

Poder, eso era principalmente lo que representaba la botellita que sostenía en la mano, la habilidad de dominar a los hombres, y por ende, los placeres y elegancias de la vida. Poder, no sólo para ella sino para incontables mujeres más. Qué bendición resultaría el frasco para ellas, al proporcionarles los medios para ordenar sus vidas a su gusto sin tener para nada en cuenta los dictados de los hombres. Era un pensamiento que dejaba sin respiración por lo atrevido.

También era un poder que sería deshonesto utilizar, además de peligroso. Ella no podía hacerlo, ni permitirlo.

Con una torsión súbita de los dedos, destapó la botellita y volcó la ínfima cantidad de perfume en el pote de aceite de oliva. El olor del líquido se elevó en el aire, empalagoso por su intensidad, sofocante por las promesas incumplidas y la subyugación que había llegado a representar. Elene esperó que cayera la última gota de perfume antes de poner la botellita a un costado. El líquido espeso se escurrió por sus dedos y sobre las cintas verde y lavanda en el cuello de la botella, pero Elene lo ignoró. Buscó entonces otra botella y después otra y otra más.

—¡Qué estás haciendo!

Elene no recordó haber oído jamás la voz de su doncella sonar tan parecida a un grito hasta el momento en que soltó la exclamación. Al responderle no levantó los ojos para enfrentarse con ella.

—Evitando una ventaja injusta.

—¡Es una locura!

—Es curioso; a mí, en cambio, me parece lo único razonable.

Elene dejó sobre la mesa la botellita que tenía en la mano y se enjugó las lágrimas con un gesto lleno de impaciencia antes de continuar con otra. Quedaban sólo tres.

La mirada de Devota paseó por las botellitas que quedaban hasta el pote de barro cocido.

—¿Qué harás con eso?

—Destruirlo.

—¿Vertiéndolo en la calle? ¿No es acaso un riesgo?

—¿Piensas que alguien puede revolcarse en el barro o recogerlo junto con el lodo? No lo creo. Pero lo verteré en el río. Tanta cantidad de agua logrará debilitarlo.

—No puedo permitirte que lo hagas.

—No puedes detenerme —Elene hablaba con suma determinación y Devota lo comprendió.

—Piensa en el collar de tu madre. ¿Cómo lo recuperarás si destruyes lo que se compró con él? Lo perderás.

—No puedo remediarlo.

Cuando Elene se estiró para recoger otra botella, Devota extendió rápidamente la mano y tomó las dos que quedaban, apretándolas luego contra su pecho.

—Éstas las reclamo como mi parte, por mi labor.

Elene no creyó posible arrancarle las botellas a Devota en esos momentos, aun considerándolo necesario. Pero ya encontraría alguna manera de neutralizar el poder del perfume.

Se encontraron las miradas, una oscura reflejando preocupación, la otra límpida e implacable.

—Usa tú ese perfume si lo deseas, pero no debes venderlo.

—No, *chère*.

—¿Cuento con tu promesa?

Devota hizo un brevísimo gesto que, para aquellos iniciados que lo reconocieran, la obligaba a cumplir la promesa con mayor rigor que si fuese un juramento cristiano.

—Muy bien entonces. ¿Hay alguien más a quien hayas vendido o dado el perfume que yo no sepa, aparte de Hermine, Germaine y Serephine?

—A nadie más.

—Me alegro. Resultará más fácil entonces.

Devota la observó con ojos ensombrecidos por pensamientos ocultos.

—¿Qué piensas?

—Recobrar el perfume vendido.

—Puede que no sea una tarea fácil.

Elene lo sabía muy bien, pero no podía permitir que eso la desanimara. Tenía que hacerlo para descargar su conciencia. Debía intentarlo al menos.

Decidió empezar por *madame* Rachel Pitot. No la guiaba ninguna razón especial, excepto la idea de que la mujer podría ser más fácil de convencer al no saber exactamente qué representaba ese perfume. Para inducirla a devolverle la botella, Elene preparó el pretexto de un ingrediente equivocado que podría producir escozor en la piel, y planeaba llevar todo el dinero que tuviera para ofrecerle otro perfume que lo reemplazara. Tenía la esperanza de que esto último no fuera necesario, puesto que *madame* Pitot era una mujer adinerada y, además, no pagó nada por el perfume. No obstante, sabía que los ricos eran notoriamente tacaños cuando de pequeñeces se trataba.

Por alguna razón se sintió llena de brío al prepararse para la entrevista. Su atuendo de paseo de popelina azul era sumamente adecuado para la visita, y su pequeño sombrero de paja con velo sobre la cara para proteger su cutis del sol era elegantísimo y práctico a la vez. Pero se tomó su tiempo para colorear las mejillas, todavía muy pálidas por la enfermedad, y hasta recurrió a un toque de carmín sobre los labios. Al ver los resultados en el espejo cuando estuvo lista, se prometió engullir todo lo que pudiera en cada comida hasta estar tan redonda como una barrica, puesto que, aunque había recuperado un poco del peso perdido, todavía se veía demasiado delgada.

No tenía ningún carruaje que la llevara hasta la casa de la viuda y, aunque la distancia no era demasiado larga, se vio obligada a detenerse dos veces para descansar, sentándose en uno de los bancos colocados en las puertas de las tiendas y casas para comodidad de los que deseaban tomar aire fresco, o como lugar de descanso para los clientes entrados en años. El sol calentó con más fuerza al elevarse en el cielo matinal, haciendo que el aire ardiente subiera en oleadas desde el fango del camino fuera de los muros de la ciudad, y secando las huellas recientes casi delante de sus ojos. Elene podía sentir la transpiración que corría por su espalda humedeciendo la parte trasera del corpiño, y mantenía el pañuelo en una mano para enjugarse la cara por debajo del velo que la cubría.

Por fin se encontró ante la casa de la viuda. Cuando Elene subía por la escalera de la entrada y se internaba en el ambiente más fresco de la galería, se dio cuenta de que debía haber enviado un recado para avisar que vendría. La dama bien podría tener destinado un día especial para recibir visitas y pasar las otras mañanas visitando a sus amistades.

Sin embargo, la puerta principal de la casa estaba abierta, tal vez con la idea de dejar pasar cualquier brisa leve, lo cual era poco frecuente, al interior de la casa. Elene llamó a la puerta con un ligero golpe y de inmediato apareció un sirviente que, haciendo una reverencia, la invitó a pasar. La llevó hasta el salón, donde le rogó que se sentara mientra iba a ver si su ama recibía esta mañana.

Rachel Pitot recibió a Elene en su saloncito íntimo, una habitación adornada con colgaduras de muaré en delicado tono melocotón y generosamente amueblada con sillas doradas tapizadas de raso de una época de mayor opulencia. Bajo todos los conceptos, ella daba la sensación de acabar de levantarse de la cama. Tenía el cabello suelto y enmarañado que le caía por la espalda, y el camisón y peinador se veían arrugados como si se acostase con ellos puestos. Se reclinó en una meridiana donde había infinidad de almohadas de encaje, con un plato lleno de bombones y una jarra de chocolate sobre una mesita al alcance de la mano. Fue una suerte que a Elene no le apeteciera nada, ya que nada se le ofreció. El aroma del chocolate enfriándose en una delicada taza de porcelana flotaba en el aire junto con el efluvio de una decadencia evidente, pero no había nada más, ni siquiera un hálito de perfume.

Rachel Pitot extendió lánguidamente la mano y tomó un bombón.

—Es muy valeroso por su parte haber venido, pues según creo ha estado usted enferma, *mademoiselle* Larpent. Confío en que el esfuerzo no la afecte demasiado.

—Estoy segura de que no será así —contestó Elene en tono seco mientras observaba cómo la dama se metía de una vez el bombón en la boca. Si la viuda tuviese alguna consideración le habría ofrecido algún refresco. De otro modo, sus palabras eran falsas.

—¿Tal vez ha venido usted a ver a Morven? Creo que se divierte ensayando con una nueva actriz joven en la glorieta del jardín trasero. Podría llamar a un sirviente para que le llamara, si usted gusta, pero dudo que la interrupción lo llene de alegría; la jovencita es muy susceptible.

—¡No! —exclamó Elene, y luego agregó con más calma—: No vine a ver a Morven.

—¿A Josephine, entonces? Salió bien temprano de la casa para la ciudad, antes de que arreciara el calor, dijo, aunque no espero que regrese hasta la noche de esa cita tan especial que debe tener en estos momentos.

Elene pasó por alto el malicioso comentario.

—Vi a Josie hace dos días, y aunque no me molestaría saludarla, mi asunto no tiene que ver con ella.

—Estoy segura de que cuando recobre el aliento, me dirá por qué se ha aventurado hasta aquí.

En las palabras ácidas, en su apariencia desaliñada y el frío recibimiento dispensado a Elene, había una insolencia deliberada, como si la considerara de una posición social inferior, al mismo nivel de una sombrerera o costurera que viniera a ofrecerle sus creaciones. Elene lo percibió, pero no podía descubrir la razón. Aun así, no la afectaría a menos que ella misma lo permitiera.

—Sí, desde luego —replicó ella en tono vivaz y con la espalda más derecha que una tablilla de madera—. He venido por el perfume.

Rachel Pitot escuchaba con un ligero arqueo de cejas mientras se alisaba las arrugas con la yema del dedo índice. Cuando Elene terminó, la viuda dijo:

—Yo tenía el perfume, sí, pero ha desaparecido, así que no hay necesidad de preocuparse.

—¿Desaparecido? —La palabra sonó hueca. Elene esperaba cualquier cosa menos esto.

—Hablando francamente, creo que fue robado. Si tuviera que señalar un culpable, diría que fue Josephine, aunque negó enfáticamente el robo cuando yo la acusé. Tuvo la desfachatez de insinuar que lo había robado mi doncella.

—¿Existe alguna posibilidad de que sea cierto?

—Ninguna en absoluto. Mis sirvientes no se atreverían, ya que saben muy bien que les haría desollar las espaldas.

—Un método bien persuasivo, sin duda.

—Lo encuentro muy efectivo. Pero le confieso que me asombra que se haya tomado tanto trabajo por una posible erupción cutánea. Algunas mujeres son propensas a tales molestias, otras no. De todas maneras, no es probable que alguien asocie tal cosa con su perfume.

—Tal vez no, pero yo lo sabría.

—¡Oh, vamos, no soy tan ingenua! Creo que esto tiene algo que ver con lo que se susurra entre las mulatas y las libertas de color acerca de las extrañas propiedades de su perfume.

Pensé que sólo era una superstición, pero parece que debería haber protegido el perfume con más cuidado.

–No puedo imaginar lo que usted pueda haber oído, pero seguramente no debe creer...

La otra mujer no prestó ninguna atención a la negativa de Elene.

–Hay cosas de los africanos que nosotros no comprendemos, cosas que les hemos obligado a ocultarnos al esclavizarles. Los he visto yo misma, llevando a cabo sus ritos en los pantanos. Tales demostraciones pueden ser muy estimulantes. Con todo, si es verdad lo que se dice, es fácil deducir qué quería Josephine del perfume.

Las protestas de Elene murieron en sus labios.

–¿Qué significa eso?

–Caramba, Josephine sentía una gran pasión por Morven, ¿no lo sabía? Pero cuando se desengañó, escogió a otro hombre a quien tuvo en un puño por algún tiempo y a quien sintió necesidad de subyugar.

–Su amante.

–Si usted desea llamarlo así, aunque yo no lo haría. *Monsieur* Tusard es escasamente lo que cualquier mujer llamaría un *beau ideal*.

–¿Tusard? –Estaba absolutamente desconcertada.

–¿Sorprendida? Él tiene una debilidad, al menos eso dicen, por las actrices. Hasta Hermine...

Elene, hastiada por las revelaciones indiferentes y despiadadas que esta mujer hacía de cosas que sería mejor dejar en el olvido, se puso de pie de un salto.

–Discúlpeme usted, pero debo irme. Fue muy amable por su parte recibirme, y aprecio su... candor. Ha sido muy provechoso. Buenos días.

–Vuelva por aquí cuando quiera –dijo *madame* Pitot, pero Elene presintió que sus palabras eran tan sinceras como la preocupación de la mujer por su salud.

Elene se dio prisa para dejar atrás cuanto antes la casa de la viuda. Una razón era el disgusto que le causaba esa mujer, pero otra era el temor de que apareciera Morven y tuviera que repetir sus mentiras sobre el perfume, una actuación que no deseaba volver a representar tan pronto. En realidad, ella no era una buena actriz.

Además, no estaba tan fuerte como creyó, aunque en parte, la fatiga que la hacía jadear se debía a los pensamientos que con esa carrera pretendía dejar atrás. Acortó el paso y miró en derredor; después abandonó el camino a la ciudad y los tejados y muros que formaban la ya cercana empalizada, y se sentó a la sombra de un haya. Se sacó el sombrero, por temor a aplastarlo al reclinar la cabeza contra el tronco, y cerró los ojos. Ahora sólo le quedaba esperar que se aquietara su corazón y se apagara lentamente el intenso rubor producido por el acaloramiento.

Josie y *monsieur* Tusard. Ese amorío tenía una suerte de lógica extraña, dada la terrible afición de ese hombre por las actrices. ¿Era posible que el embeleso del antiguo funcionario con su amante se debiera al perfume? ¿Lo robó Josie tal como afirmaba Rachel Pitot?

¿Y qué sucedió antes? Mientras la fragancia estuvo en poder de Rachel Pitot, Morven siguió enamorado de ella, pero ahora aparentemente, de acuerdo con los agrios comentarios de la ciudad, volcaba su considerable encanto en la tarea de seducir a su nueva ingenua. Qué confuso era todo.

Pero una posibilidad que no agradaba a Elene iba tomando cuerpo lentamente, algo que acechaba en los vericuetos de su mente carcomiéndola desde que se enteró de que Hermine regaló el perfume. La botella que Elene dio a Hermine fue usada por la viuda para ganar las atenciones de Morven, por efímeras que fueran. Durante ese período de infatuación con la mujer Hermine falleció. ¿Sería posible que la mujer que lo amó más que nadie, al ver la fuerza inusual del lazo que unía a Morven con este nuevo amor, se desesperara tanto como para quitarse la vida tomando arsénico?

¿Era posible que ella, Elene Larpent, hubiera causado la muerte de Hermine? Seguramente el motivo no era el que ella sospechaba, pero los médicos diagnosticaron un suicidio, y Elene percibió la desdicha que motivaba en la actriz el abandono de Morven. No tenía sentido que una mujer como Hermine, sometida al arsénico durante años para aclararse el cutis fuera tan descuidada como para tomar una sobredosis. Sin embargo, si ninguna de esas explicaciones era la verdadera, ¿qué otra quedaba?

Quedaba el asesinato. Si la difunta hubiese sido Josie en

vez de Hermine, y la muerte dos semanas después, se podría creer que lo hizo *madame* Tusard, la esposa engañada. Al fin y al cabo, el veneno era conocido como el arma de las mujeres, y tanto esposos como esposas eran siempre los primeros sospechosos en un asesinato enmarcado en un triángulo amoroso. Por otro lado, Hermine no conoció a *monsieur* Tusard mejor de lo que lo conocía Elene. Era verdad que *madame* Tusard acusó a Hermine de ser la actriz que había tenido una relación con su esposo años atrás, pero ese error fue aclarado satisfactoriamente.

Cualquiera que hubiese sido la causa de la muerte de Hermine, no parecía haber conexión alguna entre ésta y la de *monsieur* Mazent. ¿Cómo podría haberla? Sin embargo, también hubo una botella de perfume en la casa de Mazent, perteneciente a Germaine. ¿Y si la muerte de Mazent no se hubiese debido a un cólico estomacal, ni a la fiebre, ni al veneno, sino más bien a una apoplejía causada por sobreexcitación por los efectos del perfume en el cuerpo de su concubina, como sugirió *madame* Tusard?

No, no, ésa era una explicación morbosamente extravagante. O daba demasiado crédito al perfume, o cargaba demasiadas culpas sobre sus hombros. No podía ser ella la culpable de la muerte de Mazent, seguro que no.

Si Dios fuera piadoso, ella descubriría que cayó dormida a la sombra del árbol y que todo lo sucedido fue sólo una horrible pesadilla. Al despertar también descubriría que el perfume no tenía ningún poder mágico. Milagrosamente llegaría a entender que ella no tenía la culpa de esas muertes, que había un ser maligno que elegía sus víctimas al azar. Por más que anhelara el consuelo de estas explicaciones, no las aceptó. Como no podía descansar, se levantó trabajosamente y emprendió el camino hacia las puertas de la ciudad.

Tan agotadora fue la experiencia de la visita a la casa de la viuda, que pasaron más de tres días antes de que encontrara fuerzas suficientes para volver a salir de casa de Ryan. Y entonces lo hizo más por temor a lo que podría ocurrir si no recuperaba el perfume que por una sensación de deber.

Sin embargo, no era optimista en cuanto a sus posibilidades de éxito. Pero debía intentarlo.

Elene no tenía manera de ver a Germaine sin que Flora

estuviera presente. Eso se confirmó cuando encontró a esta última en el recibidor de la posada donde estaban alojadas. Flora Mazent dio por hecho que Elene había venido a verla. Pareció encantada de poder agasajar a una visitante, moviéndose de un lado a otro de la habitación con una mancha roja de excitación en cada mejilla pálida y con sus amplias faldas negras balanceándose a su alrededor.

—¿Te agradaría tomar chocolate...? No, eso no te sentará bien, ¿verdad? Me olvidaba. Ordenaré que traigan café y pasteles, entonces. ¿Te parece?

—Por favor, no te tomes ningún trabajo por mí.

—No es ningún problema, te lo aseguro.

Flora dio la orden a Germaine, que estaba ocupada en la alcoba contigua, aunque debía haber ido a la cocina saliendo por otra puerta, ya que no cruzó la salita. Después de unos minutos, Flora regresó junto a Elene.

Elene, agarrándose a la primera excusa para explicar su presencia mientras encontraba la manera de hablar a solas con la doncella de la joven, empezó a hablar precipitadamente.

—Siento mucho no haber podido venir antes para darte mis condolencias por la muerte de tu padre.

Flora se puso seria y se hundió más en el canapé descolorido y pesado, tan característico de las salas de las posadas.

—Gracias, pero lo comprendo muy bien. ¿Te encuentras completamente repuesta ahora?

Elene respondió, y hablaron de la marcha de la fiebre en la ciudad, del calor y de las lluvias cotidianas que empeoraban la situación y volvían insoportables los días. También comentaron la llegada de un barco de Francia, desgraciadamente sin la noticia de la cesión que todos aguardaban. En conjunto, Elene quedó impresionada por la manera de comportarse de Flora. Pensándolo bien, no podía recordar que ella tuviera tanto que decir, probablemente debido a que en el pasado Flora tendía a dejar que su padre contestara por ella la mayor parte de las preguntas.

A pesar de todo, en ningún momento se presentó la oportunidad de intercambiar palabra con Germaine, aunque la mujer trajo el café y se lo sirvió antes de retirarse una vez más a la alcoba contigua. Elene no tuvo otra alternativa que sacar a relucir el tema abiertamente.

—Oh, caramba, casi lo había olvidado —dijo a Flora—. Mi doncella me pidió que le comunicara un mensaje a la tuya, si no te opones.

—¡Vaya, por supuesto que no! —Flora la llamó y segundos después Germaine estuvo de nuevo delante de ellas en una actitud de serena y expectante inmovilidad que no tenía nada de servil.

—¿Necesitabas algo, *chère*? —preguntó a Flora.

Flora le indicó a Elene, quien pasó a recitar el discurso preparado de antemano sobre la erupción. Terminó con una pregunta directa que concernía al paradero de la botella de perfume que supuestamente la producía.

—¿Mi perfume? —preguntó Germaine. El rostro sereno de cutis color crema era tan inexpresivo como el de la gran esfinge desenterrada tras siglos de arena por los soldados de Napoleón en su campaña a Egipto—. Oh, se derramó hace unos días.

Era una mentira, no cabía duda. Y Flora también pensó lo mismo dado el cambio de color de su cutis blanco. Qué razón impulsaba a la mujer a decirla, no venía al caso. Podía ser la clase de historia tranquilizadora para evitar encolerizar a un blanco y protegerse hasta saber que el peligro se diluía, o simplemente porque no estaba dispuesta a renunciar a un arma tan poderosa. El hecho era que no se le podría quitar el perfume a la fuerza.

A menos que Flora pudiera ser inducida a proporcionar la herramienta para ello.

Dirigiendo la intención de sus palabras a la joven mientras pretendía hablar con Germaine, Elene dijo:

—¿Sabrás, supongo, que la gente está haciendo correr la voz sobre hechos ignominiosos que conciernen a la muerte de *monsieur* Mazent, murmurando... en términos generales... que él murió en tus brazos?

—No, *mademoiselle*, yo no sabía eso.

—Te lo aseguro, es verdad. Por mi parte, temo que pudieran llegar a culparme de algo si estos rumores acerca del perfume empezaran a difundirse y cobrar fuerza. Posiblemente habría un escándalo desagradable, algo que, estoy segura, todas nosotras deseamos evitar.

—La ayudaría si pudiera —declaró Germaine, y fue tal su

dignidad al decirlo que avergonzó a Elene por las insinuaciones deshonrosas e inverosímiles.

Elene se volvió entonces a Flora.

—Éste es un asunto delicado para ti. Sería muy desafortunado que tu futuro novio llegara a rechazar vuestro arreglo a causa de las murmuraciones ociosas de unos pocos. No tengo deseos de involucrarme personalmente en nada de esto, y por esa razón estoy ansiosa por erradicar cualquier indicio de relación entre mi perfume y la tragedia.

—Ya veo —dijo pensativamente Flora con expresión sombría—, aunque no sé de qué manera podría ayudarte. Mi padre murió de un desorden estomacal que lo aquejó durante casi tanto tiempo como puedo recordar. No puede haber duda de esto por más rumores que anden circulando por ahí. En cuanto a tu perfume, Germaine te ha dicho que se perdió. Me temo que no podré agregar nada a eso, aun aborreciendo la idea de que la gente ande diciendo cosas horribles de mi padre.

Elene no pudo aducir nada más y se quedó con la impresión de que no ganaría nada hablando con Flora Mazent y su doncella. Se despidió entonces y se marchó.

No tenía muchas esperanzas de recobrar el perfume que poseía Serephine después de estas dos experiencias. Era mejor así, ésta no utilizó ningún pretexto, ni fingió haberlo perdido o haberlo derramado. Tampoco se mostró descortés, pero dejó bien claro que valoraba el perfume y sus supuestos beneficios, y que evitaría cualquier intento de tratar de quitarle lo poco que quedaba en la botella. Cuando Serephine le contó la causa, Elene no siguió insistiendo. Durant, le dijo la mulata clara, se sentía muy feliz de que ella lo usara. La razón era que hacía oler a su concubina como Elene.

Ryan esperaba a Elene cuando ella retornó a casa una vez más. Levantándose del sillón ubicado en la galería, caminó hacia la escalera para ir a su encuentro mientras ella subía desde el patio. Echó una mirada al pálido rostro y a las sombras de agotamiento como magulladuras que tenía debajo de los ojos, y las facciones del rostro de Ryan se endurecieron. Tomándola del brazo la llevó a la silla más cercana.

—¿Qué demonios has estado haciendo?

—Nada. Es decir...

–Ausente toda la mañana, y ni siquiera has dejado un recado a Benedict o a Devota. ¿Por qué?

Él se inclinaba sobre ella con las manos apoyadas en los brazos del sillón, aprisionándola. El tono implacable de su voz y el brillo acerado de sus ojos la afectaron con una peculiar combinación de enojo y extrema fatiga, congoja y culpa. Lo peor era saber que su ira estaba alimentada por una ansiedad y preocupación que tenía sus raíces en su anormal deseo. Qué diferente sería todo si pudiera creer que sus sentimientos hacia ella no dependían de ninguna ayuda artificial, si no de su propia persona. No tenía sentido desear algo imposible, por lo tanto, debía contestarle de algún modo, sin decirle con exactitud lo que había estado haciendo.

¿Debía hacerlo?

Estaba terriblemente cansada de esta mentira que estaba viviendo. Era como una carga increíblemente pesada en su interior, algo que se volvía más pesado cuanto más se arrastraba. Era la debilidad, la secuela que dejaba una crisis de fiebre, y la depresión de ánimo causada por el fracaso al tratar de recuperar el perfume lo que hacía tan irresistible el impulso de descargar su conciencia. La idea la seducía.

–Si por favor tomas asiento –dijo ella, tranquila–, te lo contaré todo.

Ryan la contempló largamente. Algo en la voz de Elene, en su semblante, no le agradó. Le produjo una sensación peculiar en el pecho. Había otro sillón no demasiado lejos, pero no se sentó. En cambio, se enderezó lentamente y retrocedió hasta apoyarse contra la baranda de la galería. Se cruzó de brazos y esperó.

Elene inspiró a fondo y dejó salir el aire lentamente.

Ya una vez intentó explicárselo, y era improbable que él estuviera tan distraído ahora para no asimilarlo. Deseó tener más tiempo para pensarlo detenidamente, para decidir si en verdad era lo correcto; planear exactamente lo que iría a decir y cómo lo expresaría. Devota no lo entendería, de eso no había duda. Pero el problema no era de Devota. Era sólo suyo, y se había vuelto insoportable.

Le tembló levemente la voz al empezar a hablar. Trató de explicar qué era el perfume y para qué fue creado en un principio, aunque no estaba segura de estar hablando con coherencia. El semblante de Ryan era una máscara inexpresiva, y parecía concentrado. Sin que esto fuera un obstáculo, continuó explicando que aquella primera noche en el escondite en Santo Domingo ella ni siquiera recordó el efecto del perfume que usaba, lo poco que creía en su eficacia antes de detallar todo lo que siguió. No calló hasta que él supo toda la verdad.

Cuando por fin guardó silencio, el rostro de Ryan mostraba una expresión perpleja mientras le sostenía la mirada. Entonces empezó a hablar con sumo cuidado:

—¿Significa que piensas que yo te retengo aquí conmigo a causa de tu perfume?

—Yo no lo pienso, lo sé. No quería aceptarlo, pero la evidencia es demasiado fuerte para negarla.

—Porque cuando lo usas te hago el amor y cuando no lo usas no.

Elene tragó con fuerza y perdió la mirada en las hojas del roble del otro lado de la baranda.

—Algo por el estilo.

—¿Y yo no puedo dejarte nunca?

—No.

Una sonrisa empezó a esbozarse en la cara de Ryan, subiendo a los ojos e iluminándolos de alegría.

—¡Eso es ridículo!

—No, no lo es. —Las palabras, pronunciadas mientras ella adelantaba el cuerpo en el sillón, sonaron sinceras.

—Haces que parezca como si yo no tuviera voluntad propia.

—No la tienes.

La mueca sonriente se ensanchó.

—Yo no creo en el vudú.

—¡Eso no importa! Yo tampoco creo, pero he visto lo que puede hacer una y otra vez: curar, enfermar y hasta causar la muerte de personas. ¡No es algo para tomar a risa!

Él trató de poner una expresión seria, pero no funcionó.

—Lo siento. Sigo pensando en ti en aquel hoyo debajo de la casa de Favier. Mientras yo me aprovechaba de ti como un hombre sin principios, tú creías estar haciendo lo mismo conmigo.

—¡Era verdad!

—Entonces, espero que lo hagas más a menudo.

Ella se puso de pie, agitada, y las faldas revolotearon alrededor de sus tobillos.

–No lo entiendes, no lo quieres entender.

Él se apartó de la baranda y se acercó para posar las manos sobre los hombros de Elene.

–Entiendo perfectamente. Sólo te digo que no hay nada de cierto en lo que has contado, no importa lo que Devota pueda haberte dicho.

–¿Qué me dices de Rachel Pitot y Morven? ¿O de Morven y Josie? ¿O de Josie y *monsieur* Tusard? ¿O sobre la muerte de Hermine, y la de *monsieur* Mazent? ¿Todas esas casualidades no te demuestran nada?

–Coincidencias, nada más que eso. Como fue una coincidencia que yo no te tocara mientras no usabas ese condenado perfume. Ciertamente no era porque yo no te deseara todo el tiempo. Sólo pensaba... no importa lo que pensaba. Créeme. No tienes nada de que sentirte culpable. Todo este asunto no es nada más que una farsa.

–¡No lo es! Yo no puedo vivir más así. ¡No lo haré!

–Si entiendo lo que estás diciendo, todo lo que debes hacer es dejar de usar ese perfume. Déjalo, y verás.

Ella se soltó de las manos fuertes que la sostenían, retrocedió y se alejó de él.

–¡Serás tú quien lo verá! ¡Es decir, a menos que me colmes de afecto sólo para probarme que estoy equivocada!

La impaciencia le endureció la voz.

–Entonces úsalo y olvídalo. No tiene importancia. ¡Realmente no tiene ninguna importancia!

–¿Qué pasaría si te dañara en algo, de alguna manera? ¿Si alguien más muriera por su culpa; tú, por ejemplo?

–No sucederá. ¡De todos modos, no hay nada que puedas hacer ahora! –La voz se elevó y el tono era áspero.

La puerta de la alcoba se abrió a espaldas de Elene. Ella giró en esa dirección.

–Sí, puedo hacer algo. Puedo irme de aquí. ¡Puedo abandonarte!

Él observó por un momento la puerta por donde ella desaparecía, lleno de confusión. No razonaba al hablar de ese maldito perfume. Esa manera de pensar tenía que ser producto de la enfermedad reciente; no había otra explicación.

Apretando los puños, caminó a zancadas y entró en la alcoba detrás de ella.

Elene estaba abriendo el armario para sacar su ropa. Él puso la mano en la puerta y volvió a cerrarla de un golpe.

—Tú no te irás a ninguna parte.

—Sí, me voy.

—Todavía no estás suficientemente fuerte. ¿Qué harías? ¿Dónde te alojarías?

—Algo haré, encontraré algún sitio.

Intentó abrir de nuevo la puerta y él la mantuvo cerrada con un brazo rígido. Ella se volvió y lo fulminó con la mirada.

Ryan la miró, y algo negro e implacable cobró vida en su interior.

—Tú no te irás a ninguna parte —repitio; las palabras sonaron afiladas por el pedernal del peligro—. No te lo permitiré. Permanecerás aquí conmigo hasta que se enfríe el infierno y esta diminuta Tierra gire hasta perderse en el último hoyo de oscuridad infinita. Nada me hará cambiar de opinión. Nada te arrancará de mi lado, ningún perfume insignificante, o su falta, ni siquiera una horda de mulatas anhelantes de amor, ni la muerte misma. Nunca jamás permitiré que te vayas.

Los ojos de Elene se dilataron y se entreabrieron sus labios mientras lo miraba. Ryan, al ver la perplejidad y extrañeza en las profundidades de los ojos de Elene, oyó en su mente el eco de lo que acababa de decir. Y súbitamente, desconcertado por completo, sintió el primer y desconocido aleteo de la duda.

CAPÍTULO XV

El traspaso de la colonia de Luisiana a Estados Unidos, decidido por Napoleón, fue confirmado a Laussat en una carta enviada por *monsieur* Pichon, encargado de asuntos exteriores de Francia en la ciudad de Washington, capital del joven país. La transferencia se tasó en setenta y cinco millones de francos o quince millones de dólares. Los barcos mercantes franceses y españoles tenían asegurados ciertos privilegios por su condición de naciones más favorecidas, pero ésa sería la única concesión a los anteriores propietarios de la colonia. También se mencionaba que el rey Carlos IV de España, el pasado mes de mayo, por fin rubricó el documento que oficialmente cedía Luisiana a Francia. La situación, finalmente, estaba tomando cierta semblanza de solidez y estabilidad.

Sin embargo, las transferencias oficiales del poder gubernamental tanto de España a Francia, como de Francia a Estados Unidos, no podrían realizarse hasta que se recibieran los despachos oficiales que las autorizaban legalmente. Estos despachos serían enviados por Francia a través de la ciudad de Washington. Por lo tanto, la vida en la colonia continuaba al mismo paso lento de siempre, con los españoles ejerciendo el poder nominal y el prefecto colonial enfadado y rezongando por su forzada inactividad.

Laussat, según Ryan, estaba un poco amargado por el tiempo y esfuerzos que desperdició en este infructuoso viaje a Luisiana. Quiso hacer de esta región una de las más ricas colonias de Francia, lleno de proyectos e ideas, pero ahora todo se reducía a la nada. Gastó grandes sumas de dinero para cerrar su casa en Francia y mudar a toda su familia hacia lo que se consideraba un puesto prestigioso e influyente.

Estaba en peligro su salud, sin mencionar la de toda su familia, y también su futura carrera, por lo que había demostrado ser una causa inútil. Ahora estaba retenido aquí mientras las ruedas de la burocracia subalterna preparaban laboriosamente los documentos necesarios, en sus muchas versiones trabajosamente copiadas, con el añadido de sellos y fajas que harían todo legal y correcto. El prefecto se impacientaba cada vez más. Una parte de su mala disposición podía atribuirse al intenso calor estival, pero otra se debía a que su esposa confirmó la fecundidad de las aguas del Mississippi, como era profesión de fe entre los residentes locales: *madame* Laussat estaba embarazada. El prefecto y su esposa tendrían tres, quizá cuatro meses de gracia, antes de que una travesía por mar resultara demasiado peligrosa; entonces debían abandonar la colonia cuanto antes si no querían quedar atados allí hasta después del postparto de la dama.

Fue a comienzos de septiembre cuando Ryan introdujo por primera vez el tema de su posible viaje a la ciudad de Washington. Se lo sugirió Laussat; que esperaba que los despachos de suma importancia para el doble traspaso de poder llegaran poco después de la carta que confirmaba la venta de la colonia. Ante la falta de noticias, el prefecto temía que hubiese ocurrido un accidente en algún lugar a lo largo del peligroso camino por tierra desde la ciudad de Washington a Nueva Orleans. La lista de desgracias que podrían acontecerle al mensajero que portaba los despachos era infinita, desde un ataque de los indios o animales salvajes, a ser arrastrado por las aguas turbulentas de alguno de los numerosos ríos que debía atravesar. Una de las primeras reformas de Estados Unidos sería la instalación de puestos de estacionamiento a lo largo del camino con recambio de caballerías y algunas comodidades mínimas para los jinetes y diligencias de correo, de modo que se conociera su paradero aproximado en todo momento. El tiempo requerido para realizar el viaje, cuarenta días de ida o de vuelta, se reduciría a un tiempo más razonable, alrededor de veinte a veinticinco días.

—Pero ¿por qué supone Laussat que puedes ir tú? —preguntó Elene—. No eres un correo.

Ryan se recostó en su asiento mientras terminaban de

comer el postre de una cena liviana. Le sonrió con cierto pesar y dijo:

–Laussat parece creer que tengo cierta habilidad para mantenerme con vida.

Lo que quería decir era que Laussat necesitaba un hombre temerario y de empresa que no sólo pudiera manejar un arma, fuera cuchillo, espada, o pistola, sino que también supiera cómo salir de situaciones de apuro.

–Sí, pero ¿por qué tú? Él debe saber que has estado a favor de la cesión desde el principio.

–Una razón más para suponer que yo haré todo lo que esté a mi alcance para regresar con los despachos.

–¿Has aceptado, entonces?

Ryan se encogió de hombros.

–Parece un paseo que vale la pena realizar.

–No es un paseo –replicó Elene en voz baja e intensa mientras enroscaba los dedos alrededor de los brazos del sillón–. Podrían matarte.

–Eso sería, desde luego, un inconveniente.

–¡No es para tomarlo a broma!

–Vaya, *chère*, casi podría creer que te preocupas.

El tono era ligero, pero la expresión de sus ojos al contemplarla era seria.

Elene desvió la mirada.

–No tengo ningún deseo de verte muerto.

–Eso me conforta. Una o dos veces, últimamente, he pensado que podría ser de otra manera.

–¿De qué estás hablando? –preguntó ella frunciendo el ceño.

Él tardó un momento antes de responder; después, dijo únicamente:

–No pareces muy feliz.

–Yo no soy... desdichada. Es sólo que han sucedido tantas cosas... Me está llevando mucho tiempo recobrar las energías, y entre tanto sigo siendo una carga para ti.

–¿Me he quejado alguna vez?

Ella apretó los labios.

–No, pero a mí no me agrada.

–Me parece un arreglo bastante natural.

–Eso no significa que sea correcto. Prefiero abrirme paso por mí misma.

Ryan sabía eso demasiado bien, y la respetaba por ello. Él le prohibió abandonar su casa la noche en que ella le contó todo acerca del perfume a base de fuerza pura, lógica y caricias; sin embargo, esas tácticas no la retendrían eternamente. Muchas veces deseaba que ella fuera como las demás mujeres, siempre llorosa y desvalida, pero entonces no sería su Elene.

Se habían acercado desde la enfermedad de Elene, y él se sentía más unido a ella de lo que jamás estuvo a otra mujer. Y no obstante, existía cierta cautela en el trato. En parte era causada por la negativa de Elene a dejar su papel de concubina, pero también por algo que él reconocía interiormente como una desconfianza creciente.

Él no confiaba en sí mismo acerca de todo aquello que estuviera relacionado con Elene.

Cuando ella le contó la historia del perfume, él se burló al principio. Pero cuanto más lo pensaba, menos cómico le parecía el asunto. Ryan siempre supo que su deseo por ella era excesivo, más allá de todo lo que había experimentado en su vida. Surgía en él en los momentos menos apropiados, mientras estaba discutiendo negocios o inspeccionando sus almacenes. No necesitaba absolutamente nada para estar preparado cuando estaban juntos; la vibración de una carcajada, el movimiento del cabello cuando ella volvía la cabeza, un hálito de su fragancia.

Su fragancia, ése era el problema. El atractivo que ejercía sobre él no era razonable. Trató de convencerse de que era porque ella estaba impregnada en ese olor la noche que hicieron el amor por primera vez, pero ciertamente, ese hecho no lo obligaría a retornar a casa dos o tres veces al día para ver si ella aún estaba allí. No debería hacerle saltar el corazón en el pecho cada vez que encontraba vacía la alcoba. No tendría por qué hacer que imaginara su rostro cada vez que veía una capota graciosa usada por una mujer en la calle, o cuando oía algún fragmento de una dulce melodía. Durante un tiempo, pensó que todo se debía a que se estaba enamorando, pero las sensaciones eran tan arrolladoras que no podía menos que preguntarse si no habría algo de magia en ello, algún hechizo que doblegara su voluntad.

Elene percibía el alejamiento de Ryan. La causa no era

difícil de imaginar. Según Devota, ella era una necia por haberle contado lo del perfume. Eso era absolutamente posible. Parecía que él empezaba a cuestionar sus sentimientos hacia ella. Elene debería estar contenta; se sentía tan incómoda y desdichada pensando que todo el cariño que le unía a ella era causado por una fuerza ajena a él mismo. Lo que Elene no consideró era la posibilidad de que, sin el perfume, él no pudiera sentir nada más que la compasión debida a cualquier mujer que no tuviese un lugar donde vivir.

Oh, sí, él todavía la buscaba en la cama por las noches para hacerle el amor, aun después de haber dejado de usar el perfume. Ella estaba allí, después de todo, como un desahogo adecuado a sus necesidades viriles. Por qué no hacer uso de ella en vista de que pagaba por sus alimentos y por el techo que la cobijaba. Pero cesaron todas las palabras de amor, las citas clandestinas en el patio bajo el roble. Era como si ella, sin el perfume, quedase sin un ropaje protector, y fuera vulnerable ahora al dolor y la pérdida. La idea de que él pudiese encontrar otra mujer, tomar otra concubina, la perseguía constantemente. Si ello llegara a suceder, no sabía lo que haría, adónde iría. Sus alternativas eran muy escasas.

Se estrujaba el cerebro buscando algún modo de conseguir más dinero para comprar de nuevo todas las esencias necesarias, esta vez para un perfume que no fuera nada más que una fragancia deliciosa. Estaba convencida de que aun sin la magia, se vendería muy bien y ganaría mucho dinero. Pero había otra cosa; una satisfacción muy grande al trabajar con esencias, midiendo, mezclando y probando los resultados, respirando constantemente el aire cargado de fragancias. Sin embargo, hasta ahora, los medios para continuar con esa tarea estaban fuera de su alcance. Podría vender sus aretes de oro, pero valdrían muy poco en un mercado ya sobresaturado de joyas traídas por los refugiados de Santo Domingo que aún seguían llegando mientras los británicos y los franceses con sus diversas facciones de negros seguían luchando por el dominio de la isla. La situación hacía que la idea de recuperar algo de la fortuna de su padre se volviera cada vez más ilusoria. La única posibilidad que veía era pedirle el dinero a Ryan, pero eso precisamente no quería hacerlo.

—De todos modos —dijo Ryan finalmente—, es probable

que los documentos que espera Laussat lleguen cualquier día y entonces no habrá ninguna necesidad de un correo. Es un buen hombre a su manera, pero demasiado europeo para darse cuenta de la distancia, o las dificultades que debe afrontar quien atraviese la vastedad de este territorio. Todos debemos ser pacientes.

Fueron pacientes, sin duda, pero aún así no hubo noticias del correo de Washington. Los días sofocantes y húmedos continuaron. La fiebre hacía estragos en la ciudad, de modo que se cancelaron todos los entretenimientos públicos y disminuyeron las fiestas y las visitas por temor al contagio. Los cortejos fúnebres fueron cotidianos, mientras recorrían las calles con los ataúdes sobre los carros, seguidos por los deudos con las cabezas descubiertas. El negro fue el color más común en las calles cuando, debido a las intrincadas relaciones familiares de los habitantes de la ciudad, el luto tanto por tíos y tías y primos en diversos grados de parentesco, como por familiares más directos, era preceptivo. Los uniformes escarlatas de los soldados españoles, descoloridos y gastados como estaban, se convirtieron en chillonas manchas de color entre vestiduras tan melancólicas.

Elene casi no salía de casa. El recorrido diario para comprar la comida volvió a ser responsabilidad de Benedict, aunque algunas veces lo acompañaba Devota para conseguir algo especial para uso de Elene o que tentara su apetito. Sin embargo, de vez en cuando, Ryan y Elene se unían a los pocos audaces que desafiaban la amenaza de la enfermedad para pasear por el embarcadero del río disfrutando de la frescura que traía el anochecer.

Una tarde hacia mediados de mes, los dos paseaban por la alameda de la Place d'Armes antes de doblar hacia el río. Ese día no hizo un calor tan bochornoso; daba la sensación de que el verano empezase a ceder y había mucha más gente paseando de la que se había visto en mucho tiempo.

La brisa que venía del río era gratamente refrescante. La superficie del agua se había convertido en un espejo opalescente y rizado donde se reflejaba la puesta del sol con sus colores, que pasaban del anaranjado, azul y oro, al rosado y púrpura lavanda. Flotaba en el atardecer un extraño ambiente de quietud y sosiego que obligaba a retardar los movimientos y bajar las voces hasta reducirlas a murmullos. Los buitres se dejaban llevar por el viento en lentos círculos por encima de sus cabezas y las palomas que rodeaban la ciudad giraban perfectamente alineadas antes de dejarse caer a tierra como un puñado de guijarros arrojados al descuido. El sonido del agua que corría hacia el sur era como música para los oídos, un estribillo intrigante y tranquilizador.

Delante de ellos, viniendo de la dirección opuesta, Elene vio a Flora Mazent con Germaine, como una sombra gris pegada a sus faldas. La joven saludó inclinando la cabeza una vez y habló sin mirar a los ojos a Elene cuando pasaron al lado de ellos sin dar señales de querer detenerse. Ella y su criada siguieron caminando hasta perderse de vista.

Ryan las vio alejarse echándoles una mirada por encima del hombro. A Elene le dolió el desaire de Flora, pero a la vez se puso irascible sin conocer muy bien el motivo. Volviéndose a Ryan, estalló:

—¿Qué sucede? ¿No estás acostumbrado a que una mujer te menosprecie?

Alzando una ceja al tiempo que volvía su atención a Elene, Ryan dijo:

—Ha sucedido unas cuantas veces. Me pareció que la joven Mazent parecía perturbada.

—Por la tensión de verse forzada a reconocerme, sin duda.

Él guardó silencio por un momento, considerando las palabras de Elene.

—¿Duele tanto ser una mujer deshonrada?

—¡Yo no soy una mujer deshonrada! —replicó ella, cáustica.

—Ser mi mujer entonces, o como quieras llamarlo.

La impaciencia era evidente en la voz.

—No lo tomo en consideración.

—Sí, si continúas sin considerarlo volverás a enfermar.

Le echó una mirada fría.

—Lo que sucede es que me disgusta la descortesía. Si no fuera por ti y tu barco, esa chica seguramente estaría muerta.

—Eso no significa que tenga que resultarle simpático, o que a mí me importe un comino si le agrado o no.

—Es una cuestión de modales, de gratitud.

—Yo no quiero su gratitud.

—Ni yo tampoco —replicó ella, exasperada—, pero eso no

significa que ella no deba sentirse obligada a ser cortés, aunque sólo sea por educación.

Elene no sabía por qué se dejaba llevar por la sobreexcitación. En realidad, todo eso no le interesaba demasiado. Simplemente se sentía irritable e impaciente, alterada su calma habitual por los acontecimientos de los últimos días y las secuelas de la fiebre.

—Estoy de acuerdo —dijo Ryan.

Elene, preparada ya para defender aún más su posición, se detuvo y lo miró con fijeza.

—¿De veras?

—Naturalmente. Ella tendría que haberse mostrado más cordial. Pero como no ha sido así, no ganas nada culpándote por ello. Cualquiera que sea la razón, fue suya la descortesía, por lo tanto redunda en su perjuicio. No tiene nada que ver contigo.

Elene entornó los ojos.

—No me trates con aire condescendiente. Sé muy bien que no fue culpa mía, pero eso no significa que pueda ignorarlo.

—De ninguna manera —replicó él encolerizándose súbitamente—. Presta atención a esto también. Ya que nada de lo que digo te satisface, te dejaré sola para que disfrutes de tu propia compañía.

Ella vio la espalda derecha, el movimiento rítmico de sus hombros anchos y las caderas estrechas mientras se alejaba. Abrió la boca para llamarlo, pero luego la volvió a cerrar. ¿De qué le valdría? No tenía por qué disculparse con él. Si Ryan no podía comprender lo penoso que le resultaba vivir de esa manera, no valía la pena explicárselo.

Elene giró en redondo y caminó por el muelle por donde ella y Ryan habían venido. A pesar del paisaje que la rodeaba, no miró ni el río, ni las casas de Nueva Orleans dentro de la empalizada que estaba abierta del lado del embarcadero, ni siquiera la carretera que llevaba al Bayou St. John y las plantaciones de los Marigny. Tenía la vista fija en el barro seco y la hierba quemada por el sol del camino mientras sus pensamientos giraban en círculos.

—¿Elene? ¿*Mademoiselle* Larpent? ¿Podría hablar contigo un momento?

Elene, sobresaltada, levantó la vista. Flora Mazent estaba delante de ella. Los ojos descoloridos y llorosos la interrogaban con ansia mientras la joven volvía constantemente la cabeza para mirar por encima del hombro, como un animalito perseguido, antes de volver su atención a Elene.

–¿Sucede algo malo? –preguntó Elene.

–Sólo tengo un momento. Envié a Germaine a llevar un recado, pero pronto estará de regreso.

–¿Prefieres que vayamos a casa?

–No, no. Germaine me regañaría; ya sabes cómo son las doncellas. Ella piensa que yo no debería hablar contigo en absoluto.

Elene sabía cómo podían ser las doncellas por los años pasados junto a Devota. Se identificaban tanto con los asuntos de aquellos a quienes servían que algunas veces olvidaban quién era el ama y quién la criada. Cuando la relación era muy prolongada, podía ser difícil restablecer la autoridad sin situaciones desagradables.

–¿Qué puedo hacer por ti? –preguntó.

–Es por el perfume. Me pregunto si podría conseguir un poco.

Elene parpadeó. No podría decir qué esperó oír, pero después de la tentativa de recuperar el perfume de Germaine, cualquier cosa menos eso. A pesar de todo, su voz fue cálida y persuasiva al responder.

–Creo que no sabes lo que estás pidiendo.

–Lo sé muy bien. Debo tener ese perfume, ¡debo tenerlo!

–No lo fabrico ya. Creo que te lo dije el otro día. Contenía algo que producía una erupción...

–¡Oh, no me vengas con eso! Sé lo que puede hacer y eso es, precisamente, lo que necesito. Pagaré lo que me pidas, cualquier cantidad de dinero. Pero debo tenerlo. ¡Lo necesito ahora!

–Es imposible...

A Flora se le desfiguró el rostro y se le crisparon los dedos de las manos que tenía entrelazadas como en un gesto de súplica.

–¡No digas eso! Tú bien sabes lo importante que es.

Elene apoyó la mano sobre el brazo de Flora.

–Por favor, serénate, Flora. No sé qué poder crees que tiene el perfume, pero te aseguro que no tengo más para vender.

—Tienes un poco para tu uso personal, debes tenerlo, ¡o no estarías aún con Bayard!

Elene contuvo bruscamente la respiración ante el dolor que le produjeron esas palabras; después alzó la barbilla y dejó escapar el aire.

—Lo siento.

—No digas eso. No me digas eso porque no lo lamentas en absoluto. Si no me das el perfume, el hombre que amo no me desposará. Se comprometió antes de la muerte de mi padre, pero trata de escapar de ese compromiso. Si me rechaza, no podré soportarlo. No podré, te lo aseguro.

—No estoy segura de que el perfume pudiera ayudarte.

—Sé que lo hará. Lo usé antes, pero ahora se terminó y mi prometido ya no me quiere.

El perfume lo usó Flora, no Germaine. Qué extraño.

—Te ayudaría si pudiera. De verdad lo haría.

—No te creo. Sé que tienes más perfume. Lo sé positivamente.

—No, de veras.

—Estás mintiendo. Tú eres...

Las palabras de Flora Mazent se detuvieron bruscamente cuando miró por encima del hombro de Elene. Cambió su semblante. Volvió la cabeza hacia atrás para mirar hacia el malecón donde Germaine se apartaba de un grupo de personas que rodeaban a una vendedora de violetas confitadas. Abruptamente, dijo:

—No importa. Olvida que te hablé. Olvida todo esto. Yo... estoy un tanto trastornada. Ya sabes, la conmoción, encima de lo de papá... Olvídalo.

Girando sobre sus talones, Flora se alejó rápidamente. Elene se quedó mirándola hasta que la joven se reunió con su criada y las dos mujeres descendieron por el malecón hasta desaparecer entre las calles de la ciudad.

Ryan habló a sus espaldas.

—¿Cuál era su problema?

Elene no tenía ganas de que volviera a reírse del perfume una vez más.

—Nada —respondió, distraída—. Estaba un poco nerviosa. Su padre, ya sabes.

Eso no era todo, Ryan lo sabía, pero no la interrogó. Debía

darse cuenta de que no poseía a Elene, que no podía controlarla, ni exigir nada de ella. Si deseaba mantenerla a su lado, tendría que recordar esas cosas. El problema era que la necesidad de posesión era nueva para él, algo que jamás sintió por ninguna mujer. Podría ser también, era consciente de ello, un síntoma del hechizo con que lo había embrujado.

Efecto del perfume o no, él estaba bajo un hechizo. Pensó en dejarla sola en el embarcadero y regresar a la casa, hasta que se le ocurrió que ella podría elegir no regresar. La sola idea era insoportable. Por su causa, aquí estaba él una vez más, Bayard el corsario, escoltando a una mujer, permitiendo ser remolcado como un barco víctima de un abordaje, en lugar de ser él quien capturara la presa y se alzara con ella. Su único consuelo era que Elene no parecía conocer su propio poder, o al menos tenía los escrúpulos necesarios para no utilizarlo. Pero no sabía si ese rasgo de clemencia le hacía sentirse feliz o desdichado.

Madame Tusard era una de esas mujeres que contaban las visitas que hacía a amigas y conocidas y las que recibía a su vez, haciendo un balance. Si el saldo era negativo para ella, se sentía herida y llena de resentimiento. Si no se restablecía el equilibrio por mucho tiempo, su disgusto y mal humor se convertían en indignación colérica, y era proclive a vengarse de la culpable denigrándola en todas las visitas que efectuara a aquellas que aún estaban en buenos términos con ella.

Elene le debía una visita a *madame* Tusard. En realidad, esa mujer no le agradaba mucho, pero le tenía lástima por la pérdida de sus hijos, por sus sueños y esperanzas desvanecidos para siempre, por el cambio súbito de las circunstancias de su vida y los limitados círculos sociales de Nueva Orleans. También podía compadecerla por su condición de esposa engañada, tanto si *madame* Tusard estaba enterada o no de esa traición. Además, habiendo sido Elene la confidente de Josie en lo concerniente al adulterio, se sentía un poco culpable por mantenerlo en secreto. Y Elene no tenía tantos contactos sociales como para darse el lujo de despreciar cualquier tipo de amistad. Por estos motivos, y no otros, salió de la casa para hacerle una visita a *madame* Tusard pocos días después del encuentro con Flora.

Encontró a la mujer con un pañuelo alrededor de la cabeza

y un plumero en la mano limpiando el pequeño cuarto que hacía las veces de recibidor en la casita de campo que ella y su esposo alquilaron en Dumaine Street. La mujer se sobresaltó al oír el golpe en la puerta y se volvió hacia la entrada principal por la que se pasaba directamente al saloncito y que estaba abierta para dejar correr la brisa. Sostuvo no más de un segundo la mirada de Elene, luego se arrancó el pañuelo de la cabeza y arrojó el plumero sobre una mesa. Un tanto aturdida y con las mejillas enrojecidas, fue a la puerta a recibirla.

—Disculpe el polvo —exclamó ella en voz demasiado alta y forzada—. He enviado a mi chica al mercado esta mañana antes de advertir la capa de polvo que ha permitido acumularse sobre los muebles. ¡Una criatura tan descuidada! No sé por qué la mantengo aquí.

Elene murmuró algo tranquilizador mientras entraba. Deseó no haber venido, pero era demasiado tarde para echarse atrás. Era evidente que no había ninguna chica de servicio. Françoise Tusard había sido servida tantos años por esclavos durante el cargo de su esposo en la isla que verse forzada a hacer el trabajo por sí misma era una humillación mayor que la pérdida de sus medios de vida.

Madame Tusard se acomodó en un sillón que, aunque ricamente tapizado de terciopelo azul y con galones de oro alrededor, tenía las patas hechas con garras de cocodrilo y los brazos con la cabeza y la cola del reptil. Elene se ubicó en un sillón similar al otro lado de una mesita colocada junto a la única ventana. A esto siguió un amable intercambio de cumplidos y agradables naderías. Elene respondía con la mitad de su atención mientras miraba a su alrededor.

La casita tenía seis habitaciones conectadas todas entre sí. Las paredes, fijadas directamente al suelo, eran de *bousillage*, una argamasa de lodo y musgo o pelo de ciervo que rellenaba los intersticios existentes entre un armazón de troncos. Las ventanas estaban protegidas por postigos, sobre los pisos de entarimado tosco se habían dispuesto varios tapetes de colores desvaídos y dudosa calidad. Las paredes interiores y el cielo raso estaban revocados y blanqueados a la cal.

A pesar de esto, en el salón había un candelabro colgante de cristal y bronce con costosas velas de cera de abeja, algunas figurillas de porcelana de Sèvres sobre la repisa de la chimenea, y un espejo de estilo rococó con marco dorado a la hoja encima del hogar. Los otros muebles, en armonía con los sillones donde estaban sentadas, seguían el último estilo inspirado por la campaña de Napoleón a Egipto. Era posible imaginar que la preocupación de *madame* Tusard por las apariencias le dictó la necesidad de usar este mobiliario muy de moda en esa época en el salón de recibo. Sin embargo, parecía improbable que se extendiera a los cuartos privados.

Todo en esta casa indicaba que la pareja trataba de aparentar opulencia con el menor gasto posible, lo cual no se correspondía con la declaración de Josie de que *monsieur* Tusard era su actual amante y protector. No era de esperar que Josie corriera a los brazos de ese hombre por el mero placer de ver sus lindos ojos; se suponía que él gastaba bonitas sumas de dinero por el placer de la compañía de la joven. Tampoco tenía sentido que *madame* Tusard permitiera a su Claude gastar dinero en una amante mientras ella se encargaba personalmente de la limpieza de la casa y de preparar la comida. Existía la posibilidad de que *monsieur* Tusard tuviese medios que su esposa desconocía; pero de ser así, ¿cuáles podrían ser? ¿Y cómo se las ingeniaba para mantenerlos ocultos?

En voz alta, dijo:

–Su esposo, espero que esté bien.

–Espléndidamente bien. Tiene un nuevo puesto, ¿sabe?, con el prefecto colonial. Es de lamentar que no pueda ser continuo... la noticia de la cesión fue un duro golpe para nosotros, naturalmente. Sin embargo, tenemos la esperanza de que Claude pueda ir con el prefecto Laussat cuando él sea asignado a su nuevo destino.

–Eso estaría bien, sin duda.

–No veo la hora de que eso suceda. Desprecio este lugar.

–¿De veras? A mí me agrada bastante.

–No logro entender cómo puede usted decir esto después de ese terrible ataque de fiebre. Me aterra la idea de que Claude o yo caigamos enfermos de fiebre amarilla. Aborrezco la idea de ser enterrada aquí. Se dice que los sepultureros hacen agujeros en los ataúdes con sus hachas para que no salgan flotando de sus tumbas, incluso que encierran los ataúdes en muros de ladrillos hasta que se convierten en polvo. Luego se sacan los huesos y otro ataúd es colocado en ese lugar. Horrible, realmente espantoso. Me pongo en el lugar de la pobre Flora Mazent, que tiene la desgracia de que los restos de su padre descansen en tales condiciones.

Para cambiar de tema, Elene comentó:

—Flora no tiene muy buen aspecto últimamente.

—No. Se comenta por ahí que su compromiso ha quedado en nada. Aunque yo no estoy segura en absoluto de que no sea un rumor malintencionado que ha hecho correr alguna mala lengua incorregible, puesto que ayer mismo, vi a Flora en la tienda de la modista eligiendo la clase de lino y batista más adecuados para un ajuar de novia.

Elene se sintió ligeramente aliviada.

—Tal vez el problema, si es que hubo alguno, se haya resuelto ya. ¿Se ha enterado de quién será el afortunado?

Madame Tusard dio la sensación de estar muy bien informada del tema.

—Más bien pensaba que podría ser Gambier, ya sabe, pero no hace más de tres días fue visto colgado del brazo de esa fulana medio actriz, Josephine Jocelyn. Después mi Claude dejó caer un interesante comentario acerca de una reunión entre Mazent y otro hombre de la cual fue testigo antes de la muerte del padre de Flora.

—¿Se refiere a una reunión para discutir los términos del acuerdo nupcial?

—¡Claude no me lo diría! Ya sabe usted cómo son los hombres cuando creen haber hablado de más. Con todo, una supone que ése era el propósito.

—¿Quién era ese hombre?

—Mi querida, titubeo en decirlo, puesto que usted parece no sospecharlo siquiera.

Elene creyó ver cierta mirada aprensiva en los ojitos de la mujer, mezclada con lo que le parecía avidez por contarlo todo. La manera en que la observaba *madame* Tusard, el poco tacto con que hablaba, eran señales de alerta. Súbitamente, Elene recordó la reunión de Ryan con Mazent la noche de la fiesta. Ciertamente hubo algo de carácter privado entre ellos, pero no podía ser lo que *madame* Tusard insinuaba con tanta fuerza.

—¿Sospechar qué? —preguntó ella directamente.

—Caramba, que Mazent estaba resuelto a persuadir a Bayard a casarse con su hija.

—No lo creo.

—Como le parezca, *chère*, pero Claude les oyó discutiéndolo. Lamento mucho si esto la aflige; ésa no era mi intención en absoluto. No obstante, no podía dejarlo pasar sin advertírselo. Los hombres pueden ser muy despiadados con las mujeres que se hallan en su posición.

Su compasión era tan superficial y falsa que por la cabeza de Elene cruzó la idea de que esta posibilidad perturbadora que acababa de comentar Françoise Tusard fuese su forma de vengarse de ella. Elene la avergonzó y ella le devolvía su golpe de despecho allí donde Elene era más vulnerable.

¿Podría ser tan mezquina? El desliz de Elene fue puramente accidental, al fin y al cabo. Oh, pero los seres humanos eran capaces de cosas muy ruines cuando de amor propio se trataba.

También podían ser obstinados. Elene no se levantó y salió de inmediato de la casa como hubiera sido su deseo más ferviente. Para probarle que no estaba molesta en lo más mínimo, permaneció sentada charlando media hora más. De hecho, se quedó hasta que fue casi una falta de cortesía no ofrecerle algún refresco, lo cual se debía obviamente a la carencia de un sirviente que se encargara de tales menesteres. Sólo cuando *madame* Tusard, desesperada, ofreció servirle ella misma una copa de agua de azahar y cortarle un trozo de pastel con sus propias manos, declinó Elene con toda gentileza su ofrecimiento y salió de allí.

Esta pequeña victoria no le levantó el ánimo. Arrastraba los pies al caminar de regreso a casa de Ryan. Repasó mentalmente una y otra vez la velada en la que Mazent y él se encerraron para hablar, pero no pudo llegar a ninguna conclusión. Eso sucedió la misma noche en que cayó enferma víctima de la fiebre, por lo que tenía una imagen confusa de lo sucedido en aquel momento.

Podía preguntarle a Ryan. Podría haberlo hecho, si la distancia entre ellos no fuera tan grande. Pero ¿qué sentido tenía? Suponiendo que la conversación hubiese tenido lugar, habría coincidido con la época en que ella aún usaba el perfume, y esto descartaba la posibilidad de que él hubiera consentido en ese matrimonio. Poco después, murió Mazent. Si la opción hubiese seguido en pie, de lo cual ella dudaba, Ryan se lo habría mencionado en caso de aceptarla.

¿O no?

Ryan y Flora.

No, no podía ser. No había nada en absoluto que indicara una cosa así. Nada, excepto, quizá, la lástima que la joven le inspiraba, así como cierta predilección por las riquezas fáciles, y Flora era, aparentemente, la heredera de una gran fortuna.

Seguramente ésta no habría importunado a Elene por el perfume para atraer al mismísimo hombre con quien ella estaba viviendo. Eso sería el colmo de la desvergüenza, o un egoísmo tan colosal que despreciase los sentimientos y las necesidades de los demás.

No. No era posible bajo ningún concepto. No lo era.

A finales de septiembre, un viento huracanado llegó a la ciudad. El cielo se puso amarillo y turbulento. El ventarrón sopló alto entre las nubes moviéndolas de un lado a otro como si participaran de una desordenada cacería. Los árboles gemían azotados por el aire. Las aves marinas aparecieron por el sur desde la zona de los pantanos, pero no se demoraron haciendo escala en la ciudad en su migración tierra adentro. Creció el río y también el lago. El viento cambió de dirección y comenzó a soplar del norte, ahuyentando el pesado calor que los sofocó durante todo el verano. Un día el aire se volvió anormalmente frío. El cielo se fue oscureciendo hasta parecer de noche.

La tormenta comenzó como una suave llovizna que sabía a sal. Con cada hora que pasaba, la lluvia se hacía más intensa, tamborileando en los tejados, cayendo a chorros de los aleros, acumulándose en las calles hasta cubrirlas de acera a acera. Y siguió cayendo.

Se levantó el viento, batiendo las cortinas de agua, rompiéndolas con chasquidos y convirtiéndolas en una violenta espumareda que azuzaba todo a su paso. Los postigos se sacudían y crujían bajo el impacto, y las tejas y guijarros usados para techar eran arrancados y arrojados al suelo a gran distancia. El aire estaba lleno de trozos de corteza de árbol y hojas. Las ramas se desplomaban a los lados de las casas o caían con ruido atronador en los patios interiores. La lluvia creció en intensidad cayendo tan pesada y espesa como plomo caliente de un cielo color de acero.

En el apogeo de la furia de la tormenta, Elene permanecía acostada entre los brazos de Ryan, saciada por el acto de amor que, de alguna manera, compartieron con la naturaleza salvaje y elemental de la tempestad. Escuchó la lluvia y prestó atención a los latidos del corazón de Ryan debajo de su mejilla, sintiéndose segura, contenta. Él le acarició el cabello y las curvas de los hombros, apresó los senos en sus manos grandes y los saboreó uno después del otro, y le agarró las caderas para apretarla contra su dureza viril que estaba reviviendo. Segura en el retorno del deseo de Ryan y en el suyo propio, inundada de amor saciado e insaciable, se horrorizaba de haber dudado alguna vez de él.

Hacia la medianoche de un día interminable, adormecida por el incesante canto de la lluvia, se durmió profundamente en los brazos de Ryan.

Cuando despertó, la tormenta había pasado.

Y Serephine estaba muerta.

CAPÍTULO XVI

La reunión era ruidosa, excesivamente iluminada por el uso extravagante de velas, sumamente caldeada por la presencia de demasiados invitados para un espacio tan reducido y con tan pocas ventanas, y totalmente desorganizada. La cena que precedió al baile consistió en un número excesivo de platos indigestos servidos sin elegancia. El vino, aunque abundante, era barato, y el agua de azahar y la tafia, el aguardiente de caña de las Antillas, que lo acompañaban, eran demasiado suaves y dulces. La música sonaba con estridencia. El entarimado no estaba limpio, por lo cual la arenisca, al ser pisoteada y arrastrada por los zapatos de los bailarines, producía chirridos desagradables que crispaban los nervios. La vestimenta de los hombres era demasiado lúgubre, gruesa y pesada para el clima de la ciudad, mientras que el vestuario de las damas carecía de refinamiento, de estilo, o, en algunos casos, hasta de decoro.

La fiesta era ofrecida por los norteamericanos con motivo de la confirmación del traspaso de Luisiana, aun cuando la transferencia efectiva seguía demorándose. Indudablemente, los arreglos habrían parecido más elegantes en otro lugar, bajo otras circunstancias, pero Elene no estaba de humor esa noche para sentirse complacida con nada.

No quiso asistir, pero Ryan insistió para que lo hiciera. El anfitrión, hombre rico e influyente, oriundo de Boston, aparte de mantener relaciones comerciales con él era también su amigo. No se ganaba nada ignorando a tales hombres, argüía Ryan, salvo la reputación de presuntuosos, descorteses y exclusivistas. Los norteamericanos estaban aquí para quedarse, y pronto vendrían muchos más. Era una realidad con la cual se debía aprender a vivir, gustase o no gustase. Comenzaba una nueva era que prometía prosperidad. Los franceses podrían formar parte de ella, o quedarse atrás. La elección era simple.

Ryan la tomó sin remordimientos. Se movía con la misma naturalidad entre norteamericanos, franceses y españoles sin hacer distinciones, y era un hombre respetado por todos y de sólida posición social en Nueva Orleans, sin importar lo que hubiese sido en el pasado. La ciudad, hasta ahora atrasada y provinciana, estaba al borde de una nueva frontera y con un futuro prometedor por delante. Todo lo que se requería para hacerla prosperar eran hombres con visión y osadía. Ryan, según parecía, era uno de ellos.

Honraban la reunión con su presencia el prefecto colonial y su adorable esposa, quien disimulaba bastante bien su estado gracias a la indulgencia de los talles altos en los vestidos tan en boga en el momento. También estaban presentes gran número de prominentes hombres de negocios de la comunidad francesa, entre quienes destacaban Bernard de Marigny y Etienne de Bore. Este último, según se rumoreaba, sería el elegido por Laussat para ocupar el cargo de alcalde de Nueva Orleans si alguna vez la colonia volvía a pertenecer a Francia. Sentada en un rincón se veía a *madame* Tusard susurrando algo al oído de su esposo mientras su mirada penetrante saltaba de un punto al otro del salón. Claude Tusard asentía cumplidamente mientras sorbía su vino, pero mostraba una expresión de abatimiento en el semblante, como la de un hombre atrapado y sin escapatoria posible. Cerca de ellos se veía a Rachel Pitot, vestida de raso negro con osadas guarniciones de seda de color rojo rubí, que era considerado el color del diablo, y luciendo un penacho teñido del mismo color en el pelo recogido en un peinado alto y atrevido. Una corte de hombres jóvenes la rodeaba, aunque ella seguía buscando más, recorriendo la multitud con ojos ávidos.

El otro miembro del grupo de Santo Domingo que destacaba era Durant, una figura elegante y con aire ausente, un hombro apoyado contra la pared del salón, al otro extremo de donde se encontraba Elene, vistiendo pantalones cortos blancos, chaleco de raso gris recamado en negro y sobria chaqueta de raso gris. Con todo, su aire displicente no podía ocultar las huellas que el dolor marcaba en su semblante y que, junto con el ancho brazal de luto en la manga de la chaqueta, hacía recordar a todos la pérdida reciente que había sufrido.

Como si pudiera sentir la mirada escrutadora de Elene, Durant volvió la cabeza en su dirección. Las miradas se encontraron por un instante en un choque de gris y negro. Ella vio cansancio y pena, y un efímero destello de añoranza en la mirada del hombre. Un momento después, él volvió la cabeza nuevamente en otra dirección.

Elene bailó con Ryan y con el anfitrión, y luego nuevamente con Ryan. Era agradable descubrir que sus fuerzas respondían y podían hacer frente al ejercicio agotador. Desde que estalló la tormenta y refrescó el aire, Elene le repetía una y otra vez que estaba completamente recuperada de la fiebre; tal vez ahora él le creyera.

La mansión norteamericana estaba ubicada en un sitio privilegiado, ya que se hallaba cerca del muelle con vistas al río. La brisa fresca que soplaba desde el agua corría por los salones y desde ellos se podía admirar la amplia media luna que formaba el Mississippi delante mismo de la ciudad. Cerca de la medianoche, y cuando el interés por el baile empezaba a decaer, se invitó a todos los presentes a salir del salón para presenciar un espectáculo muy especial.

Un murmullo de inquietud corrió por todo el lugar, mientras los invitados empezaban a arremolinarse junto a las altas ventanas que se abrían a la galería rodeada de barandillas de hierro forjado. Sin embargo, si el norteamericano pensó en sorprender a sus invitados, debió haber hecho otros arreglos, puesto que mientras todos se movían en dirección a la galería la palabra «pirotecnia» corría entre ellos en susurros bastante audibles. Con gran expectación, estiraban el cuello para ver mejor, cuando de pronto estalló la primera andanada de fuegos artificales.

Las bolas de fuego se remontaron sobre el agua desde algún lugar debajo de la casa como resplandecientes bejines azules y verdes, amarillos y rojos, que se perseguían mutuamente por el cielo oscuro tachonado de estrellas. Los colores iluminaron la noche manchando los rostros alzados de aquellos que los observaban y reflejándose en la ondulante superficie del río. El aire se llenó de chasquidos, silbidos y zumbidos mientras que de la otra orilla les llegaban los ecos de los estallidos atronadores de las explosiones de los cohetes. Se encendieron entonces elaboradas piezas fijas colocadas en las barcazas fondeadas en el río y un magnífico espectáculo de fuego chisporroteante y multicolor se presentó ante los ojos asombrados de los invitados. Había allí inmensas fuentes y árboles centelleantes además de dragones mitológicos y ruedas giratorias de fuego. No bien se hubo apagado la última pieza de fuego de artificio acompañada por los aplausos y exclamaciones de la concurrencia, volvieron a elevarse los cohetes subiendo más alto esta vez, estallando con más ruido y dejando caer una lluvia más abundante de chispas multicolores sobre el agua.

Elene, de pie junto a la baranda de hierro, sintió un movimiento a su lado antes de oír la voz de Durant casi junto a su oído.

–Una exhibición vulgar, pero impresionante.

–Sí.

–Cabe pensar que así será todo de ahora en adelante. Los norteamericanos tienen mucha energía, pero poca delicadeza.

Al ver que ella no respondía nada, Durant dijo bruscamente:

–Podrías haberme hecho una visita de condolencia.

Elene le lanzó una rápida mirada. Los destellos de una bola de fuego azul y oro hicieron que el rostro de Durant pareciera magullado.

–Lamento mucho lo de Serephine, de veras lo siento. Habría ido a visitarte si hubiese creído que ayudaría en algo, pero la situación era un tanto... embarazosa.

Durant respiró a fondo y luego dejó escapar el aire lentamente, como en un suspiro.

–Supongo que así es.

–Debe haber sido un gran golpe.

–Sí.

Un silencio pesado e incómodo cayó sobre ellos. Elene se sintió tentada de excusarse y marchar, quizá para ir con Ryan que conversaba con el anfitrión a unos metros de distancia. Pero había algo en Durant, un aire de abatimiento, un indicio de desesperanza, que se lo impidió.

Alzando la mano para rozar la cinta de luto que tenía en la manga de la chaqueta, Elene comentó:

—Éste es un gesto encantador.
—¿Bajo las circunstancias, quieres decir? ¿Porque Serephine no era más que mi concubina y mulata para colmo?
—Lo siento —dijo ella retirando la mano.
—No, por favor, sé que no lo dijiste con esa intención. No sé qué me está pasando últimamente.
—La amabas, eso es todo.
Él soltó una carcajada sorda.
—Lo comprendes, ¿no es así? Es curioso, pero creo que debes ser la única persona que conozco en el mundo que sí lo entiende.
—No necesitas hablar de ello si no lo deseas, pero hemos oído tan poco acerca de su muerte... ¿Estuvo enferma mucho tiempo?
—¿Enferma? No estuvo enferma en absoluto.
Elene lo miró a los ojos.
—¿Quieres decir... que no fue la fiebre?
—De ninguna manera. La policía no se interesó demasiado en este asunto, siendo Serephine lo que era, pero parecen pensar que yo pude haberla matado.
—¿Tú?
Las personas que los rodeaban volvieron las cabezas para mirarlos con atención. Ryan giró en redondo para observarlos con el ceño fruncido. Durant dijo precipitadamente:
—No puedo explicártelo aquí. Pero me agradaría hablar de ello contigo si me permites que te visite.
¿Qué podía responderle? El pasado común que los unía habría exigido que ella lo escuchara con imparcialidad si no lo hubiesen hecho la compasión y la curiosidad. Elene estuvo de acuerdo y ambos se volvieron para contemplar los fuegos de artificio como dos antiguos amigos.
A la mañana siguiente, Durant se presentó poco después de que Ryan saliera de la casa, cuando Elene todavía no se había vestido. Para ciertas damas como Pauline, la hermana de Napoleón, podría ser una costumbre admitir la presencia de hombres en sus tocadores mientras ellas se bañaban y se hacían vestir, pero Elene no tenía intenciones de seguir ese ejemplo. Ya era bastante malo recibir a un hombre sin que Ryan estuviera presente; no tenía ningún sentido agravar aún más la situación. Dio instrucciones a Benedict para que

sirviera café y pasteles a Durant en el salón de recibir y le envió, además, un mensaje en el que le decía que se reuniría con él a su debido tiempo.

El día era gris con un cielo plomizo y una fina llovizna que chorreaba por los cristales de las ventanas, en tanto que la temperatura había descendido más de lo habitual para esa época del año. Elene, que llevaba un vestido mañanero de muselina amarilla, se cubrió la espalda y los hombros con un chal de Paisley, aunque estaba segura de que si aparecía el sol tendría que descartarlo de inmediato. Con una mano sostuvo el borde del chal guarnecido con flecos en tanto extendía la otra a Durant cuando él se levantó para recibirla. Le incomodó la sensación de familiaridad que percibió al besarle él la mano y retenérsela más de lo acostumbrado, mientras la miraba de arriba abajo. Se encontraron así muchas veces durante los días en que él la cortejaba antes de la boda. Era muy posible que esta visita llegara a ser una gran equivocación por su parte.

Se sentaron el uno frente al otro. Durant se acomodó en el asiento y apoyó un codo sobre el brazo del canapé sosteniendo el mentón entre el pulgar y el dedo índice.

–Cuando estoy lejos de ti siempre me olvido de lo hermosa que eres. Solía pensar que mi vida era perfecta, todos esos acres de cañaverales a la orilla del mar y un hogar placentero y elegante, sirvientes para cumplir mis órdenes, las distracciones de la ciudad cuando me aburría del campo, una amante complaciente y dócil y la perspectiva de una esposa inteligente y bella.

–Ya veo que yo estaba en último lugar –comentó ella con un aire frívolo.

–Porque tú habrías de ser el toque final y más perfecto en mi vida.

¿La estaba piropeando o decía la verdad? Era imposible decirlo, y de todos modos, no tenía ninguna importancia ahora. Elene lo miró a los ojos.

–El destino quiso otra cosa.

–Sí, y ahora todo está perdido, sin excepción.

Ella guardó un momento de silencio respetando las pérdidas reales que él padecía antes de volver a hablar.

–Lo que no comprendo en absoluto es todo lo relativo a la

muerte de Serephine. ¿Por qué pensarían las autoridades que tú la mataste?

—Supongo que no lo creen en realidad, o yo ya estaría en el calabozo sin nada que hacer excepto escuchar cómo construían la horca en el patio de la prisión. Simplemente fue una posibilidad que consideraron por un tiempo. Parecen pensar que yo podría querer librarme de ella y decidir que envenenarla me resultaría menos oneroso que mantenerla de por vida.

—Veneno —dijo Elene despacio—. ¿No sería... arsénico?

—Exacto.

Las preguntas se agolparon en su cabeza, demasiado numerosas para ser ordenadas coherentemente. Frunciendo el ceño, concentrada, se aferró a algo que él había dicho.

—¿Por qué pensaría alguien que deseabas deshacerte de ella?

—No tengo ni idea.

Hizo un rápido ademán con una mano sin mirarla a los ojos.

—¿De veras no lo sabes?

—Muy bien, nos peleamos, tuvimos una pelea bastante ruidosa por un baúl lleno de vestidos nuevos que se había encargado. Pero ésa no era razón para matarla.

Elene no podía imaginar a Serephine peleando con Durant. Ella fue siempre tan... ¿cuáles eran las palabras que él empleó? Complaciente y dócil. Eso era. Serephine siempre sonreía y asentía. Las personas no siempre se comportaban en privado como lo hacían en público; aun así, lo de la pelea no tenía traza de ser verdad. Lo más probable era que Durant se hubiese mostrado ofensivo e injurioso riñendo a su concubina por su extravagancia.

En voz alta, dijo:

—Creía que trajiste contigo suficiente riqueza de las islas para no tener que preocuparte por unos cuantos vestidos.

—Exactamente lo mismo pensaba una gran cantidad de personas —comentó él encogiéndose de hombros—. Uno sólo puede pedir prestado por corto tiempo.

—¿Pedir prestado?

—Los sastres y los constructores de carruajes tienen la

incómoda costumbre de querer cobrar. Pedir prestado es una manera de satisfacerlos.

Elene supuso que él se endeudó con la garantía de sus posesiones en las islas; era posible que hubiese algún prestamista dispuesto a correr el riesgo de que pudieran regresar allá alguna vez. Sería una falta de modales, rayana en la grosería, seguir arrancándole más información al respecto.

—¿Estaba molesta Serephine? ¿Perturbada por algo? Quiero decir, ¿estaba tan afligida como para...?

—¿Quieres saber si yo la empujé a tomar el veneno por su cuenta? No lo sé.

Sus palabras eran duras, para ocultar su pena y la culpa que lo carcomía. Por eso se le veía tan demacrado y taciturno. Eran los remordimientos.

—Yo no lo creo.

La expresión esperanzada que afloró en su rostro causaba aflicción.

—¿De verdad no lo crees?

—Ella disfrutaba mucho de la vida, disfrutaba demasiado del amor. Puede que no pensase nunca en el mañana y sus problemas; lo único que le importaba era el presente y sus placeres. Esa clase de personas no se quitan la vida voluntariamente.

En la mente de Elene resonó un eco perturbador. Dijo casi las mismas palabras refiriéndose a Hermine, ¿no era así?

Durant movió afirmativamente la cabeza.

—Sé muy bien que ella era precisamente así, pero parece que no puedo convencer a nadie más. Si la gente no tiene el sensacional asesinato de una concubina a manos de su propio amante, no se muestra interesada. Los escribientes toman cuidadosa nota de todo, luego se van y meten los papeles en algún cajón relegándolos al olvido. Me miran y yo veo que piensan que si bien no fui yo mismo quien la mató con un poco de arsénico, sí fueron mis palabras, que la desesperaron tanto que no pudo soportar vivir por más tiempo.

—Corría un rumor —comenzó a decir Elene con mucho tacto—, de que estabas a punto de contraer un matrimonio muy ventajoso para ti.

Él se quedó mirándola fijamente.

—¿Dónde oíste eso? En realidad, no es que me importe mucho. No es verdad. Te aseguro que no es verdad.

Continuaron hablando de muchas cosas; de Morven, de quien se rumoreaba que galanteaba discretamente a la esposa de un prominente funcionario español a pesar de seguir viviendo con la viuda y su nueva ingenua, y de *monsieur* Tusard, a quien se había visto a menudo, según Durant, en las casas de juego fuera de los muros de la ciudad. Por fin, llegó el momento en que Durant no pudo prolongar más la visita sin invadir el horario del almuerzo. Elene lo acompañó hasta la puerta del salón donde lo esperaba Benedict con el sombrero y el bastón.

Con estas prendas en la mano, Durant volvió para hacer una reverencia.

—Ha sido un rato muy agradable. Fue un gesto por tu parte recibirme; no lo esperaba de ti.

—No tengo tantos amigos y conocidos en Nueva Orleans como para darme el lujo de ignorar a uno de ellos.

—Esas palabras me ponen en mi lugar junto con todos los demás —comentó él con una sonrisa irónica—. Espero que también signifique que volverás a permitirme que te visite en alguna otra oportunidad.

—Por supuesto. Aunque no con demasiada frecuencia cuando Ryan no esté en casa.

Él sonrió nuevamente sin responder, después le soltó la mano y dando media vuelta se alejó de allí. Tras dar dos pasos, se volvió una vez más.

—No me agrada perturbarte, Elene, pero no puedo marcharme sin preguntar...

—¿Qué deseas saber? —preguntó ella cuando él calló.

—¿Estás segura de que tu enfermedad fue realmente fiebre amarilla?

—Razonablemente segura, ¿por qué?

—Por nada —contestó él con una sacudida de cabeza—. Nada. —Nuevamente descendió por la escalera.

¿Fiebre amarilla o veneno?

Esa pregunta y otras miles persiguieron a Elene durante días.

Creía haber tenido fiebre amarilla, le dijeron que ésa era la enfermedad, pero ¿lo era de verdad? Debía serlo. Los síntomas eran los mismos, la fiebre, los labios rojos, los vómitos de bilis negra quemándole la garganta, y después la piel amarilla. ¿Qué otra cosa podía ser?

Aparte de arsénico que, administrado en pequeñas dosis, podía causar prácticamente los mismos síntomas.

No, era imposible. Su piel amarilleó como un girasol.

Pero también existían otras sustancias que administradas a una persona podían producir ictericia.

No podía creerlo. El prefecto colonial y otras cien personas más padecieron fiebre amarilla al mismo tiempo. Fue una epidemia como la que brotaba en mayor o menor grado todos los veranos en los puertos sureños. La atendió el mismo médico que atendía a Laussat, un químico traído de París que debía reconocer el envenenamiento por arsénico si lo veía, y que ciertamente podía comparar dos casos de fiebre amarilla. Como el prefecto colonial, ella sobrevivió a la enfermedad tropical, lo cual la convertía en una de las pocas afortunadas. En lugar de evocar fantasmas sobre sí misma, debía pensar en quién podría haber matado a Serephine.

El problema era que no podía pensar en nadie. Serephine no tuvo enemigos, no fue una amenaza para nadie. Aun cuando Durant hubiese considerado seriamente la idea de contraer matrimonio, lo cual él negaba, Serephine no habría sido ningún impedimento; más bien completamente inofensiva, un juguete adorable y generoso que sólo vivía para brindarle placer. La única explicación posible de la muerte de Serephine era una venganza contra Durant. Y eso era como agarrarse a un clavo ardiendo.

Existía, desde luego, la similitud entre la muerte de Hermine y la de Serephine. La actriz ofrecía placer a muchas personas desde el escenario y a Morven en la intimidad, pero no fue un peligro para nadie. Todos la habían querido.

Sin embargo, ¿era eso estrictamente cierto? *Madame* Tusard la acusó de descarriar a su esposo; un error, pero ahí estaba la acusación. Josie, como lo demostraron los acontecimientos posteriores, codició los papeles que representara la actriz más experimentada y también las caricias de Morven. Hasta Rachel Pitot bien podría haber creído que Hermine era un obstáculo para la posesión definitiva del guapo actor.

Veneno, se decía repetidamente, un arma femenina...

Pero ¿qué relación podía existir entre Hermine y Serephine? La respuesta parecía ser: ninguna. Ellas apenas se conocían, casi no se hablaron; sólo habían sido pasajeras casuales en el mismo barco, nada más. Nada.

También *monsieur* Mazent estuvo a bordo del mismo barco, y él, como las otras, murió envenenado con arsénico. Y sin embargo, aun cuando pudiera encontrarse algún débil eslabón que uniera las muertes de las dos mujeres, parecía muy improbable que ambas pudieran tener algo en común con la del maduro hacendado.

Sin embargo, de algún modo se relacionaban. Seguro.

La relación existía.

Era el perfume.

Hermine tuvo en su poder una botellita azul de Paraíso, como Serephine. Mazent jamás personalmente, pero sí su concubina Germaine que la compartió con la hija del hacendado.

¿Sería posible que el perfume tuviera alguna sustancia que pudiera provocar la muerte?. ¿Quizá la misma con poder de esclavizar?

No, no, no tenía ningún sentido. Elene misma lo había usado durante más tiempo que ninguna de las otras mujeres, y no estaba muerta.

Estuvo enferma. Fiebre, fiebre amarilla.

¿Suponiendo que no fuera así? ¿Podría pensarse que había personas más débiles que otras o más susceptibles al ingrediente letal? ¿O que algunas botellitas tuvieran una mayor proporción de aquello que causaba la muerte?

¿O tal vez el perfume que preparó Devota en la isla de Santo Domingo para ella fuera diferente al de Nueva Orleans? También estaba ese ingrediente olvidado que Devota agregaba a la mezcla del perfume mientras Elene se ausentó del taller.

Se estaba comportando como una necia. Hermine, Mazent y Serephine fueron asesinados con arsénico, no con alguna mezcla secreta del rito vudú. Todos estaban de acuerdo en que la causa había sido ésa.

¿Y si estuvieran equivocados?

¿Y si el perfume contenía veneno, algún extracto de arsénico absorbido a través de la piel, tan letal como el albayalde del polvo facial usado por las actrices? De ser eso posible, podían suceder algunas otras muertes. A menos que Germaine le hubiese contado la verdad acerca de la rotura de la botellita, podría ser la próxima víctima. O aquella persona, quienquiera que fuese, que robó el perfume a *madame* Pitot.

Si así fuera, entonces, todo el peso de la responsabilidad por tantas muertes debía caer sobre los hombros de Elene, ya que ella insistió tercamente en hacer ese malhadado perfume.

Oh, ¿pero qué motivo podía tener Devota para poner tal cosa en el perfume? Con su conocimiento de plantas y hierbas jamás podría ser un accidente.

También era posible que alguna redoma, ya fuera de la tienda del boticario o dondequiera que Devota comprase las esencias adicionales que necesitara, hubiese tenido el marbete equivocado; eso podía pasarle a cualquiera. Devota no tenía motivos para dedicarse a matar a nadie, y menos a la propia Elene.

¿Era esto realmente cierto?

Muchos mulatos de los barracones de esclavos en Santo Domingo asesinaron a los blancos de las grandes mansiones, incluso a aquellos con quienes estaban emparentados. Devota era mitad blanca y mitad negra, algo que no podía ser olvidado por más que ambas lo intentaran. Debido a su sangre, ella llevaría siempre la vida de una sirvienta. No, de una sirvienta no; ése era un amable eufemismo. Devota era la esclava de Elene.

Si Elene moría, Devota quedaría sin su ama. Elene no tenía herederos que recibieran su propiedad, no tenía ningún documento legal que fijara la distribución de sus bienes, y con los aires de cambio que sacudían la colonia de Luisiana, el gobierno bien podría olvidarse de tomar posesión de sus bienes, los cuales se componían de una única esclava, Devota. En Santo Domingo se produjeron miles de asesinatos para conseguir la liberación de aquellos que fueron esclavizados.

Aun así, ¿qué razón concebible podía tener para matar a Hermine? ¿O a Mazent, dado el caso?

Tenía que haber algún propósito además del color de la piel. ¿Un hecho casual? Serephine, sin embargo, pertenecía a su propia clase. Seguramente Devota no le habría causado ningún daño.

Que por una fragancia memorable tuviera que verse forzada a abrigar sospechas tan terribles era suficiente, casi, para hacerle desear no volver a olerlo nunca más.

Debía tomar una decisión. Elene no podía hacer nada. Salvo albergar la esperanza de estar equivocada. No sabía cómo asegurarse de que las muertes no tenían nada que ver con ella o con su perfume. Podría intentar descubrir qué sustancia añadió Devota en la mezcla que había hecho, probar el grado de culpabilidad de Devota y su propia responsabilidad. Se sintió horriblemente tentada a hacer lo primero. Si ella había causado la muerte de personas inocentes, no creía ser capaz de soportarlo. A pesar de todo, debía saberlo. La remota posibilidad de salvar posibles víctimas inocentes se lo exigía.

Elene recorrió la galería en busca de Devota. Podía oírla canturreando en alguna parte, entonando una suave melodía melancólica. La siguió hasta dar con ella en el cuarto de vestir junto a la alcoba de Ryan.

La doncella estaba sentada en un taburete zurciendo una pequeña rasgadura triangular en la manga de una de las camisas de Ryan. Tenía la cabeza gacha sobre la labor mientras la aguja se movía aprisa entrando y saliendo, y su dulce rostro moreno mostraba la expresión absorta de alguien empeñado en terminar debidamente la tarea que tenía en la mano. Su *tignon* era blanco como la nieve, pero matizado con hebras de seda azul, y su vestido de cambray azul estaba cuidadosamente almidonado y planchado. Pulcra, competente, hacendosa, era la imagen misma de la perfecta sirvienta.

—¿Devota?

La mujer alzó la cabeza, sobresaltada.

—¡*Chère!* Harás que me dé un ataque al corazón si sigues acercándote a hurtadillas como ahora. ¿Por qué no me llamaste si me necesitabas o enviaste por mí a ese malvado de Benedict?

—Es que tenía algo que preguntarte, en privado.

Cuando Devota observó las facciones tensas de Elene, la sonrisa desapareció de su rostro. Anudó la hebra y la cortó de un tirón, después sacudió la camisa antes de dejarla a un lado. Se puso de pie.

—¿Sí, *chère*?

—Es acerca del perfume.

Un nudo tenso se formó en la garganta de Elene impidiéndole hablar. Miró a la mujer a quien conocía de toda la vida, y la pregunta que estaba a punto de formular le pareció un insulto tan agraviante que no podía resignarse a expresarla.

Devota hizo un lento movimiento con la cabeza en señal de afirmación.

—He estado esperando, pensando cuándo me lo preguntarías.

—¿De veras? Entonces no puede ser verdad, tú no puedes haber puesto algo en el perfume que pudiera matar a la gente. Estaba segura de que no podías haberlo hecho.

Los ojos de la criada se dilataron de horror.

—¡Matar!

—Pensé que estabas esperando...

—¡Nunca! ¡Jamás hubiese pensado que pudieras preguntar algo semejante!

—Tenía que hacerlo. Ha muerto gente, personas que tuvieron contacto con nuestro perfume. No puedo ignorar los hechos.

—¿Piensas que yo las maté? ¿Por qué habría de hacer yo semejante cosa? ¡Dime por qué!

Elene no recordaba haber visto nunca a Devota tan belicosa, tan agresiva. Jamás la había oído levantar la voz de esa manera ni visto tal ira en sus ojos negros. Evasivamente contestó:

—No sé por qué.

—Creo que sí lo sabes. Creo que como todos los blancos en estos días miras el color de mi piel y ves un enemigo. Olvidas todo lo pasado anteriormente, todos los años de amor. ¡Todo lo que ves es negro, negro, negro!

—¡Tres personas han muerto! Lo único que deseo saber es cómo sucedió y quién lo hizo. ¿No lo entiendes? Si fue algo que contenía el perfume, debo saberlo. Tengo que saberlo, porque si fue así yo soy culpable. Yo ayudé a matarlas.

Devota la contempló por un momento y su semblante se serenó.

—Oh, Dios, *chère*. Oh, Dios santísimo.

Tan absortas estaban que no oyeron las suaves pisadas de

Benedict al entrar en el cuarto de vestir. Su carraspeo para llamar la atención tuvo el sonido del trueno. Entonces, dijo:

—No hay nada en el perfume.

Elene giró en redondo con los nervios crispados.

—¿Qué sabes tú de eso?

—Nada en absoluto, salvo que he olido ese perfume en la casa día y noche. Sé que esta mujer, su doncella, no es una persona capaz de matar furtivamente, al azar, al culpable y al inocente por igual. No guarda semejante odio en su corazón. Sería posible que matara dominada por la cólera, pero no de otro modo.

Devota alzó la mirada al rostro del hombre alto y delgado de semblante impasible y entornó los ojos.

—Te lo agradezco, de veras.

—Estaba convencido de que así lo harías —contestó Benedict, e hizo una reverencia.

Por un instante hubo algo vital, casi palpable, en el aire entre los dos sirvientes. Después, Devota se volvió a Elene.

—Te traeré lo que queda del perfume. Harás con él lo que gustes. Pruébalo. Saboréalo. Úsalo. Deshazte de él. No me importa. Se preparó para ti, para tu auxilio y placer. No tiene nada que ver conmigo.

Devota salió de la habitación. Benedict desapareció en silencio detrás de ella. Elene, sin tener conciencia de lo que estaba haciendo, salió también del cuarto de vestir.

Se detuvo en el centro de la alcoba en la que había entrado. Se quedó de pie con la vista clavada en el diseño floral de la alfombra flamenca en rojo, azul y oro, sin ver nada y absolutamente concentrada en sí misma. No sirvió de nada. Más allá de Devota, sólo quedaba *madame* Tusard como única sospechosa de esos hechos macabros, y después de ella, nadie.

Devota irrumpió en la habitación con las restantes botellitas de perfume en las manos. Las dejó sobre la mesa más cercana a Elene, junto a la cama, y luego empezó a alejarse.

—Aguarda —dijo Elene—. No tengo la intención de insultarte ni de menospreciarte, pero hay una sola cosa más que debo saber.

—¿Sí? —La palabra sonó tajante, reflejando sus sentimientos heridos.

—¿No existe ninguna posibilidad, por accidente o a propósito, que pueda haberse añadido al perfume alguna sustancia nociva sin que tú te enteraras?

—El perfume es sólo una fragancia, una colección de esencias purísimas tanto débiles como fuertes. Para aquellos que tienen buen olfato para los perfumes, la más mínima alteración por añadido o sustracción cambia la esencia misma del aroma en alguna medida. No puede haber arsénico en este perfume puesto que la sustancia huele a ajo y anularía todas las otras fragancias. Lo mismo sucede con todos los otros elementos dañinos que yo conozco y que podrían causar algún perjuicio. Por lo tanto, no es posible. Deja de torturarte, *chère*; tú no tienes ninguna culpa.

—¿Qué es esto? ¿Qué está pasando aquí?

Era Ryan quien lo preguntaba, irrumpiendo en la habitación justo para oír las últimas palabras de Devota. Elene alzó la cabeza al tiempo que giraba para mirarlo.

—No era nada.

—No lo creo. ¿Qué sucede ahora con el perfume? ¿Ha ganado súbitamente el poder de hacer mover con mayor presteza a los burócratas de París? ¿O ha persuadido a Salcedo y a Morales para amar tanto a los norteamericanos que ahora les ofrecen sus excusas por sus ultrajes?

El tono que usaba era de broma, pero estaba teñido de impaciencia. También resultaba muy irritante.

—Nada tan beneficioso —contestó Elene, cáustica—. Estaba tratando de tranquilizar mi conciencia con respecto a su papel en los asesinatos.

Ryan despidió a Devota con un ademán brusco. La criada salió inmediatamente cerrando la puerta a sus espaldas. Moviéndose en dirección a donde estaba Elene, Ryan pasó a su lado y fue a apoyarse contra un extremo del alto colchón de la cama con los brazos sobre el pecho y las piernas enfundadas en las altas botas cruzadas a la altura de los tobillos. Deliberadamente, dijo:

—Creo que sería prudente oír algo más sobre esto.

Se lo explicó lo más rápido posible, aunque mientras hablaba, crecía en ella la certidumbre de lo absurdas e irracionales que eran todas las cosas que relataba. No obstante, debía llegar al final a pesar de su lógica inconsistente, a pesar del rubor de mortificación que encendió sus pómulos al ver el escepticismo pintado en el rostro aquilino de Ryan.

—¿Piensas acaso —dijo lentamente Ryan cuando ella hubo terminado— que este perfume tuyo puede no sólo hacer que los hombres se comporten de manera absolutamente contraria a su naturaleza, sino además provocar enfermedades y hasta la misma muerte?

—No precisamente el perfume, sino algo que haya en él. Siempre han corrido rumores de que detrás de la habilidad de los sacerdotes y sacerdotisas del vudú para desear la muerte de una persona estaba oculto el uso de venenos. Sé que suena disparatado, pero yo pensé que Devota podría haber... es decir, que ella podría haber deseado vengarse o haber recibido algún dinero a cambio de esas muertes. No sé exactamente qué fue lo que pensé, si quieres que te diga la verdad. Me pareció una posibilidad que no debía pasar por alto.

—Porque si así fuera, tendrías parte de culpa.

Elene hizo un gesto de desconcierto y desvió la mirada clavándola en la gasa del mosquitero que formaba pliegues artísticos sobre la cabecera del lecho.

—Algo por el estilo.

—Te incumbiría porque Devota era tu esclava.

—Y también mi responsabilidad.

De un empellón él se apartó de la cama, enderezándose, y la agarró por los brazos con sus manos fuertes y grandes. La apretó tanto contra su cuerpo que Elene sólo pudo apoyar las manos contra su pecho para no caer sobre él.

—De una vez por todas —susurró él—, tu perfume no tiene poderes mágicos, para bien o para mal. Es una fragancia agradable, eso es todo.

Ella alzó la cabeza y encontró el azul diáfano de sus ojos que no la evadían.

—¿Cómo puedes saberlo?

—Lo sé. La necesidad que tengo de ti nace muy hondo dentro de mí y no de unas cuantas gotas de un líquido vertido de una botella. Está en mi corazón y en mi mente y en la parte de mi cuerpo que desea fervientemente hundirse, caliente y firme, dentro de tu cuerpo. Tu perfume no es ninguna amenaza para mí. Yo no soy esclavo de ninguna mujer, ni siquiera tuyo, aunque te deseo lo suficiente ahora mismo, en este minuto, como para renunciar a mi última esperanza de libertad a cambio de estar una hora entre tus brazos. Pero podría alejarme de ti si fuera necesario. Puedo abandonarte, no sin gran pesar, pero sin poner en peligro mi vida o lacerar mi alma sin remedio. No necesito de ti para vivir.

Las palabras caían como gotas de ácido en su mente, quemando, carcomiendo su orgullo. La confianza que oía en el tono de su voz hizo nacer la ira en ella. Alzando los ojos grises, oscurecidos ahora por el dolor y el desdén, exclamó:

–Si estás tan seguro, ¿por qué no te vas?

–Me iré.

–¿Qué dices? –Estaba tan cerca de él que podía sentir el calor ardiente de su necesidad, los músculos tensos de sus muslos contra los de ella. Debajo de las manos que tenía extendidas sobre el pecho fornido el corazón golpeteaba en muda contradicción a las serenas palabras.

–Te probaré que puedo marcharme. Partiré para la ciudad de Washington en cuanto esté listo para el viaje; lo haré para traer los documentos oficiales de la doble transferencia de Luisiana. Voy a petición de Laussat, para acelerar este ya tan dilatado proceso del traspaso de un país a otro, pero también para convencerte de que puedo hacerlo.

–¡Muy bien, vete entonces!

Ella intentó retorcerse y arrancarse de los brazos poderosos que la aprisionaban, pero todo fue inútil. Él la apretó más, rodeándola con sus brazos hasta que los senos de Elene se aplastaron contra su pecho. Él deslizó una mano por la espalda de Elene hasta cubrirle la curva de la cadera mientras bajaba los ojos para mirar la superficie rosada y húmeda de los labios que se habían entreabierto con la respiración agitada.

–Ah, no, no sin un último hálito de perfume y una despedida apropiada y apasionada. ¿Dónde estaría la gloria de partir sin eso? ¿Dónde estaría la victoria?

Elene era reacia a aceptar un reto así, pero su corazón no podía rehusarlo. Se arrojó en sus brazos al tiempo que él la atraía hacia su cuerpo, estirándose de puntillas para encontrar la fuerza violenta de su beso. Le temblaron los labios al ceder a la demanda firme de los de Ryan, pero ella no disminuyó la fuerte presión de los suyos hasta sentir que se magullaban los de ambos. Deslizó las manos por la nuca de Ryan enredando los dedos en su pelo y probando la fuerza musculosa de su cuello. Embistió con los senos contra el pecho del hombre hasta que le dolieron, y movió las caderas lentamente con ansiedad para que su ardiente suavidad la protegiera de la fuerza dura de su viril miembro.

Él contuvo la respiración bruscamente. Con manos que perdían por completo su habitual destreza, desprendió trabajosamente los botones del vestido de Elene y le abrió el escote deslizando el corpiño por los brazos junto con la camisola guarnecida de encajes. Ella lo ayudó deslizando las prendas hasta la cintura y soltando la cinta de los calzones largos y de su única enagua para dejarlos caer al suelo. Después, acercándose más a él, le sacó los faldones de la camisa de debajo de los pantalones cortos y le desprendió el broche delantero mientras él se sacaba la camisa por la cabeza de un solo movimiento apresurado. En tanto él se despojaba de las botas, Elene se sacó las zapatillas sacudiendo los pies en el aire. Después, trepó a la cama donde empezó a desprenderse las ligas.

Ryan la detuvo con un ademán mientras se deshacía de los pantalones cortos y los arrojaba a un lado. En magnífica desnudez, se acercó a ella y se colocó entre sus rodillas separándolas más antes de empezar a desprender las ligas una después de otra. Luego deslizó lentamente las medias hacia abajo hasta pasar las rodillas y las pantorrillas. Se arrodilló para besar las suaves curvas antes de deslizar los labios por la sensible piel de la entrepierna dejando a su paso una estela de fuego húmedo hasta la unión de los muslos. Al dirigir allí su atención, la hizo caer de espaldas sobre el colchón con un deliberado empellón y Elene, inundada de delicioso placer sensual, se dejó caer.

Debía protestar, debía hacer algo para recuperar la iniciativa, pero se perdió en el deleite y en un trágico fatalismo. Si ésta era la última vez, y bien podría serlo, que fuera especial, un acto de buen amor para recordar toda la vida.

Las caricias de Ryan le encendieron la sangre de deseo ardiente y atronador. Como una catarata de agua hirviente se derramó por ella aglutinándose en el centro de su femineidad formando un remolino con un doloroso vacío en su vértice. Nada importaba salvo que él lo llenara.

Cuando Ryan se puso de pie, ella le estiró los brazos para atraerlo sobre su cuerpo, pero él no se reunió con ella. En cambio, caminó hasta la mesita de noche donde estaban las botellitas y recogió una de ellas. Sacándole el tapón, volvió nuevamente junto al lecho.

Los ojos de Elene se abrieron desmesuradamente. Se sentó en la cama y volviéndose de costado levantó las piernas sobre el colchón. Con voz enronquecida, preguntó:

–¿Qué estás haciendo?

–La prueba no estaría completa sin esto, ¿no te parece? –Inclinó levemente la botella hasta que unas cuantas gotas del líquido fragante humedecieron el borde y se derramaron por los dedos para caer sobre la sábana impregnando el aire con su ya tan familiar aroma.

Era inquietante verlo tan sereno y distante mientras el deseo pulsaba caliente e incontrolable debajo de su piel. Se humedeció los labios.

–Supongo que no.

–Entonces, acuéstate.

Elene lo obedeció mientras él apoyaba una rodilla sobre el colchón y subía a la cama. En el momento en que quedó tendida sobre el lecho, derramó unas gotas de perfume sobre su cuerpo empezando entre los senos y terminando en las rodillas. Rápidamente, antes de que los hilos escurridizos de líquido pudieran escaparse, él lo hizo penetrar en la piel tersa del cuerpo de Elene con masajes lentos y deliberados, suavizando los blancos montículos de sus senos, los costados estrechos de la cintura esbelta y la superficie plana del abdomen; recorrió también el triángulo de oro finamente hilado en el ápice de las piernas y por las voluptuosas curvas de las caderas y la delicada piel lechosa de la entrepierna. Un estremecimiento sacudió el cuerpo de Elene, y él sonrió con alegre y tierna resolución antes de descender sobre ella y cubrirla con su cuerpo.

El peso de Ryan que la hundió más en la blandura del colchón relleno de musgo fue bienvenido, gratificante para su piel sensibilizada. Los contornos de los cuerpos encajaron, solidez y morbidez, en perfecta armonía aunque no en una unión completa todavía. El olor del perfume se elevó en el aire, envolviéndolos, calentado por el ardor de los cuerpos hasta lograr una intensidad empalagosa. Se mezcló entonces con los olores propios de los cuerpos, masculino y femenino, produciendo un ambiente que embotaba los sentidos.

Ryan se movió encima de ella esparciendo por su piel los delicados aceites que humedecían el cuerpo de Elene, absorbiéndolos, al mismo tiempo que el vello crespo, los duros contornos de su pecho y los musculosos muslos producían escalofríos de placer que subían en espiral por el cuerpo yacente de Elene. Se deslizaron juntos, excitándose mutuamente con tiernas y delicadas caricias, dejándose subyugar por la magnificencia envolvente que ellos mismos estaban creando. Elene podía sentir los latidos discordantes del corazón de Ryan, que imponía un dominio absoluto a su propio goce. Ella lo resistió, respetándolo más por ello, hasta que sobre una cresta de placer incontrolable, separó los muslos y lo llevó al interior de su cuerpo en un delicioso deslizamiento líquido.

La conmoción que le produjo la excitación febril hizo ondular todo su cuerpo. Se sintió inundada de placer y un grito ahogado se estranguló en su garganta al arquear la espalda para elevarse hacia él. Él satisfizo la necesidad de la joven, esforzándose, hundiéndose más todavía con infinita fortaleza e inflexible voluntad. Ella absorbía la fuerza de sus sacudidas mientras se expandían sus sentidos. Su respiración se tornó áspera, entrecortada, jadeante a sus propios oídos. Su corazón palpitaba enloquecidamente en el pecho con un ritmo salvaje y violento. Sin embargo, seguía sostenida con firmeza y a salvo entre los brazos de Ryan.

La marea carmesí del éxtasis surgió de adentro, propagándose en vívido prodigio de fuego. Elene, con un sollozo, dejó que la inundara por completo. Ryan sintió el oleaje abrumador en las sedosas profundidades de Elene y dejando de luchar, se rindió. Aprisionados en sus temibles garras, perdidos en el estático prodigio, permanecieron inmóviles. Y abriendo los ojos, se miraron en silenciosa, inútil gloria.

Un momento más tarde, él rodó sobre la cama llevando a Elene consigo, unidos todavía, inseparables. Se meció con ella de atrás para delante en una agonía de ternura, inhalando la fragancia que desprendía su pelo, grabando en su piel y sus sentidos las formas del cuerpo femenino y las sensaciones que producía en su piel. Le buscó la boca besándola con rudeza una, dos veces. Después, moviéndose como si sus músculos estuvieran acalambrados de renuencia, la acostó de espaldas y dio la vuelta sobre la cama, alejándose de ella.

Poniéndose de pie, caminó hasta el tocador, con agua fría y un pan de jabón, lavó su cuerpo para librarlo del aroma del perfume. Se secó con vigor y arrojó la toalla sobre una silla. Se acercó al armario de donde sacó un par de pantalones de montar hechos de cuero y una chaqueta rústica de calidad similar.

Pocos minutos después, estaba completamente vestido, excepto por un sombrero de ala angosta que sostenía en la mano junto con un atado de ropa sujeto con correas que llevaba para cambiarse en el camino. Dio unos pasos hacia la puerta y apoyó la mano sobre el picaporte, luego miró en dirección a Elene. Su mirada se paseó por todo el cuerpo desnudo mientras ella seguía tendida sobre el lecho, con la piel nacarada brillando tenuemente en la penumbra. Lanzando un juramento ahogado, se alejó de la puerta y corrió nuevamente a su lado. Se abalanzó para saborear una vez más el orgulloso pezón de un seno redondo y turgente, después le arrancó un beso violento de los labios.

Enderezándose abruptamente, se dirigió a la puerta una vez más y la abrió de par en par. Volviéndose, con una mirada llena de profundo dolor y desolación en sus ojos azules, exclamó:

–Si esto es la victoria, prefiero la derrota.

La puerta se cerró a sus espaldas.

CAPÍTULO XVII

Él se había ido.

Elene permaneció acostada con la mirada perdida en los suaves pliegues del mosquitero ya recogido para el día hasta que los pasos de Ryan se fueron alejando por la galería y se perdieron luego al bajar por la escalera. Ni siquiera entonces se movió hasta que el silencio y la falta de agitación indicaron que, al igual que una tormenta que ha pasado, él ya no estaba en la casa. Rodó lentamente sobre su vientre y hundió la cabeza en la almohada.

No lloró. Tenía apretado el pecho y su respiración era jadeante y entrecortada, pero las lágrimas seguían encerradas en su interior. Él la había dejado. A pesar del perfume. A pesar de la unión de sus cuerpos. Se suponía que no era posible, pero ocurrió; porque ella lo amaba. Lo sabía; sentía cómo crecía su cariño por él. Devota se lo advirtió. Enamorarse sería perder el control de la relación entre ella y su hombre. Dijo algo más, algo acerca de un corazón amante, pero Elene no podría recordarlo exactamente.

Ryan pensaba que había vencido el hechizo que el perfume ejercía sobre él, o al menos le había probado a ella que no le influía para nada. Tal vez era verdad; ella ya no sabía en qué creer. Pero ¿por qué se había ido tan lejos?

No era necesario poner en peligro su vida para probarle que no podía retenerlo. Podrían matarlo durante ese largo viaje a caballo hasta Washington. Él era un corsario, no un correo. No era otra cosa que su maldito orgullo masculino lo que le forzó a realizar ese viaje largo y agotador a través de selvas y desiertos.

No, eso no era cierto. Debía ser justa. La misión no tenía nada que ver con ella. Él era un hombre preocupado por el destino de Luisiana, su tierra natal. Los grandes acontecimientos que agitaban a la colonia eran de vital importancia para Ryan, arrastrado en su torbellino. Era una parte de su vida en la que ella no tenía cabida.

En realidad, no se podía decir que tuviera cabida en alguna otra parte de la vida de Ryan. Él le habló de deseos y necesidades y de adoración; una reacción, esta última, quizá demasiado intensa, seguramente inducida por el perfume. La situación era muy simple, Ryan no mencionaba el amor total, salvo cuando ella estuvo enferma, pensando que era lo que necesitaba oír para seguir viviendo.

Devota no le prometió amor, por supuesto. Deseo, sí. Una devoción absoluta a la carne. Subyugación. La esclavitud para su pareja. Todas estas promesas ella las gozaba plenamente y le brindaban excitación, éxtasis, incluso. Pero cuán efímeras eran, y cuán vacías sin amor.

¿Cómo era posible que dos personas compartieran tal intimidad, tal posesión mutua y total y un júbilo sin trabas, y sólo una de ellas sucumbiera al amor? ¿Era posible que por el mero hecho de haberlo embaucado con el perfume, aun sin ser ésa su intención, cambiara la posibilidad de ser amada plenamente por un efímero vínculo de los sentidos? Si durante aquellas tres noches pasadas en el oscuro agujero debajo de la casa de Favier no hubiese usado el perfume, ¿qué sucedería entre ellos? ¿Habrían ido descubriendo lentamente que se atraían y esa relación sería ahora más duradera y profunda, o pasarían las horas sentados en diferentes rincones conversando amablemente sin tocarse jamás? ¿Qué era preferible? ¿Haber gozado de la pasión que compartieron o no tener nada en absoluto?

Cuando Devota entró en la alcoba mucho más tarde, Elene cerró los ojos y fingió estar dormida. La mujer volvió a salir sin hacer ruido. Cuando llegó la noche, la criada le trajo una bandeja con una cena liviana de pollo asado, pan de corteza dura y vino, con crema de caramelo de postre. Elene probó unos bocados casi a la fuerza, pero no pudo seguir. Despidió a Devota, apagó la vela y se cubrió con las mantas.

A la mañana siguiente se sentía amodorrada, pero inquieta sin deseos de abandonar la cama. Aceptó la taza de café con leche que le ofrecía Devota, pero miró a su doncella con ojos soñolientos mientras ella se atareaba en la alcoba descorriendo las cortinas y recogiendo las prendas de ropa desparramadas. Le permitió que la bañara y cambiara las sábanas del lecho, aunque lo hizo más por lo desagradable que le resultaba el perfume rancio que las impregnaba que por un deseo de frescura. De hecho, no deseaba absolutamente nada, salvo una habitación oscura y silenciosa y el olvido total que le brindaba el sueño.

—*¿Chère?* ¿Vas a quedarte en la cama para siempre? —Devota le formuló la pregunta con los brazos en jarra y actitud beligerante.

Elene se echó atrás el cabello que le ocultaba parte del rostro y se cubrió los ojos con la mano.

—No lo sé —dijo finalmente.

—Tienes que levantarte. Me asustas, *chère.* Esta actitud no es normal en ti.

—¿Levantarme y hacer qué?

—Algo. Cualquier cosa. *Monsieur* Ryan dejó dinero para las compras. Puedes ir al mercado.

—Puede ir Benedict.

—Él también se preocupa mucho por tu estado. Benedict se preocupa por ti en verdad. *Monsieur* Ryan le echará la culpa a su regreso si te encuentra enferma.

—¿Lo hará verdaderamente? ¿Estás segura?

—Así lo cree Benedict.

—Está equivocado. Dudo mucho que a Ryan le importe.

—¿Qué significa esto? ¡Por supuesto que le importa!

Elene se sentó en la cama. Con voz dura y tajante, exclamó:

—¡Él me ha abandonado, Devota! —Luego, más serena, añadió—: Me ha abandonado.

—Regresará.

—Tú dijiste... me dijiste que él estaría esclavizado a mí, que sólo desearía complacerme.

—¿Es eso lo que deseas de un hombre, que sea tu esclavo?

Elene tragó las lágrimas mientras sacudía la cabeza para negarlo enfáticamente.

—Pero nunca pensé que él pudiera desear alejarse de mí. No creí que pudiera hacerlo.

—¿Es por eso que comes tan poco y pasas todo el día tendida en la cama?

Elene meneó la cabeza, no podía hablar debido al nudo que le apretaba la garganta. Se le nublaron los ojos de lágrimas que comenzaron a rodar lentamente por sus mejillas. Finalmente, pudo susurrar:

–Si me levanto, tendré que marcharme de aquí.

El dulce rostro moreno mostró sorpresa.

–¿Marcharte?

–Dejar esta casa, encontrar algún lugar donde vivir en otra parte.

–Pero... ¿por qué?

Elene la miró, desesperada ante la necesidad de tener que explicar lo inexpresable.

–No puedo quedarme con un hombre que no me ama.

–¿Cómo puedes decir...?

–No me ama. Yo lo atrapé, pero ahora él se ha liberado. No quiero ser una mera conveniencia para el placer de un corsario.

–Sabes muy bien que es mucho más que eso –replicó Devota, inflexible.

–El principio es el mismo.

–¡Eso es absurdo! Lo necesitaste antes y lo necesitas ahora. Al menos eso no ha cambiado.

–Yo no lo usaré tampoco para mi conveniencia.

–¿Aun deseándolo él? ¿Aun cuando la conveniencia sea tanto para él como para ti?

–Aun así. Sé que la situación es la misma; lo veo claramente. Pero yo soy diferente. Lo amo, pero todo es mucho más complejo. Con el perfume que preparamos, me aproveché en un principio de él, pero ahora es posible que lo haya envuelto en mayores dificultades, en algo peor aún. No puedo quedarme y dejar que coseche los resultados, cualesquiera que pudieran llegar a ser.

–Hablas de los asesinatos. Eso no fue culpa mía, ni tuya, lo juro. ¿No puedes creerme?

–No puedo correr ese riesgo.

–Estos principios que pareces tener no saciarán tu apetito, no puedes comértelos. ¿Cómo viviremos? ¿Adónde iremos?

–No lo sé. He tratado de pensar en ello, pero no se me ha ocurrido nada.

—Entonces es posible que no se te ocurra nada antes de que regrese *monsieur* Ryan —dijo la mujer con algo de ironía mezclada con esperanza.

Devota salió de la alcoba dejándola sola una vez más. Elene siguió tomando el café y mordisqueando lentamente el panecillo dulce que le trajo para el desayuno. Se sentía mejor ahora, una vez expresada con palabras la decisión que había pesado sobre sus hombros todo ese tiempo. Sin embargo, quedaba sin resolver el problema de lo que haría de ahora en adelante.

No tenía dinero, ni medios para alquilar un cuarto propio. Eso significaba que debería depender de sus conocidos, al menos por un corto tiempo. Si Hermine estuviera viva, su problema estaría resuelto, pensó; la actriz le habría encontrado un lugar donde vivir en alguna parte, un jergón donde tenderse a dormir y algún trabajo por insignificante que fuera para subsistir. Josie no era tan ingeniosa ni tan dispuesta. Morven podría resultarle útil, pero temía que, sin la presencia protectora de Ryan, la ayuda que le brindara tuviera un precio demasiado alto. Él jamás ocultaba la atracción que sentía por ella, aunque ello no era motivo de orgullo. Aparentemente, muy pocas mujeres dejaban de gustarle. En todo caso, la casa donde se alojaba la compañía pertenecía a la viuda Pitot y Elene no estaba segura de que ella la recibiera con gusto en su casa.

Era más que improbable que *monsieur* y *madame* Tusard quisieran brindarle un lugar en su casa. El orgullo de *madame* no permitiría a nadie saber que carecía de servidumbre, pero además, era evidente que la pareja estaba pasando por apuros económicos. Para colmo de males, Françoise Tusard era una mujer de actitudes demasiado conservadoras. Si bien se rebajaba lo suficiente para relacionarse con una mujer mantenida por un hombre sin los sagrados vínculos del matrimonio, se mostraría mucho menos dispuesta y feliz de tener a esa misma mujer en su casa como huésped.

Elene sospechaba que la respetabilidad era también de primordial importancia para Flora Mazent. En este caso no debía olvidar que decepcionó y disgustó a la jovencita al negarle el perfume que tanto deseaba. No podía albergar ninguna esperanza razonable de que Flora la recibiera con los brazos abiertos, aun cuando hubiese espacio suficiente en su alojamiento. Más aún, sería impropio por su parte entrometerse en la vida de la joven durante el período de luto por su padre. Siendo huérfanas ambas, bien podría ayudarlas la convivencia a consolarse mutuamente, pero estaba segura de que Flora no consideraba que las circunstancias fueran las mismas.

Esto dejaba a Durant como única posibilidad entre todos aquellos que salieron juntos de Santo Domingo.

Sus cavilaciones se vieron interrumpidas por la entrada de Devota. La mujer avanzó hacia ella retorciendo el delantal entre las manos y una mirada de duda y angustia en sus ojos. Se detuvo antes de llegar junto a la cama.

–Hay algo que debo decirte.

–¿Sí, qué es? –Elene dejó en el plato la rosquilla que estaba mordisqueando y puso la taza sobre la bandeja.

Devota titubeaba mientras se mordía el labio inferior. Lanzando un largo suspiro, tomó ánimos y soltó precipitadamente:

–Es acerca del perfume. No tiene ningún poder especial.

–¿Qué estás diciendo?

–Exactamente eso. Que el perfume es sólo una fragancia exquisita, nada más.

Elene le clavó la mirada, confundida.

–¿Qué estás diciendo? –repitió.

–Te conté todo aquello sólo para darte confianza y valor para afrontar tu matrimonio con Durant. Te dije que lograría que cualquier hombre que te abrazara te deseara locamente porque sé que el deseo es una cosa de la mente, que una mujer que piensa que es deseable, es realmente deseable. Una que cree que puede esclavizar a los hombres, a menudo los esclaviza.

–Oh, Devota –susurró Élene con los ojos agrandados al ir penetrando en su mente el significado de las palabras.

–Como verás, el perfume no puede incidir la forma en que *monsieur* Ryan se prendó de ti, ni con veneno ni con muertes.

Callaron. Elene cerró los ojos con fuerza y luego los volvió a abrir.

–¿Cómo puedo creerte?

Devota se irguió con dignidad.

—Porque yo te lo digo.

—Me mentiste antes, o eso dices ahora. Tengo las reacciones de Ryan contra tu palabra. Él me amó mientras yo usé el perfume, y cuando lo dejé de lado él no me tocó.

—¿Siempre?

Elene rememoró las últimas semanas desde que la mayor parte del perfume fue destruida.

—No siempre, pero con alguna frecuencia. De todos modos, si lo que me dices es cierto, ¿por qué no me lo comentaste antes?

Devota meneó lentamente la cabeza.

—Al principio, porque creía que aún necesitabas confiar en su poder mágico, y más tarde, porque sabía que no lo aceptarías. Como ahora. Tendrías que desear mucho creerlo para permitirte la sensación de alivio que te traería.

¿Era posible? ¿Podría ser verdad lo que le decía Devota? En tal caso, Ryan le hizo el amor, la llevó a su casa por propia voluntad, para su placer, por su propia necesidad. Más aún, le pidió que fuera su esposa porque deseaba tenerla siempre cerca y no debido a la magia del perfume.

¿Saberlo le brindaba algún alivio? No, sólo encontraba dolor, dolor por haberle arrojado todo eso a la cara y despreciar la única oportunidad de ser dichosa que se le había presentado.

Sin embargo, quedaba el alivio con respecto a la muerte de los tres integrantes del grupo que vino de Santo Domingo. Ella no tenía ninguna responsabilidad en ellas si el perfume no tenía poderes, ni, por supuesto, podría estar involucrada Devota.

Elene se humedeció los labios.

—Me da la sensación de que esta confesión tuya es muy oportuna y conveniente para mí en estos momentos, quizá demasiado.

—El daño causado por decírtelo es menor ahora que el bien que podría llegar a hacer.

—Comprendo. Hay una cosa más. Te he conocido y confiado en ti toda mi vida, Devota, y no voy a cambiar ahora; pero no podemos negar el hecho de que absolviéndome de la culpa por las muertes por envenenamiento, te absuelves a ti misma.

La otra mujer meneó la cabeza.

–Jamás pensé, cuando nos embarcamos para Nueva Orleans, que llegaríamos a esto.

–Ni yo.

Los senos de Elene subían y bajaban acompañando su respiración agitada. Las lágrimas asomaron a sus ojos y, antes de que rodaran por la cara, las enjugó con las palmas de las manos.

–Sinceramente, no creo que me digas esto para eliminar mis sospechas.

–Sí, lo sé. Temes que esté mintiendo para ayudarte.

Elene le sonrió débilmente.

–Me conoces demasiado. Déjame sola ahora, por favor, quiero pensar.

La doncella vaciló como si estuviera a punto de agregar algo más, pero finalmente hizo lo que se le pedía.

No importó mucho. Por más que lo intentara, Elene podía encontrar pocas razones valederas para creer en la confesión de Devota, y muchas para dudar de ella. Desconfiando tanto de las dudas como de la certeza ciega, Elene permaneció sentada y sumida en la confusión.

Sin embargo, pasado un tiempo se le ocurrió que si la confesión de Devota era cierta, si Ryan no estaba impelido a permanecer junto a ella, entonces una cosa había cambiado. Era posible que él hubiese sido el hombre con quien *monsieur* Mazent mantuvo negociaciones para darle la mano de su hija, el hombre a quien Flora consideró su futuro esposo. Eso explicaría la resistencia de la joven a nombrarlo delante de Elene. Era posible que deseara ahorrarle el disgusto, o que temiera que, como concubina de Ryan, Elene intentara frustrar el compromiso. Ciertamente, explicaría la excitación de la joven ante la perspectiva de su matrimonio.

No tenía nada de inusual que se pospusiera el anuncio inminente debido a la muerte del padre de Flora; pero ¿qué ocurrió entonces? Este novio fantasma debería haberse presentado, cerca de ella para apoyar y dirigir a la joven. Flora dejó claro que su ausencia se debía a una elección propia del hombre y no a una petición expresa de ella.

¿Por qué no se interesó en ella su prometido? ¿Descubrió

que era incapaz de arrastrar una vida en común con una mujer tan apagada por esposa? ¿O era por algún otro motivo, algo que ver con el dinero, tal vez, ya que para muchos supuestos pretendientes la dote era un asunto de vital importancia? ¿Habría averiguado el futuro esposo que las propiedades de los Mazent en Luisiana no eran tantas ni tan costosas como se suponía?

Por otro lado, ¿podría ser que *monsieur* Mazent hubiese descubierto algo relativo al pretendiente que no fuera de su agrado? ¿Y si lo que halló era tan desagradable como para prohibir al hombre que hablara con su hija? ¿Podría haberse disgustado tanto el novio al ver que la fortuna se le escapaba de las manos como para librarse de *monsieur* Mazent eligiendo veneno para lograr sus fines, puesto que los efectos pasarían por problemas gástricos, molestias siempre presentes en él y conocidas por todos?

Elene se estremeció y un sudor frío le bañó el cuerpo. Ryan no. Él no podía ser. ¿O sí?

Ciertamente no. Aun cuando él pudiera, eso no explicaría las muertes de Hermine y de Serephine. Tenía que existir una conexión entre ellas. De otro modo todo carecía de sentido.

Hermine ya conocía a Ryan antes de ser rescatada de Santo Domingo. Él y Morven eran amigos, se encontraban con frecuencia en las islas cuando iban de un sitio a otro. Era posible que Hermine conociera algún rumor concerniente a Ryan que éste no deseara que llegara a oídos de Mazent. Quizá ella le gastó bromas al respecto, o tal vez sugirió que le pagara para mantener la boca cerrada. Quizás él mató a la actriz para evitar que hablara.

La muerte de Serephine era más difícil de explicar. Su único propósito fue vivir para complacer a Durant, como un accesorio en su vida durante años, y por lo tanto, estaba enterada de todo lo que sucedió en Santo Domingo. Era muy posible que la matasen por los mismos motivos que a Hermine, por lo que sabía. Sin embargo, era una idea que no la convencía del todo, principalmente, porque era demasiado improbable que Serephine, de pronto, se atreviera a amenazar a alguien. Lo único que daba un poco de peso a esa idea era la posibilidad de que ese alguien pensara que Serephine pudiese contar a Durant todo lo que sabía. Durant, no cabía duda alguna, utilizaría esa información contra Ryan sin una pizca de remordimiento.

Había un problema en este razonamiento. Y era que, en términos generales, Durant tenía tanto acceso a las habladurías de la isla como la propia Serephine. Parecía improbable que ésta supiera algo que desacreditara a Ryan sin que hubiese llegado antes a oídos de Durant.

A menos que, por supuesto, fuera un asunto de mujeres.

No había ninguna duda de que los hombres chismorreaban entre ellos, pero no lo hacían de manera tan detallada y gráfica como las mujeres. Además, muchos problemas de intrigas de alcoba jamás llegaban a oídos de los hombres porque no eran de interés general; jamás se relacionaban con las leyes o la medicina, las vías públicas o el campo del honor, que eran de la incumbencia de los hombres. Podría ser algo relacionado con alcobas y saloncitos íntimos femeninos, con los barracones de los esclavos o hasta con los encuentros y ritos nocturnos del vudú.

No. No era posible. El hombre que ella conocía, el hombre que la sostuvo entre sus brazos y bañó su cuerpo cuando estaba gravemente enferma, no podía causar la muerte violenta y degradante por envenenamiento a tres personas. Si iba a urdir tramas de secretos y chantajes, entonces cualquiera de las personas que abandonaron Santo Domingo a bordo del *Sea Spirit* podría ser culpable, desde el desdichado y maduro Claude Tusard hasta la aniñada Flora Mazent. Y lo mismo podría decirse de todas aquellas personas que conocieron desde entonces en Nueva Orleans; alguna conocida como Rachel Pitot, un sirviente, un ciudadano vengativo que aborreciera a los isleños, cualquier demente con acceso al veneno.

Debía dejar de pensar en estas cosas. No la ayudaban en nada, no servían a otro propósito que el de distraerla de lo que era su obligación.

Tenía que decidir adónde iría y qué haría para vivir. Eso era. Nada más importaba ahora mismo. Nada.

Pero suponiendo que Ryan no hubiese matado a nadie, que sólo hablara de matrimonio con Mazent, ¿cuándo tuvieron lugar estas negociaciones, antes de que Ryan le pidiera que se casara con él, o después de que ella rehusara hacerlo, tal vez desairado por su rechazo? Él le hizo esa brusca propuesta matrimonial la misma tarde en que le habló de la fiesta en el *vauxhall* planeada por Mazent; lo recordaba bien. La fiesta se celebró tres días más tarde, y fue entonces cuando se mencionó por primera vez el compromiso de Flora.

Aun así, durante esa velada no hubo ningún indicio de que Flora se interesara más de lo debido en Ryan. En realidad, toda su atención se centró en Durant, su acompañante obligado, ya que ninguno de los dos tenía pareja. Qué lejana parecía esa noche, con su aroma de azahares y sus risas. Y luego, en el patio...

No debía pensar en eso.

Debía irse de esta casa, sin pensarlo más. Pero ¿cómo se abriría camino? Gozaba de una educación esmerada y mejor que la de la gran mayoría de las mujeres por su larga permanencia en el internado francés para señoritas; sería posible que la tomaran como institutriz en alguna mansión de la ciudad. Sin embargo, sabía que aquí la educación no era considerada como una gran ventaja, y mucho menos como algo necesario para disfrutar de la vida. La única escuela pública sostenida por el rey de España, junto con un puñado de establecimientos privados, era considerada adecuada únicamente para la educación de los varones. A las niñas las educaban las monjas ursulinas hasta los doce años más o menos, después de lo cual, un aprendizaje posterior se consideraba un perjuicio en la formación de una buena esposa y madre.

¿Qué más quedaba por hacer? Los menesteres de una criada, enfermera, lavandera, o cocinera eran realizados por esclavas o mujeres de color libres. También ellas integraban las huestes de vendedoras ambulantes en las calles, que ofrecían desde dulces y pasteles hasta ramilletes de flores y sombrillas. Podría encontrar algún empleo como costurera o sombrerera, pero seguramente le pagarían por cada trabajo terminado. La habilidad de Elene con la aguja era adecuada, pero carecía de la velocidad requerida para ganar lo suficiente como para mantenerse junto con Devota, ni siquiera con la ayuda de ésta.

Quedaba una única posibilidad, y era la de seguir fabricando el perfume. Si no tenía poderes especiales, todos sus esfuerzos por recobrar lo poco que vendió, su firme propósito de destruir todo el resto, fueron inútiles. Aún le quedaban algunas botellitas y unos cuantos ingredientes para preparar un perfume de alguna fragancia parecida. ¿Por qué no volver a fabricar el original si encontraba la forma de conseguir dinero? ¿O todo sería en vano después de haber hecho correr la voz de que podría producir erupciones en la piel? ¿Les llevaría mucho tiempo volver a incrementar las ventas antes de que ella y Devota murieran de hambre en medio de los exquisitos aromas?

No importaba, ella no renunciaría.

Aún le quedaban los aretes de oro. Los vendería, tomaría el poco dinero que pudiera recibir por ellos y saldría a comprar ínfimas cantidades de esencias florales, lo suficiente para preparar dos o tres botellitas de perfume. Una vez vendidas, el dinero alcanzaría para preparar seis o siete más. Sería un comienzo pobre y débil, mucho más de lo que pensaba, pero le bastaría. A la larga, quizá hasta antes de que regresara Ryan a la ciudad, podría llegar a reunir lo suficiente para buscar algún cuarto donde ir a vivir con Devota, un lugar propio.

Fugazmente pasó por la cabeza de Elene la idea de que podría reunir más fondos si vendiera a Devota. Sería lo mismo que vender a su propia madre, por supuesto, sin considerar que ella era la que guardaba el secreto del último ingrediente del perfume. Descartó el pensamiento casi antes de que naciera. Ella y su doncella se abrirían camino juntas. Y cuanto antes, mejor.

Le llevó casi una semana conseguir el mejor precio para los aretes, seis días de vagar de un joyero a otro y de una sombrerera a otra. Finalmente los compró una anciana de ojos bondadosos que la oyó mientras regateaba con un orfebre. Esa noche, Elene y Devota contaron el dinero cuidadosamente y con más cuidado aún escribieron una lista de lo que necesitarían para volver a crear el perfume.

La mañana trajo un visitante: Durant. Elene recibió la noticia con impaciencia, ya que estaba a punto de salir de compras con Devota. Se sacó la capota otra vez y, alisando la corona de trenzas que lucía en la coronilla, salió a la galería a recibirlo.

Durant se inclinó sobre la mano extendida. Ella murmuró

algo amable en respuesta. Era un día espléndido, fresco y agradable con un cielo azul intenso y despejado característico del otoño en la ciudad, así que le indicó a Benedict que los refrescos se sirvieran al aire libre en la galería con vistas al patio. Condujo a Durant hasta un par de sillones a ambos lados de una mesita y se sentó.

A la brillante luz del día Elene advirtió que Durant había adelgazado mucho desde que dejaron la isla, como si el intenso calor de Nueva Orleans y la pérdida de su querida hubiesen encogido su cuerpo y sus facciones. Pero todavía había arrogancia en su porte y una mirada codiciosa en los ojos posados sobre ella.

—Tengo entendido que Bayard está fuera de la ciudad —comentó él.

—Sí, por un asunto de negocios.

—¿Negocios para Laussat? Debemos esperar que su viaje a Washington no resulte demasiado peligroso.

—¿Entonces el viaje de Ryan es de conocimiento público? Creía que su misión era secreta.

—No tengo idea de lo pública que puede ser, aunque he oído comentarla en el Café des Réfugiés. ¿Es posible que Bayard sólo estuviera dándose aires? Después de todo, ¿qué necesidad hay de mantener tanto secreto por el viaje de un correo?

Elene lo miró de hito en hito.

—Es más que eso, creo.

Durant se encogió de hombros con displicencia y, cambiando de tema, le preguntó por su salud. Cuando iba a responderle, llegó Benedict con el vino. Mientras el sirviente estuvo presente, continuaron conversando en el mismo tono, comentando los últimos casos de fiebre amarilla y cómo su número iba disminuyendo con la temperatura más fresca. Durant le nombró las familias que regresaron del campo al enterarse de que la salubridad mejoraba, y de las diversiones que se planeaban para el otoño y el invierno, muchas de las cuales giraban alrededor del esperado cambio de gobierno.

Cuando Benedict se marchó, hablaron de la retirada del ejército francés ante los británicos en Santo Domingo, y del creciente poder del general negro, Dessalines.

—Empieza a parecer que no hay esperanza para la vuelta de

los franceses a la isla —comentó Elene—. ¿Has decidido qué harás si no puedes recuperar ninguna de tus posesiones en la isla?

—¿Hacer? —inquirió él arqueando las cejas.

—¿Qué actividades desarrollarás, ya sea comprar tierra y cultivar caña de azúcar como todos los demás o tal vez estudiar leyes o dedicarte al comercio?

—No tengo intenciones de ensuciar mis manos con el comercio, de eso sí estoy bien seguro. Y las leyes son para tipos trapaceros que aman los debates.

—Serás un hacendado nuevamente, entonces.

—Ya veremos —contestó él tomando un sorbo de vino—, aunque me halaga tu preocupación. Pero ¿qué me dices de ti? Esperaba saber de tu boda en cualquier momento.

—¿Mi boda?

—Con Bayard. Serephine supo por tu doncella hace bastante tiempo que él te propuso matrimonio, aunque sólo me lo mencionó poco antes de morir.

No era necesario que diera explicaciones a Durant.

—No me interesa contraer matrimonio, como ya te dije en el barco.

—Eso puede resultar una equivocación.

—¿Qué quieres decir? —Oyó un tono en la voz de Durant que no le agradaba en absoluto.

—Doy por sentado que disfrutas de tu posición aquí como mantenida de un hombre de fortuna. Pero me da la sensación de que Ryan está mirando al futuro en su búsqueda de una esposa.

—¿El futuro?

—Los norteamericanos que asumirán el poder no son tan indulgentes como los franceses o hasta los españoles en lo tocante a arreglos de vida irregulares. Censurarán severamente a un hombre ligado sin tapujos con una concubina. Mantener una en secreto es, por supuesto, un pecadillo que sólo merece un guiño cómplice y una palmada en la espalda.

—Dudo que a Ryan le preocupe lo que piensen los norteamericanos.

—Ahí es donde te equivocas. Él ha estado haciendo negocios con ellos durante años y, sin duda, espera acrecentarlos cuando asuman el poder. A diferencia de nosotros, que distinguimos entre amistades de negocios y sociales, los norteamericanos esperarán que él los reciba en su casa. Esto no puede hacerse sin contar con una esposa.

Elene lo miró fijamente.

–¿Intentas decirme que yo seré un obstáculo en sus proyectos con los norteamericanos?

–Oh, dudo que Bayard lo admita. Estoy tratando de insinuar que el compromiso que tan cortésmente me adjudicaste el otro día bien podría haber sido contraído por él.

–¿Quieres decir con Flora Mazent? –su voz sonó monótona.

–¿Te resulta tan chocante?

–No exactamente. La posibilidad fue mencionada por alguien más.

–Estas cosas se saben a la larga.

–No dije que lo creyera.

–Sólo ten presente esto; su padre era un hombre de fortuna dispuesto a invertir en las operaciones de Bayard, y ella es una jovencita impresionable de la cual se podía esperar fiel obediencia y que no se quejara si él elegía establecer a su amante en una casa separada o hasta mantenerla bajo el mismo techo. ¿Qué podía ser mejor?

–Él no lo haría –le resultaba imposible mantener la voz firme.

–¿No? Es un corsario, recuérdalo, acostumbrado a arreglar las cosas a su comodidad, rompiendo las reglas aquí y allá.

¿Sería posible? La sangre retumbaba en los oídos de Elene mientras buscaba respuestas. Lo que decía Durant no carecía de lógica. Los intereses comerciales de Ryan eran importantes para él y le acaparaban gran parte de su tiempo y de sus pensamientos. Eran también muy conocidas sus opiniones favorables en cuanto a los beneficios futuros bajo la bandera norteamericana. Al fin y al cabo, había emprendido este viaje azaroso a Washington por ese motivo.

Ello no significaba que permitiera que los estadounidenses ordenaran su estilo de vida; pero él podría disfrutar simulando sometimiento a las reglas mientras adaptaba sus problemas domésticos para su propio placer. En cambio, si tuvo intenciones de casarse con Flora, los planes fracasaron. Daba lo mismo, ya que Elene jamás habría consentido en formar parte de un *ménage à trois*. Sin embargo, no podía culparlo por el intento. Después de todo, él le propuso matrimonio primero.

La idea de que pudiera estar dañando los intereses de Ryan por vivir en su casa sin el beneficio del matrimonio también la molestaba. Sería mezquino por su parte recompensarlo de esta manera por todo el bien que le hacía, por las dos veces que le salvó la vida. Él nunca le mencionó ese problema y probablemente jamás lo haría; no era su forma de actuar. *Madame* Tusard trató de prevenirla por su propio bien, pero ella no la escuchó entonces. Ahora, unido al doloroso conocimiento del enredo que provocaba con la relación ilícita que los mantenía juntos y el hecho de que él la retuviera a su lado sin amarla, estaba esta posibilidad de ser un obstáculo en su vida; todo esto sirvió para fortalecer la decisión que ya había tomado.

Respiró profundamente.

–No necesitas ensombrecer el carácter de Ryan a mis ojos. Ya he tomado la resolución de abandonar esta casa.

Las palabras quedaron suspendidas en el aire, desnudas, resonantes en su irrevocabilidad. Por un instante la dominó el pánico y deseó no haberlas dicho. Eso era imposible e imprudente.

Durant alzó las cejas.

–Quieres decir... ¿qué vas a hacer?

–Encontrar un cuarto en alguna parte –respondió ella con deliberada vaguedad.

–¿Y hacer qué?

–Volver a empezar con mi perfume. Necesito poseer algo propio para ganar el dinero suficiente para abrirme camino en la vida. De otro modo, siempre seré una mujer mantenida, dependiendo de algún hombre para cada bocado que coma y cada jirón de ropa que use. No puedo soportar eso.

–¿Tu perfume? ¿Estás segura?

Ella asintió con firmeza.

–Estoy segura.

Él ladeó la cabeza y la miró con cierta duda, pero continuó.

–Bayard irá tras de ti en cuanto regrese.

—No le servirá de nada. —Elene levantó la barbilla, desafiante.

Él se puso de pie y caminó hacia la baranda. Por encima del hombro, dijo:

—Hubo una época en que estuve muy cerca de tener el derecho de cuidar de ti.

—De cualquier forma, dudo que en aquellos tiempos me hubieses dado tu consentimiento para que me convirtiera en una perfumista.

—Es verdad —respondió él en tono seco—. Ni tampoco lo apruebo ahora. Según Serephine, no es sólo un perfume sino una poción de hechicería que preparas con esa mujer tuya.

—Tú lo crees, ¿verdad?

Él se movió, inquieto.

—He visto y oído cosas más extrañas en la isla. En cuanto ella me lo dijo arrojé la botella a la basura.

—Por si acaso. —Elene jamás imaginó que Durant creyera en el vudú. Serephine debió contarle lo del perfume después de la visita que ella les hizo para tratar de recuperarlo.

—Como tú bien dices.

—Supongo que sabrás que tu desaprobación no me preocupa en absoluto.

Él alzó los hombros mientras dejaba vagar la mirada por las hojas del roble movidas por la brisa.

—De todos modos, tengo la esperanza de que me permitas ayudarte si me necesitas, en consideración a los viejos tiempos.

La sorpresa la dejó muda por un momento.

—Si me estás ofreciendo dinero, es muy generoso por tu parte, pero prefiero arreglarme por mis propios medios.

—¡Por Dios, Elene! —exclamó él girando sobre sus talones—. ¿Por qué debes ser tan orgullosa siempre? ¡Yo no espero nada de ti en pago!

—Jamás pensé que lo hicieras.

—¿De veras? Muy bien, dije algunas cosas en el barco durante el viaje que no debí haber dicho, que no eran lo que pensaba en realidad. —Se pasó los dedos por el cabello con expresión sombría—. Pero ahora tengo la necesidad de volver atrás, de recuperar lo que tenía, de que entre nosotros todo vuelva a ser como era.

—Eso es imposible.

—¿Lo es? Supónte que te digo que vengas a vivir conmigo.

—Nunca viví contigo antes.

La objeción fue instintiva, sin fuerza, como si buscara una forma de negarse sin herir su orgullo.

—Un detalle sin importancia. Estábamos tanto tiempo juntos que bien podríamos tomarlo como un mismo techo.

—No es mi propósito cambiar un hombre por otro. Además, debes saber que yo... que mis afectos están en otra parte.

—Supongo que crees estar enamorada de Bayard. Eso es de poca importancia para mí.

Un rubor no sólo de fastidio le encendió los pómulos.

—Puede que lo sea para ti, pero no lo es para mí. De todas maneras, no necesito un protector.

—Creo que estás equivocada —replicó él apretando los dientes—, pero no discutiré contigo. Si no vienes a mí, ¿adónde irás? ¿Has encontrado ya algún sitio?

—Todavía no.

No lo había buscado, aunque no se lo diría.

—Donde yo vivo hay un cuarto disponible.

—Estoy segura de que costará más de lo que puedo pagar.

—No es así. De hecho, la renta está pagada por más de un mes, hasta el primero de diciembre.

—Déjame adivinar —dijo Elene, suspicaz—, ¿el cuarto de Serephine?

—Qué opinión tienes de mí. A decir verdad es una habitación para una criada, una que alquilé porque buscaba una doncella para Serephine. Es pequeño, pero bien amueblado, y tiene la ventaja de ser más seguro que algunos tugurios plagados de ratas de las afueras de la ciudad.

—¿Porque tú estarás cerca?

Él dejó escapar un sonido de exasperación.

—Porque está en una calle decente, iluminada por las noches. Vamos, no seas tonta. Di que sí, y yo hablaré con mi casera para que te lo reserve.

Mientras ella seguía mirándolo sin contestar, él continuó.

—No soy un ogro, Elene. Nuestros padres eran amigos y vecinos, me conoces desde siempre. Yo sólo quiero lo mejor para ti.

Planteado de esa manera, parecía infantil seguir insistiendo en buscar su propio alojamiento. Aun así, titubeó.

—Piensa —insistió él en tono lisonjero—, si no tienes que pagar por tu alojamiento y comida, podrás avanzar más aprisa con tu perfume.

—No me interesa vivir en un cuarto pagado con tu dinero.

—¡Eso es ridículo!

—Puede que sea así, pero es lo que siento.

—Entonces podrás pagarme por él, si eso te hace sentirte mejor, pero sólo después de que empieces a vender.

Se apretaron los labios de Elene.

—Me parece muy extraño que te muestres tan interesado en ayudarme. Creía que desdeñabas el comercio.

—Estoy seguro de que te cansarás de practicarlo —respondió con una sonrisa—. Entonces, tengo la esperanza de persuadirte a escuchar mi propuesta de matrimonio después de todo.

—Al menos eres honesto, aunque estés equivocado.

—Pruébalo. —El reto fue sereno. Él se irguió cuan alto era destacando su figura a contraluz en la baranda.

Si ella accedía, significaría que podría abandonar la casa de Ryan ahora mismo, sin tener que esperar a ganar dinero. Sería ponerse en acción inmediatamente, antes de que pudiera debilitarse y esperar el regreso de Ryan sin voluntad de moverse más de allí.

—Demuéstrame que estoy equivocado —la apremió él entornando los ojos al ver los cambios de expresión de su cara.

Debía tomar una decisión. Asintió abruptamente.

—Muy bien, lo haré.

—Si alguien puede hacerlo, *chère*, sin duda eres tú.

Las palabras eran tan suaves como el raso, la expresión de sus ojos era clara; pero el apretón de la mano cuando le tomó la de ella al despedirse, fue un tanto largo, y el beso que depositó en el dorso, demasiado apasionado.

CAPÍTULO XVIII

—¡Yo no voy!

Elene casi había terminado de empacar. Decidió mudarse a su nuevo alojamiento de inmediato; demorar la partida sólo serviría para hacerla más difícil. Reunir todas sus pertenencias no le llevó mucho tiempo, ya que eran muy pocas, apenas las suficientes para llenar un pequeño baúl. Respecto a los vestidos, puesto que las telas fueron adquiridas con el dinero producto de la venta del collar, su derecho a ellos le parecía bien claro.

No consideró la idea de que Devota se negara a acompañarla. Su doncella era una mujer de carácter fuerte y opiniones arraigadas, pero desde siempre acataba la voluntad de su ama, y a Elene no se le ocurrió que pudiese reaccionar de esta manera. No esperaba que Devota aprobara lo que hacía y hasta pensó en persuadirla, pero ciertamente no imaginaba oír una negativa tan tajante a abandonar la casa de Bayard.

—Dime, ¿por qué? —Elene se enderezó tras colocar el camisón encima del resto de prendas en el baúl que estaba abierto sobre la cama y se volvió para mirarla.

—Tengo un lugar para mí en esta casa. Preferiría no abandonarla.

—¡Tu lugar está conmigo!

—Tu lugar, *chère*, también está aquí.

—¿Cómo puedes decir eso? No hay nada que me retenga aquí, ninguna obligación, ninguna promesa.

El rostro de Devota mostró una expresión obstinada.

—Quizá no estén formuladas con palabras, pero aquí están.

—No sabes nada —dijo Elene apesadumbrada y desvió la mirada.

—Sé más de lo que crees, y una de las cosas que sé es que

monsieur Ryan se pondrá furioso cuando descubra que te has ido. Pero tal vez eso es lo que deseas que ocurra.

Elene ignoró la sugerencia, negándose a considerarla siquiera. No creía que fuera así. En todo caso, era lo último que esperaba.

–Todavía no comprendo por qué te niegas a venir conmigo. Siempre podrías regresar si estás tan segura de que Ryan nos buscará.

Hubo un movimiento en el vano de la puerta abierta. Benedict dio un paso adelante.

–Disculpe la intromisión, *mam'zelle*. Perdóneme también por robarle la fidelidad de su doncella; no fue intencional, le aseguro a usted. Ella no desea irse de esta casa, me temo, por mi culpa.

Una mirada al rostro de Devota, impasible y enrojecido por un desacostumbrado rubor, fue suficiente para confirmar lo dicho por el sirviente. Al pasear la mirada de uno al otro se le ocurrió a Elene que ya hacía tiempo que no oía a Devota rezongar contra el hombre y aún más que no se miraban echando chispas por los ojos. Los dos empezaron a ser más circunspectos desde la noche en que vigilaron juntos en el patio a oscuras.

Elene volvió la mirada a Devota, las motas plateadas de sus ojos grises ahora sin brillo.

–¿Es ésta una unión verdadera... no como la anterior?

–¿Quieres decir como aquella con Favier? No tengo secretos con Benedict, como ves. No, no es para nada igual a eso. Benedict es un hombre que valdría la pena atrapar usando el perfume, si es que tiene algún poder.

Elene alzó las cejas, sorprendida por semejante elogio.

–Ya veo. ¿Por qué no pudiste decírmelo antes en lugar de buscar pretextos para quedarnos usando a Ryan, que no tenía nada que ver?

–No eran pretextos, *chère*, créeme.

Elene podía ordenarle a Devota que fuera con ella y, presumiblemente, ella la obedecería. No le agradaba irse sola; sería llegar a la casa de Durant sin una protección esencial para ella. No tenía deseos de imponer su voluntad sobre su doncella, que también era su tía, para sólo conseguir el estorbo de una compañía rebelde.

–Quédate entonces, si eso es lo que quieres –dijo finalmente.

–Lo que yo quiero es que nos quedemos las dos.

Elene meneó la cabeza y esbozó una sonrisa.

–No puedo hacer eso, pero os deseo una dicha duradera.

–Ah, *chère* –exclamó Devota y, avanzando unos pasos, la rodeó con sus brazos y juntas se mecieron de un lado a otro lentamente. Cuando por fin la soltó, dijo:

–Acerca del perfume, iré a ayudarte en cuanto me mandes mensaje de que me necesitas.

–Seguramente te llamaré en algún momento –respondió Elene con un tono débil en su voz–, aunque tengo las notas que tomé, la receta, y además creo que me gustaría probarlo sola.

–No tendrás dificultades. Deberías llevar éste, por si acaso, sólo para compararlo.

Devota fue en busca de la botellita de perfume sobrante del lote que elaboraron y que estaba sobre la mesita de noche. La recogió para guardarla en el baúl antes de cerrarlo.

–Por supuesto que aún queda ese último ingrediente que nunca supe cuál era.

Era una forma indirecta de preguntarle lo que deseaba saber, y esperó la respuesta.

Devota la miró a los ojos largamente, luego asintió. Inclinándose, susurró a su oído.

Benedict les lanzó una mirada de reproche mascullando en voz baja antes de rodearlas para ir a atar el baúl de Elene. Lo levantó sobre el hombro y, con gran dignidad, dijo:

–Puesto que usted no desea quedarse, *mademoiselle*, nosotros la acompañaremos hasta su nueva morada, Devota y yo.

Hubo un momento en que Elene sintió el caprichoso impulso de preguntarle al criado cómo pensaba que reaccionaría su amo cuando descubriera que ella se había marchado si llegaba a saber por qué él no había intentado disuadirla de su propósito. Al mismo tiempo, supo que eso no alteraría nada. Recogiendo la capota y los guantes se los puso y luego salió de la alcoba con la cabeza en alto.

Los cuartos que ocupaba Durant estaban ubicados en el piso más alto de los tres que tenía la casa. Tenía un salón comedor con el cuarto de servicio al lado y un par de alcobas con un solo vestidor entre ambas. Insistió en que Elene los visitara, recorriéndolos con ella mientras hacía comentarios despreciativos sobre los inconvenientes que presentaba la escalera que subía desde la galería pasando por el vestíbulo de los apartamentos de su casera mulata en el segundo piso. También se disculpó por el tamaño reducido de las habitaciones y la falta de una vista apropiada desde ellas en comparación con la casa que él y Elene conocieron en la isla.

Ella trató por todos los medios de tranquilizarlo, ponderando su frescura y la ventaja de no sufrir ruidos callejeros por la altura a que estaban, y el buen gusto con que estaban decorados. Mientras los recorrían, sin embargo, lo que la impresionaba más no eran los inconvenientes que él mencionó sino lo mucho que le hacían recordar a Serephine. La presencia de la mujer estaba en los colores vivos de los tapices en las paredes y en la riqueza exótica de las alfombras que cubrían los pisos, en la alfarería de Faenza modelada como palmeras que adornaba la repisa de la chimenea en el salón, y especialmente en la miniatura del niño, hijo de Serephine y Durant, que colgaba sobre la cama en la segunda alcoba. Era una presencia que Elene no advirtió antes, pero que no la molestaba en absoluto.

Su cuarto estaba en el segundo piso, con su propia entrada por el vestíbulo de la escalera. Era de reducidas dimensiones y amueblado sencillamente, sólo con una cama imperial de cuatro postes con dosel, un tocador sin adornos y un sillón de orejas, pero era tan cómodo como le prometió Durant. Y lo más importante de todo era que había un cuartito más pequeño aún, conectado al primero, una especie de cubículo para guardar baúles y cajas. Serviría admirablemente como taller con el único agregado de una mesa de trabajo. Allí prepararía el perfume.

La casera mulata poseía una docena de esclavos además de la casa, lo cual era un legado de un caballero de quien ella fue concubina, o *placée*, por más de veinte años. Sus sirvientes limpiaban la casa y ella proporcionaba las comidas a sus inquilinos de su propia cocina. El arreglo era conveniente, según Durant, aunque significara que las tareas se hacían únicamente cuando la casera no tenía necesidad de sus esclavos y la comida llegaba a veces tibia a la mesa. Todo lo que se necesitaba era alguien que hiciera recados y atendiera las peticiones de los alojados, por lo cual Durant pensó en una criada para Serephine.

Para los momentos entre comidas, cuando Durant requería algo liviano que calmara las punzadas de hambre, dependía de las vendedoras de confituras, pasteles y dulces que recorrían las calles a todas horas. Respetaba el deseo de Elene de pagar sus propios gastos, pero si alguna vez llegaba a necesitar algún dinero extra para tales compras, o para gastos aún mayores, siempre había una escudilla llena de monedas y de billetes de banco de todos los tamaños sobre la mesa central del salón. Había sido una costumbre en la casa de su padre en la isla que pretendía continuar. Debía tomar lo que deseara. Por supuesto, Elene rechazó su generosidad, pero apreció el gesto.

A pesar de los recelos de Elene por la mudanza a la casa donde vivía Durant, no tenía mucho de qué quejarse. Él se mostraba considerado, no se entrometía en su vida y sólo la invitaba de vez en cuando a compartir la cena con él. Le preguntaba acerca de sus progresos en la fabricación del perfume con lo que parecía un interés real, pero no traspasaba los límites de su área de trabajo ni del tiempo que pasaba en el taller. Yendo y viniendo dedicado a sus propios asuntos, no molestaba a Elene en absoluto.

Sin embargo, hubo una vez en mitad de la noche, durante la primera semana, que ella se despertó por unos ruidos producidos por el picaporte de la puerta de su alcoba.

–¿Elene?

Era la voz de Durant, inestable por la bebida. Ella permaneció quieta y muda, escuchando atentamente.

–¡Elene, déjame entrar!

Podía oír su respiración pesada. El picaporte volvió a sonar al ser sacudido una vez más. Luego se oyó el golpe seco de un hombro contra la puerta. Pero estaba cerrada con llave y trabas; ella se había asegurado. Durant imprecó con furia incontenible. Poco después, Elene oyó los pasos que se alejaban subiendo la escalera con cuidado hacia sus habitaciones.

Cuando volvieron a encontrarse, Elene esperó para ver si Durant mencionaba el incidente o se disculpaba. No lo hizo.

Ella prefirió no comentarlo por temor a precipitar un enfrentamiento que deseaba evitar. Si se repetía, se vería forzada a dejar bien claro que él no tenía ningún derecho a su cama. Pero no volvió a suceder, y el hecho se omitió como si nunca hubiese ocurrido.

Septiembre terminó, comenzó octubre y el calor del verano por fin se diluyó en el otoño. Los días fueron cada vez más frescos, pero soleados y coloreados con el amarillo y rojo de las hojas que pendían obstinadamente de las ramas, con el oro y lavanda de las espigas de las varas de san José y las marañas de margaritas amarillas, y eupatorios en las acequias. El mercado al aire libre cerca del embarcadero comenzó a abarrotarse de las verduras de otoño y también de calabazas y batatas, higos dulces, caquis y pacanas, de estas últimas tanto la variedad cultivada como la silvestre, más pequeña y amarga y preferida por muchos.

Las noticias del mundo exterior penetraban lenta pero infaliblemente en Nueva Orleans. Las de Santo Domingo no eran buenas. Como predijo Ryan, los británicos bloqueaban la isla. Los soldados franceses bajo las órdenes de Rochambeau se resistían, pero se esperaba su rendición en no muchas semanas más. Sobre los hacendados y sus familias que quedaron en la isla, no se sabía nada.

A Elene le llevó más tiempo del esperado reunir todos los ingredientes para el perfume. Cuando los tuvo, procedió con cautela, mezclando minúsculas proporciones de las diferentes esencias mientras experimentaba con ellas. No estaba segura de tener «nariz» de perfumista, esa habilidad tan especial para distinguir olores individuales y mezclarlos en maravillosas combinaciones. En realidad, su sentido del olfato parecía haberla abandonado últimamente, de suerte que una fragancia que le parecía deliciosa por la mañana casi la enfermaba al caer la tarde. Se volvió más cautelosa, temerosa de desperdiciar los preciosos fluidos. Más de una vez consideró la posibilidad de avisar a Devota, pero eso sería reconocer su derrota, algo que no estaba dispuesta a hacer todavía.

Ni tampoco lo estaba a copiar su perfume. La causa no era únicamente la desconfianza creciente en su olfato, sino una renuencia extraña a probar otra vez las propiedades especiales de esa fragancia. Cuanto más lo posponía, más temores albergaba su corazón, aunque sin saber si se debían a no poder vender ese perfume o a lo que podría causar a quien lo comprara. Sin embargo, tampoco utilizó las muestras de las combinaciones nuevas que atesoraba cuidadosamente para fabricar cantidades vendibles. Dudaba entre arriesgarse a que las damas compraran el que ella elaboraba, o poner todas sus energías en la fabricación del perfume que sabía con seguridad gustaba a las mujeres y volvía locos a los hombres.

Un día, en un esfuerzo por decidirse, tomó la última botellita azul que Devota le había entregado y la destapó. No fue sólo un aroma lo que liberó, sino un torrente de recuerdos. Uno después de otro se agolparon en su mente. La noche en que los dos negros revolucionarios aparecieron en el bosque de Santo Domingo. El contacto de los brazos de Ryan en la oscuridad del agujero debajo de la casa de Favier. La alegría de Hermine al conseguir la botella. La última posesión de Ryan, mitad violenta mitad tierna, y su aspecto en el momento de despedirse con el último beso lleno de rabia. Con las imágenes llegó un torbellino de emociones encontradas, terror y alborozo, éxtasis y pesadumbre.

Un escalofrío corrió por la superficie de su piel erizándola. Y con él tuvo la certeza de que ningún perfume que pudiera evocar reacciones tan poderosas con sólo olerlo podía ser natural.

Estaba perdiendo la razón. Era sólo un perfume. Nada más que eso.

Daba lo mismo. Volver a fabricarlo sería mezclar y embotellar minúsculas dosis de dolores angustiantes y deseos violentos. Si el efecto estaba en el perfume o en la mente carecía de toda importancia. No podía hacerlo; la enfermaría. Hasta el inocente hálito que flotaba en el aire le produjo una extraña náusea. No, no podría hacerlo. En algún momento, pronto tal vez, pero no ahora.

Apretando con fuerza el tapón, cerró la botella y la empujó hasta el fondo de la mesa de trabajo. Luego salió del taller y cerró la puerta con firmeza.

Llegó y pasó el día de Todos los Santos, el tiempo de reverenciar a los muertos, de flores y velas en los cementerios. Elene visitó las tumbas de Hermine y Serephine y hasta la de *monsieur* Mazent. Como era de esperar, las autoridades no se preocuparon demasiado de las muertes por envenenamiento.

Elene todavía continuaba cavilando sobre ellas de tanto en tanto, pero, hasta para ella, el transcurso del tiempo y la improbabilidad de que su perfume fuera la causa, hicieron menos apremiante la necesidad de encontrar al asesino. No obstante, alguna vez, volvía a repasar mentalmente todos los detalles que conocía y trataba de hacerlos encajar como piezas sueltas de un complicado rompecabezas imposible de armar.

Era inútil. Si se eliminaba el perfume como nexo entre las tres personas, entonces lo único que quedaba para relacionarlas era que todas ellas eran de Santo Domingo. A pesar de todo, ninguna conocía a la otra mientras vivieron allá, no se encontraron hasta abordar el barco de Ryan para huir de la isla. Era posible que algo sucediese en el barco mismo, pero por más que lo intentara, Elene no podía imaginar qué podría haber sido. Hermine y Mazent no intercambiaron más que cortesías banales, mientras que Serephine casi no habló con nadie.

Dejándose llevar por la curiosidad, Elene interrogó a la criada que limpió las habitaciones el último día de vida de Serephine. Le preguntó si llegó alguna visita, algún mensaje, si algo inusual sucedió ese día. No obtuvo ninguna respuesta satisfactoria. Nadie vino a visitarla ni recibió absolutamente nada. Serephine salió de compras al atardecer para regresar poco después de una hora con solo media libra de bombones de chocolate. Durant la encontró muerta cuando regresó para cenar con ella.

Por la cabeza de Elene cruzó fugazmente la idea de que Durant podría haber matado a su concubina después de todo. Era quien la conocía mejor; en realidad, casi la única persona que podía decir que la conocía verdaderamente. Por otro lado, ¿por qué traerla con él si la quería tan poco como para matarla sin contemplaciones? ¿Por qué asesinarla cuando le habría resultado tan fácil librarse de ella? Más aún, era posible que Durant la golpeara cegado por la furia, pero no parecía probable que recurriera al veneno. También quedaba el hecho invariable de que por más que se encontrara una razón válida, no había ninguna otra aparente para matar a las otras dos personas. A veces, Elene se preguntaba si se conocería la verdad algún día.

En la primera semana de noviembre, el prefecto colonial Laussat, convencido de que la confirmación oficial que esperaba tardaría al menos dos semanas más, dejó Nueva Orleans para hacer una excursión río arriba con la intención de conocer más el territorio de su propiedad, antes de su partida definitiva. Se decía que *madame* Laussat, con un embarazo de cuatro meses y medio y sin aparecer ya en sociedad, empezó a hacer las listas de los objetos que debían empaquetarse cuando abandonaran Luisiana.

Elene vió a *madame* Laussat en el mercado una mañana pocos días después. La esposa del prefecto estaba de pie a un lado; entre tanto, su mayordomo compraba salmón y su hija menor jugaba con un monito que vendía un marinero de un barco recién llegado de Sudamérica. Su figura, aunque disimulada por el estilo del vestido de paseo, difería desde la última vez que la había visto: con todo, aún no se veía desgarbada ni torpe debido a su condición.

Elene la saludó sonriendo al pasar a su lado, pero no se detuvo. La esposa del prefecto no tenía por qué recordar el único encuentro que tuvieron y Elene no quería parecer una entrometida.

–*Mademoiselle* Larpent, ¿no es así? Buenos días –dijo *madame* Laussat.

A Elene, como a la mayoría de la gente, le encantaba que se acordaran de ella. Se detuvo y preguntó por la salud de la mujer para charlar luego de temas sin trascendencia.

Finalmente *madame* Laussat dijo:

–No debo demorarla más. Sólo deseaba decirle lo mucho que lamento que mi esposo alejara de su lado a *monsieur* Bayard, y confío en que usted descubra que los beneficios para Luisiana serán mucho más importantes que esta inconveniencia.

Elene sintió el calor del rubor que teñía sus mejillas. La otra mujer aparentemente no estaba enterada de que ella ya no vivía en la casa de Ryan. Se precipitó entonces a hablar para cubrir su turbación.

–Estoy segura de que él es feliz de servir a su esposo.

Madame Laussat soltó una carcajada.

—¡No creo que se haya sentido muy feliz! ¡De veras! Estaba bastante perturbado ante la necesidad de hacer el viaje cuando nos dejó. Sin embargo, es un ciudadano leal, y como tal lleva a cabo su misión a expensas de sus propios deseos.

¿La elección de las palabras habría sido deliberada? Elene, mirando a la esposa del prefecto por encima del hombro, tras despedirse de ella, no podía estar segura. Avanzó unos pasos más, luego volvió a mirar atrás. Qué bonita y atractiva se veía *madame* Laussat en su estado, el cutis rebosante de salud, el semblante sereno, su porte mostrando una gracia erguida y digna. En pocos meses más nacería una criatura, muy deseada, infinitamente amada, sin importar los inconvenientes que producía su concepción a destiempo para los planes de viajes de sus padres.

Mientras que su propia criatura...

Elene estaba embarazada. Lo sospechaba desde hacía algún tiempo; se preguntaba si Devota lo habría adivinado antes de su partida de la casa de Ryan. Seguramente sería así si no hubiese estado ocupada con su propio romance.

El bebé era su responsabilidad. Ella se encargaría de su cuidado. No era un bebé no deseado, o esperado sin amor, aunque admitía que le causaría ciertos inconvenientes. De vez en cuando se permitía preguntarse qué pensaría Ryan cuando lo supiera. Nunca se comentó esa posibilidad entre ellos. Prefirieron ignorarla, como si no pudiera suceder, lo que por su parte era una necedad, admitió con sinceridad. No importaba. Ella no podía esperar que un hombre que la abandonaba, sólo para demostrarle que podía hacerlo, se preocupara porque ella llevara un hijo suyo en las entrañas.

Durant lo advertiría pronto. No era un momento que esperara con ansiedad o placer, lo cual no significaba que tuviera temor a su reacción. A decir verdad, no sabía bien qué esperar. En otro tiempo habría pensado que él se burlaría de ella; ahora no estaba tan segura. Durant había cambiado, era más tolerante en sus reglas de comportamiento, tanto para él como para ella, desde que dejaron la isla. Debería estar contenta, ya que él hizo que las últimas semanas fueran más soportables. En cambio, la inquietaba sobremanera.

No la tranquilizó en absoluto el tono festivo y jovial con que Durant anunció su fiesta cuatro días después. Se le veía excitado, y al mismo tiempo, con los nervios de punta. Invitó a cuantos conocía, entre ellos a los hombres con quienes bebía y jugaba por dinero, varios hacendados que estaban en la ciudad con sus familias, y naturalmente a aquellos con quienes vino de la isla. Insistió en que Elene fuera su invitada de honor y se negó a escuchar cualquier excusa por su parte. Le dijo francamente que los cánones sociales no importaban en absoluto. Todos sabían que tenían habitaciones en la misma casa. El hecho de que estuvieran en pisos separados carecía de relevancia para las murmuraciones. De todos modos, el rumor que flotaba por toda la ciudad era que ambos eran amantes.

Se le ocurrió a Elene preguntarse quién podría haber difundido la noticia de su mudanza a la misma casa, a menos que Durant la hubiese mencionado como al descuido. Ella no se lo había contado a nadie, casi no se topó con nadie a quién contárselo. Sin embargo, no lo acusaba; la posibilidad de que se hubiese corrido la voz a través de la vía clandestina de los sirvientes era casi tan probable como la otra.

Elene, empero, no se sentía muy inclinada a las diversiones. Nunca se indisponía por las mañanas, pero las últimas horas de la tarde y las primeras de la noche eran un suplicio últimamente, cuando cualquier olor aislado podía producirle una oleada de náuseas. Mezclar las esencias para el perfume se hizo una tortura tan atroz que dejó de intentarlo con la esperanza de sentirse mejor en una o dos semanas.

Anochecía cuando Elene empezó a vestirse para el baile. Se sentó frente al tocador envuelta en el peinador y trenzado el largo cabello antes de envolverlo sobre la coronilla, mientras esperaba a Devota que vendría para ayudarla a ataviarse y luego permanecería a su disposición durante toda la velada. Al oír unos leves arañazos en la puerta que estaba a sus espaldas, le indicó a la criada que entrase. La puerta se abrió y se cerró. Absorta en lo que estaba haciendo, Elene no alzó la vista hasta que algo en la calidad del silencio que la rodeaba llamó su atención.

En el espejo del tocador se veía la imagen reflejada de Durant. Ya estaba completamente vestido con su casaca y pantalones cortos grises y una camisa cegadora en su blancura. Elene giró en redondo y le dio la cara.

—No era mi intención asustarte —dijo él con voz forzada—. Sólo vine a decirte que tu doncella se ha retrasado debido a un accidente en la cocina de Bayard, y para ofrecerte mis servicios en su lugar.

—Puedo arreglármelas sola, creo. Gracias.

Durant no la miraba a la cara, sino que tenía los ojos clavados en la abertura del peinador que ella no se había molestado en cerrar ya que estaba sola, y en las curvas de los senos que se habían hinchado más en la última semana. Cuando ella cerró el peinador en ademán defensivo, él dio un paso adelante.

—¿Te sientes bien?

—Sí, por supuesto. —No era verdad, pero la mentira lo alejaría de allí.

—Últimamente he notado que estás muy quieta y silenciosa por las noches, y que no tienes mucho apetito a la hora de la cena.

—¿De veras?

—Casi se diría que estás enferma.

—Oh, no lo creo.

—Tampoco yo. Serephine estaba igual durante los primeros tiempos de su embarazo.

Elene forzó una carcajada.

—Qué cosas tan extraordinarias se te ocurren.

—Oh, es perfectamente normal en una mujer joven y saludable que ha compartido la cama con un hombre. He estado preguntándome cuánto tiempo tardarían en aparecer los primeros síntomas.

Elene, súbitamente, se sintió cansada de fingir. En tono seco y duro, dijo:

—Ahora ya lo sabes.

Él sonrió.

—Sí, lo sé. ¿Cuándo podemos casarnos?

—¡Casarnos! —No sabía lo que había esperado, pero no era eso precisamente. Pensaba que Durant tenía demasiado amor propio para aceptar el hijo de otro hombre como suyo.

—No te sorprendas tanto. Sólo es lo que habría pasado hace unos meses de no haber sido por la sublevación y la interferencia de Bayard.

—Las cosas han cambiado.

—Podemos hacer que vuelvan a ser como eran antes.

Ya dijo algo semejante días pasados, como si tomarla por esposa fuese a devolverle todo lo que había perdido, su posición, su riqueza y su poder. Elene meneó la cabeza.

—Nunca volverá a ser lo mismo.

—Para mí puede ser parecido.

¿Era verdad? Ella no sería la única afectada por su decisión; también debía pensar en la criatura. ¿Qué clase de padre sería Durant? ¿Aceptaría la presencia de ese hijo por retener a Elene o sólo como una forma de vengarse de Ryan por tomar algo que Durant consideraba suyo?

—¿Por qué haces esto? —preguntó ella, suavemente—. Nunca fingiste rebosar de devoción por mí en la isla.

—Irá creciendo, como era el deseo de nuestros padres en Santo Domingo. Tú eres la escogida para ser mi mujer. Todo lo demás puede cambiar, pero eso permanece inalterable.

No había dicho que la amaba. Por un lado le estaba agradecida, por otro se sentía triste.

—No funcionará, ¿sabes? Soy distinta ahora, y tú también.

Una ráfaga de enfado cruzó por el semblante de Durant y desapareció.

—Pienso que podríamos intentarlo por el bien de la criatura.

Ella le sonrió con cierta ironía.

—Ésa es una de las diferencias.

—Si a mí no me importa, ¿por qué debe molestarte a ti?

Una cuestión que ella, quizá, debía considerar.

—Tendré que pensarlo —dijo ella por último.

—No hay mucho tiempo si hemos de evitar el escándalo.

Lo que Durant quería decir era que no le quedaba mucho tiempo si él había de proclamar el hijo como propio. ¿Podría permitírselo Elene, ocultarle a Ryan la paternidad de su hijo? La respuesta era no. Esperaría lo necesario, por lo menos hasta que regresara Ryan de su misión. Si en verdad Durant hacía esto por el bien de Elene, le permitiría aguardar la llegada de Ryan.

—Hay tiempo de sobra —afirmó ella.

Dos horas más tarde, Elene pensaba que lo que atrajo a los amigos de Durant a sus habitaciones era la promesa de cartas, comida, vino y bebidas más fuertes después de la cena. Pero lo que incitaba a los refugiados de la isla era la curiosidad. Todos sabían de su mudanza, y sospechaban un cambio de protector. Era evidente que estaban ansiosos por ver cómo se comportaban ella y Durant y saber qué dirían durante la velada. Lo único que faltaba para que la fiesta fuera completa era que Ryan se presentara para ver también su comportamiento.

Devota dirigía el comedor, ocupándose de que todo estuviese listo, desde el lustre de los cristales hasta el centro de mesa de nuégado modelado como una flor de lis entre hojas doradas de otoño, y también de que el servicio de mesa fuera eficiente y puntual. Germaine, que llegó con Flora Mazent, se dedicó a ayudar a Devota, y sus voces en suaves murmullos se oían a intervalos.

La joven Mazent había florecido, no cabía otra palabra para describir su cambio. Aún vestía de luto, pero su vestido tenía estilo en el corte y los drapeados, y en el cuello enrollado de encaje de color crudo que se alzaba en la espalda para enmarcarle el rostro. Lucía un peinado elegante con rizos sobre la frente y un toque de carmín coloreaba las mejillas y los labios. Más aún, sonreía y reía casi con coquetería. Si la causa era el restablecimiento de su compromiso, no dio señales de ello.

Morven, Josie y *madame* Pitot, que se presentaron juntos, fueron los últimos en aparecer. Morven consiguió que las mujeres se entusiasmaran con él en el instante mismo de traspasar la puerta. Tan guapo como siempre, y tan pícaramente encantador, cruzó el salón en medio de una lluvia de cumplidos dados y recibidos, hasta detenerse junto al sillón donde descansaba Elene.

Se inclinó sobre su mano, le dijo que se veía resplandeciente; después, bajo el zumbido de las conversaciones, murmuró con una sonrisa:

—¿Está usted segura de que esto es un progreso con respecto a Ryan?

Las palabras no tenían intención de herirla, pensó ella, pero lo consiguieron. No podía sorprenderse de que el actor pensara lo peor, pero ya que lo hacía, su amor propio le prohibió corregir el error. Alzó una ceja.

—Tanto como la viuda con respecto a Hermine.

—Ah, ya veo. Un arreglo financiero.

—Podría decirlo así.

—Pensé que Ryan sólo había salido de la ciudad, no que estuviera en quiebra. Qué pena que su servicio al prefecto colonial le resulte tan costoso.

—No sé qué quiere usted decir.

—¿De veras? Siempre fue su costumbre en el pasado evitar los grandes gestos. Me pregunto qué lo habrá hecho cambiar de opinión esta vez.

—¿Grandes gestos?

—Tales como este viaje agotador. No logrará otro beneficio que llagas por la fricción de la silla.

—¿Y el agradecimiento de su país?

—Ahí hay un punto, ¿habla usted de España, Francia o Estados Unidos?

—¡Francia, desde luego! —respondió ella, enfadada por la ironía en la voz del actor.

—Por gratitud únicamente, no hay duda. ¿Quién pudo haberlo persuadido de que valdría la pena arriesgar el cuello?

Elene miró a Morven. Ella persuadió a Ryan de la importancia de Francia. En cuyo caso, si algo le pasaba, sería la responsable. ¿O no? Estaba segura de que las razones que dieron pie a Ryan a hacer este viaje por el territorio hasta Washington no tuvieron nada que ver con ella. Podía, desde luego, estar equivocada.

—¿Querría usted tomar un vaso de vino? —preguntó ella con exagerada amabilidad.

Morven rió, comprendiendo de inmediato.

—Muy bien, cambiaré de tema. Ligeramente. Ya supuse que no le agradaría. Tengo una nueva vacante en la compañía.

—¿Una vacante? ¿Para una actriz?

—Nuestra ingenua nos ha abandonado. Ella y Josie no se llevaban bien.

—¿En tanto que usted se llevaba perfectamente bien con ella?

Morven le brindó una sonrisa radiante.

—Yo me llevo bien con la mayoría de las mujeres.

—Lo he notado.

—¿Lo ha notado? —preguntó él con indolencia al oír el

tono tajante de Elene–. Entonces no le sorprenderá saber que me sentí encantado al enterarme de su decisión. Yo no entro a cazar en los cotos de mis amigos, pero Gambier no es amigo mío.

La declaración informal, sumada a la presunción de que ella se sentiría complacida, la dejó sin aliento. En tono abrupto, declaró:

–No tengo talento para ser actriz.

–Yo puedo enseñarle el oficio, entre otras cosas.

–No, gracias. Tampoco soy una ingenua.

–Entonces tendrá el papel principal. Posee talento para ser una magnífica actriz trágica.

–¿Por encima de Josie? ¡Ella no lo permitiría!

–No tendrá alternativa –respondió él encogiéndose de hombros–. En verdad, no tiene talento para esos papeles y está engordando.

–No podría desplazarla. Además, está Durant.

–La lealtad es un rasgo adorable, pero ¿está usted segura de que con Gambier no está fuera de lugar?

Elene le lanzó una mirada dura sin apreciar la suave sonrisa que curvaba los labios de Morven.

–Dígame una cosa –pidió ella–, ¿alguna vez siente usted alguna responsabilidad por la muerte de Hermine?

–¿Debo sentirla? –inquirió él con intacta frivolidad, aunque apareció una sombra en sus ojos oscuros.

–Parece posible que ella muriera por amor a usted, o se matara ella misma, o lo hiciera otro.

Se endurecieron las facciones de Morven.

–Retiro mi ofrecimiento de trabajo en la compañía. Me temo que en las escenas de muerte entre nosotros usted podría usar una daga de verdad.

Con una ligera inclinación de cabeza se despidió y se alejó. Elene le observó marcharse, viendo cómo se reunía con Josie, que estaba riendo con Durant.

Josie, realmente, estaba más regordeta, aunque todavía no llegaba a obesa. El rostro, los hombros, los senos y los brazos se habían redondeado; la piel lucía rosada y blanca y firme como le agradaba a algunos hombres. Un día de estos se volvería coloradota y gorda, con rasgos petulantes; pero ahora era una mujer cómoda, con la suficiente vivacidad para conformar a aquellos que no esperaban ingenio por su parte. ¿Era posible que una mujer así hubiese matado a Hermine para tomar su puesto en la compañía?

Madame Tusard y su Claude estaban sentados solos y apartados de los demás. Elene se les acercó y entre los tres intercambiaron unas cuantas banalidades sobre el tiempo y los invitados. *Madame* miró una vez a Josie y dejó escapar un bufido, pero no dijo nada. Sin embargo, no soltaba el brazo de su esposo en ningún momento. Por su parte, *monsieur* Tusard ignoraba deliberadamente a la actriz. Fue suficiente para que Elene se preguntara si por fin regresó a sus cabales, o si Josie había encontrado otro amante. Un momento más tarde, no pudo menos que reírse de sí misma. Si no tenía cuidado, pronto se volvería una arpía como la mismísima Françoise Tusard.

La mujer empezó a dejar caer insinuaciones acerca del alojamiento de Elene, evidenciando su curiosidad desenfrenada. Como en ese momento *madame* Tusard tenía la vista clavada en la puerta de la segunda alcoba de Durant, Elene creyó prudente llevarla hasta el segundo piso para mostrarle su propia espartana habitación. Para su sorpresa, las dos fueron seguidas por varias de las otras damas, quienes adujeron tener interés en ver dónde se realizaban los experimentos para los nuevos perfumes. Sin embargo, bien pronto fue evidente que la mayoría sólo eran curiosas y que el resto buscaba un sitio privado para arreglar sus atavíos y atender las necesidades de la naturaleza.

Había veinte invitados sentados alrededor de la mesa. La cocinera de la casera mulata se había superado a sí misma, al presentar un delicioso cocido liviano de ostras seguido de pichones en salsa de vino, los cuales, a su vez, fueron reemplazados por grillados de carne de res servida con arroz con hierbas y *soufflé* de repollo. La cena fue coronada por un postre de crêpes rellenos de pacanas y crema y flameados con coñac. El menú era elección de Durant, asistido por la cocinera. Los invitados disfrutaron con gusto de él y eso fue confirmado por el relativo silencio que hubo durante la cena.

Elene estaba sentada a la derecha de Durant, probando valientemente los platos que ponían delante de ella. Vio la mirada de Durant fija en ella una o dos veces, y se las ingenió para devolverle una débil sonrisa, pero estaba contenta de que *monsieur* Tusard, a su derecha, se concentrara en la comida, ya que no se sentía de humor para conversar.

Cuando se retiraron los platos de postre de la mesa y se sirvieron los quesos y nueces, Durant se puso de pie intempestivamente. Dio unos golpecitos sobre la mesa para reclamar silencio y luego alzó la copa de vino.

—Amigos míos —comenzó él—, es un placer para mí veros reunidos alrededor de mi mesa. La dicha debe ser compartida, y os invito a uniros a mí esta noche para compartir mi felicidad por las próximas nupcias que me unirán a la dama sentada a mi lado como marido y mujer. Damas y caballeros, un brindis por la mujer que una vez fue mi prometida y ahora ostenta nuevamente ese título. ¡Por la adorable Elene!

CAPÍTULO XIX

El trueno de duros nudillos golpeando la puerta de su cuarto hizo que Elene se pusiera de pie apresuradamente, con palpitaciones en sus oídos. Era tarde. Durant, pensó, salió para pasar la velada fuera de casa. Del otro lado de la puerta podría haber algún rufián que hubiese tropezado accidentalmente con la casa de huéspedes. Pero además podría ser otra persona la que escandalizaba de esa manera atroz.

Tragó con fuerza y luego avanzó.

—¿Quién es?

La voz que respondió era áspera de ira, pero dolorosamente familiar.

—¡Abre esta puerta o la echo abajo a puntapiés!

Ryan.

Se adelantó para girar la llave en la cerradura, después retrocedió rápidamente dejándole el camino libre. Él entró como una tromba. La expresión dura del semblante, los puños apretados colgando a los costados del cuerpo la hicieron montar en cólera.

Cerrando la puerta de un empellón, se volvió y lo encaró.

—¡Entra, por favor! —exclamó ella con voz irónicamente ácida.

Ryan giró sobre sus talones y le lanzó una mirada iracunda. Pero de inmediato sintió que toda la furia ciega que lo dominó mientras dirigía sus pasos hasta allí empezaba a desvanecerse. El rostro de Elene se veía ligeramente más lleno que cuando la dejó, pero las facciones eran más refinadas. Los ojos parecían insondables pozos grises, y su piel tenía el color y el lustre de la madreperla. Se preparaba para ir a la cama, pues el cabello estaba suelto y caía sobre sus hombros como espesas mieses recién segadas, brillando a la luz titilante de las velas del candelabro que había junto a la cama.

Desvió la mirada deliberadamente dejando que recorriera la habitación. Volviéndose, cruzó el recinto hasta la puerta del pequeño cubículo y la abrió de par en par. De un vistazo pudo comprobar que estaba vacío.

—¿Dónde está Gambier?

—No está aquí, ni lo estará. Éstas son mis habitaciones, mías y de nadie más.

La expresión de Ryan no se enterneció al girar y enfrentarla.

—En nombre de todos los cielos, ¿qué estás haciendo aquí?

—Tenía que ir a alguna parte.

Cruzó las manos sobre su vientre y mantuvo la voz firme sólo por un esfuerzo de concentración.

—¿Tenías que hacerlo? ¿Qué había de malo en el lugar donde estabas?

—No podía quedarme allí para siempre. Yo tengo que abrirme camino en la vida por mí misma, y no tenía sentido posponer la decisión por más tiempo.

—¿Irte con Gambier es abrir tu propio camino?

Elene oyó el desprecio en la voz y reaccionó.

—Yo no fui con él, no como tú imaginas. Él pagó este cuarto...

—Oh, ¿admites eso?

—¡No admito nada! Es sólo un sitio donde vivir hasta...

—Hasta que os caséis.

—¡No vamos a casarnos!

Él se alejó de ella con un movimiento brusco.

—Oh, vamos, el rumor corre por toda la ciudad. Me lo dijeron dos veces antes de que pudiera atar mi caballo frente a la casa de Laussat esta tarde y dos veces más después de pasar por las puertas de la ciudad.

—Durant lo anunció. Eso no significa que yo haya aceptado.

—Una cosa generalmente sigue a la otra.

—Él pensó obligarme de ese modo.

Una sensación de alivio infinito corrió por el cuerpo de Ryan entre una suave ola de calor. Frunció el ceño para evitar que ella se diera cuenta.

—Entonces ¿no habrá boda?

—Yo no dije eso —le corrigió ella.

–No te entiendo.

Era lógico; ella apenas si se entendía a sí misma. Se enfureció por el intento despótico de Durant de usar su condición para atraparla. Le dijo claramente que no se dejaría forzar a nada, pero eso no hizo mella en su confianza. En verdad las dos alternativas que la atrapaban eran desagradables: casarse con un hombre a quien no amaba o criar su hijo sola. Si le decía al hombre que tenía delante que sería padre, él podría renovar su ofrecimiento de darle su nombre, pero ¿quería casarse con él por esa razón?

Alzó un hombro, indiferente.

–Le dije a Durant que no me casaría sino por la ley francesa. Los españoles tienen demasiado poder sobre sus esposas.

–Ya puedes poner la fecha, entonces. La transferencia se hará el treinta de este mes.

Su pretexto fue jocoso para Ryan por lo inoportuno. Inspirando hondo, exclamó con un hilo de voz:

–¿Tan pronto?

–Laussat tiene motivos para darse prisa. Los planes están hechos desde hace semanas.

El embarazo de su esposa era la razón. ¿Era su imaginación, o la mirada de Ryan apreciaba su figura al mirarla de arriba abajo? Se alejó.

–No estoy segura de que importe. Aún es posible que me decida por mi independencia. Te interesará saber que he resuelto volver a convertirme en perfumista.

–Con el respaldo de Gambier –dijo él con voz apagada.

Relampaguearon los ojos de Elene cuando lo miró.

–¡De ninguna manera! Con el mío propio.

Ryan escuchó toda la historia de la venta de los aretes. Cuando hubo terminado, él se quedó mirándola por largo rato. Vino con la intención de levantarla en brazos y llevarla de regreso a su casa por la fuerza. Le dolían los músculos por su necesidad de hacer precisamente eso. Ella lo encaraba ahora con tal resolución, con tal dignidad, que no se resignaba a arruinar su acto de valentía.

–Conmigo tendrías más espacio para trabajar.

Era lo más cercano a una súplica para que regresara a su lado de lo que podría llegar a escuchar de sus labios, no era la clase de hombre que suplicaba. Tampoco era ella la clase de mujer que empaquetaba sus cosas dócilmente y seguía a un hombre.

Elene alzó una ceja.

—Ésa es una sugerencia no muy respetable que digamos.

—¿Respetable? ¿Cuándo demonios me preocupé yo por eso?

Era verdad, hasta cierto punto. Con sumo cuidado, Elene comentó:

—Eres un hombre de negocios respetado por todos los que comercian contigo, y no hay que decir que desearás parecerlo más cuando lleguen los norteamericanos.

—¿Qué tienen que ver ellos con esto?

Había desconcierto en la mirada de Ryan al observarla. Ella intentaba decirle algo, pero él no sabía de qué se trataba.

—Tú... tú desearás tener una esposa, y yo no... —se le cerró la garganta ahogando las palabras, atrapándolas con tal fuerza que no pudo seguir hablando. Agachó la cabeza y se miró las manos.

—Lo sé. No te interesa casarte, al menos conmigo.

—¡Ni me interesa ser tu concubina mientras te casas con otra!

—No sé de qué estás hablando. Casados o no, tú eres la única mujer que siempre he deseado ver a la cabecera de mi mesa o a mi lado al despertar por las mañanas. Como has rehusado, eso se acabó. Ábrete paso por ti misma, si eso es lo que quieres.

Ella podía sentir la fuerza interior de Ryan demoliendo su sentido de control, su autodominio. Esto le dio a su voz un tono desafiante.

—¡Eso es lo que quiero!

Ryan renegó por lo bajo, luego se dirigió hacia la puerta. La necesidad de volverse, de tomarla entre sus brazos y arrancarla de allí después de todo, se debatía en su interior con la admiración a regañadientes que sentía por ella. Él podía doblegarla bajo su voluntad, pero ¿qué bien le haría eso si lo que conseguía era ganarse su odio?

Se tensó un músculo en su mandíbula. Con voz exacerbada, contestó.

–Entonces, te dejaré hacerlo.

La puerta se cerró a sus espaldas.

Elene dio un paso detrás de él, luego se detuvo. Quiso decirle muchas cosas, pero el orgullo y el miedo no se lo permitieron. Aun cuando pudiera resignarse a decirlas, nadie le aseguraba que él quisiera escucharlas. Mejor era dejarlo ir.

Para el atardecer del tercer día, Elene aceptó la idea de que Ryan no regresaría por ella. También resolvió de una vez por todas, que no se casaría con Durant. Si había tenido alguna duda, la presencia de Ryan la hizo desaparecer. Le habría notificado esta determinación si él se lo hubiese permitido, pero estaba demasiado ocupado celebrando la inminente transferencia de poder con sus amigos durante las tardes y las noches, y durmiendo por las mañanas hasta que se le pasaban los efectos de la bebida.

Elene, burlada en su propósito, comenzó a pensar en el bebé. Si ella iba a ser su único sostén, debía empezar a prepararse. Era el momento de fabricar el perfume de Devota sin importar el esfuerzo que le costara. Sin embargo, las cintas que adornaban las botellitas se arruinaron al derramar el perfume y debían ser reemplazadas. Decidió empezar por esa pequeña tarea.

La compra de las cintas, no más de lo suficiente para cuatro botellas, no le llevó mucho tiempo. Reacia a volver tan pronto a la quietud de su cuarto, Elene se encaminó a la orilla del río. De pie sobre el malecón, de cara al viento, clavó la mirada en la ondulante superficie de agua eternamente en movimiento. Pensó entonces fugazmente en la cantidad de mujeres que, en su misma situación, se arrojaban a las aguas de los ríos en todas partes del mundo. Una solución tan fácil y cobarde no tenía atractivos para ella. La vida no era buena, pero lo que prometía era aún más importante que las penas que brindaba. Para ella siempre sería así. Sin demorarse más, dio media vuelta y emprendió el camino a su casa.

Al acercarse a la casa de huéspedes, Elene vio a una vendedora de confituras que venía en su dirección. La mulata entonaba una canción pegadiza, alabando los bombones de su canasta apoyada sobre la cadera. Revoloteaban sus faldas al caminar y lucía una sonrisa insolente en la cara debajo del *tignon* de seda carmesí, mientras enormes aretes de oro se balanceaban golpeando levemente al piel color crema de las mejillas. Las confituras estaban cubiertas con una servilleta blanca para impedir que las moscas se posaran sobre ellas, y cuando la levantó flotó en el aire el exquisito olor a leche, azúcar y almendra que se mezcló con el olor a madera quemada en las cocinas que estarían preparando las cenas, con el tufillo de las acequias y el perfume que usaba la mulata.

Por un milagro, los olores no afectaron a Elene, tal vez debido al aire fresco del atardecer y a su apetito después de la larga caminata. Compró una confitura plana y redonda salpicada de trozos de pacana. La mulata le brindó una radiante sonrisa con la cabeza semigacha y le agradeció con algunas palabras casi inaudibles. Luego volvió a tapar su mercancía y se alejó por la calle, cantando.

Elene empezó a mordisquear el borde del bombón mientras subía la escalera hacia su cuarto. Esos bocados insignificantes no le dieron náuseas como le ocurría con tantas cosas a esta hora del día. Cuando se hubo sacado la capota y los guantes, cortó una porción más grande con una pacana sobresaliente y se la llevó a la boca.

Un terrible sabor amargo asaltó su lengua. Se contrajeron sus facciones. La pacana era de árboles silvestres, debía serlo. Sintió las náuseas y un sudor frío perló su frente. Corrió hacia la cama para sacar de abajo el bacín de porcelana donde escupió el bocado de confitura. Sin poder controlarse, vomitó entonces el bocadito de garrapiñada que había mordido minutos antes y todo el almuerzo. Cayó de rodillas al lado de la cama retorciéndose con espasmos que parecían no tener fin.

Pasaron por último, pero no así el retortijón de estómago. La asustaban las contracciones tan violentas. Estaba actuando como una tonta, lo sabía; no era nada más que una indisposición pasajera. Las mujeres padecían tales indignidades desde el comienzo de los tiempos. Aun así, tenía miedo. Sosteniéndose en la cama y luego en las paredes, se arrastró hasta el descansillo de la escalera y llamó a gritos a la casera.

Devota llegó inmediatamente seguida al trote por la criadita negra que fue en su busca y que ahora mostraba unos ojos agrandados por el asombro. La doncella echó una ojeada a

Elene, que se retorcía en la cama con el pelo mojado de sudor, y envió a la criadita a traer agua caliente y una taza. De un bolso que traía cosigo, Devota sacó unas hierbas secas y un polvo blanco y otro amarillo. Pellizcando pequeñas porciones de cada uno las mezcló con el agua caliente. Ahora, de pie junto al lecho, le ordenó a Elene que bebiera el preparado. Momentos después volvió a darle otra taza y luego otra más.

Los espasmos se calmaron. Elene estiró las piernas, podía respirar mejor. Sin embargo, no soltó la mano de Devota hasta bien entrada la noche, cuando finalmente la venció el sueño.

Se despertó ya de mañana. Devota se había ido. Caía una suave llovizna; podía oír su golpeteo sobre el tejado. Yacía en la cama con la mirada perdida en los pliegues de la gasa del mosquitero que caía a su alrededor, con la mano sobre el vientre. La criatura que llevaba dentro, diminuta y sin rumbo ni meta hasta ahora, estaba quieta, a salvo. Hubo momentos durante la tarde anterior en que sintió miedo de perderla; no podía imaginar que las indisposiciones por el embarazo pudieran ser tan violentas y dolorosas. Pero una vez más la magia de Devota había actuado, y todo volvía a la normalidad.

Otra clase de magia tuvo lugar también, puesto que súbitamente cobró conciencia de la criatura. Hasta este momento, su condición le pareció una enfermedad o un problema que se debía resolver. Hablaba del bebé con Devota, pensaba en él, pero en su mente no tenía más sustancia que la de un pequeñísimo fantasma. Si lo hubiese perdido, quedaría tan aliviada como entristecida. Ahora, en cambio, sabía que era su carne y su sangre, así como parte de la de Ryan, y era por lo tanto un ser minúsculo que debía ser ferozmente protegido.

Y que merecía la oportunidad de conocer a su padre.

Sintió que la apatía que la dominó hasta entonces se desvanecía y que en su lugar surgía un propósito definido. Había permitido que las circunstancias adversas la abrumaran durante demasiado tiempo, llorando y lamentando lo que una vez fue, lo que podría haber sido. No lo haría nunca más. Era hora de decidir exactamente lo que quería y dirigirse hacia esa meta. Si no podía ordenar su propia vida, ¿cómo podía esperar ordenar la de su hijo?

Debía decírselo a Ryan. No hacérselo saber de inmediato fue una cobardía imperdonable. Lo que él decidiera hacer después de saberlo estaba fuera de su control, pero él debía estar enterado. Tenía que dejar de remolonear pensando en el perfume o comprando cintas para las botellas. Había que seguir adelante.

Las muertes por envenenamiento eran harina de otro costal. La importunaban constantemente, no podía olvidarlas. Con todo, no eran de su incumbencia, sino de la de las autoridades. No debía permitir que las sombras que arrojaban oscurecieran su propio futuro. Consideró que se había concentrado en ellas como una defensa contra la necesidad de afrontar sus propias dificultades. Esto era algo más que debía dejar de lado para siempre.

El tintinear de una bandeja al otro lado de la puerta anunció el café matinal. La joven criada entró y asomó la cabeza; al ver despierta a Elene, la saludó.

—*Bonjour*, *mam'zelle*. ¿Ha dormido bien? Su doncella, la que estuvo aquí anoche, dijo que no debía despertarla hasta bien avanzada la mañana. Ahora *monsieur* Durant me ordena que le avise de que ya se está reuniendo la gente en la Place d'Armes. Él irá dentro de media hora y desea saber si usted tiene ganas de acompañarlo.

La ceremonia de transferencia en la cual Luisiana sería cedida por España a Francia tendría lugar a mediodía. Desde luego, debía ir. Echó las mantas a un lado.

—Sí, me reuniré con *monsieur* Durant. Dile que por favor me espere, luego prepárame mi vestido de popelina tostada y mi mantón.

—¿Y su café, *mam'zelle*?

—Déjalo allí sobre la mesa. ¡De prisa!

La llovizna seguía cayendo todavía de un cielo plomizo, plateada y persistente. La multitud que aguardaba en la Place d'Armes se guarecía de ella como podía, ya fuera en el pórtico interior de la iglesia de San Luis o bajo la arcada del palacio municipal conocido como El Cabildo. Allí tendría lugar el cambio oficial de gobierno, en un salón de la planta baja, o bajo los pocos árboles a lo largo de las calles convergentes. Algunas damas sostenían parasoles de seda aceitada sobre sus cabezas o cubrían sus capotas con los mantones, mientras que los caballeros permanecían estoicamente de pie dejando que la lluvia goteara desde las angostas alas de sus sombreros. Muchos de ellos lucían la insignia tricolor de Francia, un símbolo gallardo de lealtad a su patria.

La Place d'Armes, con las tropas españolas ordenadas en formación a un costado luciendo sus uniformes rojos y las rosetas blancas en los bicornios, brindaba un magnífico espectáculo. En el lado opuesto de la plaza, con el mástil que aún sostenía en alto la bandera con leones y castillos de Su Muy Católica Majestad de España, había una milicia de los ciudadanos de Nueva Orleans, hombres de una docena de nacionalidades diferentes. Muchos de ellos, según corría la voz entre la multitud, lucharon junto al gobernador español Gálvez hacía algunos años por Luisiana contra los británicos durante lo que los norteamericanos llamaban su revolución.

Desde el río se dejó escuchar el estruendo de un cañonazo disparado desde un barco en señal de saludo. Laussat se acercaba caminando a lo largo del muelle. Ahora se podía ver al prefecto pasando por el cuarto de la guardia del cuartel militar, a zancadas entre tal vez cincuenta o sesenta franceses. El redoble de tambores empezó en ese momento, portentoso, conmovedor. Se oyó una orden y las tropas de la plaza, tanto las españolas como la milicia, se pusieron en posición de firmes. Laussat caminaba con la cabeza en alto y el rostro impasible, un representante de Francia fuerte y competente. Los redobles resonaron con más fuerza cada vez; luego, cuando él y su séquito desaparecieron en el interior del cabildo donde lo aguardaban los funcionarios españoles, cesaron súbitamente.

No había mucho que oír exceptuando el murmullo de los reunidos en la plaza y el golpeteo incesante de la lluvia. Los soldados, en formación estricta, permanecían a pie firme soportando las inclemencias del tiempo a ambos lados de la plaza. Un viento ligero azotó la bandera que chasqueó encima de sus cabezas, y también sacudió las frondas de las palmeras que alzaban sus coronas verde oscuro a los costados de la iglesia.

Lentamente la muchedumbre avanzó hacia la Place d'Armes, rodeó las filas de soldados y volvió a reunirse debajo del balcón de El Cabildo. Elene y Durant avanzaron con ella. Les llegó un grito para llamarles la atención, y Elene vio a Josie agitando la mano en el aire mientras se abría camino hacia ellos seguida por Morven. Intercambiaron saludos al reunirse, Josie, volviendo la cabeza de un lado a otro, divisó a los Tusard y a Flora Mazent y comenzó a hacerles señas para que se acercaran.

En ese momento, Laussat, con el gobernador Salcedo, un hombre canoso de edad avanzada, y el diplomático urbano que actuaba como comisionado, el marqués de Casa Calvo, salían al balcón. A una señal, la bandera española empezó a ser arriada y la bandera francesa izada en el mástil. Cuando la tricolor de Francia alcanzó el tope y el viento la hizo flamear en todo su esplendor, un grito estentóreo brotó de la plaza. Las palomas que dormían en los tejados se asustaron y levantaron vuelo girando en círculos concéntricos hasta volver a posarse en sus lugares habituales. Un funcionario español tomó la bandera de su país y la llevó fuera de la plaza. Las tropas españolas giraron sobre un flanco y marcharon a paso ligero hacia sus cuarteles detrás del oficial.

A su lado, Elene sintió que Durant se ponía rígido. Le echó un vistazo siguió la dirección de su mirada fija. A menos de diez pasos de distancia, abriéndose paso con los hombros por entre la muchedumbre y detrás de Flora Mazent, estaba Ryan.

Venía hacia ella con aire resuelto. Las líneas de la cara parecían talladas en piedra y los ojos azul oscuro tenían una mirada de fuego. Elene se alarmó, luego se serenó y alzó la barbilla en mudo desafío, esperándolo en actitud inmóvil.

Ryan vio ese gesto garboso que tanto recordaba, y sintió que se le encogía el corazón. Había intentado renunciar a ella, por frívola, por ser una mujerzuela de corazón de hielo, y había jurado que podría vivir exactamente igual sin ella. Pero desde que descubrió su ausencia, su casa estaba vacía y sin vida y su lecho era un lugar donde reinaba la soledad. Rememoró el esplendor de su pelo, oculto debajo de la capota, esparcido sobre las almohadas; en su mente podía sentir la sedosa suavidad de la piel y ver el intenso brillo de deseo saciado en sus ojos. Ella fue gracia complaciente, descarado desafío y dulce contento todo en uno bajo la forma de una mujer. Más que eso, ella fue suya, y lo sería otra vez en tanto su cuerpo tuviera fuerzas para conseguirlo.

Apenas si saludó con un movimiento de cabeza a los demás, tocando el ala del sombrero antes de detenerse bruscamente ante Elene. Sin ningún preámbulo, dijo:

–He oído que no te encuentras bien.

Devota se lo contó, por supuesto, aunque seguramente no le explicó la causa. Las palabras de preocupación, por más duras que sonaran, resultaron tan inesperadas que la respuesta fue breve y sin tono para impedir que le temblara la voz.

–Una leve indisposición.

–Ningún trastorno de estómago puede ser leve, al menos entre aquellos de nosotros que vinimos de Santo Domingo; no en estos momentos.

Se le nubló la mirada al captar el significado de las palabras de Ryan. Se le había ocurrido la idea, pero la descartó en favor de los problemas lógicos del embarazo. ¿Era posible? ¿Lo era?

–Oh, Elene –exclamó Josie, sus ojos agrandados al acercarse a ella. Echó la capota de Elene hacia atrás para descubrirle el rostro–. Debí haberlo visto antes. Tienes el mismo semblante que Hermine cuando tomaba arsénico. De verdad, el mismo.

El mismo semblante que Hermine. La traslúcida palidez del cutis. Arsénico. Si ella moría, también moriría su bebé. Elene se balanceó sobre sus pies.

La inquietud relampagueó en los ojos de Ryan. Con la veloz agilidad de músculos bien entrenados, echando a un lado a Durant como si fuera un mosquito molesto, avanzó y, pasando un brazo por la espalda y el otro debajo de las rodillas de Elene, la levantó en el aire apoyándola contra su pecho.

–No, no –protestó ella–. Fue sólo un vahído. No cené anoche y no tomé el desayuno.

Durant, furioso, quiso agarrar el brazo de Ryan.

–No, está equivocado. La mujer que usted tiene en brazos es mi prometida. Bájela usted.

Ryan se soltó con un movimiento brusco.

—Creo que hemos pasado ya por esto antes en el *Sea Spirit.* Y quedó resuelto.

—Tal vez. Esto es diferente.

Durant trató de agarrar el brazo de Elene y le clavó los dedos en la muñeca como si quisiera arrancarla del hombre que la sostenía. Elene tironeó para liberarse de su garra esquivar el forcejeo entre los dos hombres. Una parte de su mente captó las expresiones ávidas de los mirones que volvían la cabeza para observar la riña. Por lo demás, sólo tenía conciencia de los fornidos brazos de Ryan alrededor de su cuerpo, y la mortificación que le producía sentir el intenso placer de estar contra su pecho.

—Basta ya —gritó ella—. ¡Basta, los dos! Bájame de inmediato.

En lugar de acceder al deseo de Elene, Durant la tomó del hombro pasando el brazo entre ella y el hombre que la tenía alzada en su determinación de arrancársela de los brazos. Le echó a Ryan una mirada feroz por encima del cuerpo de Elene y, con los dientes apretados, ordenó:

—¡Démela a mí!

Ryan soltó una carcajada desdeñosa teñida de temeridad. Dando un paso atrás, levantó una larga pierna, colocó el pie contra el vientre de Durant, y empujó.

La mano de Durant se soltó del hombro de Elene y él retrocedió dando tumbos con los brazos bien abiertos, tambaleándose por entre la multitud que le abría camino hasta caer de espaldas al suelo. Se incorporó apoyándose en un codo y miró a Ryan echando chispas por los ojos mientras un círculo blanco le rodeaba la boca.

—Por esto —dijo pesadamente—, nos encontraremos de nuevo. Exijo una satisfacción.

—No —susurró Elene, y oyó el eco de las respiraciones entrecortadas de la gente que los rodeaba. Vagamente tuvo conciencia del gemido de Josie y el débil grito de Flora.

Ryan no les prestó la más mínima atención. Su mirada se paseó sobre el hombre caído en el suelo.

—El encuentro lo tendrá, pero que obtenga una satisfacción es otra cosa.

—Me conformo fácilmente. Todo lo que requiero es su vida.

Las palabras de Durant destilaban veneno al ponerse de pie y enderezarse las mangas de la chaqueta.

–Intente tomarla. –Ryan miró a Morven–. ¿Actuarás tú como mi padrino?

–Eso mismo. ¿Tienes alguna otra persona?

Mientras Ryan le daba un nombre, Morven inclinaba la cabeza.

–Pierde cuidado. Nosotros lo arreglaremos.

Ryan asintió con la cabeza, luego giró sobre sus talones y empezó a avanzar por entre la gente que los rodeaba caminando sin esfuerzo. La muchedumbre se separó dejando un largo sendero abierto. Ryan marchó por él con Elene apretada contra su pecho. En la calle cercana al borde de la plaza abierta, Devota y Benedict aparecieron y caminaron cerrando la marcha.

En ese instante, en la Place d'Armes, se elevaron vítores y aplausos cuando Laussat salió de El Cabildo. Al acallarse los ecos, el nuevo gobernador de Luisiana empezó a hablar. Su voz se perdió en la distancia cuando Ryan dejó la plaza atrás.

–¿Qué haces? –inquirió Elene casi sin aliento–. Nos está mirando la gente.

La voz de Ryan vibró en lo más hondo de su pecho al contestar.

–Tomando lo que más quiero. Después de todo, yo soy Bayard, el corsario. ¿Qué otra cosa puedes esperar de mí?

Por las venas de Elene corría una vieja canción. Sintió el corazón oprimido y las lágrimas quemándole la garganta. El hombro y el pecho contra los que ella se apoyaba eran tan duros como la roca. La virilidad vital que emanaba de él la rodeaba por completo marchitándole las fuerzas.

–Me siento perfectamente capacitada para caminar por mi cuenta. ¡Bájame en este mismo instante!

–No lo haré hasta ponerte en el lugar donde debes estar.

Un escalofrío recorrió los nervios de Elene. Con voz tensa, exclamó:

–Esto es intolerable.

–¿De veras piensas así? Es una pena, porque va a ser peor.

La lluvia seguía cayendo alrededor de ellos, empañando

sus rostros, donde las pequeñas gotas pendían de cejas y pestañas y brillaban como diamantes sobre los labios. Chorreaban del ala del sombrero de Ryan cayendo sobre el hombro de Elene, y salpicaban en la calle para reunirse en ruidosos charcos lodosos. A través de la lluvia se veía la enorme mansión de Ryan, silenciosa como una fortaleza en la penumbra.

El ruido de las gotas al caer y la humedad que producían en sus ropas cesaron súbitamente cuando Ryan entró en el pasadizo cubierto de la cochera. Al llegar al patio subió por la escalera hasta la galería. Una vez arriba, se volvió para hablar con los dos sirvientes que aún los seguían.

—Id a la casa de huéspedes. Traed las cosas de Elene. Todas sin excepción.

—Tomaré una de las criadas e iré allá —dijo Devota a Benedict intercambiando una mirada con el sirviente, asintió como si hubiese entre ellos otra clase de comunicación.

Ryan no aparentó notar el intercambio de miradas. Girando nuevamente, caminó hacia la puerta de su alcoba y la abrió empujándola con el hombro y cerrándola de un puntapié al pasar. Cruzó la habitación hasta la cama y dejó caer a Elene sin muchas contemplaciones sobre el mullido colchón.

Elene se levantó apoyándose en los codos. Sin embargo, antes de que pudiera sentarse del todo, Ryan se echó a su lado y le pasó un brazo por los hombros. Con voz dura, aunque pesarosa, volvió a hablar.

—Dímelo una vez más, ¿por qué?

—¿Por qué qué? —estalló ella, indignada ante el uso que hacía él de la fuerza y enfadada también por el gozo que le producía su determinación de tenerla a su lado.

—¿Por qué fuiste con Gambier?

—¡Tal vez estaba cansada de que decidieras mi vida por mí! Como haces ahora. No puedes traerme aquí a la fuerza y esperar que me quede.

—Puedo —dijo él con sombría certeza—. Y te mantendré a mi lado hasta que las puertas del infierno chorreen carámbanos, a menos que puedas darme una buena explicación de por qué abandonaste esta casa.

El impulso de pegarle era demasiado fuerte, pero luchar con él sería inútil, si no peligroso en su condición. Por más que fuera contra su naturaleza, debía ahora considerar primero la seguridad de su bebé. Aparte, había una o dos cosas que debían aclarar entre ellos, tanto por su bien como por el de aquel hijo suyo y de Ryan. Bajó los párpados y clavó la mirada en el pulso que latía en la fuerte columna del cuelllo viril.

–Me pareció lo mejor.

–¿Lo mejor? ¿Mejor para quién?

–Para ambos.

–Podrías haberme consultado antes de decidir mi vida por mí.

Remedó con amargo sarcasmo la queja que ella lanzó antes, y se despreció por tener que dominar el deseo ardiente de enjugarle la gota de lluvia que rodó del espeso abanico de sus pestañas a la mejilla.

–¡Oh, muy bien! Era mejor para mí. Me pareció mejor salir antes de que me echaran. ¡Hay pocas esposas que aceptan compartir el techo con las concubinas de sus esposos!

Se demudó el semblante de Ryan y se endurecieron sus facciones.

–Dijiste algo parecido antes. Creo que será mejor que te expliques.

–Flora Mazent.

Como mínimo, logró sorprenderlo. Sin embargo, la expresión de su rostro no se alteró y continuó tan desconcertada como antes, y se vio forzada a continuar.

–Se suponía que Flora estaba comprometida, pero su prometido se retractó de los arreglos tras la muerte de su padre. A ti te vieron en estrechas discusiones de negocios con *monsieur* Mazent.

–¿Eso me convierte en el prometido? Gambier estuvo siempre mucho más cerca de Mazent, tanto antes como después de venir a la ciudad.

–Él negó que fuera el novio elegido.

–¿Y eso es todo lo que se requiere?

–No tengo motivos para dudar de él.

–Suponte que yo también lo niegue.

¿Lo estaba negando o no? No había manera de estar segura.

–Pero tenía que ser uno de vosotros. Los Mazent no conocían a nadie más.

Con voz monótona, Ryan dijo:

—Siempre queda Morven, o alguno de los hombres del barco.

—¿Morven y Flora? ¡No seas absurdo! En cuanto a los hombres de tu barco, creo que *monsieur* Mazent habría elegido un caballero.

—Al menos —dijo con ironía—, te doy las gracias por eso.

—En todo caso, cuando te marchaste no se dijo nada que indicara que desearas verme a tu regreso en tu casa.

—Qué pecado imperdonable, lo di por sentado.

Elene le lanzó una mirada dura.

—Te marchaste de aquí sin mirar una sola vez atrás ni pensar en mí.

—¿Qué se suponía que debía haber hecho? ¿Haberte jurado amor eterno y suplicarte que me esperaras?

Ella no respondió. No podía. Ni podía mirarlo siquiera.

—Ah... —dijo él suavemente—, empiezo a ver.

La dominó el pánico, un pánico basado en el miedo a lo que él pudiera adivinar, y a lo que pudiera decir respecto a eso. Si era la reacción equivocada, sería algo demasiado doloroso de soportar.

—No pienses que espero la declaración de tus intenciones conteniendo el aliento.

—No, jamás pensaría semejante cosa. No olvido que eres una mujer con ambiciones.

Elene apretó las mandíbulas, una reacción puramente nerviosa que impedía que le temblaran los labios. Cuando pudo hablar, no usó muchas palabras.

—¿Es eso tan malo?

—En absoluto. Pero no veo por qué no puedes ser también mi mujer.

El tono grave de la voz, la mirada acariciadora de los ojos le dificultaron la respiración. Él se movió apoyando el peso del cuerpo sobre una mano mientras con la otra le soltaba la cinta de la capota húmeda, se la sacaba y la arrojaba lejos de la cama. Le aflojó el mantón deslizándolo por debajo del cuerpo para dejarlo también a un lado. Como el mantón absorbió casi toda la llovizna, el vestido de popelina estaba casi seco.

Al ver que los ojos de Ryan se posaban sobre los botones

del vestido de paseo, Elene se humedeció los labios y habló precipitadamente.

—Ser tu mujer significaría vivir siempre temerosa de perderte.

—Nunca, excepto por mi muerte, y vivir temiendo esa pérdida es dar la espalda a la felicidad que nos brinda la vida.

Le acarició la mejilla y se maravilló de su tersura, luego pasó los dedos por la curva de la mandíbula hasta la punta de la barbilla.

Con un nudo en la garganta, Elene respondió:

—No lo puedo remediar.

—¿No puedes? Sólo alguien que no teme a la muerte puede arriesgar la vida tomando arsénico, hasta para conseguir el efecto de tal adorable fragilidad.

—¡Yo no tomé! —gritó ella, indignada, al tiempo que le arrancaba la mano de la barbilla con un movimiento brusco de la cabeza—. ¡No lo haría! Sería demasiado peligroso para...

Se oyó un golpe en la puerta.

Ryan maldijo por lo bajo; después se apartó del lado de Elene y se sentó en el extremo de la cama. Gritó una orden para que entraran.

Benedict entró en la habitación.

—*Monsieur* Morven y otro caballero están aquí, por el asunto del duelo.

—Morven es puntual para ser un actor —dijo Ryan, seco—. Dile que estaré con ellos en un momento.

Cuando Benedict salió para cumplir el encargo, Elene se sentó. Posó una mano sobre el brazo de Ryan.

—No es necesario que te batas en duelo otra vez con Durant. Por favor, ¿no harás algo para evitarlo?

—Fue Durant quien lanzó el reto. —Hubo acero en su voz.

—Por tus acciones. Podrías disculparte por haberle arrojado al suelo.

—No sé por qué pero creo que no se sentirá satisfecho con eso. Todavía queda ese pequeño detalle de haber raptado a su prometida.

Apretó los labios.

—¡Por última vez, no soy su prometida! ¡Si sólo fueras razonable!

Una sonrisa curvó la boca de Ryan, helándole el corazón.

—Soy perfectamente razonable, en tanto nadie trate de tomar lo que es mío. Si Durant te quiere para él, tendrá que matarme primero.

No le dio oportunidad para contestar, sino que se levantó de un salto de la cama y salió rápidamente de la habitación.

Poco tiempo después, Ryan y sus padrinos salieron de la casa. No dieron indicaciones del sitio al que se dirigían, pero se suponía que la salida estaba relacionada con el asunto del duelo.

Durante su ausencia, Devota regresó con todas las pertenencias de Elene. La criada no preguntó si debían ser desempaquetadas y guardadas, sino que se afanó moviéndose por la alcoba, restituyéndolas a sus sitios habituales. Elene yacía en la cama observándola hacer y maravillándose por su propia inmovilidad.

Tal vez era efecto del veneno, si era que había ingerido tal cosa. ¿O era por el embarazo? ¿O hasta una parálisis del terror, terror por Ryan y por lo que ella había causado?

Esas explicaciones eran posibilidades reales, pero ella conocía la verdadera causa. Se quedaba allí porque allí era donde quería estar. Y porque aún quedaba algo sin resolver entre ella y Ryan Bayard. Que nunca pudiera ser resuelto era algo que no deseaba considerar ni siquiera como una remota posibilidad.

Devota hizo una pausa en sus tareas y miró a Elene.

—¿Estás bien, *chère*?

—Sí, muy bien.

—No se te ve tan bien.

Elene forzó una sonrisa.

—Eres demasiado buena al halagar mi vanidad de ese modo.

—¡Bah! ¿Estás segura de que no tienes retortijones en el estómago?

—No te preocupes innecesariamente, Devota, por favor. Cuando la doncella se volvió y terminó de sacar lo último que quedaba en el baúl, Elene continuó.

—Supongo que eres dichosa ahora.

Devota la miró de soslayo.

–Depende.

–¿De qué?

–De lo que suceda.

Elene desvió la mirada.

–Sí.

–Él es muy hombre, *monsieur* Ryan. No será abatido.

–Pero si Durant muere por mi causa, ¿cómo podré vivir con esa culpa?

–Vivirás –respondió Devota haciendo una pausa en su tarea–. El reto es sólo en parte por ti, *chère*, tiene que ver más con su amor propio. Perderte a ti y también su casa, su reino isleño, ha sido demasiado para él.

–Y también a Serephine. Sí, supongo que es así.

Devota regresó a sus tareas sin decir más. Tras vaciar el baúl, se dirigió a una pequeña canasta de madera de donde surgió el ruido de vidrios entrechocándose. Después de un momento, se enderezó.

–Creía que llevaste contigo la última botella de perfume.

–Así es. ¿La quieres para algo?

–Sólo para dejarla a tu alcance antes de llevar el resto al taller. Pero no está aquí.

–Tiene que estar. Se hallaba sobre la mesa en la habitación más pequeña, con todo lo demás.

–No estaba allí. Lo empaqueté todo yo misma.

–Supongo que no tiene importancia –dijo Elene en tono tranquilizador al ver a Devota preocupada.

Alguien la sacó de allí. ¿Era posible? Elene frunció el ceño tratando de recordar. La última vez que la vio fue la tarde de la fiesta ofrecida por Durant. En caso de robo, la lista de aquellos que podrían haberlo hecho era muy larga, desde la casera mulata y sus sirvientes a cualquiera de los hombres y mujeres que estuvieron en las habitaciones de Durant aquella noche. Al avanzar la velada hubo muchas idas y vueltas.

–Era sólo un perfume –dijo ella por último.

Devota sostuvo la mirada de Elene, con la suya sombría y preocupada.

–Están aquellos que no saben eso, o que no lo creen.

Ella sólo pudo estar de acuerdo.

Una parte de su letargo, descubrió Elene, se debía al hambre y al cansancio. Benedict le trajo una cena liviana después de que Ryan marchó. Cuando la hubo comido y observado a Devota ordenar la alcoba como era debido, apenas si podía mantener los ojos abiertos. Sin embargo, al despertar dos horas después, se sentía levemente descansada y demasiado en vilo para seguir su sueño.

La lluvia no hacía mucho que había parado. Las hojas siempre verdes del roble resplandecían en el patio, y el agua goteaba de los tejados salpicando el pavimento. La brisa fresca que soplaba por la galería estaba tan cargada de humedad que le erizó la piel. El cielo plomizo oscurecía la tarde dando la impresión de que ya llegaba la noche, y se veía el brillo titilante de las velas encendidas en la cocina donde se estaba preparando la cena.

La gente empezaba a recorrer las calles una vez más. A través de la cochera se oía pasar un jinete a caballo, los ladridos de algún perro persiguiendo un puerco perdido, y el canto de una vendedora de confituras anunciando sus mercancías. También se oía el firme sonido de pasos, espaciados y rítmicos, avanzando con un propósito definido.

Elene sonrió débilmente. Conocería esos pasos dondequiera que los oyese. Se puso de pie y se encaminó a la escalera a esperar que Ryan emergiera del pasadizo al patio.

Él no apareció inmediatamente. Se pudo oír el murmullo de un intercambio de palabras. Duró lo que un suspiro, luego los pasos volvieron a resonar en el pasadizo.

Él traía la cabeza gacha al entrar al patio y la luz se reflejó en su pelo color nogal con reflejos rojizos. Estaba mirando algo que traía en la mano. Rompió un trozo y se lo llevó a la boca. Empezó a masticar.

—¿Qué traes ahí? —Las palabras escaparon de los labios de Elene sin que pudiera evitarlas, impulsada por una idea huidiza, un vago recuerdo.

Ryan alzó la vista y le sonrió mientras empezaba a subir por la escalera. Tragó antes de hablar.

—Sólo un bombón. Las pacanas son amargas, pero no está mal. Es que entre una cosa y otra, no almorcé. ¿Quieres un poco?

Rompió un trozo del dulce y el olor llegó a Elene, lechoso,

azucarado y nauseabundo. Se arrojó por la escalera a los brazos de Ryan.

—¡No! —gritó—. ¡Oh, no lo comas! Se agrandaron los ojos de Ryan, sorprendido, pero ya se estaba llevando la otra porción a la boca. Y entonces ella llegó junto a él, retirándole la mano para que cayera el bombón que sostenía.

Mirándolo con ojos llenos de horror, esperando los primeros síntomas, susurró:

—Veneno. ¡Estaba envenenado!

CAPÍTULO XX

—¿Se pondrá bien?

Elene formuló la pregunta en voz muy queda. No quería molestar a Ryan que dormía por fin con una mano entre las suyas. Su estado había sido grave y costó muchos esfuerzos librar a su organismo del veneno, pero las hierbas y polvos de Devota finalmente surtían efecto.

—Te lo dije, *chère* —comentó la mujer—, él es fuerte. Por la mañana apenas recordará haber estado enfermo.

Elene soltó un suspiro, luego se estremeció.

—¿Y si yo no hubiese estado en la galería? ¿Y si se hubiese comido todo el bombón antes de que alguien lo viera?

—Estaría muerto. Pero no lo está, no morirá. No pienses en ello. Ahora debes ir a cenar, luego busca una cama.

—Aquí no —dijo Elene indicando la cama de Ryan, la que habían compartido durante tantas semanas—. Yo... yo no querría molestarlo.

Devota asintió.

—Benedict puede mandar preparar otra alcoba mientras tú cenas.

—Será un placer —dijo el sirviente desde el otro lado del lecho donde vigilaba a su amo.

Elene no se movió. Se quedó contemplando a Ryan, las ojeras provocadas por el dolor y la palidez de su rostro. Aparte de eso, no había cambiado mucho. La fuerza interior era evidente en sus facciones, y con todo, se veía ternura y pasión en la curva de sus labios.

—El duelo tendrá que ser cancelado —dijo ella.

Cuando Devota y Benedict permanecieron callados, los miró.

—¿No es así?

Benedict negó con la cabeza.

–Yo no lo daría por sentado. Es una cuestión de honor.

–Él no puede presentarse en el campo. Se sentirá demasiado débil.

–Él es quien tiene que decidirlo –dijo Devota–. No debes preocuparte por ello, no es bueno para ti.

–¿Cómo no hacerlo? Oh, Devota, ¿no hay nada que se pueda hacer para detenerlo? ¿Nada en absoluto?

Devota enfrentó la mirada de Elene por encima de la larga figura derecha del hombre en la cama, sus ojos castaños infinitamente perceptivos y convincentes. Frunció los labios.

–Puede que haya una manera.

Elene soltó un suspiro de esperanza. Miró a Benedict, quien súbitamente pareció tan absorto en la limpieza del cuarto como si estuviera sordo. Suavemente, Elene preguntó: «¿Sin hacer ningún daño?».

Devota se le acercó. Tomó la mano de Ryan y la dejó sobre la sábana; luego tomó a Elene por los hombros y la llevó hasta la puerta.

–Vete a comer, *chère*, y no te inquietes. Es posible que ocurra algo que detenga el duelo, pero si no es así, debes aceptar lo que suceda, porque hay cosas que no podemos cambiar en la vida.

Elene se sentó sola en el comedor picoteando sin hambre la comida que le habían servido. Era muy fácil para Devota decirle que no se inquietara, su doncella no podía saber cómo se sentía. Ver a Ryan tan decaído la llenaba de horror. De nuevo, la culpa recaía en ella. Así era. También se sentía culpable por el duelo.

Sus pensamientos corrían en círculos. Pensar en el envenenador la distraía de los sufrimientos y temores sobre la salud de Ryan y de lo que pasaría a la mañana siguiente. Le parecía que si podía averiguar el porqué, sabría exactamente quién era el que cometía cosas tan terribles.

¿Qué sucedió exactamente, para que él fuera el blanco? Primero, regresaba a Nueva Orleans. La arrancaba del lado de Durant para llevarla a su casa una vez más. Finalmente, asumía el reto de Durant.

¿Era posible que Durant hubiera tratado de matarlo para asegurarse de que el lance no tuviera lugar, que la muerte de Ryan que tanto deseaba fuera una realidad?

Estaba la vendedora de bombones. ¿Qué papel jugaba ella? Era la misma que le había vendido el dulce a ella, según la descripción de Ryan. ¿Era nada más que una insignificante mujer libre de color pagada para vender confituras envenenadas a las víctimas elegidas? ¿O era la asesina en persona?

Elene dejó el tenedor sobre el plato y se recostó en la silla. Cerró los ojos. Lentamente trajo a su memoria todos los detalles de la tarde en que compró el bombón, la calle tranquila, el viento fresco soplando del río que jugaba con las faldas de tela brillante usadas por la mulata clara con la canasta de confituras sobre la cadera. Casi podía ver el *tignon* de seda carmesí de la mujer ocultándole el pelo, intrincadamente atado alrededor de la cabeza, y las grandes argollas de oro como aretes colgando de las orejas de las que se veían sólo los lóbulos. No era alta, no tanto como Elene, y tenía los dedos cortos. Sus facciones, empero, seguían resultándole imprecisas. La mulata mantuvo la cabeza gacha casi todo el tiempo, como si no quisiera que repararan demasiado en ella. Pero además... los olores, el del humo de las cocinas a la hora de la cena y el de las comidas con frutos de mar, y el de leche, azúcar y cacao de los bombones. Leche y azúcar, y el cutis de la muchacha tan traslúcido y aun así cremoso con los aretes de oro contra...

Los ojos de Elene se abrieron desmesuradamente. ¡Por supuesto! Era así como ocurrió. ¿Cómo no se dio cuenta antes? Y también aquella otra vez. Ahora lo sabía. Santo Dios, lo sabía. Era increíble, pero ella conocía a la única persona con un motivo que iba en línea directa de una víctima a otra. La única persona.

Elene se levantó de un salto de la mesa. Si estaba en lo cierto, se debía hacer algo ahora, esta misma noche. Si no, el asesino seguramente volvería a atacar a Ryan, y quizá con éxito la segunda vez.

Había dejado de llover y la noche era fría, con un viento cortante que soplaba desde el río. Elene no estaba preparada para semejante cambio de clima, y agradeció tener el mantón a mano. Era una suerte que por casualidad recordara haber visto a Devota poner a secar las prendas de abrigo que usó esa tarde en la percha del lavadero. Elene no habría ido a sacar otro a la alcoba de Ryan. Devota estaba aún allí, y su doncella habría armado un gran alboroto por su decisión de salir de la casa si supiese que ésa era su intención. Dejó una nota sobre la almohada para tranquilizar a Devota si descubría su ausencia, pero rogaba estar de regreso antes de que lo notara.

Las calles estaban oscuras, sólo unas pocas linternas colgando de las cuerdas que iban de un lado al otro de las calles a intervalos regulares. Sin embargo, no era largo el camino por recorrer, y a poco de andar la silueta de la posada en cuestión estaba ante ella.

Fue Germaine quien abrió en respuesta a su golpe en la puerta. Elene forzó una sonrisa al saludar a la mulata.

—¿Puedo pasar?

—Es muy tarde, *mam'zelle*... para visitas.

—Sólo me quedaré un momento.

Era difícil verle el rostro a la criada de Flora Mazent con la luz que provenía de un candelabro ubicado detrás de ella; aun así, Elene pensó que los huesos estaban más marcados que la última vez que la vio. Cuando la mujer inclinó la cabeza al tiempo que le franqueaba la entrada, Elene advirtió que su actitud seguía siendo reacia, pero con cierta resignación.

Flora Mazent se levantó del canapé donde estaba sentada con un libro de tapas jaspeadas en la mano.

—Caramba, Elene —exclamó la jovencita con vivacidad—, qué gusto verte.

—Por favor, disculpa la intromisión, pero tenía que venir por un asunto de suma importancia, y creo que tú podrás ayudarme.

—¿De veras? —La muchacha le indicó un sillón enfrente del canapé y volvió a tomar asiento. El interés y la expectativa dieron vida a sus facciones carentes de belleza y personalidad.

¿Cómo empezar? Elene no se había trazado ningún plan, lo único en que podía pensar era en lanzarse de lleno al tema.

—Una vez me contaste que tu padre arregló un matrimonio para ti antes de morir. Me preguntaba si me darías el nombre de tu prometido.

La sangre afluyó a la cara de Flora tiñéndola de rojo. Abrió la boca como si fuera a responder, luego miró a su alrededor y se puso en pie de un salto.

—Qué descuidada soy. No te he ofrecido un refresco, ¿verdad? ¿Dónde estará Germaine? Ella nos traerá café o quizá tafia o vino. ¿Qué prefieres tomar?

—Nada, gracias, de veras.

—Oh, por favor, debes tomar algo caliente. Pareces helada.

—Café con leche, entonces. —Cualquier cosa con tal de volver al tema que la consumía.

—Sí, me parece una buena idea. ¿Germaine?

La criada había abandonado la habitación y se refugiaba en la alcoba contigua. Flora no esperó que la criada acudiera a la llamada sino que se dirigió a la otra habitación en su busca. Desde allí llegó el débil murmullo de las voces a través de la puerta entornada. Tras un breve instante, Flora estuvo de regreso en la sala.

La joven recobró algo de su compostura durante la breve ausencia. Cuando volvió a tomar asiento, dijo:

—Ahora, ¿dónde estábamos?... Oh, sí, mi novio. Tu pregunta es muy personal, ¿no te parece? Tal vez si me explicaras por qué deseas conocerlo...

—Creo firmemente que podría tener relación con las muertes de aquellos de nosotros que vinimos de Santo Domingo.

—Oh, querida. —La muchacha aguardó con las manos cruzadas sobre la falda como una niña bien educada.

—Este hombre, estoy casi segura, está directamente involucrado. Me sería de enorme ayuda si tú pudieras darme su nombre.

Flora la miró fijamente sin parpadear hasta que le lagrimearon los ojos. Luego los bajó y miró el suelo. Cuando habló lo hizo sosegadamente.

—Es... era... Durant Gambier—. Una ola de alivio bañó a Elene. Estaba casi segura de que sería así, pero albergó ciertas dudas. Durant mintió, o al menos, tergiversó la verdad. Era posible que, como no hubo ninguna ceremonia de compromiso ante testigos, ningún contrato firmado, él no se considerase atado a nada. Era claro, sin embargo, que Flora pensaba de otra manera.

Elene respiró profundamente y cuadró los hombros.

—Esta tarde alguien trató de asesinar a Ryan. Una vendedora de confituras le vendió un dulce envenenado. La razón para ello, creo yo, era el duelo pendiente con Durant Gambier en el campo de honor.

—Pero eso es terrible. ¿Estás insinuando que *monsieur* Gambier...?

—No. Durant tiene demasiado orgullo para rebajarse a tomar medidas tan viles con el fin de derrotar a un oponente. Creo que sucedió porque alguien estaba inquieto pensando que Ryan podría superar a Durant con la espada como lo hizo antes, que hasta podría llegar a matarlo.

La jovencita parpadeó.

—Eso es tan... tan improbable. La gente no hace esas cosas.

—Algunas sí, especialmente aquellas que saben que la muerte es una solución muy fácil. Piensa en Serephine.

—¿Te refieres a la mujer que vino aquí con *monsieur* Gambier?

—Su concubina, sí.

—Pero... ¿qué tiene ella que ver con todo esto?

—Durant la quería, quizá la quería más de lo que creemos. Vivieron juntos durante años, criaron un hijo hasta la edad de enviarlo a una escuela en Francia. Si existía algún problema con los planes matrimoniales de Durant, podría ser porque Serephine representaba otro posible impedimento para las nupcias. Por lo tanto, Serephine tenía que morir.

—No puedo creer...

—Y luego también estaba tu padre.

—Por favor, no sigas —pidió Flora con el semblante demudado por la pena—. Preferiría no hablar de ello.

—Me temo que debemos hacerlo, aunque todavía estoy un tanto perpleja y desconcertada en cuanto a los motivos que lo llevaron a la muerte. Sólo puedo suponer que una vez más fue causada porque presentaba un obstáculo a tus arreglos matrimoniales. Posiblemente fue algo que descubrió tu padre, o algo que dijo a Durant, lo que causó la ruptura. No puedo imaginar qué pudo haber sido; hasta para mí me resulta una motivo demasiado trivial para un asesinato. Sin embargo, había una gran suma de dinero involucrada. Durant no puso en evidencia sus riquezas en el barco, pero aparecieron hacia la época en que comenzaron las negociaciones para dar tu mano en matrimonio. Parece que en lugar de pedir prestado sobre sus propiedades en la isla, algo bastante difícil, pudo haber aceptado un préstamo de tu padre en virtud del compromiso propuesto. Sea como fuere, creo casi seguro que el precedente de los desórdenes estomacales de tu padre sugirió una forma cómoda y fácil de cerrarle la boca antes de que pudiera hacer más daño, o posiblemente de vengarse de él.

Los ojos descoloridos de Flora estaban dilatados, con la mirada fija y sin pestañear. Al oír que se abría la puerta dando paso a Germaine con las bebidas, pegó un salto con tan evidente alivio que Elene sintió lástima de ella.

Los minutos siguientes pasaron sirviendo el café humeante en las tazas, con leche caliente para Elene y con leche y azúcar para Flora. El aroma de la bebida fue delicioso en el aire fresco de la habitación, y el contacto con la taza caliente reconfortante para las manos heladas de Elene. Tuvo cierta renuncia a beber, pero el café y la leche provenían de los mismos recipientes tanto para ella como para Flora, por lo que era improbable que fuera peligroso beberlo. Cuando probó un sorbo comprobó que el café era suave y grato al paladar, con un cierto dejo amargo. Sin embargo, evitó probar los pastelillos que estaban en un plato sobre la bandeja.

Flora tragó un largo sorbo de café como si necesitara de la fuerza que pudiera brindarle. Luego volvió a tomar otro trago.

–Todo lo que has dicho hasta ahora parece salido de tu imaginación. No puedes esperar que la gente te crea sin presentar pruebas.

–Es verdad, no tengo ninguna prueba. Debo presentarme a las autoridades, por supuesto, pero no tengo idea de si ellos tomarán en cuenta lo que les diga y actuarán en consecuencia. Pero la esperanza que tengo es que si esa persona se percata de que alguien sospecha de ella, dejará de matar.

–Qué actitud tan magnánima de tu parte.

La jovencita hablaba con voz tensa, pero por otro lado su padre había sido asesinado. En respuesta a la crítica implícita, Elene agregó:

—Lo que más deseo es proteger a otros que podrían ser las próximas víctimas, en particular a aquellos a quienes amo.

—Eres muy afortunada. Creo... creo que Durant Gambier no es un esposo adecuado para mí después de todo.

Parecía no haber respuesta para eso. Elene sorbió un poco más de café para disimular la pausa de silencio. Después de un rato, dijo:

—Todavía queda la muerte de Hermine.

Flora soltó un suspiro animándose más.

—Sí, ¿qué hay de esa muerte?

—Creo... estoy casi segura de que murió debido a algo que dijo la noche en que todos fuimos al *vauxhall*. Si lo recuerdas bien, ella habló de usar arsénico para aclararse el cutis y mantenerse siempre pálida. Mientras hablaba, sus ojos caían en otra mujer sentada a la mesa, y era como si casi supiera que ambas compartían un secreto. Estoy convencida de que era así. Creo que Hermine sabía, por la expresión de su rostro, que la otra mujer también usaba arsénico.

La mirada de Flora abandonó el poso de café que agitaba en el fondo de la taza y se clavó en el rostro de Elene, luego volvió a bajar.

—Estás hablando de...

—Déjame contarte algo que sucedió —la interrumpió Elene—. Yo estuve de compras ayer tarde y luego fui hasta el malecón para tomar un poco de aire fresco. Cuando regresaba a mis habitaciones donde estaba alojada con Durant, me topé con una vendedora de bombones, una bonita mulata. Iba vestida con cierta elegancia chillona y barata, con un turbante rojo y grandes aretes de oro. Llevaba el rostro empolvado con albayalde y los labios y mejillas teñidos con carmín, pero su cutis bajo la capa de pintura, era cremoso y delicado, lo bastante pálido como para pasar por blanca.

Flora no contestó. Permanecía inmóvil en su asiento, escuchando, observando a Elene bajo los párpados con una mirada atenta y llena de interés. Elene bebió el resto del café y dejó la taza a un lado. Después continuó.

—Más tarde, esa misma noche en realidad, recordé el perfume. También me acordé de una mujer que me suplicó que le vendiera una botella de ese perfume, una mujer a quien me vi forzada a negárselo. A estos recuerdos le sumé el hecho de que la última botella del perfume fue robada la noche de la fiesta ofrecida por Durant.

–Qué ingeniosa eres.

–En absoluto. Lo que sucedió en realidad fue que yo puedo reconocer lo que quizá otros no advirtieron. –El tono de Elene fue monótono, sin vida. Luego aguardó.

Flora frunció los labios.

–Ya veo. Supongo que llegaste a alguna conclusión, ¿verdad?

–Así es. Llegué a la conclusión, Flora, de que la mulata que me vendió el bombón eras tú.

La jovencita soltó un sonido mitad risa y mitad gemido, como el de alguien que recibe un golpe en el estómago.

–Oh, pero yo creí... ¡eso es ridículo!

–Creíste que estaba acusando a Germaine. Eso era lo que esperabas que todos pensaran si la vendedora de confituras caía bajo sospecha.

–¡Pero yo no soy mulata!

–No, no precisamente.

Elene observó a la otra joven con ojos que reflejaban absoluta comprensión. Elene era de las islas, donde la mezcla de sangres era una posibilidad constante, la cual podía ser descubierta en miles de ínfimos detalles, en el ligero abultamiento de los labios o en la base ensanchada de una nariz, en la textura de la piel y el pelo o en el sonido de la voz. La suma de tales pequeños detalles significaban mucho para aquellos familiarizados con ellos, para aquellos con motivos para buscarlos. Flora se enderezó, y el aire tímido que mostraba siempre se descorrió como un velo. Una sonrisa le curvó los labios blandos con una mueca cruel haciendo que pareciera mucho mayor de lo que representaba habitualmente. Se palmeó el nudo de cabello rubio con ondas rizadas y soltó una carcajada, un suave sonido de intensa satisfacción que erizó los cabellos de la nuca de Elene. Con movimientos, elásticos, en lugar de los habitualmente torpes, aunque con grácil languidez, dejó la taza de café sobre la mesita y tomó un pastelillo de la bandeja. Lo llevó a la boca y lo mordió con deleite sensual.

–Ahora no importa que lo sepas –dijo la joven repantigándose en el asiento–. Yo tengo un octavo de sangre negra en mis venas, soy casi tan blanca como tú. Germaine es mi madre, por supuesto. En cuanto a lo que le pasó a esa vaca estúpida, Hermine, ella se lo buscó. Conoció a mi padre en Santo Domingo, y estoy segura de que ella sabía todo respecto a mí. Esa noche en el *vauxhall* se estaba riendo de mí, casi contándole a todos los presentes que conocía mi secreto. Matarla fue ridículamente fácil; sólo tuve que visitarla y darle arsénico en el chocolate. Naturalmente, tuve que darle una dosis mayor que la que le pondría a una persona normal porque estaba acostumbrada a él, pero nadie sospecharía nada si se descubría cómo había muerto. Y no sospecharon. La enterraron considerándola una suicida, ¿no es verdad?

—¡Pero mataste a tu propio padre! ¿Cómo pudiste? —Ésa era la pregunta que acuciaba a Elene haciendo que le parecieran tan imposibles sus deducciones.

—Papá era un hombre muy honorable, demasiado honorable. En Santo Domingo estuve prometida en matrimonio dos veces... yo atraía a los hombres y me gustaban, así que era fácil de arreglar. Pero ambas veces, papá llevó aparte al hombre que deseaba casarse conmigo y antes de la boda le contó la verdad. Los hombres se retractaron, ¿y quién podía culparlos? No podía permitir que sucediera otra vez, ¿no te parece? Yo tomé medidas para impedirlo aun antes de abandonar la isla a la fuerza. Los desórdenes estomacales de papá, sabrás, se debían al arsénico, una muerte lenta y segura que parecería natural. Usaba mi propio polvo, el que tomo cada semana. Entonces apareció Durant. Él es tan guapo... la personificación del caballero. Yo no podía correr el riesgo de que papá se lo contara. No podía.

—Luego, la pobre Serephine también era un obstáculo.

Las facciones de Flora se endurecieron.

—Corrí el riesgo de matar a papá de prisa para nada. Cuando él estuvo muerto, Durant me dijo que a él no le interesaba en absoluto contraer matrimonio conmigo. Yo creía que él tomó prestado dinero de papá, aunque lo negó abiertamente. De todos modos, si ya tenía lo que quería, ¿por que debía desposarme entonces? Varias veces mencionó su apego a su concubina, pero creo que sólo era para decir algo. Creo que lo que realmente deseaba era casarse contigo. Lo supe cuando te mudaste a su casa de huéspedes al momento de abandonar a Bayard. Era necesario mataros tanto a Serephine como a ti.

–Entonces fue cuando le vendiste bombones envenenados a Serephine.

–Y a ti el pastelillo de almendras garrapiñadas. Me llevó un tiempo pensar cómo darte el veneno, ya que desdeñas el chocolate. No se puede disimular tan bien el sabor como con ese ingrediente, ¿verdad? Ése fue el error.

El tono coloquial que usaba la joven, como si el tema fuera de interés corriente, erizó la piel de los brazos de Elene. Esquivando la pregunta, dijo:

–Pero aun cuando yo hubiera muerto, ¿qué te hacía pensar que Durant regresaría a ti?

–El perfume. Estabas en lo cierto, yo lo robé la noche del baile. Germaine dijo que tenía el poder de enloquecer de deseo a los hombres. Cuando lo use de nuevo con Durant, él se sentirá cautivado y esclavizado por mí. Como ya te dije, atraigo a los hombres.

Con el disfraz de alegre colorido de vendedora de garrapiñadas, Flora pareció seductora, hasta sorprendentemente bonita. Sin embargo, su forma de vestir y el peinado que adoptaba, los colores desvaídos que usaba como hija de Mazent, le daban una apariencia tan ordinaria y sin atractivos que su engreimiento en cuanto a su belleza era ridículo, y su aseveración de atraer a los hombres una grotesca pretensión. Elene lo percibió sin reconocerlo claramente aquella noche en el *vauxhall* cuando Flora insistió en que los dos norteamericanos la estaban mirando con malas intenciones. También lo notó Josie y por ello fue objeto de sus burlas. Era un milagro que ella siguiera aún con vida.

Elene se puso de pie recogiéndose el mantón que había dejado resbalar por sus brazos.

–No creo que haya más que decir, excepto esto. Fracasaste en tu intento de matar a Ryan, igual que conmigo. El duelo es por la mañana, y se llevará adelante, parece, como fue planeado. No tienes ninguna posibilidad de dañar más a Ryan puesto que ambos estaremos sobre aviso. Sugiero que no intervengas, y que aceptes lo que pase.

–Buen consejo, no lo dudo –dijo la jovencita con voz

cargada de burla–. Qué pena que tú nunca te enteres del resultado.

Elene estaba a punto de marcharse. Giró en redondo y la miró.

–¿Qué quieres decir?

–Germaine, como has deducido tan meticulosamente, es mi madre. No hace mucho tiempo que descubrió lo que ha estado haciendo su hijita, sólo desde que murió Serephine, pero todavía vela por mis intereses. Le dije que pusiera arsénico en tu taza de café. Ella tiene el hábito, como sabrás, de obedecer a todas mis órdenes, como un sirviente debe obedecer a su ama.

Fue sólo un acto natural y reflejo que Elene se llevara la mano al vientre donde descansaba su hijo. Sentía allí cierta incomodidad que le resultaba familiar a esa hora del día, pero ningún retortijón, ninguna náusea. Todavía.

–¿Por qué? –preguntó, confundida–. Debes saber que ya no estoy con Durant. Viste perfectamente cómo Ryan me apartaba de su lado esta mañana.

–Siempre existe la posibilidad de que Durant dé muerte a Ryan y vuelva nuevamente a ti. Además, no creo que hayas contado a nadie lo que sabes, ni a Ryan ni a Devota, o estarían aquí contigo. Es mejor entonces que no tengas la oportunidad de...

Flora se interrumpió al oír abrirse la puerta. Su rostro se heló en una máscara de sobresaltada sorpresa cuando Germaine entró en la habitación y detrás de ella lo hicieron Ryan y Durant. Se puso de pie de un salto, luego se quedó vacilante, insegura sobre sus pies.

–Siéntate, mi amor –dijo Germaine yendo a ella, tomándole una mano, empujándola suavemente hacia el canapé mientras se sentaba a su lado.

Ryan avanzó con paso vivo hasta donde estaba Elene y la tomó entre sus brazos que la rodearon cálidos y seguros. Ella permaneció allí largo rato, recostándose contra su fuerza, saboreando su consuelo, antes de retroceder para mirarlo a la cara.

–El café, había...

–No había nada en tu café –afirmó con voz segura.

–Tú no lo entiendes. Tengo que regresar a casa, a casa con Devota...

—No había nada en el café —repitió él—, al menos, en el que tú bebiste.

Elene clavó la mirada en las profundidades azules de los ojos amados. Lentamente volvió la cabeza en dirección a Flora. Ésta la observaba con ojos de espanto; luego volvió la mirada a Ryan y a Durant que estaba de pie detrás de él, tieso y envarado por la consternación. Su rostro enrojecido era la viva imagen del desaliento. Lenta y deliberadamente, la jovencita movió la cabeza hasta quedar la mirada fija en su madre.

Flora soltó un alarido. Al tomar a su hija entre los brazos, el semblante de Germaine reflejó un antiguo pesar. Empezó a acunarla, meciéndola contra su pecho. Un sollozo le estranguló la voz.

—No podía dejarte hacerlo, mi amor, no otra vez, nunca más. Estuvo mal, muy mal. Cometimos una equivocación, tu papá y yo, trayéndote a un mundo como éste, pero fue una equivocación por amor. No debiste haberlo matado. Yo lo amaba locamente, tanto como te amo a ti. Tanto como te amo a ti.

El silencio reinaba en la habitación. Bruscamente, Flora se enderezó echando la cabeza hacia atrás.

—Devota —exclamó Elene con urgencia en la voz—. ¡Alguien debe ir a buscar a Devota!

Ryan meneó la cabeza.

—Es demasiado tarde, creo. Como habría sido demasiado tarde para ti.

¿Cuánto tiempo habían estado hablando ella y Flora? Bastante. La joven no notó las náuseas naturales del embarazo para hacer que su estómago rechazara instantáneamente el veneno. Entonces, susurró:

—Tenemos que hacer algo.

Germaine los miró por encima del hombro de su hija y, con voz pastosa y desolada, dijo:

—Dejádmela a mí, os lo ruego. Sólo... dejadme a solas con ella.

—Ven. —Ryan se volvió hacia la puerta.

Los músculos de Elene estaban rígidos y le resultaba difícil moverse con prontitud. Aún le parecía que debía hacerse algo para salvar a la desdichada jovencita. Una parte de su mente estaba horrorizada por el brusco giro que tomaban los acontecimientos. No fue su intención precipitar algo así; no tenía ese propósito en absoluto.

Durant se adelantó, cerrándoles el camino. Sin prestar ninguna atención a Ryan, le habló únicamente a Elene.

–Tengo que hablar contigo.

–No hay nada que decir. –Elene empezó a avanzar, pero como él no se apartó de su camino, ella volvió a detenerse.

Se oyó entonces la voz de Ryan, áspera y tajante.

–Éste no es el momento, Durant.

El otro hombre lo miró.

–¿Cuándo lo será? Es posible que nos matemos mañana. –Se volvió a Elene–. Me siento responsable. Nunca debí permitir que mi arreglo con Mazent llegara a esos extremos. Pero yo necesitaba el préstamo, y no me di cuenta de lo fuertes que eran los lazos que me ataban a él hasta que fue demasiado tarde; era un viejo zorro mañoso, aunque honesto. Como yo fui embaucado por él, no me sentí atado en absoluto por el pacto hecho con un hombre muerto.

–No me debes ninguna explicación –replicó Elene tratando de detener el torrente de palabras.

–Te la debo. Tengo que contártelo todo. Juro que yo no sabía lo que había hecho Flora, lo que haría para conseguir lo que deseaba. Mis pensamientos siempre estaban puestos en ti. Has sido como un sueño ante mis ojos desde que abandonamos Santo Domingo, como una visión de dicha fuera del alcance de mis manos. He vivido la vida que planeamos tener juntos, tú y yo. He intentado ser paciente, esperar hasta que estuvieras lista para comenzarla. ¿Por qué no puede ser ahora?

Con cuánta desesperación la gente necesitaba el amor. Dejarían de hacer muy pocas cosas con tal de conseguir el de aquellas personas a quienes deseaban. El deseo, empero, era un pobre sustituto del amor que buscaban con desesperación. Algunos jamás parecían entender que, para ser amados, debían amar primero. Y que aun entonces, no había seguridad de recibir amor a su vez, ninguna garantía al respecto. Ella, al menos, había aprendido todo eso.

–Lo siento –dijo a Durant.

–Eso no es suficiente. Tienes que... –Ryan dio un paso adelante.

—Ella no tiene que hacer nada, ni ahora ni nunca. Ésta ha sido una velada agotadora. Si realmente se preocupa por ella, le permitirá volver a su casa.

—Tengo que hacerle entender.

—Aguarde hasta mañana. Si usted sale victorioso del lance, tendrá todo el tiempo del mundo para convencerla. Si no, ¿qué más da?

Ryan arremetió pasando al lado de Durant y llevándose a Elene con él. El otro hombre le cedió el paso pero le lanzó una mirada feroz cargada de resentimiento y odio. Después, Ryan y Elene estuvieron por fin fuera de las habitaciones, fuera de la posada, fuera, en el aire fresco y limpio de la noche.

Al llegar a la casa encontraron a Devota esperándolos con la angustia pintada en el rostro. Detrás de ella estaba Benedict con el semblante tan impasible como siempre, pero retorciendo las manos delante de él. Iba a dar un paso adelante antes de reprimirse al ver a Ryan. Alguien sugirió un poco de café para hacerles entrar en calor, pero la idea hizo estremecer a Elene. En cambio, prefirieron tomar unas copitas de dorado vino de Jerez mientras se sentaban alrededor del fuego que ardía en la alcoba y Ryan contaba a los otros dos lo sucedido.

Cuando hubo terminado el relato, Devota meneó la cabeza.

—Pobre niña confundida.

—Era una asesina que mató varias veces únicamente para su provecho, para conseguir sus fines —exclamó Ryan con dureza—. Tan segura estaba de su superioridad que nadie más le importaba.

—Está usted equivocado, *monsieur* Ryan —argumentó Devota—. Tenía tantas dudas sobre su propia valía que no podía ver ningún valor en la vida de los demás.

Él enarcó una ceja mientras consideraba ese punto de vista.

—Puede que tengas razón.

Elene intervino en la conversación con la mirada fija en el hombre que estaba a su lado.

—Lo que no llego a entender es cómo tú, o Durant, cualquiera de los dos si vamos al caso, llegó a tiempo a la posada. Cuando abandoné la casa estabas durmiendo.

—La conmoción producida por Devota al descubrir que te

habías ido me despertó... tú y Devota os apresurasteis tanto a liberarme del arsénico, tanto antes como después de haberlo tragado, que no tengo nada que no pueda curar una buena comida sustanciosa y abundante.

Lo que quería decir, aunque no lo hiciera, era que su fortaleza era tal que se recuperó rápidamente. Elene se permitió esbozar una sonrisa, pero no hizo ningún comentario cuando él continuó.

–En tu nota decías que irías a visitar a Flora Mazent, pero Devota tuvo miedo de que fuera un engaño, que hubieses ido a tratar de persuadir a Gambier para que detuviera el duelo. Yo sabía dónde vivían los Mazent ya que visité una vez al padre para tratar de negocios que no se materializaron... la empresa que tú creías que era una proposición matrimonial. Me adelanté mientras Benedict iba en busca de Gambier. En la posada me interceptó Germaine. Creo que ese tipo pudo haber adivinado más de lo que admite, puesto que poco después se reunió con nosotros como si esperara ver un cadáver. Germaine nos guió hasta la alcoba donde pudimos oír lo que pasaba. A ninguno de los dos nos agradaba la posición de oyentes furtivos, pero en cuestión de segundos estábamos tan absortos en lo que se decía que ya nada importó.

Devota meneó la cabeza frunciendo el ceño.

–Germaine es una mujer fuerte, más fuerte de lo que yo podría haber sido. ¿Qué castigo recibirá por esto? ¿Tiene alguna idea?

–Creo que la muerte de Flora será un accidente desafortunado, el último de una serie de muertes por ingestión accidental de arsénico. Por mi parte, estoy convencido de que para Germaine fue suficiente castigo tener que verse forzada a cometer esta acción tan terrible en la persona de su propia hija. No hay necesidad de involucrar a las autoridades en esta época de cambio de poder.

Benedict, viendo que Elene reprimía un bostezo con las puntas de los dedos, dio un codazo a Devota y señaló la puerta con un movimiento de cabeza.

Devota echó un vistazo a Elene y se puso en pie.

–Creo que es hora, *chère*, de que te vayas a la cama. Permíteme ayudarte a sacarte el vestido; después te traeré, tal vez, un vaso de leche tibia, ¿te parece bien?

–No necesitaremos tus servicios –respondió Ryan contradiciéndola abiertamente, mientras levantaba una mano para detenerla–. Yo me encargaré de todo lo que necesite.

–Ella necesita descanso. –El semblante moreno de Devota mostraba consternación.

–De verdad, Devota –dijo Elene, tranquilizadora–, estaré muy bien.

–Yo me encargaré de que descanse –replicó Ryan. Se levantó, se encaminó hacia la puerta, la abrió y esperó que los criados salieran.

Devota habría agregado algo más, pero Benedict se puso de pie, le tocó el brazo y salió majestuosamente de la alcoba. El gesto que le hizo para que lo siguiera fue cortés, pero imperativo.

Ryan sonrió a Devota cuando la criada levantó los ojos hacia él una vez más.

–No temas, nunca le haré ningún daño.

Devota movió afirmativamente la cabeza, como si con ese gesto le tomara la palabra como un juramento del que le tendría que rendir cuentas. Finalmente, la puerta se cerró detrás de ella.

Ryan regresó a su lugar junto al calor del hogar. Se quedó de espaldas a las llamas, observando el trémulo resplandor del fuego reflejado en el cutis pálido y terso de Elene, y bailando en su cabello de oro bruñido. Luego se fijó en las ojeras de fatiga que tenía debajo de los ojos grises. Inclinándose con repentina decisión, la levantó en sus brazos y se dirigió a la cama.

Ella debía protestar, debía declarar que no deseaba estar en sus brazos. Sería una mentira. Pronto llegaría la mañana y con ella el duelo. Contra una amenaza semejante, ¿de qué servían las promesas o juramentos de intenciones futuras? Probablemente sólo quedara esta noche para guardar en la memoria.

Él le soltó el pelo derramándolo en dorado esplendor sobre los hombros, y le desprendió el vestido antes de sacárselo junto con las enaguas, las medias y los zapatos. Desvistiéndose rápidamente, Ryan apagó la vela con los dedos y se tendió junto a ella sobre el colchón. Ella le tendió los brazos y se acurrucó junto a él. Ambos cuerpos se fundieron en uno, corazón con corazón, huecos con curvas, piernas entrelazadas, y se mecieron mutuamente.

Estaba de nuevo en su hogar, pensó Ryan, de regreso al bienestar y solaz, en los brazos de esta mujer que siempre olía a flores y que saciaba su alma por encima de todas las demás. Pasara lo que pasase, ella había sido suya por un tiempo, y volvía a serlo una vez más, al menos por esta noche.

Para Elene, el calor y la fuerza del cuerpo viril era un refugio, un abrigo que deseaba envolver alrededor de su cuerpo y, al mismo tiempo, abarcar con el de ella. Nada tenía importancia ahora, salvo esta unión total. Los labios de Ryan sabían a vino y a deseo reprimido. Pero ella no tenía ninguna necesidad de que él lo reprimiera.

—Ámame —le susurró al oído—. Ha pasado tanto tiempo.

Ryan contuvo la respiración.

—¿Estás segura?

—Jamás estuve más segura en toda mi vida.

Ella lo acarició, maravillada, alentándolo con sus libres exploraciones. El placer fue un florecimiento brillante, familiar, y sin embargo, extrañamente nuevo y desconocido. El amor bullía en sus venas y ella se lo susurró contra su fornido cuello. Estaba frenética de pasión, se mostraba sensual y descarada, fuera de control, y no le importaba. Se deslizó sobre la dureza de Ryan, tomándolo, entregándose por entero. Que el intercambio fuera secreto fue su gozo y su dolor, y al final, su único consuelo.

Advirtió que él se deslizaba fuera de la cama al filtrarse el alba por los postigos de las ventanas. Oyó cómo sacaba la ropa del armario y salía de la alcoba. Permaneció inmóvil en el lecho, clavando los ojos secos de lágrimas en la penumbra mientras se cubría con una mano el pecho, intentando calmar el dolor que la angustiaba. El impulso de saltar de la cama y seguirlo fue casi insoportable. Sin embargo, sería mejor quedarse aquí, aguardándolo. No podía interponerse en el duelo sin ponerse en ridículo, o ser alejada de allí por los padrinos en medio de las mudas maldiciones de los dos hombres hacia las mujeres histéricas que no entendían el código del honor. Permanecer pálida y afligida a un costado sería algo insoportable para Elene. Debía vestirse y sentarse en la galería esperando pacientemente el regreso de Ryan o hasta que le llevaran la noticia de que él no retornaría más. Ésa era la forma digna y callada de aceptar con valor lo que le deparara el destino.

Ella no podía hacerlo.

Echó las mantas a un lado y dejó la cama. Moviéndose con cuidado para no despertar a Devota o a Benedict, que pronto descubrirían sus propósitos, empezó a vestirse.

El duelo seguramente se llevaría a cabo en el jardín de St. Anthony, en la parte trasera de la iglesia de St. Louis. Ése era el lugar tradicional para los asaltos con espadas, según sabía, aunque los realizados a pistola se efectuaban fuera de la ciudad, donde los ruidos y las balas eran menos perturbadores. El sitio elegido no quedaba muy lejos de la casa de Ryan. La calle donde vivía pasaba directamente por detrás de la iglesia.

Elene aminoró el paso al acercarse. El jardín era un gran rectángulo alrededor de la estatua de St. Anthony, rodeado de arbustos que superaban la altura normal de un hombre, aunque las ramas inferiores estaban bastante ralas de hojas. Elene se ocultó detrás de este seto.

Los hombres ya se encontraban reunidos al pie de la estatua. Los padrinos medían el largo de las espadas, mientras el médico revisaba su maletín lleno de vendas y medicinas. Había un puñado de espectadores en traje de noche, como si estuvieran de regreso de la fiesta ofrecida la noche anterior por el prefecto Laussat para celebrar la transferencia de la colonia. Hablaban entre ellos en voz baja, comentando el lance de honor, la identidad, la destreza y hazañas de los dos contendientes. También se oía el intercambio de lo que debían ser las apuestas en favor de cada uno de ellos.

Ryan estaba de pie cerca de ella pero dándole la espalda. Se había sacado la chaqueta y se arreglaba las mangas de la camisa. Durant se hallaba directamente enfrente de Ryan a corta distancia. Observando a su oponente, también él comenzó a sacarse la chaqueta.

Una de las colas de la casaca le golpeó pesadamente la rodilla. Se agachó para tantear un bulto en el bolsillo de la cola mientras una expresión de desconcierto arrugaba su frente. Metiendo la mano sacó lo que parecía un muñeco. Lo miró fijamente por un instante, soltó un juramento y lo arrojó al aire lejos de él.

El muñeco aterrizó sobre la hierba delante de la estatua de St. Anthony. Era una pequeña figura de cera con la forma de un hombre. Sobre la cabeza había un parche de piel del color del cabello de Durant y estaba vestido con una versión en miniatura del frac que él vestía. Le atravesaba el pecho a la altura del corazón una diminuta espada de cobre. Durant quedó inmóvil mirando la figura de cera con el rostro pálido y desencajado.

Elene también observó la figura. Se le secó la garganta y la sangre empezó a golpear en sus oídos al recordar la promesa de Devota, y cómo Benedict fue a las habitaciones de Durant la noche anterior, supuestamente en su busca. Ahí estaba la respuesta entonces. Qué patético parecía tirado allí, sobre la hierba mojada de rocío, un bulto gris con las piernas retorcidas y dobladas y los faldones del frac arrugados. Pero la diminuta espada de cobre relumbraba bajo los rayos del sol.

Ryan también, como algunos de los espectadores, tenía la mirada fija en la figura de cera, en tanto que los padrinos, Morven entre ellos, seguían dedicados a sus deberes y no le prestaron la más mínima atención. Momentos después, una vez finalizados los arreglos y las discusiones, se volvieron para encaminarse adonde estaban los contendientes. El actor, como era su costumbre, tomó la iniciativa del grupo. Con una reverencia magistral, preguntó por última vez formalmente si era posible llegar a un arreglo pacífico de las diferencias entre los dos hombres.

Durant alzó la vista de la figura gris en la hierba. Por un momento su rostro no mostró ninguna expresión, como si hubiese olvidado dónde estaba y qué hacía allí. Tenía la frente perlada de sudor a pesar del frío de la mañana. Finalmente, negó con la cabeza. Ryan, forzosamente, como parte retada del duelo, hizo lo mismo.

Se les mostraron las espadas a los dos hombres. Ambos las aprobaron. Ryan eligió la suya. La otra espada le fue entregada a Durant. Los padrinos retrocedieron dejando el campo libre, cada grupo se colocó entonces detrás de su apadrinado. Ryan y Durant tomaron posiciones, enfrentándose.

Se hizo el silencio, roto únicamente por el suave murmullo

de la brisa entre la frondosidad del seto y el arrullo de las palomas apostadas en los aleros de la iglesia. El sol, subiendo cada vez más alto, brilló en la hierba, en las hojas de acero de las espadas que sostenían los dos hombres y en la empuñadura del diminuto espadín que atravesaba la figura de cera que yacía en el suelo entre ellos.

–El saludo.

Se alzaron las espadas y volvieron a bajar rápidamente al unísono.

–*¡En garde!*

Ryan tomó la postura del esgrimidor, la pierna derecha al frente, ligeramente doblada, la mano izquierda atrás presentando la espada con la derecha. Durant no se movió. Su mirada iba de la figura de cera que estaba en el suelo a Ryan y otra vez al macabro fetiche.

Ryan se enderezó otra vez con la elegancia y elasticidad de sus músculos firmes. Se volvió a los padrinos.

–Hay una especie de basura molesta en el suelo. Tal vez podría ser retirada antes de que tropecemos con ella.

Elene, al oír sus palabras, ahogó un gemido de angustia. Casi llegó a abrigar la esperanza de que Durant se retirara del duelo por el muñeco. La acción de Ryan, por su parte, era escrupulosamente justa, y por lo tanto, admirable, pero equivocada.

Morven se adelantó. Recogió la figura de cera y la hizo girar entre sus manos mirándola con curiosidad.

–¿De dónde salió? Os aseguro que revisamos el campo cuidadosamente.

–Se... cayó de mi bolsillo –contestó Durant con voz ronca e irreconocible.

Morven le brindó una radiante sonrisa.

–Por mis viajes por las islas, yo diría que alguien le desea algún daño. Me alegro de no ser yo el destinatario.

El actor retrocedió hasta su lugar detrás de Ryan. Echando otra mirada al muñeco, manoseó la diminuta espada, moviéndola adelante y atrás, y luego la empujó para que penetrara más profundamente en la cera blanda.

Durant soltó un gemido y se llevó las manos al corazón. La punta de su espada marcó un rastro en la hierba.

Morven alzó la mirada enarcando las cejas, con magnífico

desdén, arrojó el muñeco a un lado. Durant se balanceó sobre sus pies.

—Caballeros, ¿estáis listos para proseguir? —preguntó el actor.

Ryan asintió. Durant no dijo nada. Miró en derredor a todos los rincones del jardín como si buscara algo o a alguien. Su mirada se posó en Elene y la reconoció. Sus labios se tornaron blancos.

Entre los hombres reunidos para observar el duelo corrió un murmullo de comentarios. Durant volvió a mirar a los padrinos, a Ryan, al cielo claro sobre su cabeza. Sopesó la espada en la mano y luego la dejó pender flojamente.

Se humedeció los labios. En tonos forzados, dijo por fin:

—Creo que debemos posponer el duelo. Yo... yo no me siento bien.

Los padrinos de Durant, hombres con quienes jugaba a veces a las cartas, se miraron alzando las cejas por la irregularidad de la petición. Uno de ellos se adelantó hacia donde estaba Ryan aclarándose la garganta.

—¿Es esto aceptable para usted, señor?

Elene no podía ver la cara de Ryan. Todo lo que veía era la postura erguida de sus anchos hombros y la orgullosa inclinación de su cabeza. Se preguntó qué pensaría él si supiera lo que ella había hecho. Súbitamente deseó no haberle rogado a Devota que interviniera, deseó haber demostrado su fe en que él podía superar a Durant, a pesar de que antes el veneno debilitara sus fuerzas, antes de que ella se diera cuenta de que lo amaba. Había riesgos que no debían ser corridos.

Ryan tardó en contestar. Sus palabras fueron sosegadas y parejas.

—No es aceptable.

No era aceptable. Estaba rechazando la capitulación de Durant. La angustia que le causó su actitud la dejó sin aliento.

—¿Cuál es su deseo, entonces, señor?

—Empezar otra vez —respondió Ryan en tono incisivo—, desde la presentación de las espadas, y la cuestión de la conciliación.

Antes de que el padrino pudiera contestar, Durant arrojó su espada al suelo. Con el rostro transfigurado en una máscara de terror y odio, clavó la mirada en Ryan.

—Muy bien, entonces. Permítaseme declarar que me confieso culpable en nuestra querella y afirmar que el honor está satisfecho.

—Gracias. —Ryan inclinó la cabeza en un saludo.

—Por favor acepte mis disculpas por cualquier agravio a su honra que pueda haberle inferido.

Era un gesto galante para el orgullo de Durant, humillado por Ryan. Durant se sentía mortificado por desviarse del código de honor; hasta ahí estaba claro para todos los presentes, pero el miedo superó su renuencia a hacerlo, exactamente como superó su resistencia a tomar dinero del padre de Flora.

Elene, al oír desvanecerse el eco de las palabras de Ryan, se sintió inundada de amor y alivio. Quería echar a correr a sus brazos inmediatamente, tocarlo, asegurarse de que estaba a salvo. En cambio, aguardó hasta que sólo Ryan, Durant y Morven quedaron en el jardín para ir a reunirse con ellos.

Durant, todavía frente a ella, la vio acercarse. Se afinaron sus labios y se le ensombrecieron los ojos antes de hablarle.

—¿Viniste a regocijarte con el triunfo?

—No —su voz fue serena al contestar—. Sólo para ver en qué acababa esto.

—¿Por ti? Nadie con más derecho a observar. Espero que estés satisfecha, como debo estarlo yo.

—Sí, así lo creo.

Se detuvo al llegar al lado de Ryan. Él la miró mientras se ponía la chaqueta. Sus ojos reflejaban tanta preocupación como irritación, y algo más que le hizo estremecer hasta lo más hondo de su ser.

—Entonces has hecho tu elección, ¿o alguien ha elegido por ti? —Durant observó su silueta todavía esbelta—. La naturaleza tiene la costumbre de poner su mano en estos asuntos.

Morven, echando una ojeada a las facciones tensas de Ryan, empezó a despedirse. Al ver que nadie le prestaba atención, salvo el escueto agradecimiento de Ryan por sus servicios, se inclinó y, dando media vuelta, se alejó de allí con aire imperturbable.

Elene estaba observando a Durant, viendo en su rostro

reflejadas por primera vez la malicia mezquina y los celos posesivos que lo dominaban. Se había degradado tanto desde los días en la isla que se sintió conmovida y compadecida de él. Su padre eligió a este hombre para ella, su padre muerto y, tal vez, él tenía derecho a cierta consideración. Hasta Ryan se la tuvo.

Con la mirada límpida en el rostro de Durant, dijo:

—Dime la verdad, ¿me amas?

A su lado, Ryan la tomó del brazo.

—No hagas esto —le dijo con voz áspera—, no aquí ni ahora.

Los ojos grises fueron insondables al mirar a Ryan sin parpadear siquiera.

—Jamás habrá un mejor lugar ni un mejor momento que éste. Por eso, te pregunto también a ti, ¿me amas?

Durant, olfateando una posible ventaja, un posible cambio de suerte que podía obtener por una respuesta rápida, se adelantó y con palabras tensas, dijo:

—Sí, Elene, te amo.

Ryan le sostuvo la mirada con ojos que desbordaban de pasión.

—Yo te he amado desde la primera vez que te vi dorada por la luz de la luna en medio del bosque oscuro, desde que te tuve entre mis brazos a lo largo de tres días de entierro en vida. Tu olor y tu sabor y tu tacto hechizan mi corazón y están grabados en mis huesos, y me seguirán hasta el purgatorio que seguramente encontraré al final de mi vida porque te pongo por encima de todo lo demás. Pero si esto no es nada más que un truco para arrancarle una declaración semejante a Durant, te juro que...

—Si yo te pidiera que me dejaras ir con él, ¿me dejarías?

El jardín estaba silencioso, el sol brillaba con todo su esplendor en el cielo azul, secando las gotas de rocío sobre la hierba. Ryan la observó mientras se le helaba la sangre en las venas y parecía congregarse en medio de su pecho, oprimiéndolo. También se reunió allí el dolor penetrante antes de esparcirse por todas las fibras de su ser. Contuvo la respiración para impedir que siguiera derramándosele por el cuerpo esa angustia insoportable; después cerró los ojos al rendirse a lo inevitable. Abriéndolos nuevamente con un esfuerzo sobrehumano, declaró:

—Si pudieras jurarme que lo amabas a él y solamente a él, y que no podrías amar a nadie más en toda tu vida, entonces, te dejaría partir.

Ella volvió la mirada a Durant.

—Y tú, ¿me dejarías ir con Ryan si yo te lo pidiera?

—¡Dios, no! —respondió él con el mayor desdén—. ¡Si fueras mía, jamás te soltaría por ningún hombre de este mundo!

Una sonrisa irónica curvó la boca de Elene y luego se desvaneció.

—Entonces quizá es mejor que no sea tuya.

Volvió a Ryan un rostro limpio de toda pretensión y vanidad, absolutamente vulnerable.

—Por favor —le pidió ella—, ¿me llevas a casa?

Devota y Benedict se mostraron horrorizados de que ella hubiese ido a observar el duelo. La regañaron e insistieron en que se sentara a descansar en la galería mientras ellos preparaban un desayuno especial para festejar el maravilloso resultado del lance de esa mañana. Devota rehusó ser distraída por los cumplidos por su parte en el acontecimiento, o por las exigencias de Ryan de averiguar por qué intervino. Ella no tenía interés en él, decía, sólo en qué le sucedería a Elene si algo le pasaba.

Cuando Devota, seguida de Benedict, se alejó en dirección a la cocina, Ryan se acercó a la baranda y se quedó de pie delante del sillón donde estaba sentada Elene. Cruzó deliberadamente los brazos sobre el pecho, aunque el tono de su voz fue ligero al hablar.

—Me parece que se muestran solícitos contigo y recelosos de tu salud hasta el punto de ser ridículos, incluso Benedict. Sé que casi te envenenaste, pero lo mismo me pasó a mí y nadie me cuida tanto. ¿No habrá algo que yo deba saber?

Ella alzó la mirada fija en el agua de la fuente. Consideró la posibilidad de imitar su tono frívolo, de hacer una broma al respecto, pero su creciente amor al ser que tenía en las entrañas no se lo permitiría. Entonces, en tono sereno, dijo:

—Voy a tener un hijo, nuestro hijo.

—Nuestro —repitió él como probando la palabra—. ¿Crees necesario hacerme saber que es mío?

—No quisiera que tuvieras que preguntar.

Él se inclinó sobre ella apoyando los brazos sobre el respaldo del sillón.

—Santo Dios, Elene, te he dicho que te amo. ¿No crees que sé que esta criatura es mía sin tener que ser informado de ello?

—Después de la forma en que te arranqué una declaración de amor...

—¡Que no hubieras tenido si no fuera verdad cada una de las palabras! Déjame decirte, yo sabía que llevabas mi hijo en tu vientre en el mismo momento en que te cargué con mis brazos en el parque. ¿Cómo podría ignorarlo cuando conozco cada centímetro de tu cuerpo como conozco mi propia mano? Admitiré que no ha habido suficiente tiempo para que me dijeras que iba a ser padre, pero no esperaba tener que forzarte para que me lo dijeras, o tener que recibirlo como si fuera una sentencia de muerte.

—¿Una sentencia de muerte? —repitió ella como un eco.

Él se arrodilló a sus pies y le tomó la mano.

—Sé que una criatura viene al mundo con dolor e indignidad para la madre, y lo lamento más de lo que podría expresarlo con palabras, pero ¿no sientes ningún regocijo ante la perspectiva de tenerlo en tus brazos? ¿No sientes amor por él, aunque no sientas ninguno por mí?

—Por supuesto que lo amo —exclamó ella desconcertada—. Pero qué te hace pensar...

Él no la dejó terminar.

—Entonces, ¿por qué no te casas conmigo? Si aceptas mi amor, ¿por qué no mi nombre por el bien de la criatura? ¿Cuántas veces debo pedírtelo para que me digas que sí?

Elene abrió la boca para explicar, pero las palabras se negaron a salir. Ella lo había rechazado porque creía que él deseaba controlar su vida. Descubrió, sin embargo, que la vida, como la muerte, desafiaba todo control. Lo que ella hiciera con sus horas, a donde fuera y cuándo, no tenía nada que ver con un control sino simplemente con ser fiel a sí misma y a sus objetivos. Podía hacer eso casada o soltera. En todo caso, ahora comprendía que no era el control en sí misma lo más importante sino la necesidad de dominar el miedo a la pérdida, el miedo a quedarse sola. Lo que necesitaba, entonces, era la seguridad de amar y ser amada, y eso lo tenía, siempre lo tendría en su corazón aun cuando la muerte le pusiera fin.

Se humedeció los labios al encontrar por fin una respuesta para él.

—Dos veces. Vas a tener que preguntármelo dos veces.

—Antes y...

—Y ahora. O si te facilita las cosas, tomaré lo que acabas de decir como una proposición matrimonial.

Ryan descruzó los brazos y se adelantó para tomarla de las muñecas levantándola del sillón para mirarla a los ojos. Con voz implacable en su determinación de obtener una respuesta plena y convincente, preguntó:

—¿Por qué ahora?

—¿Qué? —lo miró, desconcertada, mientras en su interior empezaba a palpitar el deseo de perderse entre sus brazos, de sentirlo desde los senos hasta los tobillos apretado contra su cuerpo hasta que se fundieran más allá de cualquier separación posible.

—No quisiste casarte conmigo antes, creo, por falta de amor. ¿Por qué ahora?

Ella tragó con fuerza para evitar las lágrimas.

—Jamás hubo falta de amor.

—Por mi parte, querrás decir.

—No —replicó ella sacudiendo la cabeza con énfasis—, por mi parte. Te amo Ryan.

—¿Quieres decir, todo este tiempo...?

—Todo este tiempo.

Se le nublaron los ojos de lágrimas que rodaron luego por sus mejillas.

—Pero tenía miedo.

—No hay nada que temer. Siempre estaré a tu lado. Siempre.

Una débil sonrisa le iluminó el rostro lloroso.

—Entonces estaba el perfume. Yo no quería tenerte sólo por su hechizo.

Él la estrechó contra su pecho con las manos firmes y gentiles, de alguien que sabe retener lo que sostiene.

—Nunca fue el perfume, ¡lo juro! Me deleitaba, sí, pero estaba más hechizado por ti, por lo que eras, por lo que podías ser.

—Lo sé, ahora.

Rodeándole la cintura con los brazos lo deslizó por los músculos tensos de su espalda acurrucándose más y más contra él.

Él le alisó el pelo con dedos temblorosos e inclinó la cabeza para probarle los labios. Los envolvió el silencio roto únicamente por el murmullo de la fuente cantarina en el patio y el tintineo de la loza en la cocina. Por último, Ryan levantó la cabeza y, con palabras cálidas y ricas en promesas de felicidad, dijo:

–Por otro lado, si has de usar el perfume esta noche, yo bien podría estar dispuesto a convertirme en tu esclavo.

–No queda nada –murmuró Elene.

Él soltó un suspiro.

–Qué pena.

–Pero tengo todas las esencias para fabricarlo y faltan muchas horas para la noche.

–Es demasiado tiempo –dijo Ryan y se volvió con ella para entrar en la casa.

EPÍLOGO

Fue veinte días más tarde, en una mañana impregnada, aun siendo diciembre, de fragancia primaveral, cuando Elene y Ryan estuvieron una vez más en la Place d'Armes para presenciar una ceremonia casi idéntica a la que tuvo lugar un mes antes. El prefecto colonial Laussat apareció en el balcón de El Cabildo tras la transferencia de Luisiana de Francia a Estados Unidos. Esta vez, sin embargo, los comisionados que lo acompañaban eran norteamericanos, un caballero relativamente joven y de aspecto distinguido llamado William C. C. Claiborne, que sería el nuevo gobernador aunque no sabía francés, y el general James Wilkinson, un hombre corpulento y agresivo y que hablaba el idioma del nuevo territorio abominablemente.

En el mástil en el centro de la plaza, la tricolor de Francia era arriada con lentitud mientras la bandera de barras rojas y blancas con un círculo de estrellas sobre fondo azul de Estados Unidos era izada. Cuando las banderas se encontraron a mitad de camino, hubo una breve pausa, mientras los hombre tironeaban de las cuerdas, como si la bandera de Francia se mostrara reacia a renunciar a su predominio. Esa detención insignificante fue realzada dramáticamente minutos más tarde, cuando una salva de cañonazos sonó desde los fuertes y las baterías de los muros de la ciudad y de los barcos fondeados en el puerto, para saludar al país que cedía su poder y también al país que ganaba el predominio.

Después, la bandera norteamericana subió al tope donde la brisa la hizo flamear desplegando el círculo de estrellas y barras rojas y blancas para que brillaran en todo su esplendor bajo los rayos del sol. Un grito clamoroso se elevó de todas las gargantas de aquellos que presenciaban la ceremonia desde la plaza. En su mayor parte provenía de los norteamericanos. Algunos de ellos vestían ropas de caballero, otros, ropas bastas de cuero y gorros de piel de mapache de los «kaintucks», que venían de remotas tierras salvajes. También se alzó la voz de las gargantas de los niños más pequeños. Los franceses permanecieron en silencio, sombríos por la pérdida de un gobierno civilizado, convencidos de que eran entregados a los bárbaros.

Elene tenía pocas reservas. Llegó a ver que Ryan tenía razón. Era mejor dejar que vinieran los estadounidenses con todas sus energías y apetito de comercio y su dinero. Las esposas de estos hombres necesitarían perfume tanto como las francesas.

Estaba ansiosa por regresar a su taller, donde había empezado a preparar un nuevo perfume al que llamaba Jardín de Luisiana. Y debía conseguir la ayuda de Devota para volver a hacer la mezcla del perfume Paraíso, ya que había vendido la última botella que preparó recientemente, sacándola de su propia provisión antes de venir a la plaza. No quería pasarse sin él; el perfume era todavía el preferido de Ryan, y esa noche habría un gran baile ofrecido por los Laussat para festejar los acontecimientos de ese día y el nuevo nombramiento de Laussat en Martinica. Habría muchas mujeres bonitas en la fiesta y no pocas de ellas norteamericanas. Una mujer cuyo embarazo era cada día más evidente necesitaba toda la ayuda que pudiera conseguir para competir con las demás beldades. Además, los aromas eran más conspicuos con el calor de la danza. Sería un buen momento para exponer, discretamente, su perfume.

Devota estaba de pie detrás de Elene y del brazo de Benedict. La mulata observaba a la pareja parada delante de ella con ojos indulgentes. El perfume flotó en el aire y ella lo inhaló con fruición mientras una sonrisa jugueteaba en sus labios.

Elene se volvió a tiempo para captar la expresión casi misteriosa en los suaves ojos color café de la criada y el placer sereno que reflejaba su rostro. Sonriéndole a su vez, preguntó:

—¿Qué sucede? ¿Me perdí algo?

—No, no, *chère*. Es que capté un hálito de nuestro perfume y estaba pensando en lo perfecto que es.

—¿Perfecto?

—El nombre, Paraíso.

Una sombra de duda asomó a los ojos de Elene. Se llevó una mano al camafeo de su madre que colgaba nuevamente de su cuello, uno de los muchos regalos de boda de Ryan antes del casamiento, como si se aferrara a un talismán. Era perfectamente posible que Devota le hubiese mentido acerca del perfume y de sus efectos por su propio bien. ¿No lo hizo antes? ¿O no?

Elene no deseaba saberlo. El perfume era especial, hasta ahí lo veía todo claro como el agua. Muchas otras personas aprendieron a amarlo y a depender de él. Si acarreaba algún daño, no dio ninguna señal. No, no quería saber.

—Sí, perfecto —respondió ella y volvió su atención al espectáculo.

Devota sonrió nuevamente, luego mostró una expresión tierna cuando Benedict ladeó la cabeza para mirarla. Pero él sólo dijo en tono suave:

—Perfecto para ti.

Laussat bajó a la plaza para dirigir la palabra a la milicia francesa. Ahora él y los comisionados norteamericanos pasaban revista a las tropas de Estados Unidos inmóviles en impresionante formación. Un momento más y se traspasaría la colonia de Luisiana a Estados Unidos y todos podrían volver a sus hogares. Ya los hombres y las mujeres se arremolinaban y se movían por la plaza en dirección a las calles y los cafés y establecimientos donde se expendían bebidas; discutirían esta ocasión trascendental y brindarían por el pasado.

Ryan respiró profundamente el olor del perfume de Elene y sus labios se curvaron maliciosamente al reconocer el deseo que siempre encendía en él. Le apretó el brazo contra su cuerpo.

—¿Lista para regresar a casa, querida?

—Siempre, contigo —respondió ella y le sonrió a los ojos con los suyos brillantes como la plata bajo el sol primaveral.

NOTA DE LA AUTORA

El izamiento de la bandera norteamericana en la Place d'Armes de Nueva Orleans el 20 de diciembre de 1803 fue la culminación de la más fabulosa transacción comercial en bienes raíces de la historia. Por aproximadamente cuatro centavos de acre, Estados Unidos recibió casi cerca de un millón de millas cuadradas de territorio que contenía la cuenca fluvial más importante y valiosa del mundo, un área que lindaba al oeste con la división continental de las Montañas Rocosas, al norte con el origen del río Mississippi en Minnesota, y al sur con el río Colorado y el golfo de México. Una compra más que duplicó el tamaño de los jóvenes Estados Unidos, dándole la base sobre la cual construir una nación fuerte y perdurable.

Uno de los hechos más asombrosos acerca de la transferencia de este inmenso dominio es que fue realizado sin guerras, sin tratados, sin compromisos o conflictos de ninguna clase. Fue, en suma, el resultado de silenciosos y diligentes esfuerzos diplomáticos... y una gran dosis de suerte. El deseo de Estados Unidos de contar con un acceso al golfo libre de obstáculos, coincidió exactamente con la dedicación de Napoleón a los asuntos europeos y su urgente necesidad de fondos. Los emisarios norteamericanos estaban cerca cuando se tomó la decisión de cambiar las tierras por dinero, y se redactó la escritura. Fue, tal vez, uno de los mayores errores de Napoleón. Siempre quedará pendiente y sin respuesta la pregunta sobre cuál fue el motivo original que le indujo a arrebatar a Luisiana del dominio de España en el Tratado de San Ildefonso, y qué habría ocurrido, qué y cómo sería Luisiana hoy, si él en lugar de dedicar sus esfuerzos y su ambición a Europa, los hubiese volcado en el Nuevo Mundo.

La compra de Luisiana y la inauguración de un gobierno norteamericano en Nueva Orleans no fueron acontecimientos dramáticos teñidos de furia y sangre entre el sonido de los cañones. Fueron, de hecho, tan tediosos y necesitaron tanto tiempo como se indica en *Perfume de Paraíso.* El verano y el otoño que precedieron a la transferencia acaecieron tal cual se relata en la novela, incluyendo los cuarenta días de lluvia, la epidemia de fiebre amarilla que casi le costó la vida al prefecto colonial Laussat, el embarazo de su esposa que complicó sus planes de viaje, y la inexplicable y embarazosa demora de la confirmación de la cesión de Napoleón. Ésta también es la manera en que marcha la historia, lenta y segura.

Los acontecimientos en Santo Domingo también se desarrollaron como lo narra la trama de la novela. El general Jean Baptiste Rochambeau, que asumió el mando después de la muerte de Leclerc, se rindió a los británicos en noviembre de 1803. El 1 de enero de 1804, el general negro Dessalines declaró la independencia de Santo Domingo bajo el nombre de Haití. La mayoría de los blancos que quedaron en la isla fueron aniquilados en sangrientas revueltas. Las propiedades de los antiguos terratenientes franceses fueron confiscadas por el nuevo gobierno sin compensación alguna.

La joven república negra fundada sobre tanto derramamiento de sangre ha tenido desde entonces una historia tambaleante y llena de altibajos, incluido un largo período de dictadura en los tiempos modernos bajo la familia Duvalier. En la actualidad está lejos de ser un país estable, pero sigue luchando valientemente por conservar su autonomía como nación negra.

Las publicaciones consultadas para el material de investigación fueron muchas, pero ninguna tan útil como *Memoire of My Life,* de Pierre Clement de Laussat, traducido por Agnes-Josephine Pastwa, O.S.F. Me siento endeudada con una larga lista de personas que ayudaron a rescatar los manuscritos casi perdidos de estas memorias de la torre de un castillo feudal francés en Bernadets y se ocuparon de su publicación. También estoy agradecida al personal de la Louisiana Collection, Louisiana State University por su cooperación; a Lawrence Lynch, encargado del archivo de Louisiana Archives, por su tiempo y esfuerzos; y al personal de la Jackson Parish Library de Jonesboro, por sus generosos esfuerzos.

Los personajes mencionados en el libro que vivieron realmente y desempeñaron papeles preponderantes en la historia son muchos. En Santo Domingo el gobernador general negro, Toussaint, y su sucesor, Dessalines; también el cuñado de Napoleón, general Leclerc, y su sucesor Rochambeau. En Luisiana, el prefecto colonial Laussat con su esposa y sus hijas; el gobernador español Salcedo, el intendente Morales, y el comisionado, el marqués de Casa Calvo. Etienne de Bore amasó una fortuna con el azúcar y se convirtió en el primer alcalde de Nueva Orleans. Bernard de Marigny, con el correr de los años, estableció un *faubourg*, o suburbio, con calles con nombres como Desire, Bon Chance y Good Children. William C. C. Claiborne fue un gobernador competente y se casó con una dama *creole* de la ciudad y colaboró con Jean Laffite y Andrew Jackson durante la batalla de Nueva Orleans. El general Wilkinson ganó honores por servir a Estados Unidos en el territorio, pero murió en medio de susurros de traición por el Aaron Burr Affair. Todos los otros personajes son puramente ficticios.

E infelizmente también lo es el perfume llamado Paraíso.

Jennifer Blake
Sweet Brier
Quirman, Luisiana.

Título de la edición original: *Perfume of Paradise*
Traducción del inglés: Susana Gondre
Revisión de la traducción: Silvia Muñoz
Diseño: Emil Tröger
Ilustración: José M.ª Miralles

Círculo de Lectores, S.A.
Valencia 344, 08009 Barcelona
1357919048642

Licencia editorial para Círculo de Lectores
por cortesía de Javier Vergara Editor, S.A.

Depósito legal: B. 5134-1991
Fotocomposición: Fotoletra, S.A., Barcelona
Impresión y encuadernación: Gráficas Ramón Sopena, S.A.
Cromo, 100, 08097 Hospitalet de Llobregat
Barcelona, 1991. Printed in Spain
ISBN 84-226-3570-4
N.º 29157